Una mentira compartida

RAQUEL ARBETETA

Una mentira compartida

Grijalbo

Papel certificado por el Forest Stewardship Council®

MIXTO
Papel | Apoyando la
silvicultura responsable
FSC® C117695

Penguin
Random House
Grupo Editorial

Primera edición: marzo de 2024
Primera reimpresión: abril de 2024

© 2024, Raquel Arbeteta
Autora representada por IMC, Agencia Literaria, S. L.
© 2024, Penguin Random House Grupo Editorial, S. A. U.
Travessera de Gràcia, 47-49. 08021 Barcelona
© 2024, Shutterstock, por las ilustraciones del interior

Printed in Spain – Impreso en España

ISBN: 978-84-253-6735-9
Depósito legal: B-671-2024

Compuesto en Comptex&Ass., S. L.

Impreso en Liberdúplex
Sant Llorenç d'Hortons (Barcelona)

GR 6 7 3 5 9

A las lectoras de la literatura
que «no es de verdad».
Y a sus autoras,
por construir mi refugio

And it feels good to be known so well
I can't hide from you like I hide from myself
I remember who I am when I'm with you
Your love is tough, your love is tried and true blue

[«True blue», boygenius]

MAEVE

Necesito conseguir este piso cueste lo que cueste.

En realidad, a estas alturas necesito *cualquiera*, pero mi mayor aspiración es que sea el que voy a visitar en breves instantes..., si la casera se digna aparecer.

¿El tamaño? Una habitación, estudio, salón y cocina abierta: una fantasía. ¿La ubicación? A veinte minutos andando (diez en bici) de la universidad donde voy a estudiar, es decir, mi sueño húmedo. ¿El precio? Tan bueno que no me sorprendería estar a punto de caer en una estafa (o en un secuestro exprés orquestado por la mafia).

Tampoco sería algo inusual. Llevo en Dublín menos de una semana y ya he vivido experiencias lovecraftianas para toda una vida.

Sí, esta no es la primera casa que visito. De hecho, tampoco sería la primera decepcionante que se ha publicado en el grupo de estudiantes recién llegados en el que estoy metida. Pero sí la que mejor pinta tiene, y, por alguna extraña razón, ningún otro de mis (futuros) compañeros de clase ha solicitado visitarla. Quizá tenga que ver con que, según se dice, la casera sea exigente hasta niveles absurdos con sus inquilinos. Conservadora, prejuiciosa y cuadriculada. Un hueso duro de roer.

Pero estoy tranquila. Guardo un as en la manga: he nacido y me he criado en Kilkegan, en lo más profundo de Irlanda; estoy acostumbrada a los gruñones tradicionalistas que esconden un gran corazón. He desarrollado una serie de trucos infalibles para parecerles encantadora. ¿Esa casera quiere una chica modosita que vaya a misa todos los domingos? La tendrá. Se me da genial ablandar a los cascarrabias, son mi especialidad.

Y, por encima de todo, estoy desesperada.

En teoría, debería llevar una semana instalada en un piso maravillosamente reformado en las afueras de Dublín. Solo que, al bajarme del autobús (tras diez horas de viaje infernal), lo que me encontré en lugar de la casa de mis sueños fue un pub de dos pisos llamado The Unlucky Drive (una bonita metáfora de mi vida en ese momento).

Los tipos de la barra que me vieron entrar con cara de circunstancias y tres maletas de veinte kilos cada una se echaron unas buenas risas a mi costa. Confieso que me animó hacer feliz a alguien aquel fatídico día. O quizá fue la pinta de cerveza a la que me invitaron mientras llamaba a mis padres y les mentía diciéndoles que la casa era perfecta y que todo iba de perlas.

Esa es la razón por la que llevo seis días viviendo (y seis noches llorando en posición fetal) en el sofá de unos amables desconocidos (eso sí, con muy buenas referencias en couchsurfing.com).

A estas alturas, las residencias de estudiantes ya están al completo. Los pisos que no son zulos o la materia de la que están hechas mis pesadillas, ocupados.

Por eso necesito este apartamento más que respirar. Si he de arrastrarme para conseguirlo, lo haré. Mi dignidad y amor propio quedan relegados a un segundo y tercer puesto vital. El primero es evitar redactar mi proyecto literario en un sofá con cinco personas viendo el episodio seis mil de *Fair City* a todo volumen.

Mi maestría en Escritura Creativa comienza en unos días. No puedo permitirme fallar.

Me balanceo sobre los pies, todavía inmersa en mi (caótico) hilo de pensamientos. Pendiente de la llegada de la casera, giro la cabeza a un lado y a otro para otear toda la avenida. Son casi las siete de la tarde, por lo que no hay demasiada gente paseando por la zona; la mayoría estará cenando o disponiéndose a hacerlo.

Aun así, estamos en la frontera con el barrio de Portobello, en pleno centro. A mi lado pasa un grupo de estudiantes, una pareja de turistas, taxis, un autobús de dos plantas. Sin embargo, nadie tiene prisa. El ambiente es calmado, casi lánguido.

El cielo de principios de septiembre está cubierto de nubes blancas y esponjosas, de esas tiernas que pintan en las paredes de los cuartos infantiles. Puro algodón que no amenaza lluvia.

La luz es cálida, tendente al rosa. Crea esa degradación melancólica que precede al atardecer. El aire todavía está cargado con el aroma del verano, pero hay notas de un nuevo comienzo: el viento es más frío y arrastra los olores de las cenas desde las ventanas abiertas. La mantequilla que chisporrotea en la sartén, el pan tostado, el estofado a punto, esa pizca de alcaravea.

Cierro los ojos y escucho el viento meciendo las hojas de los fresnos. Los cuchicheos de los que pasan, no solo en inglés, sino en francés, español, italiano... Sus acentos se entremezclan con las risas, vibrantes, bajas, a medias, todas distintivas. «Cada carcajada es una nacionalidad», eso decía mi abuelo Cillian. Podría distinguir la suya si estuviera aquí. Era la única de la familia que sabía con certeza que le brotaba porque le hacía gracia lo que yo decía, y no yo misma.

Excepto él, nadie me ha tomado en serio. Nunca. Con ocho años, terminé *El pequeño vampiro* y supe que quería ser escritora. La respuesta de mis padres y mi hermano mayor fue decirme que me dejara de tonterías y que aprendiese a dividir con dos cifras (sigo sin saber hacerlo).

Por eso, aunque esta ciudad y yo hayamos empezado con mal pie, en el fondo la adoro. Porque significa un nuevo comienzo, en un nuevo lugar, en el que los demás no ven mi mochila de fracasos y donde no puede tildárseme de infantil o crédula. Al menos, no de primeras.

Llevo demasiado tiempo soñando con pasear por las calles de Dublín, enamorarme de sus librerías, escribir en sus bibliotecas. El próximo verano volveré a casa con un libro bajo el brazo, uno mío, y todo habrá merecido la pena.

Sí, vale, lo sé: puede que haya puesto demasiadas expectativas en este curso de escritura, en este año de mi vida en la capital, pero me resulta inevitable. He luchado tanto por esta oportunidad que sería absurdo rendirme ahora.

Como si tengo que escribir mi próxima novela debajo de un puente. Aunque, sinceramente, preferiría hacerlo protegida por mínimo cuatro paredes.

Y si son las cuatro fantásticas paredes del piso que voy a visitar, mejor todavía.

—Disculpa, ¿eres la propietaria del segundo derecha?

Sobresaltada, abro los ojos y me vuelvo como un resorte hacia esa voz masculina.

Al estar tan centrada en mis pensamientos, ni siquiera le he sentido llegar. Y eso que enseguida distingo su olor: suavizante de ropa, colonia de hombre y caramelos.

El acento en inglés es fuerte, suena a país del Mediterráneo, y su apariencia lo confirma: tiene rasgos latinos muy marcados, los ojos oscuros, los labios gruesos, la nariz grande. La mandíbula es afilada, está bien afeitada y sin una marca. El chico es alto, desde luego, incluso más que yo. Un armario empotrado con aire hosco.

Tiene la piel morena y el pelo oscuro y corto, a lo romano, perfectamente peinado y algo mojado, como si acabase de salir de la ducha. Me mira serio, a la espera, a través de unas gafas de pasta negra a juego con un jersey fino sin una arruga y vaqueros del mismo tono. Le sonrío sin dudar.

Aunque este chico sea mi contrincante, mi familia no crio a una maleducada.

—¡Ojalá lo fuera! De hecho, la estoy esperando —respondo con suavidad, procurando vocalizar cada palabra—. Soy otra de las interesadas en ver el piso.

Noto cómo aprieta la mandíbula.

—Ya veo —dice monocorde—. ¿Sabes cómo es esa mujer?

—Nunca la he visto, pero creo que nos reconocerá. —Extiendo las palmas para señalarle lo obvio, y es que no hay nadie aparte de nosotros frente al portal del edificio—. Me parece que somos los únicos que lo vamos a visitar.

—¿Habías quedado a las siete con ella?

Él también se esfuerza en vocalizar con propiedad. No imbuye el tono de emoción ninguna, como si estuviera haciendo un esfuerzo mayúsculo en recordar cómo se formula cada palabra.

—Sí, ¿tú también?

—Un compañero de trabajo me recomendó que viniera —se limita a decir—. La conoce. La casa, quiero decir. Dice que está bien.

Mierda. Quizá este tío tenga el mismo carisma que un zapato, pero tiene algo de lo que carezco: un posible enchufe con la que decide quién se queda esta ganga.

—¿Y qué tal es la casera? —tiento—. ¿Es tan... *maja* como dicen?

—No la conozco —confiesa—. Ni mi compañero. Pero sí al anterior inquilino. Por él tiene el contacto. Mi compañero me dijo que viniera y aquí estoy. Eso es todo.

Bueno, bala esquivada.

—Por cierto, no te he dicho cómo me llamo. —Me señalo el pecho, aunque no sé por qué. ¿Qué me creo, la Jane de Tarzán?—. Soy Maeve. ¿Y tú?

—Maeve —repite. Hace un esfuerzo hercúleo por pronunciarlo. Suena bien, aunque más fuerte de lo normal, extrañamente grave—. Yo me llamo Rubén.

Si soy sincera, no entiendo eso. En realidad, escucho algo parecido a *Roo-algo*.

—Disculpa, ¿puedes repetírmelo?

Frunce la boca y asiente con calma. Disimula bastante bien su deseo interno de querer arrancarme la cabeza.

—Rubén.

Le imito, asintiendo también para no parecer descortés (aunque me temo que he entendido lo mismo que antes), y trato de repetirlo con una sonrisa tentativa:

—¿*Reuven*? ¿Es así?

Debería haber estudiado español en el colegio, pero estaba demasiado ocupada escribiendo *fanfics* de Crepúsculo bajo el pupitre.

—Puedes llamarme Rowan si lo prefieres —concede él en voz baja—. O Rob. Aquí todos lo hacen. Eligen el más cómodo. Está bien. No me importa.

Mira a un lado, contrito. Parece haber renunciado a su propio nombre.

Y, a juzgar por su cara de hastío absoluto, también a la felicidad en general.

—En nombre de todos los irlandeses, te pido disculpas —le digo tratando de sonar divertida—. Además, te entendemos; para nosotros también es complicado que pronuncien bien los nuestros, sobre todo los que provienen del gaélico.

—El tuyo es fácil —dice con suavidad—. Maeve.

Dios, qué vergüenza: ¿él sabe pronunciar el mío de esa forma tan fácil (y con ese acento maravilloso) y yo no el suyo?

—Vale, tú lo has querido: ahora no puedo dejarlo así. —Hago el gesto de remangarme y el chico me mira con curiosidad los brazos llenos de pecas—. No prometo acertar de primeras, pero practicaré para pronunciar bien el tuyo. La erre suena más fuerte, ¿verdad? ¿*Rooben*, así mejor?

Asiente, aunque sigue sin parecer convencido; este tío no sabe mentir y yo no puedo evitar reírme.

—Lo siento; en mi caso, si fallo, no es por maldad, sino por torpeza: los idiomas no se me dan muy allá —reconozco—. A ti sí, por lo que veo. Hablas genial inglés.

Alza el rostro del suelo con los ojos muy abiertos tras las gafas. Se las sube hasta el puente de la nariz, hasta alcanzar su ceño recién nacido.

—¿Te ríes de mí?

—¿Qué? No, claro que no.

—Cometo muchos errores —dice en un perfecto inglés neutro, tan serio que tengo que contenerme para no volver a reír.

—Pues yo no te he escuchado ninguno —insisto—. Dime, ¿llevas mucho tiempo en Dublín?

—No. No mucho. Dos semanas —contesta soltando cada frase con una breve pausa entre medias—. Tú eres de aquí, ¿verdad?

¿Cómo lo habrá sabido? ¿Habrá sido el pelo rubio, los ojos azules, la piel rosada y pecosa o el «soy más irlandesa que la Guinness» que llevo pintado en la frente con rotuladores neón?

—Sí, aunque no de Dublín, sino de un pueblo. Kilkegan, ¿lo conoces? —Por supuesto que no, pero él parece meditarlo durante un momento en lugar de decir: «Y ¿esa pocilga dónde se ubica?», como suele ser habitual—. Es igual. Está tan mal comunicado que he debido de tardar el doble que tú en llegar a la capital. ¿Piensas quedarte mucho?

—Hasta verano. Del año que viene.

Ante su silencio, balanceo los pies.

—¿Y vienes tú solo? —le pregunto curiosa. Él solo asiente—. Entonces ¿te has mudado por trabajo? ¿De qué trabajas? Oh, bueno, quizá vienes para estudiar... ¿Qué estudias? ¿Ciencias o letras?

Rubén se sube las gafas una vez más.

—Estudio. Ciencias. Un curso. Tercer año de doctorado.

Siento que le estoy sacando cada palabra con un látigo.

—¿Ah, sí? ¿Y de qué va?

—Neurobiología. —De pronto, empieza a mover las manos—. Isquemia cerebral. Prevención. Biomarcadores... Esas cosas.

Compro verbo.

—Qué interesante. —Y lo digo de verdad, aunque su ceja arqueada ponga en duda mi entusiasmo—. Yo también me quedaré hasta el verano que viene. Voy a hacer una maestría en Escritura Creativa. Tengo que crear un proyecto literario este año y entregarlo al final de curso para que lo valoren. ¡Podrían incluso ayudarme a publicarlo! Puede ser una serie de relatos, una novela, una antología... Lo que sea.

—Qué interesante.

Es mi turno para arquear una ceja, pero en realidad su tono sin emoción me hace reír a carcajadas.

Al oírme, Rubén parpadea, como si le sorprendiera mi reacción. Aunque abre la boca, no llega a pronunciar nada. Parece no saber bien qué decir, igual de frustrado que yo cuando trato de encontrar una palabra en concreto que encaje en mi historia y no me sale, sin importar si me baila en la punta de la lengua.

Rubén traga saliva, aprieta una mano con otra, carraspea. Antes de que recupere por fin la voz, otra más aguda nos interrumpe.

—Oh, ¡ya estáis aquí! Siento la tardanza. ¿Sois los dos jovencitos que veníais a ver la casa?

Me vuelvo y sonrío antes incluso de hacer contacto visual. Empieza la operación «Maeve, encantadora de serpientes».

Eso sí, esta mujer no lo parece en absoluto. Es bajita y regordeta, tendrá sesenta años y viste un conjunto de falda y chaqueta de estampado turquesa muy años ochenta. El pelo es rubio oxigenado y las gafas alargadas, de pasta roja. Un crucifijo de oro brilla entre sus clavículas.

Destila un aire tan maternal como resentido que me recuerda a mi tía Aisling. En las visitas lanza reproches a diestro y siniestro mientras te hincha a galletas de mantequilla caseras. Te hace sentir mal y te aproxima a la diabetes de tipo 2 al mismo tiempo. Así expresa su amor, con una dicotomía de rencor y azúcar.

Pero, por mucho que elucubre, en realidad lo único que sé de la mujer que tenemos frente a nosotros es que se llama Emily y que tiene la llave para hacer realidad todos mis sueños.

Lo que necesito es convencerla de que me la entregue.

—Sí, Emily, somos nosotros —contesto con rapidez. Extiendo una mano y ella la estrecha con suavidad. La carne es blanda, con manchas, pero las uñas están cuidadas, cuadradas y pintadas de rojo—. Soy Maeve. ¡Encantada de conocerla!

De reojo, observo cómo Rubén me imita. Se inclina al hacerlo, educado, y Emily no puede contenerse. Mientras se sacuden las manos, le da un repaso de arriba abajo, sin disimular lo encantada que está de ver a un tío con la ropa planchada.

—¡Qué joven tan bien plantado! —Se gira hacia mí guiñándome un ojo—. Las hay con suerte, ¿eh?

Me río con educación y respondo ligera:

—Sí, desde luego.

—Dime, chico, ¿eres de por aquí?

—Eh… no. Soy español —contesta Rubén con timidez. A ninguno de los dos se nos escapa cómo a la mujer se le congela la cara—. Estoy en Dublín haciendo un doctorado en neurobiología, en la facultad de ciencias del Trinity College.

Al contrario que antes, eso último lo ha dicho con seguridad, tan de corrido que sospecho que es algo que ha soltado miles de veces.

—¿Un doctorado? ¿En el Trinity? ¡Ooooh! ¡Ya veo! —Emily recupera su cara de felicidad—. ¡Debes de ser muy listo entonces!

—No sabría decirlo —titubea él—. Supongo que se me da bien estudiar.

—Estás en el Trinity ni más ni menos, así que seguro que sí. ¡No te hagas el humilde!

Luego se ríe. Oh, Dios, no, *no*; Rubén la está conquistando. Y eso que ni siquiera ha alterado su cara de champiñón mustio. ¡¿Qué hago?!

—Yo también estoy estudiando un posgrado —intervengo—. Me han aceptado en una maestría de escritura en la American College University. ¡Dan clase Sally Rhodes y Nessa O'Mahony!

Por mucho que a mí me vuelvan loca, no parece que eso entusiasme demasiado a Emily.

—Lo lamento, me temo que no leo nada actual —reconoce sin fingir lamentarlo en absoluto—. ¿Y cuesta mucho la matrícula? He oído que no son baratas...

—Tengo una beca —respondo acelerada, tratando de que no se me hinche el pecho de orgullo—. Por méritos y por un relato que envié para que me consideraran. Con él gané un concurso de relatos. El comité lo elogió mucho.

—¡Qué adorable! Así que escribes cuentos... —Se la ve tan feliz que ni siquiera la corrijo. Aunque debería haberlo hecho, porque enseguida pierde interés en mí y vuelve a dirigirse a Rubén—. Y a ti, ¿qué te ha hecho venir desde tan lejos? Ah, bueno, qué tonta. Las chicas bonitas, ¿verdad? No hay mejor mujer que una buena irlandesa, o ¿me equivoco?

Vuelve a guiñarme un ojo, lo que me desconcierta del mismo modo que a Rubén. Por suerte, reacciono más rápido que él.

—Oh, sí, nada más verlo lo pensé: este chico es un auténtico romántico. Se iría hasta las islas Blasket por su enamorada.

La mujer vuelve a reírse por lo bajo. A Rubén no se le ve tan contento por mi broma, y eso que debería agradecérmelo; le estoy dejando por las nubes delante de la buena de Emily.

Y no debería hacerlo. Es mi rival. La casa solo tiene un dormitorio.

A menos que quiera dormir en el sofá, pero, con esos hombros, dudo bastante que quepa siquiera en una cama de noventa.

—Bueno, bueno, ¿subimos y os enseño la casa? Está muy bien. Mandé que la limpiaran porque los últimos inquilinos la dejaron hecha un desastre. —Bufa mientras sube los pocos escalones de piedra que nos separan de la puerta del edificio—. Es tan difícil encontrar buena gente últimamente... La ciudad se llena de jóvenes sin educación ni respeto por nada. Vienen y van sin que les importe un bledo la vida de los demás. —Mientras gira la llave en la cerradura, nos mira por encima del hombro—. Me imagino que vosotros sois buenos chicos.

—Mi madre dice que soy un ángel —miento al instante—. Lloró cuando me marché de Kilkegan. Siempre le echaba una mano, y soy la más ordenada de mi casa.

—Oh, yo soy igual —asiente Emily abriendo por fin la puerta de madera azul Klein. Luego nos guía escaleras arriba sin dejar de hablar—. El orden en una casa es primordial.

—¡Desde luego! —exclamo con una sonrisa—. En mi caso, no puedo ver algo fuera de su sitio. Me da dolor de cabeza.

No tengo ni un calcetín emparejado, pero esta mujer no tiene por qué saberlo. Llevo la prueba del delito (no saber poner una lavadora) bien escondida tras mis Dr. Martens de segunda mano.

—¿Y tú, querido? ¿Eres cuidadoso? Los hombres en general son bastante desastre...

—Llevo fuera de casa ocho años —le contesta Rubén tras unos segundos—. Estoy acostumbrado a hacerlo todo. Soy muy organizado. Mi hermana dice que lo mío es casi... enfermizo.

Voy delante, así que me vuelvo hacia él, asombrada por su capacidad para mentir. A juzgar por nuestra conversación de antes, no me parecía que fuera de los que lo hacen de forma natural.

Rubén se detiene en las escaleras y se limita a devolverme la mirada con una intensidad inusual, como si me retase a negar sus virtudes de Marie Kondo masculino. No voy a hacerlo, claro, pero se acabó el ser amable: solo uno de los dos puede quedarse la casa, y esa voy a ser yo.

Lo siento por él, porque no parece un mal tío (y está de buen ver, la verdad), pero no puedo dejar que los demás me pisen. Ya no estoy en Kilkegan.

En Dublín nadie va a pasar por encima de mí.

—Es esta puerta, la de la derecha. En el piso de abajo vive un matrimonio, los Flynn. Muy amables, no hacen ruido. Venga, pasad.

Se hace a un lado en cuanto abre la puerta y soy la primera en entrar. Espero que sea la señal de que voy a quedármela, porque no tardo ni tres segundos en enamorarme de ella.

El suelo no es de moqueta, excepto en las habitaciones. En el salón-cocina hay una chimenea de ladrillo y ventanales de cristal que permiten que la luz del atardecer lo bañe todo. Ahogo una exclamación de emoción al comprobar que hay un banco de lectura de madera blanca bajo uno de ellos.

Por si fuera poco, en lo alto, una pequeña hilera de vidrieras le da al piso un toque antiguo y mágico. Los trazos de colores vivos iluminan la mesa de té, los sofás, la estantería de madera de abedul vacía.

No hay televisión ni plantas, pero si me quedara la casa, pronto pondría remedio a lo segundo. Me imagino comprando un montón de macetas que, aunque acaben muriendo por falta o exceso de riego, quedarán monísimas mientras escribo en la barra de la cocina.

Esta es verde oscura, igual que la encimera y los armarios, de tiradores redondos y dorados. El salpicadero de la cocina es de baldosas cuadradas y blancas, diminutas. Hay una cafetera industrial, microondas, horno, una nevera de dos puertas, cacerolas relucientes y tarros de cristal vacíos en la única alacena abierta.

Toda la cocina está reformada, igual que los baños. Eso oigo decir a Emily por detrás. Sospecho que habla con Rubén, porque yo me he quedado paralizada observando la luz anaranjada que pasa a través de las vidrieras del salón, rezando a los cristales para que me dejen contemplarlos cada día de este año. Por favor, por favor, por favor.

Espera, ¡¿qué estoy haciendo?! He dejado a mi competidor solo con Emily. Debe de estar camelándosela con esa extraña aura de nerd latino que desprende. Para ganar, voy a tener que utilizar mi amabilidad irlandesa y la carita de niña buena que mi abuelo aseguraba que tengo.

Claro que a saber si es verdad; ha sido el único fan que he tenido en la vida y solo mentía por mí para levantarme el ánimo (el bueno de Cillian).

Me vuelvo con la intención de buscarlos y me choco contra una pared. Solo que no está hecha de ladrillos terracota y papel pintado de flores, como la casa, sino de huesos, músculos y piel bañada por el sol.

Antes de que me lamente con un patético «ay», Rubén me agarra de los brazos.

—¿Estás bien?

—Sí, sí, perdona. —Me aparto un poco, aunque él no me suelta. Emily está a su espalda, en mitad del pasillo, poniendo una mueca de absurda alegría infantil—. Me había quedado embobada mirándolo todo.

—Si solo has visto la cocina...

—¡Y ha sido suficiente! —exclamo entusiasta, cortándole. Me inclino a un lado para deshacerme del contacto de Rubén y sonreír a la vez a Emily—. ¡Su casa es preciosa! No pensé que descubriría un oasis así en mitad de Dublín.

—Oh, muchas gracias. Era la casa de mis tíos abuelos. Los cuidé hasta que fallecieron y luego me la legaron. Aquí pasaron sus últimos días... Le tengo mucho cariño. —A pasos cortos, la mujer se aproxima a nosotros—. Por eso me molesto tanto en que las personas que vivan aquí la respeten. No quiero descerebrados ni gentuza incapaz de acatar normas o de establecer compromisos. —Emily cabecea con la mirada perdida, como si en su mente desfilaran imágenes de guerra y bombas incendiarias—. La palabra de una persona debe ser sagrada. Tengo que confiar al cien por cien en quienes se queden aquí.

—Es totalmente comprensible. —Asiento un par de veces—. La fidelidad es lo más importante. Mi abuelo solía decirlo. —Aunque dudo, al final añado—: Si te comprometes con alguien, le debes la misma sinceridad que te debes a ti mismo.

En esta ocasión, no me estoy tirando un farol. Puedo tolerar muchas cosas (lo hago, de hecho), pero no romper una promesa.

Eso sí, unas cuantas mentirijillas no hacen daño a nadie. Como asegurarle a esta mujer que seré la inquilina ejemplar y que limpiaré el polvo de la casa todas las semanas. ¿A quién le importa? No estará aquí para comprobarlo.

—¿Quieres ver el resto del piso? —me pregunta Rubén en voz baja, como si fuera una confidencia—. Las habitaciones y... eso.

—Hay algunos cambios respecto a las fotos del anuncio —agiliza Emily—. En el estudio he colocado una cama individual. Para algún invitado. —Lanza una risilla ridícula—. Qué bien te vendrá si vienen a visitarte desde España, ¿eh, querido?

Mieeeeeeeeeerda.

Le ha elegido. Ya está. Se acabó.

Derrotada, vuelvo la cabeza hacia Rubén. Quiero que vea en mis ojos que le odio y, al mismo tiempo, le admiro. ¿Cuánto ha estado a solas con Emily? ¿Tres minutos? ¿Qué le habrá dicho para convencerla? ¿Le habrá hecho promesas pecaminosas? Aunque no me imagino a este tío arrancándole los botones de la chaqueta estampada a mordiscos.

Uh. ¿Qué te pasa, Maeve? Menuda imagen.

Rubén acaba captando mis señales y me devuelve la mirada. No parece satisfecho ni victorioso (no como lo estaría yo, que desprendería una soberbia inaguantable). Sus ojos descienden hasta mi boca, mi cuello, mis clavículas. Los párpados se entrecierran cansados. Como si en esta pelea por el piso a quien hubieran derrotado hubiera sido a él.

Quizá no ha entendido bien la indirecta de Emily. Ahora que caigo, la mujer tiene un acento norteño muy cerrado. Entonces ¿le doy mi enhorabuena a este tío o le convenzo de que la casera me ha elegido para que se marche de la competición?

Dios, NO. No soy tan mala. Preferiría vivir bajo el puente O'Connell a hacerle una cosa así a alguien, por muy desconocido que sea.

—Sois adorables —suelta de pronto Emily, provocando que los dos demos un respingo—. Ahí, lanzándoos miraditas... Me recordáis a mi Kevin y a mí.

En un gesto reverencial, se aferra al colgante de la cruz sobre el pecho. Aprieta los dedos en torno a él hasta que los nudillos se vuelven blancos.

—Os seré sincera: sois la pareja que más me ha gustado. Han venido otras de visita y he tenido mis dudas, pero con vosotros lo veo tan claro... Lo supe al veros frente a la puerta, ahí, en la calle. La mejor pareja es esa que se hace reír. —Ella lo hace en ese momento—. Además, parecéis buenos cristianos. No quiero una de esas relaciones de ahora, abiertas, múltiples o qué-sé-yo. Este hogar necesita una pareja decente. De las de siempre.

Creo que el tiempo se ha detenido. De hecho, va tan lento que me escucho a mí misma hablar de esa forma grave y absurda de la reproducción en menos cinco:

—¿Una pareja... decente?

—Sí, nada de promiscuidades. Lo que tengo claro es que aquí no van a hospedarse estudiantuchos que se traigan noche sí y noche también a desconocidos que hagan a saber qué. No. —Sacude la cabeza—. En cambio, vosotros parecéis tan calmados y enamorados, así, mirándoos como si en el mundo no os hiciera falta nada más que vuestra compañía mutua.

Pero ¿qué c...?

No consigo formular una frase coherente, ni siquiera mentalmente. Sigo en shock.

Me vuelvo hacia Rubén para comprobar que él está en un estado peor: comatoso. Abre y cierra la boca como un pez sin que salga nada racional de ella. Sin embargo, por la pérdida de color en la cara, diría que ha entendido palabra por palabra lo que esta señora ha dicho.

No quiero prejuzgar, pero a quién voy a engañar, lo hago constantemente, así que presumo que este español con un cerebro privilegiado para las ciencias es torpe en todos los demás aspectos de la vida y va a corregir a Emily.

Va a provocar que perdamos este piso.

El mejor piso de Dublín.

El piso de mis sueños.

«Por encima de mi cadáver».

—No podemos ocultarlo, ¡qué vergüenza! —Agarro el brazo

de Rubén y, de un tirón, lo pego a mi pecho—. Mira que intento que no se nos note, pero es imposible, ¡estoy tan contenta de que haya conseguido hacer su año de doctorado aquí! Es sobre biomarcadores en... histeria cerebral. —Bueno, algo parecido—. Se lo rifaban en todas partes, ¿sabes, Emily? Pero él dijo que no. Quería el Trinity. Quería Dublín. Por encima de todo, quería estar conmigo.

Mientras Emily suelta un «oooh» tan empalagoso como la melaza, yo me alzo lo justo para darle a Rubén un beso en la mejilla.

—¿No vas a decir nada, cariño? —Le sonrío con suavidad, a escasos centímetros de su oído—. ¿Esta casa tan maravillosa te ha dejado sin palabras?

MAEVE

Efectivamente, mi novio falso ha perdido la capacidad de unir dos palabras seguidas.

Mejor así. Me da carta blanca para decirle a Emily todo lo que quiere oír.

Primero me deshago en alabanzas hacia mi genio de la neurobiología, que ha volado dos mil kilómetros solo para estar conmigo, una irlandesa de familia humilde que nunca ha salido de su pueblo (eso último sí que es verdad).

Le recalco nuestro currículum intachable, nuestras becas, nuestra holgura económica. En mi caso, es una mentira como una catedral; la beca solo me cubre la matrícula de la universidad, lo demás va de mi bolsillo (del que está a punto de salir una polilla).

Desconozco la situación de Rubén, pero su aspecto de niño bien y sus músculos me hablan de una dieta sin falta de nutrientes. Es suficiente para asumir que podrá pagar su parte del alquiler (que, gracias a él, me saldrá más barato: mis previsiones de bancarrota mejoran).

Al final me lamento de los problemas que hemos tenido para encontrar una casa perfecta para los dos en la ciudad, un hogar donde instalarnos durante un año sin «estudiantuchos», como los ha llamado ella. ¿Compañeros de piso adictos a la juerga que nos molesten en nuestro primer nidito de amor? No, gracias; somos gente de bien que solo quiere hacerse arrumacos en el sofá mientras escucha a The Corrs.

—Me alegra que compartáis mi política de cero fiestas —sentencia ella—. Una cena con amigos, sí, claro, no soy un monstruo, pero ¿por qué los jóvenes de ahora solo quieren beber y beber sin ningún otro fin?

Porque nos hemos comido varias crisis económicas, somos una pandilla sobrecualificada sin futuro laboral asegurado y la cerveza barata es más fácil de conseguir que una hipoteca.

Pero me limito a asentir dándole la razón.

—Por supuesto, nada de fiestas —recalco—. Mi chico necesita un espacio tranquilo para escribir su tesis y yo para mis… cuentos. —Me vuelvo hacia el salón, a esa miríada de luces de colores que bailan sobre el parqué de madera clara—. Este piso parece un buen lugar para crear algo de cero.

—Estoy segura de que estaréis muy a gusto. —Aunque las arrugas en los ojos de Emily se acentúan al sonreír, parece más joven—. ¡No se hable más! Si estáis de acuerdo, yo también. Tengo el papeleo del contrato aquí al lado. Así os podéis mudar cuanto antes. Necesito que me hagáis el ingreso de la fianza y de dos meses por adelantado, eso sí.

Ahí está, la famosa puñalada (en este caso, tres en una).

Por suerte, vengo preparada. Ya se me escaparon dos pisos porque quienes los visitaron al mismo tiempo que yo tenían el dinero de la entrada preparado de antemano (malditas víboras), así que antes de venir he sacado del banco la mitad de mis ahorros y los llevo en un sobre en la mochila.

Nunca me he sentido tan paranoica. Cualquiera con el que me he cruzado de camino aquí me ha parecido un ladrón en potencia, incluidas las monjas de visita en St. Mary. He ido con la mochila pegada al pecho como si fuera mi hipertrofiado bebé koala.

Hago memoria del precio del alquiler que ponía en el anuncio. Sí, creo que tengo suficiente para pagarlo todo. Más tarde echaré cuentas con mi pareja falsa. Que, por cierto, sigue sin decir ni mu.

No le he soltado. Tengo su brazo bien agarradito, rodeado por los míos y pegado a mi costado, no vaya a querer escaparse. Aunque no parece que vaya a hacerlo, porque desde que le besé está tieso como un palo.

Tampoco es para tanto. ¿Los españoles no se saludaban así? ¿Qué le pasa?

Sigo sin entender cómo lo ha hecho, pero se ha camelado a esta señora católica y apostólica que está ridículamente en contra del poliamor. No podíamos desaprovecharlo. Después de una semana en la que más de veinticinco propietarios y cuatro inmobiliarias me han rechazado de forma sistemática, esta es la primera (y mejor) oportunidad que se me ha presentado para poder vivir con dignidad.

Si tengo que arrastrarme por el suelo para que Rubén me siga el juego, lo haré. Cuando estemos a solas, claro. Aunque por el momento no ha negado nada de lo que he dicho, así que asumo que está en el ajo.

Eso o no ha entendido ni una palabra de toda nuestra conversación.

—Voy a por los papeles —anuncia Emily después de un rato—. Quedaos aquí. Enseguida vuelvo.

Solo cuando oigo cerrarse la puerta del piso, me separo de Rubén.

—Lo hemos conseguido —susurro. Luego suelto su brazo poco a poco, dedo a dedo. Él sigue en el mismo sitio. Le miro. Me mira. Sonrío vacilante, lenta. Triunfante—. Tengo piso. ¡Tengo piso! ¡*Tenemos* piso! ¡La pesadilla ha terminado!

A Rubén no le da tiempo a replicar nada, porque mi euforia me empuja a abrazarlo rodeándole el cuello con los brazos hasta tirar de él hacia abajo. También doy unos cuantos saltitos porque, por qué no, y de paso me río como una niña de tres años.

—¡Pensé que nunca lo conseguiría! ¡Ciudad del infierno, te he ganado!

La risa me vibra en el pecho y, por extensión, se traslada al suyo. Lo noto duro y ancho contra el mío, un contraste de huesos que me hace sentir frágil y hueca.

No lo aparento (¿o sí?), pero me corren ríos de miedos por las venas. El pavor a no encajar, a fracasar en mi intento de escribir algo serio, de volver a Kilkegan y que sigan sin considerarme un prototipo de adulta respetable.

Sé que no voy a volver a verlo, pero pienso en IGI (el Innombrable Gilipollas Infiel) y en que me gustaría que se arrepintiera de haberme ninguneado, igual que todos los demás.

Rubén sigue tan quieto y callado como antes, lo que convierte en incómodo mi arrebato de felicidad genuina. Me separo de él lo justo para buscarle los ojos tras las gafas.

—¿Tú no estás contento? ¿Qué pasa?

Sé que conservo una espectacular sonrisa de boba porque Rubén no deja de mirarla.

—¿Por qué has dicho eso?

—¿El qué?

—Que somos pareja.

—No ha surgido de mí —me excuso con rapidez—. Ella lo ha asumido y yo no lo he negado.

—Has hecho algo más. —Hace una pausa dramática—. Le has dado muchos detalles.

—Era lo que quería oír y lo que necesitábamos para conseguir la casa. Una mentira piadosa por un bien mayor.

En ese momento, me doy cuenta de que sigo rodeándole el cuello con los brazos y los retiro con rapidez. Rubén parece tensarse todavía más cuando lo hago.

—Puede que tú no estés tan desesperado como yo —añado con comprensión—, pero llevo siete días en Dublín y la búsqueda de un lugar que no fuera una ratonera ha sido misión imposible. ¡Un auténtico infierno! No puedo más. Esto es justo lo que necesito.

Rubén continúa en silencio, serio. De repente, me siento una tonta. Le he arrastrado conmigo sin preguntar. Quizá él no esté tan presionado por las circunstancias como para mentirle a una viuda sentimental y convivir con una extraña.

—Mira, si no quieres compartir el piso conmigo, bien —murmuro—. O si no te has enamorado de él tanto como yo, perfecto. En ese caso, déjame quedármelo. Al fin y al cabo, ya pensaba vivir en él sola. Cuando en un futuro Emily pregunte por ti, le diré que estás muy ocupado, yo qué sé.

—No. —El tono es tajante. Él mismo se da cuenta de la forma en que lo ha dicho y carraspea antes de añadir, más bajo—: Yo también lo necesito. Llevo aquí dos semanas. También ha sido horrible. Igual que para ti. No, peor. He visto cuarenta casas y cuando decía que era español... —Se para y busca las palabras antes de añadir—: Esto está bien conectado con el laboratorio. Lo quiero.

—¡Genial! Entonces estamos de acuerdo. —Vuelvo a sonreír esperanzada—. Emily no te aceptará a ti solo, lo siento, así que no queda otra, seguiremos mi plan: fingiremos ser pareja y viviremos un año como buenos compañeros de piso. ¡El alquiler nos saldrá baratísimo! Y yo soy una compañera maravillosa, ya verás.

Alza ambas cejas, como poniéndolo en duda, y dirige una mirada vacilante a la entrada.

—No me siento bien mintiendo a esa mujer —susurra—. ¿Y si nos pilla?

—¿Por qué tendría que hacerlo? Ni que fuera a vivir en el pasillo, pendiente de si hacemos rechinar el colchón cada noche. —Rubén se sube las gafas con rapidez, aunque en realidad apenas hayan descendido—. Emily lo ha dicho, ahora hay dos camas, ¿verdad? Nos repartimos las habitaciones y listo. Aunque una sea más pequeña, me da igual. Llevo una semana viviendo en un sofá con una familia numerosa adicta a las telenovelas, cualquier cambio será a mejor. Y esta casa es... —Me permito lanzar un suspiro soñador y cerrar los ojos. El aire huele a madera, friegasuelos y al verano que muere—. ¿No crees que bien merece una mentira?

Cuando abro los ojos, pillo a Rubén observándome.

Sigue imperturbable, apenas puedo leerle. No sé si está de acuerdo conmigo, si me desprecia o si siente curiosidad.

Quizá sea una mezcla de las tres cosas al mismo tiempo.

—¿Qué pasa? —le pregunto.

—Sigo sin sentirme bien.

—¿Qué, por qué?

—Vamos a vivir una mentira. —Hace una pausa de esas suyas y añade—: No está bien.

Me da la sensación de que quería decir algo más. En lugar de explayarse, se limita a mirarme de arriba abajo, desde el bajo de mi larga falda de cuadros hasta el *crop top* de lana verde. Espera, ¿me está juzgando?

Me cruzo de brazos.

—Oye, ¿tan terrible te parece fingir que eres mi pareja? —Bufo—. Además, qué más te da. No tienes una real, ¿no?

Enseguida me imita, el jersey se tensa sobre sus hombros anchos.

—¿Y tú qué sabes?

—Ah, ¿sí que tienes?

Se queda en silencio. Otra vez. Voy a repetirle la pregunta, más despacio por si no me ha entendido, cuando suelta:

—Sí.

—¿Sí? ¿En España?

—Sí, tengo novia en España —dice remarcando cada palabra de la frase. Enseguida arruga la frente—. ¿Qué pasa? ¿Te sorprende?

—Por supuesto que no —miento.

Es una mentira a medias. Es decir, Rubén no es un trasgo. Al contrario, es bastante guapo. Asumo que inteligente, si está haciendo un doctorado. Y seguro que si se abriera más, tendría su encanto. Pero me da la sensación de que no es muy social, sino uno de esos tipos encerrados en sí mismos y adictos a estudiar enfermedades raras.

En fin, quién me creo para juzgar, si yo misma soy una rarita con un historial romántico que da ganas de echarse a llorar. A lo mejor Rubén ha encontrado en su país a su media naranja, una científica tan brillante como él.

Además, que tenga novia no cambia las cosas. De hecho, las mejora. No tendré que preocuparme de que quiera nada conmigo. Y yo *jamás* intentaría nada con alguien comprometido.

Nunca le haría a otra mujer lo mismo que me hicieron a mí.

—Así que tienes novia —digo dotando mi voz de un tono más dulce—. Me alegro por ti, en serio, pero entonces ¿qué te preocupa? Crees que no le hará gracia este acuerdo, ¿es eso? —Ni se molesta en asentir—. Vale, bueno, lo entiendo. En ese caso, puedes decirle la verdad sin problema. Dile que hemos mentido a la casera para que su chico tenga un techo bajo el que cobijarse. Puede venir a visitarte cuando quiera y comprobar nuestras buenas intenciones. Hasta puedo escribirle, llamarla o lo que sea, y jurarle que no le tocaré ni un pelo a su chico si así se queda más tranquila. Yo prometo de corazón no propasarme contigo. —Pone una mueca de asco tan graciosa que me echo a reír—. Excepto para Emily, seré una compañera de piso a todos los efectos, nada más. Cada uno por su lado. ¿Qué dices?

Rubén lo medita. Y se toma su tiempo. Tras un larguísimo minuto, me pregunto si ha llegado el momento de ponerme de rodillas y suplicarle con lágrimas de cocodrilo.

—Está bien. Lo haremos.

La sonrisa me sale sola y Rubén vuelve a mirarla, tan atento como cuando Emily y yo hemos hablado antes, como si tuviera que traducir también ese gesto a su propio idioma.

—Gracias, de verdad. ¡No te arrepentirás!

—Espero que no —murmura.

Justo a tiempo, se oye la llave girar en la cerradura.

—¡Traigo el contrato! —Emily reaparece por el pasillo con un par de carpetas y un bolígrafo—. ¿Estáis listos?

—Más que listos —respondo risueña—. De hecho, ¿cuándo podríamos mudarnos?

Junto a mí, Rubén masculla algo entre dientes que no suena a inglés. Me pregunto si ha sido una palabrota o un rezo.

RUBÉN

Me pregunto si he cometido el peor error de mi vida.

Eso pienso tras despedirme, primero de Emily, después de Maeve, y echar a andar hacia el albergue donde he sobrevivido durante quince días. No es que odie Dublín, pero no me ha recibido con una alfombra roja precisamente.

Desde que llegué a la ciudad me he sentido ninguneado, rechazado y escupido, incluso de forma literal (digamos que el lugar donde me hospedo no es el mejor valorado en TripAdvisor). Y, aunque mi directora de tesis insistió en que hacer una estancia fuera para tener un doctorado internacional sería estupendo para mi futuro, ya no estoy tan seguro.

Sí, el equipo del Trinity es estupendo, y algunos de los equipos con los que cuentan son mejores que los que tenía en España. También está el tema de mi carrera; la doctora Blasco tiene razón, una estancia en una gran universidad mejorará mi currículum de investigador y, por ende, mis perspectivas. Sé que cuando termine la tesis, la búsqueda de un puesto de posdoc libre de condiciones esclavistas será compleja, tan difícil como encontrar un buen piso en Dublín.

Pero. Hay tantos que no sé ni cómo jerarquizarlos.

Podría empezar por el inglés. Lo hablo, lo entiendo y lo uso. Pero ya me cuesta desenvolverme en mi propio idioma sin sentirme idiota como para nadar en las aguas oscuras de uno nuevo en el que me bloqueo cada dos frases. Sobre todo si delante de mí parlotea a la velocidad del rayo una lunática.

Maeve. Creo que lo he pronunciado bien antes. No me ha corregido, así que asumo que sí.

Me pregunto si he acabado aceptando convivir con una chiflada que me apuñalará mientras duermo. Quizá deba comprar un pestillo e instalarlo en la puerta de mi habitación. Por si las moscas.

Por otro lado... Tengo piso. Y, si no fuera por ella, esa señora me habría rechazado, estoy seguro.

Sin embargo, sigo sin sentirme bien mintiendo. No estoy acostumbrado. Mi hermana insiste en que es uno de mis múltiples encantos, pero dudo demasiado a menudo de su uso del sarcasmo como para estar seguro de que lo dice en serio.

Y esta vez lo he hecho. No una, sino dos veces.

No solo le he mentido a Emily; eso podría justificarlo, de la misma manera que lo ha hecho mi futura compañera de piso. Pero no me ha bastado con eso. He mentido sin que tuviera sentido. Le he mentido a Maeve.

¿Por qué le he dicho que tenía novia?

Si uso la lógica y desgrano lo que sentía en ese momento, obtengo una respuesta fácil: ha sido por orgullo. Me he sentido ofendido porque creyera (de forma acertada) que no tenía pareja, cuando no es nada degradante. *Sé* que no es nada degradante. Lo sé porque nunca la he tenido y no me siento inferior ni superior a quienes sí. Jamás me ha importado.

Hasta ahora.

Acompaño al río Liffey en su recorrido, procurando no rozarme con nadie en el proceso. No me gusta que me toquen. Me gusta mantener mi espacio personal a salvo de los demás, a menos que no haya otro remedio.

Maeve lo ha hecho. Me ha tocado, quiero decir. Varias veces. Comprendo las razones. Y, dejando a un lado lo inesperado del gesto, no es que me haya importado. Y eso sí que me extraña. Es como si mi subconsciente hubiera decidido que no es una amenaza incluso antes de que lo decida yo mismo de forma activa, porque claramente lo parece. Dado que sigo sin comprender del todo mi mente (ni la de nadie, por eso decidí estudiar neurobiología), me limitaré a aceptar ese hecho y no le daré más vueltas. Es lo mejor.

En cualquier caso, no creo que Maeve tenga que relacionarse conmigo de esa forma a menudo. Emily va a entregarnos las llaves mañana por la tarde; supongo que eso pondrá fin al teatro.

Para cuando llego al albergue, ya es de noche. Lev, el estudiante ruso que está en recepción, se limita a levantar la cabeza al verme. Luego vuelve la atención a su móvil y se balancea en el taburete tras el mostrador. Los folletos y mapas sobre él están desordenados, y refreno mi impulso de acercarme para alinearlos en montoncitos iguales. Cuento hasta tres, me tomo un caramelo de violeta de los que llevo en el bolsillo y subo las escaleras hasta el tercer piso.

En el pasillo hay dos hombres. Están apoyados en el ventanuco abierto del fondo, cada uno en un lado del marco, fumando. El primer día les recordé que estaba prohibido, ahora solo les reprocho la actitud con una mirada de hielo que deciden ignorar.

Entro en mi cuarto y dejo la puerta abierta para que se ventile y porque no tardaré mucho en largarme a cenar. Comienzo a recoger mi ropa, la meto en la maleta y dejo fuera solo lo que voy a usar mañana para ir al laboratorio.

—¿Te vas, guapito? —Ni siquiera me giro hacia Clyde. Es el pesado del cuarto de enfrente. En parte, he dejado la puerta abierta para que no la aporree preguntándome estupideces—. ¿Has encontrado un lugar mejor para caerte muerto?

—Teniendo en cuenta dónde estamos, no era complicado que acabase encontrándolo.

Clyde se ríe mientras se sorbe los mocos y tose, todo al mismo tiempo. Me pregunto cómo lo hace sin sufrir un aneurisma.

—Voy a echarte de menos. ¿Dónde te vas?

—No pienso decírtelo.

—¿Y qué pasa con nuestras partidas de ajedrez?

—Juega con Lev. Está abajo.

—Lev es un... —suelta algo en un inglés demasiado cerrado como para que lo entienda—. Oye, ¿no te quedará de ese jamón que trajiste?

—Te lo comiste todo el primer día —le recuerdo. Termino de cerrar la mochila y me dirijo a la puerta. Me quedo frente a ella hasta que Clyde pilla mis intenciones (obvias) y se aparta—. Mañana madrugaré y me marcharé a la universidad con todas mis cosas, así que no volveremos a vernos. Adiós.

—¿Adiós? ¿Así te despides de tu vecino después de dos semanas? —Clyde hace el amago de acercarse a mí para abrazarme, por lo que doy un paso atrás—. Qué insensible, Rob. ¿Los españoles no eran pasionales y buena gente?

—Hay cuarenta y ocho millones, estoy seguro de que no soy la única excepción. —Cierro la puerta a mi espalda—. Buena suerte.

En realidad, no sé si se la deseo a él o a mí. Puede que la haya agotado toda en encontrar ese piso. Puede que lo que me espere el resto del año con esa desconocida me haga echar de menos a Clyde como vecino.

—¡Buena suerte a ti también! —escucho a mi espalda—. ¡Echaré de menos esa carita avinagrada tuya!

Aunque es difícil que convivir con Maeve sea peor que esto.

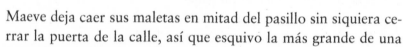

Maeve deja caer sus maletas en mitad del pasillo sin siquiera cerrar la puerta de la calle, así que esquivo la más grande de una zancada y reparo el error.

Detesto las puertas abiertas. En las películas y series, no aguanto que los personajes las dejen así a su paso. ¿Nadie tiene miedo a que le roben? ¿A que los demás escuchen lo que no deben?

En nuestro caso, Maeve y yo tenemos mucho que perder si alguien del edificio oye lo que no debe. Emily acaba de marcharse y ha prometido volver en un rato para traernos no-sé-qué (no habla tan rápido como Maeve, pero su acento es más cerrado).

—¿Has traído toda tu ropa a Dublín? —le pregunto cuando vuelvo al pasillo—. ¿No es demasiado?

—¿Ropa? Ah, no, ropa solo hay ahí —dice ligera, señalando la maleta más pequeña, que sigue siendo más grande que la única que he traído yo—. ¿Puedo colocar algunas de mis cosas en el salón? Hay una estantería, me pido al menos dos baldas.

—Es toda tuya.

No tengo muchas pertenencias. Me ponen nervioso. Son más preocupaciones y responsabilidades con las que cargar. Prefiero viajar ligero, tener poco y bien cuidado, lo justo. Ni más ni menos. Además, así las decisiones diarias son más fáciles. Ropa para el trabajo, ropa para deporte, ropa de repuesto. Lo poco que leo lo leo en digital, y la mayoría son artículos científicos; sería una locura malgastar papel en imprimir todo lo que descargo de PubMed.

Maeve suelta un gritito de alegría cuando le digo que la estantería es entera para ella y se lanza a abrir la maleta más grande. Es descomunal. Quizá llegue a los treinta kilos. Me pregunto por qué la está abriendo delante de mí, si será de esas personas sin una gota de sentido de la intimidad o el decoro.

Hasta que la abre. Y entiendo que es una de esas personas sin medida alguna.

—¿Todo eso son libros?

—¿No lo ves? Sí, son todo libros.

Coge uno aparentemente al azar y lo acerca a su rostro. Cierra los ojos y aspira su aroma. La conozco desde hace poco, tan poco que es ridículo, pero ya he visto a Maeve hacer ese gesto varias veces.

Cuando vuelve a abrirlos, me mira y me siento cazado en cierto modo. Avergonzado y alerta.

—Donde estén mis libros, estará mi hogar —dice risueña—. No podía dejarlos en Kilkegan, mi madre los habría llevado al mercadillo de los jueves. ¡Ni de broma iba a dejarlos solos! Son mi bien más preciado.

Pasa la mano por encima de la portada en un gesto de cariño y reverencia, y me pregunto si poseo algo a lo que le tenga el mismo apego.

No se me ocurre nada. Le tengo aprecio a mi ordenador, pero si se me rompiese o lo perdiera, lo que más lamentaría sería el dinero que necesitaría para sustituirlo. Lo guardo todo en la nube. Compruebo unas diez veces al día que todo está en orden, en especial el documento de la tesis.

Sí, supongo que en mi caso sería la tesis. Esa en la que no avanzo.

—Deberíamos hablar del reparto de habitaciones —le recuerdo.

Ella asiente, todavía con una sonrisa suave bailándole en los labios. Se levanta con una pila de libros, que sujeta con la barbilla, y se dirige al salón silbando una melodía. La sigo a unos pasos y continúo hablando, aunque dudo que me esté haciendo caso realmente.

—Lo más justo es echarlo a cara o cruz —insisto—. Decidirá el azar.

—Lo más justo es que tú te quedes el dormitorio, el que tiene la cama más grande —contesta práctica, sin volverse a mirarme.

—¿Qué? ¿Por qué?

—Porque eres el más grande de los dos. —Empieza a colocar sus novelas en la balda más alta. No sigue un patrón específico, ni de color ni de tamaño, y dudo que lo haga por editorial o autor, porque uno es *1984* y otro *El pequeño vampiro*—. Además, te vendrá bien para cuando vengan a visitarte y, ya sabes, necesites estar cómodo con ella.

—¿Con quién?

Enseguida pienso en mi hermana Rebeca, aunque a ella le daría igual dormir sobre un campo de cardos. Aunque es posible que, cuando venga a verme, decida pasar la noche fuera con el séquito de amigos que hará en la cola de cualquier baño.

—¿Con quién va a ser? —Maeve me mira por encima del hombro—. Con tu novia.

Ah. Cierto. El problema de no estar acostumbrado a mentir es que suelo olvidarme de los pormenores.

—Ya, bueno, no es justo que me quede con el dormitorio más grande por tener pareja y tú te conformes con el estudio diminuto solo por estar soltera. —Dudo antes de añadir—: ¿Y si consigues salir con alguien durante tu curso?

Maeve suelta una carcajada y, a la vez, uno de los libros que ha colocado en la estantería se cae hacia un lado.

Me pican los dedos. Los dedos, las mejillas y puede que también un poco el pecho, no sé si por el libro caído o por la risa de Maeve, que me ha pillado por sorpresa. De nuevo.

E, igual que ayer, ha sonado tan abierta y franca como parece ser ella.

—Oh, ¡no te preocupes por eso! Quedémonos con mi presente

y muy probable futura soltería. Además, ya estoy muy agradecida de que encandilaras a Emily y creyera que somos novios como para exigir nada más. —Se da la vuelta y apoya ambas manos en la balda de abajo. La estantería se mueve peligrosamente a un lado y otro libro se cae—. Tú, la cama grande; yo, la pequeña. Te prometo que estaré bien, grandullón.

Quiero recordarle que no soy mucho más alto que ella, pero es cierto que la diferencia entre nosotros no se limita a la altura. Maeve es delgada, de hombros estrechos y huesos finos. Me recuerda a una elfa de fantasía, tan alta como espigada, con los rasgos delicados, casi desdibujados.

Se mueve ligera, como si nada le pesara, aunque sus botas sean grandes y toscas en comparación con sus extremidades. Hoy lleva pendientes de plumas, el pelo suelto hasta la cintura con algunas trenzas perdidas que no ha llegado a terminar. Lleva una falda tan larga como la de ayer, hecha de retales, y otro jersey igual de corto (¿qué sentido tiene un jersey que no cubra el cuerpo y proteja correctamente del frío?). Es azul claro, del mismo color que sus ojos. La mayoría de los irlandeses tienen ese tono apagado, como el cielo de la capital en las pocas ocasiones en que se despeja.

Esos ojos siguen mirándome y me dan ganas de decirle que no, no soy más grande que ella. No me *siento* más grande que ella. En especial si me contempla de la forma en que lo hace. Así, a la espera, como si quisiera comprender algo de mí mismo que ni yo entiendo del todo.

—¿Cuántos años tienes?

No sé por qué le he preguntado eso. En cualquier caso, a Maeve no le extraña en absoluto y responde rápida:

—Veinticuatro. ¿Y tú?

—Veintiséis.

—¿Eres capricornio?

—¿Cómo? Ah, no. No lo soy. —Frunzo el ceño—. ¿Por qué, es un mal signo?

—No, pero son los más raros. —Se echa a reír, imagino que por la cara que he puesto—. Tampoco es que crea a muerte en esas cosas, pero ayuda a juzgar a la gente cuando se comenta.

—¿Y qué has juzgado sobre mí?

—No lo sé. —Entrecierra los ojos un poco—. Eres difícil de leer.

Vuelve a balancearse y la estantería lo hace con ella. De forma instintiva, doy un paso hacia delante para sujetar el mueble y Maeve da un respingo.

—Ten cuidado —le digo—. No deberíamos romper nada el primer día.

—Creí que estaba anclada a la pared.

Lo ha dicho muy bajito, casi asustada. No entiendo por qué hasta que me doy cuenta de que, intentando mantener la estantería recta, la he arrinconado contra ella.

Mis brazos la enjaulan contra los estantes medio vacíos y, en esta posición, su respiración nerviosa me hace cosquillas en la garganta.

Necesito tragar saliva antes de volver a hablar.

—¿Estás bien?

—Sigo viva. —No sé si eso es un jadeo o una risa—. Gracias por salvarme, grandullón.

Me alejo marcha atrás, despacio, con las manos arriba y las palmas extendidas hasta colocarme como estaba hace solo un momento. A unos pasos de ella. En territorio seguro.

«¿Seguro? ¿Por qué he pensado eso? Ni que fuera peligrosa». Maeve no lo es. Al menos, por fuera ya no me lo parece. Habla raro, es rocambolesca y viste como Phoebe de *Friends* (mi hermana me obligó a ver la serie con ella y confieso que las risas enlatadas me ayudaron a saber cuándo un chiste debía hacerme gracia), pero no creo que sea una chica con la que haya que tener cuidado.

Habrá que explicárselo a mi sistema nervioso simpático, porque se me ha acelerado el ritmo cardiaco y continúo en tensión.

Puede que haya sido la estantería a medio caer. Si no la hubiera sujetado, alguno de los dos podría haberse hecho daño.

Es eso, sin duda.

—¿Y tú qué opinas del horóscopo? —me pregunta Maeve de repente—. No seas prudente. Di la verdad.

Eso se me da bien. Más tranquilo, respondo:

—Vale. Opino que no tiene sustento científico. Las historias de las constelaciones sí son interesantes, y las constelaciones en sí también. Como teoría sin sentido, es menos insultante que la de la supuesta energía de los minerales. Al fin y al cabo, la vida en la Tierra sí depende de una bola gigante de helio e hidrógeno, y el horóscopo habla de la influencia de los astros en nuestro crecimiento personal. Es absurdo cuando lo piensas, pero la importancia del ambiente en nuestras vidas sí está demostrada, y conductualmente supongo que sí que importa nacer virgo o leo: si te han repetido toda la vida que debes encajar en un arquetipo, acabarás por amoldarte a él.

El asombro en su cara me incomoda. Creo que he cometido varios fallos al hablar. ¿He usado bien las estructuras gramaticales? Puede que me haya equivocado con alguna forma verbal. Detesto cometer errores, no transmitir con exactitud mis ideas.

Estudio la posibilidad de pedir disculpas, volver a empezar o aclarar algo, cuando Maeve asiente.

—Tienes razón, nunca lo había visto así —dice—. Y hablando de minerales, yo tengo muchos; no te asustes cuando los veas, pero no es por lo que crees. Es solo que me parecen muy bonitos. Dan a las habitaciones un rollo *aesthetic* que me encanta. Tienen el poder de hacerme sentir bien. Me gusta tener cosas bonitas alrededor, cosas que no cambian si yo no quiero que lo hagan. —Hace una pausa y se cruza de brazos—. Pero sí, las estrellas... De todas las teorías sin sentido es la más divertida, ¿verdad? Que nuestra personalidad la controlen bolas de gas gigantes a millones de años de distancia de aquí.

—Años luz —la corrijo.

Me arrepiento al instante, pero ella no le da importancia.

—Años luz, eso. —Sonríe—. Nunca se me dio bien la física. ¿Es verdad que algunas de las estrellas que vemos ya están muertas?

—En algunos casos, sí. Nos llega la luz que emitieron hace miles de años.

—Así que, cuando observamos el cielo, contemplamos el pasado.

—Bueno... Algo así.

—Qué romántico, ¿no te parece?

No sé qué tiene de romántico la muerte de las estrellas y el desajuste que la velocidad de las radiaciones a través del espacio produce en su percepción, pero apenas tengo tiempo de pensar sobre ello. En ese momento llaman a la puerta y Maeve salta como un cervatillo.

—¡Ya vamos! —Al pasar, me roza el brazo con la mano dejándola un poco más de lo que sería un roce casual—. Venga, cariño, viene de visita nuestra adorable casera. Habrá que actuar un poco, ¿no? Unos arrumacos y la dejamos contenta.

Tardo unos segundos en reaccionar. Para cuando lo hago, Maeve ya ha llegado al vestíbulo. Me doy prisa en seguirla, esquivo las maletas que ha dejado por el suelo y observo cómo saluda a Emily con una voz cantarina y alegre.

Pensé que hablaba rápido, pero al escuchar su conversación con la casera, me doy cuenta de que antes estaba haciendo un esfuerzo por hablarme despacio.

Algo sólido y pesado se me instala en la boca del estómago. Me fijo en su espalda, en las trenzas deshechas aquí y allá entre el caos de pelo rubio, y me entran ganas de terminarlas, darles un fin.

La yema de los dedos vuelve a picarme, igual que la piel del brazo donde me ha tocado Maeve.

Puede que mi nueva compañera de piso no sea peligrosa para los demás, pero es posible que sí lo sea para mí.

MAEVE

Emily no parece peligrosa, pero lo es.

Peligrosamente pesada.

—Os quería traer la normativa de las basuras, la fecha de la próxima revisión de la caldera y esas cosas. Aquí está todo.

Emily deja los papeles sobre la encimera de la cocina y observa alrededor interesada. No sé por qué, si no nos ha dado tiempo a instalar nada. Se fija en lo único diferente (mis maletas abiertas por el suelo, los libros en las baldas), y cabecea.

—Si necesitáis cualquier cosa, *cualquier cosa*, no dudéis en llamarme. —Mira a Rubén y sonríe, aunque no tengo claro si él ha entendido lo que ha dicho. El tío parece como ido desde que ha llegado la casera—. Vais a estar mínimo un año aquí, así que quiero que estéis cómodos. Cuidaréis la casa y, a cambio, yo os cuidaré a vosotros.

—No es necesario que te preocupes, estaremos bien —le aseguro. Me acerco a Rubén y engancho su brazo con el mío, apoyando la cabeza ladeada sobre su hombro—. Somos muy apañados. Aquí mi chico es un espabilado y yo soy metódica. Eso sí, si tenemos algún problema, te avisaremos.

Noto que Rubén se tensa ante mi contacto. Ignoro por qué, tampoco es para tanto. En realidad, le he tocado como lo haría con cualquier amigo de confianza.

Aunque, bueno, esa idea es teórica, porque no tengo ningún amigo así. Los únicos que he conocido en la vida real me han olvidado, están muertos o me han traicionado. El resto son personas increíbles que he conocido en internet (y que viven a miles de kilómetros de mí) o personajes ficticios de novelas.

No pasa nada, estoy bien. Es difícil que te hagan daño de esa manera, así que todo son ventajas.

Ay, sueno lastimera, ¿verdad? Prometo que estoy de lujo, las amistades de toda la vida están sobrevaloradas.

—Por supuesto, avisadme enseguida si algo falla o queréis consultarme algún aspecto del piso. —Emily se baja del taburete de la barra de la cocina (¿por fin va a largarse? Gracias, Señor)—. Recordad, nada de fiestas.

—Nada de fiestas. —Tiro de Rubén para que lo repita conmigo. Su voz suena ronca y lenta—. ¿Necesitas que te acompañemos a algún sitio? ¿Al coche o a la parada del bus? Ya es bastante tarde y se hará de noche enseguida.

—Oh, no, muchas gracias. Este es un barrio muy tranquilo. —Emily va hablando mientras caminamos hacia la entrada—. Además, no hace falta. Vivo aquí al lado.

Asiento, tranquila, hasta que Rubén, que sigue igual de rígido a mi lado, decide pronunciarse por cuenta propia:

—¿Al lado? ¿Dónde vives?

Emily abre la puerta de casa. Se vuelve con una expresión neutra y, de repente, siento un escalofrío que me eriza el pelo de la nuca.

—Pues aquí enfrente. ¿No os lo había dicho? —La mujer señala la puerta al otro lado de la escalera, donde reluce un «2.º izquierda»—. Mejor imposible, ¿no creéis?

No.

No, no, no, no.

¿Está tomándonos el pelo? ¿Es Emily una viuda tétrica con un sentido del humor retorcido? Se parecería todavía más a mi tía Aisling, que colecciona esquelas del periódico dominical que le hacen gracia, así que no me extrañaría una pizca.

Suelto una risa nerviosa y Emily una de esas suyas, corta y aguda, que hace sonar todavía más antinatural la mía.

—¿Somos... vecinos? —pregunto para darle la oportunidad de negar (por favor, que lo haga) la bomba que acaba de soltar.

—Sí, así es. ¡Tenéis la ayuda a unos metros de vosotros! Así todo será más fácil, ¿no creéis?

Lo que creo es que esta mujer es una villana creada por Stephen King. Nos secuestrará antes de que llegue el invierno, pondrá a Rubén a trabajar para ella como mayordomo sexy vestido solo con un delantal y a mí me obligará a escribir cuentos de animalitos a lo Beatrix Potter.

—Sí, ¡es estupendo! —miento—. Entonces, buena vuelta a casa, Emily. ¡Nos vemos!

Ella vuelve a reír y yo fuerzo una sonrisa mientras cierro la puerta del piso.

No he soltado a Rubén, así que aprovecho para tirar de su brazo y buscar comprensión en su mirada desenfocada (por el miedo, supongo).

—¿Qué vamos a hacer? ¡Joder! —Él parpadea al escuchar la palabrota y enseguida reculo—. Perdón, pero ¡esa tía está trastornada! —Vuelvo la cabeza a todas partes, revisando los techos y las esquinas de las paredes—. ¿Crees que habrá cámaras? ¿Tendrá una habitación llena de pantallas desde donde nos espía? ¿Venderá nuestras imágenes por internet o solo las usará para sus turbias fantasías?

—Ahora lo entiendo —murmura Rubén sin hacerme caso—. Mi compañero de laboratorio me comentó que era una casera difícil. Se lo dijo su amigo. Le dijo que se marchó por lo pesada que era. Pensé que era por lo de que solo alquilaba a parejas y... bueno, porque parece un poco entrometida.

—¡Entrometida es poco! Oh, no, ahora sí que me la imagino al otro lado de la mirilla para comprobar si te doy un besito de despedida cada mañana. —Rubén alza ambas cejas—. No me mires así, ni que esto fuera cosa mía.

—En el hipotético caso de que fuéramos pareja, que no lo somos, tampoco sería necesario que nos pusiéramos pegajosos.

Tiene los ojos fijos en mi mano alrededor de su codo. Lo suelto al instante y se me escapa una carcajada incrédula.

—¿Pegajosos? Madre mía, pero si apenas te he tocado.

—Bueno, sí, ya sabes, hablaba en futuro, *a* futuro, perdón,

¿está bien la preposición? —balbucea a toda prisa. Luego suelta algo en español y vuelve al inglés—: Es igual. Ya no está Emily. Terminemos con la mudanza.

—Tú vas a acabar en cinco minutos, ¿eh?

Señalo su única maleta, de pie en el vestíbulo. Diminuta. No sé si a mí me cabría ahí algo para un fin de semana siquiera. Aunque en realidad no he viajado nunca mucho más lejos o más tiempo.

Esta es la primera vez que me alejo tanto de Kilkegan. Estudié la carrera de Literatura Inglesa a distancia mientras trabajaba en el pub del abuelo, y en mi clase del colegio éramos cinco; las pijamadas no eran numerosas ni habituales (dejando a un lado que mis compañeros eran cada uno de una edad, incluyendo a mi hermano, y vivían en la misma calle).

—Tengo solo lo necesario —dice contemplando mis novelas, todavía en la maleta abierta.

De pronto, la frase me suena a reproche. ¿Qué más le da que yo tenga muchas cosas? Aquí cada uno que cargue con sus taras personales (y sus indicios tempranos de síndrome de Diógenes).

—¿Qué quieres decir con eso, Rubén, que yo no?

—Ah. Perdona. ¿Necesitas todos esos libros?

—No, todos esos libros me necesitan a mí.

—Entiendo —dice asintiendo con la misma seriedad—. Entonces ¿seguro que estarás bien en la habitación pequeña? —Luego hace una pequeña pausa y añade—: ¿Te cabrá todo lo que tienes?

—Exagerado —bufo—. Ya verás como sí.

Después recorro el pasillo hasta asomarme al estudio para, de alguna manera, demostrárselo.

Es cierto que en las fotos del anuncio parecía más grande. No sé si llegará a tener siete metros cuadrados, y habrá menos útiles si resto lo que ocupan el monstruoso armario de madera y la cama individual que ha colocado Emily en la pared opuesta.

No obstante, hay hueco para que pueda encajar junto a la cama alguna mesilla donde colocar mis minerales y una lamparita de lectura. Además, hay algo más importante que todo eso: una gran ventana de marco blanco que da a la calle. Las ramas de un arce se mecen suaves, apenas llega ruido del exterior. Está orientada hacia el este, así que entrará luz a raudales cada mañana.

Me imagino escribiendo frente a ella y mis pies caminan solos hasta aproximarme a los cristales.

—Es perfecta —digo en voz alta. Coloco la palma extendida sobre la ventana; el calor de mi piel se traslada al vidrio y me deja una sensación fresca en las yemas de los dedos—. Escribiré mi proyecto con estas vistas tan bonitas. El dormitorio grande no las tiene.

—¿Y dónde vas a escribir, de pie? No hay escritorio y dudo que quepa uno.

Me vuelvo hacia Rubén sin despegar la mano del cristal. Está en la puerta, ocupando todo el umbral. Me observa con la misma expresión glacial, cruzado de brazos, como si estuviera enfadado por mi falta de percepción espacial.

—Qué positivo, hombre. ¡Claro que cabrá! Buscaré uno de segunda mano, en internet o en mercadillos. A este cuarto le pega algo *vintage*, con un poco de historia.

—Los escritorios antiguos suelen ser grandes —me recuerda. Le echa un vistazo rápido a la habitación, de punta a punta. Me imagino un puñado de números y ecuaciones sobre su cabeza—. Quizá podrías comprarte uno de esos minúsculos de Ikea, que caben en cualquier hueco.

—Pero eso no tendría personalidad, ¿no crees?

Se abstiene de decir nada, pero su expresión habla por sí sola. «Eres idiota». Bueno, que piense lo que quiera. Este es mi año en Dublín y este el cuarto donde voy a vivir, el sacrosanto espacio en el que escribiré algo que valga la pena.

Una habitación propia, tiempo y dinero es lo que necesita una autora para despegar, eso decía Virginia Woolf, y ahora ya tengo uno de los tres requisitos.

Organizaré y decoraré mi espacio como yo quiera, al margen de lo que un desconocido piense de mí o mis gustos.

—Encontraré uno perfecto, ya verás —le prometo, como si acabase de aceptar un reto que no me ha lanzado—. ¡Será mi primera misión en Dublín!

Rubén clava la mirada en mi sonrisa de suficiencia y asiente con la cabeza sin añadir nada más.

Luego se da la vuelta y le oigo arrastrar su maleta hasta el final del pasillo, donde está su dormitorio. Por mi parte, me vuelvo hacia la ventana para observar el movimiento hipnótico de las hojas del árbol, todavía verdes, y de las sombras efímeras que crea la luz del atardecer en las ramas.

Recuerdo entonces el mar desde la ventana de mi cuarto, compartido con mi hermano Kane, en Kilkegan. Las guirnaldas con caracolas que coloqué de cortina a cortina junto al abuelo después de una semana entera recogiéndolas juntos en la playa. Mi hermano se quejó desde el principio del ruido que hacían cuando abríamos los postigos y soplaba el viento, pero el abuelo Cillian se negó a quitarlas.

Recuerdo volver de su funeral y dejar la ventana abierta toda la noche para que soplara la brisa marina e hiciera sonar las conchas unas con otras, acompañándome en mi patético llanto nocturno. Al día siguiente, mamá las quitó sin pedirme permiso. Le grité que la odiaba y me respondió que no fuera niña. No las había tirado.

Acabó devolviéndomelas con un deje exasperado.

«Cuando tengas casa propia, podrás colgar todas las tonterías que tú quieras».

Aunque en el centro de Dublín no hay mar, tras colocar mis novelas en las baldas del salón decido que las caracolas quedarán preciosas sobre la ventana.

Esa noche la dejo abierta. Los sonidos de la capital, más fuertes e inconstantes que el océano, acompañan los de las conchas al chocar entre sí. Crean una nana a la que es imposible que me resista. Duermo con una sonrisa, extrañamente consciente de que, al otro lado de la pared, habita un desconocido.

Tampoco supone una diferencia con la casa donde me crie. De alguna manera, siempre he vivido con gente que nunca se ha molestado en conocerme.

RUBÉN

Aunque todavía no conozco bien a mis compañeros de laboratorio, ya son capaces de adivinar en cuanto me ven si me he levantado con el pie izquierdo.

—¡Vaya cara, tío! ¿No huías por fin de ese albergue infernal y dormías anoche en el piso nuevo? —me pregunta Niall desde su puesto, lleno de placas que está marcando con un rotulador. Lleva la bata sucia y remangada hasta los codos, y un chupa-chups en la boca, que, por supuesto, no se quita al hablar—. ¿Ha sido por la casera loca? ¿Qué ha pasado?

—Nada —respondo seco mientras me dirijo a mi puesto—. Tardo en acostumbrarme a los lugares nuevos.

Eso es verdad, aunque, en este caso en concreto, no es lo único que ha perturbado mi descanso.

Maeve. Sabía que estaba al otro lado de la pared, en la habitación contigua, y ser consciente de ese hecho me impedía dormir. ¿Por qué? Creo que ha sido la frustración por no hallar una respuesta a esa pregunta lo que, en el fondo, me ha desvelado toda la noche.

Katja, en la bancada opuesta a la de Niall, levanta la cabeza en mi dirección. Apenas habla ni se mete en la vida de los demás, por lo que nos caímos bien desde el principio.

—A mí también me pasa —dice comprensiva. El tono monocorde y el acento del este endurecen la empatía que sé que siente—. Y Dublín es muy ruidosa.

—Eh, de eso nada —defiende Niall. Es el único autóctono de

los tres, así que se toma muy a pecho cualquier afrenta mínima a su país; solo puede insultarlo él, lo que hace con regularidad—. Tu problema, mi querida Katja, es que decidiste vivir al lado del Temple Bar. No es problema de la ciudad.

—Era la habitación disponible más barata —se excusa ella—. Pero eso no refuta mi opinión. Dublín es ruidosa.

Niall boquea, indignado, y yo me quito la chaqueta, la mochila y empiezo a organizarme el día en el cuaderno de laboratorio, sin prestarle atención.

No es por desconsideración, sino porque sé lo que sigue: un discurso eterno sobre las maravillas de vivir en esta ciudad.

—¡Ruidosa! ¡Cómo se nota que eres de un país con más animales que personas! Dublín es una de las capitales más pequeñas, tranquilas y maravillosas de Europa. —Allá va—. Obviamente, si eliges vivir en un piso viejo y mal insonorizado junto a la zona de fiesta más turística y con más bares, es lo que pasa. Ahora bien, si vivierais junto al mejor parque de Europa, el Phoenix Park, como yo, o, a ver quién más, ah, sí, el maldito presidente de Irlanda, no tendríais esos problemas que tenéis. Pero como aquí nadie hace caso al experto...

—Niall, Rowan y yo no hemos *decidido* vivir en un sitio en concreto —le corta Katja—. En Dublín, vives donde puedes, no donde quieres. —Asiento sin volverme, dándole la razón—. Y Rowan ha pasado una primera mala noche, déjalo en paz. Además, hoy revisa sus cultivos. Ya sabes lo que eso significa.

—Oh, lo había olvidado. —Aunque Niall baja la voz, le oigo perfectamente—. Mejor no hablarle hasta que compruebe que han muerto todas sus celulitas.

—Gracias por la confianza —mascullo.

Niall pide disculpas (riéndose de mí, lo sé) y el laboratorio se queda en silencio.

Sí, hoy es un día clave en el crecimiento de mis neuronas. Desconozco el porqué, pero no están creciendo como deberían. Necesito que lleguen a unos estadios de maduración lo suficientemente avanzados como para realizar los siguientes experimentos. Llevo poco en Dublín, pero ya debería tener unos cultivos primarios decentes como para poder empezar a trabajar con mi propio material y no con muestras prestadas.

Me coloco la bata y los guantes, y me dirijo a la nevera donde guardamos las células, rezando por que las mías se mantengan en buen estado. Necesito cultivos puros y mixtos, neuronales gliales, y por ahora no he tenido suerte con ninguno.

Después de un rato junto al microscopio, noto la presencia de alguien a mi lado.

—¿Ha habido suerte?

Es incapaz de quitarse el chupa-chups de la boca, pero al menos ya habla lo bastante despacio como para que Katja y yo le entendamos. Eso sí, fue necesaria una reunión de urgencia el tercer día para que entendiese que nuestras peticiones no eran una locura, solo el requisito mínimo para que la comunicación fuera bidireccional.

—Con la mitad, sí.

El golpe en el hombro casi provoca que me clave el ocular del microscopio en el ojo.

—¿Ves, tío? ¡Han resistido! Solo necesitabas tener un poco de paciencia.

—Tengo mucha paciencia —le aseguro—. Pero en España no crecían tan mal.

—Eh, las células son iguales aquí que allí, ¡no nos eches la culpa a los irlandeses de eso también!

—Puede que sea el medio neurobasal —escucho a Katja por detrás—. ¿Estás usando el mismo o has modificado algún componente?

Los tres seguimos discutiendo hasta que determino que la razón por la que no han prosperado hasta ahora es: ninguna. En cualquier caso, mantengo las que han salido adelante, les cambio el medio acuoso y las guardo de nuevo rezando por que sobrevivan un día más.

No soy religioso. No creo en nada que no haya visto, escuchado o estudiado. La magia es ciencia todavía por explicar. Y los sucesos incomprensibles tienen una base racional, por mucho que cueste dilucidarla.

Las neuronas no crecían y ahora sí por una razón. La desconozco, pero existe. Quizá esta generación de células es más fuerte, quizá los medios que usaba con las anteriores tenían alguna tara o quizá olvidé seguir algún paso. Aunque dudo bastante sobre esto último, revisaré de nuevo mi cuaderno de laboratorio por si acaso.

Y con Maeve sucede lo mismo. Que su presencia en la casa me impida dormir debe tener una explicación plausible.

Tal vez sea porque no estoy acostumbrado a compartir piso con una persona a la que no conozco. Durante la carrera, pasé de mi habitación individual en la residencia de estudiantes a convivir con dos compañeros de universidad que ya sabían de mis rarezas, y yo de las suyas.

Debe de ser eso. Tengo que hacerme a las rarezas de Maeve. Por lo que he comprobado, tiene unas cuantas. Es posible que el proceso sea largo.

Casi al final de la jornada, de nuevo en mi puesto, anoto todo lo que he hecho: revisión de cultivos, contaje de neuronas, reunión de equipo, estudio de un nuevo protocolo de IFI y detección de anticuerpos en LCR de pacientes que nos han enviado desde el Hospital St. Vincent.

Cuando termino, contemplo la siguiente hoja en blanco del cuaderno. Sin pensar, apunto en español:

Maeve *(¿apellido? Mirar en contrato de alquiler)*
Estatus: *compañera de piso / falsa novia*
Objetivo: *acostumbrarme a ella / que se acostumbre a mí / conocerla mejor*
A tener en cuenta: *ella cree que tengo novia / la casera cree que es mi novia*
Lo que sé de ella: *24 años, natural de Kilkegan (Irlanda), estudiante de escritura, escribe cuentos relatos*
Aspecto: *rubia, pelo largo y ondulado, 1,75 aproximadamente, delgada, viste sin tener en cuenta el tiempo exterior ni la funcionalidad de la ropa*
Propuesta de acercamiento:
◊ *confirmar si realmente está bien en la habitación más pequeña*
◊ *preguntar por su familia (nombró a un abuelo)*
◊ *hacer cosas con ella*

Contemplo la última frase y enseguida la tacho. Una, dos, tres veces. ¿Qué estoy poniendo? Cualquiera que lo leyera podría pensar otra cosa. Y no lo he escrito pensando en nada. Ni en eso ni en... nada.

Compruebo mi reloj de pulsera. Tampoco es que sea demasiado tarde ni haya trabajado más que otros días, no puedo achacarlo al cansancio. En el laboratorio, carecemos de horario fijo y la mayoría echamos más horas de las que deberíamos. La ciencia es así. Las células no entienden de fines de semana ni los experimentos de doce horas, de jornadas reducidas.

Vuelvo la atención al papel otra vez. Debo de estar perdiendo el juicio. ¿Por qué he puesto todo eso? Absurdo.

Tras arrancar la hoja de la libreta, noto una vibración en el bolsillo de los vaqueros. El móvil. Qué raro. Tengo silenciado a todo el mundo.

Es posible que sea mi hermana, aunque siempre espera a que sea yo quien le escriba cuando salgo de trabajar. A menos que sea una urgencia.

En la pantalla bloqueada parpadea el mensaje entrante de un número que no he guardado.

> Hola! Estás ocupado? Dime
> que no! Te necesito!

Al final hay un emoji de unas manos rezando y un corazón rojo. Levanto la vista. Por encima de las máquinas que hay entre nosotros, vislumbro el pelo naranja rizado de Niall junto al granate y liso de Katja. Están hablando sobre los turnos de mañana en el microscopio de fluorescencia.

Solo puede ser una persona.

> ¿Maeve?

53

> Sí, soy yo! No tenías mi número guardado???

> No. ¿Tú sí el mío?

> Lo copié del contrato de alquiler!
> Bueno, dime, estás ocupado?

Considero qué responder. Son las cinco de la tarde. Podría seguir aprovechando el tiempo en el laboratorio. Un par de horas, al menos.

Vuelvo la vista a la hoja de papel arrancada y al final escribo:

> Acabo de terminar de trabajar.
> ¿Por qué dices que me necesitas?

> Porque eres fuerte. Y la única
> persona que conozco en Dublín

> Eso no contesta a mi pregunta.

> Se me apaga el móvil, no hay tiempo para
> explicaciones! Ven, te espero en la puerta
> del edificio! En nuestra casa! Gracias!!!
> Te lo agradezco infinito, no tengo a nadie
> más que a ti!

Después, se desconecta.

Bloqueo el móvil de nuevo. ¿Maeve no conoce a nadie más? Es cierto que comentó que todavía no había comenzado su curso. Solo ha hablado con sus compañeros de máster por mensajes de texto.

Ahora no puedo dejarla en la estacada, no sería educado, así que recojo mis cosas, me pongo la chaqueta y, fijándome de nuevo en la hoja que he arrancado, hago algo que no es propio de mí: tomo una decisión basándome en un impulso. En lugar de tirarla, añado una frase en el último punto.

«Ayudarla si me necesita».

Luego doblo en cuatro el papel y lo guardo en la cartera.

—Oíd, chicos… me marcho —informo a mis compañeros desde la puerta. Niall y Katja asienten sin hacerme caso—. Lo siento.

Niall es el primero en alzar la vista.

—¿Qué, por qué, qué ha pasado? No te preocupes por el charco en el suelo, he sido yo. Ahora lo limpio.

—¿Cómo que has sido tú?

Se encoge de hombros.

—Estaba caducado.

—¿El qué estaba…?

—¿Por qué has pedido disculpas? —me interrumpe Katja.

—Porque siento irme tan pronto.

—¿*Tan pronto*? —Niall suelta un resoplido divertido—. El otro día te quedaste hasta las nueve de la noche, tío. Anda, lárgate.

Sigo con la mano en el pomo, pero la mirada de Katja me dice sin palabras lo mismo que Niall, así que me marcho. De todas formas, puedo recuperar el tiempo mañana. Y ya he hecho todo lo que me había propuesto para hoy.

Ahora me toca iniciar un experimento sin protocolo. Aunque esté nervioso mientras camino hasta casa, me digo que, al fin y al cabo, no hay peligro de contacto entre sustancias reactivas. Solo voy a ayudar a mi compañera de piso. Eso es todo.

RUBÉN

Todo a mi alrededor se desdibuja cuando la veo de lejos, sobre la acera junto a la casa. No está sola. Una monstruosidad de madera oscura le sirve de asiento.

Incluso con su altura, subida a ese escritorio los pies no le llegan al suelo. Los balancea con la mirada perdida en lo alto de nuestro edificio hasta que, por alguna razón, parece presentir que me aproximo y vuelve la cabeza hacia mí. En cuanto me reconoce en la distancia, se le ilumina el rostro.

No logro comprender cómo consigue que la sonrisa le ocupe toda la cara.

Freno en seco sin darme cuenta y Maeve grita mi nombre. No el real, el que ella usa, por mucho que se esfuerce en pronunciarlo. Después alza ambos brazos, los agita en el aire para llamar mi atención y el jersey que lleva (morado y, de nuevo, corto) se le sube un poco. Veo una franja de piel blanca que asoma entre los pantalones anchos de talle alto y el suéter. Es cierto que técnicamente todavía estamos en verano, pero no hace ni veinte grados. ¿No tiene frío? Es ridículo.

Vuelvo a echar a andar. Al llegar hasta ella, Maeve aplaude.

—¡Has venido! ¡Muchas gracias!

—¿Pensabas que no lo haría?

—No estaba segura, se me apagó el móvil después de mi mensaje de desesperación. —De un salto, se baja del escritorio y me lo señala con los brazos estirados, agitándolos como un presentador de televisión—. ¿Qué opinas?

Meto las dos manos en los bolsillos de la chaqueta y le echo un vistazo. Incluso me permito dar una vuelta alrededor para observarlo mejor. Maeve, paciente, espera a que termine con la esperanza pintada en la cara.

Es clásico, de líneas rotundas y estilo algo barroco. Está desgastado por el tiempo, en especial en la superficie del tablero, pero de manera homogénea. En los lados tiene algún raspón, nada que no pueda arreglarse con un poco de barniz.

Parece el escritorio de un antiguo despacho de abogados o de la consulta privada de un médico del siglo pasado.

—¿De dónde lo has sacado? —le pregunto con tiento—. ¿No tendrá carcoma?

—¡Eh, que no lo he cogido de la basura! Un tío se mudaba y quería deshacerse de él, decía que era un armatoste que había heredado de sus abuelos. Pedía la voluntad. Le he dado diez euros y un paquete de chicles. Lo ha aceptado porque es un gilipollas, si me preguntas, pero no voy a quejarme, ha sido una ganga. —Sigue hablando con la misma expectación, solo que ahora teñida por una pizca de nerviosismo—. ¿Y bien? ¿Qué te parece?

—Sí, te ha salido barato. Pero es enorme. —Tengo miedo a la respuesta y, aun así, debo preguntarlo—: ¿Cómo piensas meterlo en casa?

—Por la puerta, bobo. —Se echa a reír—. ¡Para eso te necesito! Hay que subirlo por las escaleras. Lo he traído hasta aquí con la furgoneta del tío, pero no me quería ayudar a nada más.

No me extraña. Tiene pinta de pesar un quintal. Aunque cabrá por el umbral, lo hará a duras penas, y eso sin contar con que no hay ascensor en el edificio. Habrá que subirlo a pulso.

Estoy considerando cómo organizarnos para hacerlo cuando caigo en la cuenta.

—Espera, ¿te has subido a la furgoneta de un desconocido?

—No seas carca, grandullón. No me ha pasado nada.

—Podría haber pasado. ¿Sabía alguien dónde o con quién estabas?

—¿Qué más da eso? —me pregunta divertida.

Sé que Irlanda no es un país especialmente peligroso, pero escucharla tan despreocupada me enfada un poco. Nadie sabía dónde estaba ni con quién, y su familia vive lejos. Si le hubiera pasado algo, ¿a quién habría avisado, quién se habría dado cuenta de su ausencia, quién habría pedido ayuda a las autoridades?

«¡No tengo a nadie más que a ti!».

Ya, la respuesta era evidente.

Nunca he sido responsable de la seguridad de nadie, mi hermana Rebeca ha ido como cuarenta pasos por delante de mí en casi todo. Ahora, sin embargo, me inquieta la posibilidad de que la chica frente a mí se fíe demasiado de alguien y acabe necesitando un rescate.

¿Lo pagaría? Bueno, supongo que sí. Es mi novia falsa, eso implica cierta responsabilidad cívica.

Mientras cavilo, Maeve coloca la palma sobre la superficie del escritorio, acaricia con reverencia las marcas del tiempo sobre la madera y acaba descendiendo hasta los dos cajones bajo el tablero.

—No me gustan los tiradores —murmura para sí—, pero eso puede cambiarse más adelante.

Los contemplo tratando de buscar algún defecto, que evidentemente no encuentro.

—¿Qué problema tienen?

—Son aburridos.

—Cumplen su función —le digo abriendo y cerrando un cajón para demostrárselo.

—Da igual. Los odio. En cuanto lo coloque bajo mi ventana, voy a quitarlos.

—Eso suponiendo que podamos subirlo —apostillo—. Y que te quepa en la habitación.

—¿Qué dices? ¡Claro que sí!

Le echo otro vistazo al escritorio. Luego a ella.

—No va a caber.

—No es la primera vez que me dicen eso ¡y luego siempre entra!

Alzo ambas cejas y, tras un segundo de desconcierto, Maeve se echa a reír.

—Vaya, vaya, *Rooben*, menudo pervertido estás hecho... Te juro que va a caber, ¿qué te apuestas?

—Yo no apuesto, y menos por algo así —contesto con suavidad—. No vamos a hacer el esfuerzo de subirlo para nada.

—¡Claro que valdrá la pena! Venga, ¿de qué me sirve un compañero de piso alto y fuerte si no es para esto? —Maeve junta ambas palmas, como el emoji que me mandó en el mensaje—. ¡Por favor! Si me ayudas, te deberé un favor. Te lo prometo.

Dudo por un instante. Hasta que recuerdo la hoja que guardo en la cartera.

«Ayudarla si me necesita». Eso puse. Y ahora Maeve me necesita, esté equivocada o no.

—Está bien —accedo—. Agárralo de ahí.

Cómo no, de primeras no me hace caso. En lugar de hacerlo, rodea el mueble hasta alcanzarme y, sin más, me da un abrazo.

Aunque no lo hace con fuerza, el gesto es tan rápido e imprevisto que me quedo sin aire por un momento.

Siento su pecho blando contra el mío, sus brazos rodeándome la cintura y las manos cruzándose en la mitad de mi espalda, casi tocándose. A pesar de que aguanto la respiración, percibo que el pelo le huele a vainilla y madera.

Noto el corazón en la garganta. Pero es imposible porque, a la vez, resuena rápido y sorprendido bajo mis costillas, que es donde debería estar.

Espero que ella no pueda oírlo; su oreja está pegada a mi jersey, más cerca del esternón que del lado izquierdo. Puede que eso sea suficiente.

Apenas unos segundos después, Maeve me suelta, como si no hubiera hecho nada anormal, y vuelve a colocarse como antes, al otro lado del escritorio. Esboza esa sonrisa suya mientras sujeta el borde con ambas manos.

—¿Lo cojo así?

Tras recomponerme, corrijo su postura. Le doy unas cuantas instrucciones que esta vez sí sigue. Lo levantamos y movemos con torpeza hasta subir los pocos escalones que separan la acera de la puerta del edificio, y lo dejamos en el suelo con un gruñido cansado.

Mientras Maeve rebusca las llaves en su mochila de tela, se las apaña para jactarse.

—¡Te dije que no sería tan duro!

—No me dijiste nada de eso. Y esto ha sido lo más fácil. —Le señalo con un pulgar los escalones a mi espalda—. Estás jadeando y todavía queda lo peor. ¿Te has fijado en lo inclinadas que están las escaleras hasta nuestro piso?

—Como animador eres una cosa loca, *Robin*, deberías hacerte profesional. —Aunque su frase suena dura, en realidad continúa con la misma expresión alegre—. Hale, la puerta ya está abierta. ¿Lo agarro como antes? ¿No te pesará mucho desde esa posición?

Por eso me he puesto detrás, para cargar con la mayor parte del peso durante la subida. Si no lo hubiéramos hecho así, Maeve habría sucumbido bajo una tonelada de madera. Y no quiero que se haga daño.

No quiero decir que sea frágil (no lo es, al menos no en un sentido figurado), pero dudo que sea capaz de levantar más de cinco kilos con los mismos brazos con los que me ha envuelto antes.

Aunque, en realidad, quien se siente siempre torpe bajo su contacto soy yo.

—¿Qué miras?

Parpadeo confuso, hasta que me doy cuenta de que he debido de quedarme mirándola fijamente mientras le daba vueltas.

—Nada.

Pone los brazos en jarras.

—Pensabas que soy una floja, ¿eh?

—No pensaba nada parecido. —¿Eso cuenta como mentira? Decido volver a lo importante—. Vale, agarra fuerte de ahí. Tendrás que sujetarlo mientras andas de espaldas. ¿Podrás?

—¡Pues claro que sí! Llevo trabajando en el pub de mi abuelo desde los trece años. —Flexiona el codo para contraer su bíceps (inexistente) y señalármelo—. ¡He cargado barriles y todo!

—¿Desde los trece? ¿Eso no es ilegal?

—¿Tú crees? —Maeve compone una expresión aterrorizada y baja la voz—: ¿Me detendrá la policía?

—En todo caso, a tus padres y a tu abuelo, que son los que te hicieron trabajar cuando no debías.

La expresión de miedo se transforma en una mueca divertida.

—*Reuven*, que estaba de broma. De todas formas, en los pueblos es normal que los niños echen una mano en los negocios familiares.

—¿Sirviendo alcohol?

—Y mi abuelo ya está muerto, no va a detenerlo nadie —termina de decir—. Bueno, ¿subimos el escritorio o continuamos hablando de mi pasado como adolescente pseudoesclavizada?

Prefiero hacer lo segundo, pero tiene razón, no podemos seguir ocupando la entrada del edificio. Los vecinos de abajo podrían aparecer o, peor, Emily. Y Maeve tendría que volver a fingir que somos pareja.

Ya me ha abrazado. Con una vez al día es suficiente.

Volvemos a cargar con el mueble. Es complicado mover un escritorio gigantesco y comunicarse a resoplidos en un idioma que no es el tuyo, en especial si además tratas de guiar a una persona que lo entiende todo al revés.

—Gira.

—¡No puedo girar más!

—Sí, unos cuarenta y cinco grados a tu izquierda —le pido. Me mira desde el otro lado del escritorio, con la cara toda roja y el ceño fruncido—. No puedo ser más preciso, Maeve.

—¡¿Qué es eso de los putos grados?!

—Como los de los ángulos. ¿Prefieres que te hable con horas? Oriéntalo hacia tus menos veinte.

En respuesta, mascula algo en inglés.

Creo que es la irlandesa más malhablada que conozco.

—Así, gíralo hacia tu izquierda, solo un poco —sigo diciéndole con suavidad—. A la izquierda, no a la derecha. *Tu* izquierda, Maeve.

Apenas lo mueve, suspira y hace después el amago de soltarlo.

—Dios, *Rooben*, tenías razón, no vamos a poder...

—¡No lo dejes caer! —No suelo gritar, así que me sorprendo hasta a mí mismo. Maeve no parece extrañada; de hecho, cierra los ojos a mi orden, agotada—. Vamos, queda poco. Espera, voy a sujetarlo mejor desde abajo. Después, gíralo como te he dicho y empuja un poco hacia arriba. —Tras una pausa, añado—: Lo estás haciendo muy bien.

—Mientes fatal.

—No te miento. Hemos llegado a la mitad del camino, ¿no lo ves? —Vuelve la cabeza hacia arriba y me atrevo a volver a hablar—: ¿No dijiste ayer que esta era tu primera misión en Dublín? ¿Te vas a rendir tan pronto?

Es como si hubiera tocado una fibra sensible. Coge una gran bocanada de aire y levanta de nuevo el escritorio de un tirón. En el camino suelta una retahíla de frases en inglés, pero no le pido que las traduzca. Deduzco que no son para mí.

Para cuando llegamos al descansillo de nuestra planta, ambos estamos sudando. Me quito la chaqueta con un movimiento de hombros, la doblo y la meto en un cajón. Luego me remango el jersey hasta los codos, del mismo modo que hace Niall cada mañana al llegar al laboratorio. Katja siempre insinúa que un día perderá la piel de los antebrazos cuando se derrame sin querer ácido sulfúrico y él replica que así al menos perdería las pecas (y le darían la ansiada baja para perdernos de vista).

Me pregunto qué dirían si me vieran así, acalorado, mal vestido y subiendo a pulso un mueble inservible treinta y ocho escalones.

Supongo que se reirían a mi costa. No los culpo.

—Oh, Dios. —Alzo la vista hacia Maeve. Se me ha quedado mirando con la boca abierta y el índice apuntándome al rostro—. Estás...

—¿Qué?

—Nada.

—¿Tengo algo en la cara?

Me quito las gafas para comprobar que no están sucias.

—¡No era nada, en serio! —insiste ella. Es extraño, de repente parece nerviosa. Se apoya en el escritorio y empieza a dar pequeños saltos—. Y ahora qué, ¿lo metemos en el piso? ¿Estás cansado? ¿Esperamos un rato? ¿Cabrá por la puerta?

—Sí, sí, no y más te vale.

Por alguna razón, mi respuesta le hace gracia. Tenemos que esperar a que deje de reírse porque asegura que al hacerlo pierde fuerza.

Cinco minutos más tarde, en el pasillo del piso, Maeve me mira a los ojos y, por fin, lo reconoce:

—Tenías razón.

—Ya lo sé.

—Qué odioso eres —bufa. Estoy tentado de defenderme, pero al final sonríe—. No puedo meterlo en mi cuarto. Tendría que elegir entre la cama o él.

—Y no parece muy cómodo para dormir.

Vuelve a reír.

—Tienes razón, no mucho.

—¿Qué hacemos? —Le señalo el mueble entre los dos—. Tampoco puede quedarse aquí en medio.

—E imagino que te negarás a que lo tire por la ventana del salón. —Mi expresión debe de ser una mezcla de horror y censura a partes iguales, lo que la hace recular—. ¡Era broma! Bueno, eso solo nos deja una salida.

Se quita el jersey de un tirón. Enseguida miro a otro lado, aunque logro advertir que por debajo lleva un top de deporte. De reojo, observo que su piel es rosa, surcada de manchas rojas por el calor y una marea de pecas.

—Puedes mirar, ni que estuviera desnuda. —Decido que, aun así, será más seguro clavar los ojos en los dos metros de madera entre nosotros. Ella suspira, arroja el jersey al suelo de su habitación y agita una mano en mi dirección—. ¿Me estás escuchando?

—Sí.

—Genial. Verás, le he dado vueltas y ya sé qué es lo mejor para todos.

—¿Arrojarlo a la chimenea?

—No, hacerte un favor.

Trago saliva.

—¿Qué clase de favor?

Maeve se apoya en el mueble y se inclina hacia mí buscando una mirada que no le devuelvo.

—Voy a regalártelo —dice con practicidad—. Enhorabuena, *Rooben*, ¡eres el dueño de un magnífico escritorio del siglo xix!

Me cruzo de brazos, firme.

—No.

—¿Cómo que no? —Me imita cruzando los brazos y tamborileando los dedos llenos de anillos sobre ellos—. En algún lugar tendrás que escribir tu tesis, ¿o qué?

—Estoy en mi tercer año, no tengo que escribirla todavía. Ahora necesito resultados.

—¿Y qué tal van esos resultados?

Decido no contestar. No sabría cómo resumir en pocas frases los problemas que estoy teniendo para replicar los experimentos que había iniciado en España y demostrar mi hipótesis.

—Me tomaré ese silencio como un: «Tienes razón, Maeve, ¡me viene de perlas!».

—No lo hagas. Sería mentira.

—Venga, hombre, en tu cuarto cabe de sobra. ¡Y es muy útil! Además, en cierto sentido, te pega más a ti que a mí.

—¿Qué? ¿Y eso por qué?

—No sé. Es elegante, parece antiguo y con más valor del que se le da a simple vista. Una pieza única.

Cuando me atrevo a mirarla a los ojos, es ella la que se niega a hacerlo. Desvía la vista a un lado, más sonrojada que en el tramo de escaleras.

Se instala un silencio pesado entre nosotros, pero no me resulta incómodo. Me obliga a ser más consciente de todo lo que nos rodea. El sonido de la calle desde la ventana que Maeve se ha dejado abierta, nuestras respiraciones todavía irregulares e, ignoro el origen, el tintineo de algo que parecen conchas.

—Vale, me lo quedo —concedo en voz baja—. Pero me sigues debiendo un favor.

—Hecho.

Cuando lo encajamos en una esquina de mi dormitorio, Maeve suelta un resoplido y se sienta en la cama como si fuera la suya. Verla ahí, donde he dormido (o tratado de hacerlo) esta noche me pone extrañamente nervioso, así que decido dedicarme a rascar una marca del mueble.

—¿Qué vas a hacer ahora con tu primera misión? —le pregunto.

—¿Qué misión?

—Tu escritorio. Sigues sin tener uno.

Se encoge de hombros. Parece agotada. Algunos mechones de pelo rubio, casi blanco, se le han pegado a las sienes por el sudor.

—Lo conseguiré, no hay prisa. Puedo escribir en la cama, en la cocina o en el salón. A ti no te importa, ¿verdad?

Antes de que lo piense siquiera, mi boca contesta por mí:

—No.

—Genial. —Haciendo un último esfuerzo, se levanta de mi cama. Se estira cuan larga es y vuelvo a fijarme en su piel surcada de pecas—. ¿Te importa si me doy una ducha yo primero?

—¿Eh? Ah, claro. Es decir, que no. —Hago una pausa—. Claro que no me importa.

—¿Seguro?

—Sí.

Se marcha rumiando palabras de cansancio, aunque, al llegar a la puerta, se detiene. Apoyándose en el marco, se gira hacia mí esbozando una sonrisa torcida.

—Si Emily nos pregunta qué tal va nuestra vida de enamorados, ya podemos decirle que hemos sudado juntos de lo lindo, ¿eh?

No sé qué cara he puesto, pero a Maeve parece complacerle lo suficiente como para marcharse riendo. Yo me quedo ahí, todavía de pie, hasta que oigo el armario abrirse, el sonido de su ropa, la puerta del baño rechinar al cerrarse y, por fin, el agua correr.

Solo entonces saco mi cartera, la hoja de papel y busco un bolígrafo. Junto al último punto, anoto: «Encontrar una pieza única para el cuarto de Maeve».

No puede ser tan complicado, ¿verdad? El mundo está lleno de cosas así.

MAEVE

—El mundo está lleno de personas que desean contar historias. Gente que, *a priori*, puede llegar a tener más talento que vosotros. Más ganas, tiempo o dinero. Pero, a cambio, poseéis algo único e irrepetible: vuestra voz. Demostradnos que merece la pena ser escuchada.

Arrancamos a aplaudir. Confieso, sin vergüenza, que soy quien lo hace con más energía. Me dan ganas hasta de ponerme en pie.

Estoy sentada casi al borde de la silla, a punto de saltar. La maestría no admite a muchos alumnos y esa distinción queda todavía más recalcada en este anfiteatro donde nos han presentado las asignaturas: ningún estudiante se ha perdido la exposición y apenas llenamos las tres primeras filas.

Yo he acabado sentada entre dos chicas que son el yin y el yang. A mi izquierda está Charlotte, una dublinesa pelirroja con unas curvas de infarto tan emocionada como yo. A mi derecha, una morena sin nombre, delgadísima y pequeña, vestida de negro de pies a cabeza, que se ha pasado la hora entera de brazos cruzados y suspirando.

¿Habrá padres que obliguen a sus hijos a estudiar este tipo de maestrías? ¿Tendrá esta chica la familia que siempre he deseado? Si es así, hay gente con una suerte que no se merece.

Cuando los profesores se ponen en pie, la mayoría de los alumnos los imitamos. Aumenta la algarabía (en el aire se intercambian presentaciones, números de móvil y comentarios sobre la charla) y un pequeño grupo en la primera fila se lanza a hablarle a

Sally Rhodes, la escritora con más éxito entre el cuerpo de catedráticos.

Deseo hacer lo mismo (sus novelas me salvaron y considero que Joanna, la protagonista de la última de ellas, es mi mejor amiga), pero en lugar de hacer de tripas corazón y soltarle a la cara mil piropos, me quedo en el sitio sin saber bien qué hacer. Me da la sensación de que incluso estoy vibrando.

Es la primera vez que asisto a una clase presencial en una universidad y me siento algo sobrepasada. No, el término es impreciso. Apenas alcanza a describir la sensación de vértigo y éxtasis que me invade.

Puede que «sobrecogida» sea el adjetivo más acertado.

—¿Quieres acercarte a hablarle a Rhodes? —me pregunta Charlotte. Me limito a sonreírle con un encogimiento de hombros—. Te gustan sus libros, ¿verdad? Se te nota en la cara. ¡Venga, ve y díselo!

—Está rodeada de gente —alego balaceándome sobre los pies—. Seguro que le agobia toda esa atención... No quiero molestarla.

—Estará más que acostumbrada —rumia la chica morena. No se ha movido un ápice; continúa junto a nosotras, solo que sentada y con el móvil en la mano—. De hecho, es probable que le guste que la mitad de los alumnos se dediquen a lamerle el culo.

—¿Tú crees? —me extraño—. En las entrevistas siempre me ha parecido bastante reservada.

—Es parte de su personaje —continúa ella sin despegar la vista de la pantalla—. Ese halo misterioso vende. Pero si realmente odiase el contacto con los demás, se marcaría un Salinger. En lugar de eso, sale en la tele más que el primer ministro y luego está aquí, dando clase desde hace tres años. —Hace una pausa, pero no suena como las de Rubén, sino más calculada—. No soporto a los autores que, en lugar de limitarse a escribir y ser genuinos, necesitan crear una mentira a su alrededor para resultar interesantes.

Charlotte y yo intercambiamos una mirada. Aunque creo que está equivocada, en realidad no sé qué replicar para contradecirla.

Desde que entré en el campus esta mañana, me siento más perdida que nunca, como un pez fuera del agua. Apenas sé nada sobre el mundo literario, excepto lo que he estudiado en mi carrera y lo que leído por placer. Mi experiencia con otros autores en la vida real es: cero.

Seguramente las cosas sí sean así, a pesar de que la sensación que me da la narración de Sally Rhodes no tenga nada de impostado. ¿Quién sabe? Yo desde luego que, de la vida, sé poco y mal.

—¿Cómo te llamas? —le pregunto a la chica en lugar de seguir con el tema—. Yo soy Maeve y ella es Charlotte.

—Sí, os oí antes —dice. Parece que no va a hacer amago de contestar, pero al final murmura—: Me llamo Áine.

—¡Es un nombre precioso! —exclama Charlotte—. ¿Puedo robártelo para ponérselo a uno de mis personajes?

—No soy tan patética como para usar mi propio nombre en una de mis historias —contesta ella—. Quédatelo.

Voy a preguntarle de qué género son las historias que escribe cuando uno de los chicos de la fila de delante se da la vuelta para dirigirse a nosotras.

—Oíd, chicas, ¿queréis venir a comer a la cafetería? Unos cuantos vamos ya para pillar una mesa. Hablábamos también de organizar una reunión para esta noche.

—¿Una reunión? ¿Para qué?

—Para conocernos, comentar lo que nos parece el primer día de curso y, lo más importante para nuestra carrera como escritores…, beber hasta acabar ciegos. —El chico espera a que nos riamos y después añade—: Me llamo Sean, por cierto. ¿Vosotras?

Charlotte y yo nos presentamos al instante. Áine, aunque con la expresión de una condenada a muerte, acaba por hacerlo también. Cuando Sean se marcha a seguir invitando al resto de la clase, la convencemos de que nos acompañe a la cafetería.

—Tampoco tengo nada mejor que hacer —farfulla—. Está bien.

Mientras nos dirigimos allí, Charlotte me habla de sus libros favoritos (todos de sagas de fantasía con romance), de su familia numerosa y del esfuerzo económico que ha tenido que hacer para costearse el máster. La conexión entre nosotras es inmediata y mi mente sobrestimulada imagina tardes enteras escribiendo junto a ella en cafeterías monísimas.

Ojalá no me equivoque. No he tenido mucho ojo a la hora de elegir amigos en el pasado.

Pero en Dublín he empezado de cero. Seguro que todo saldrá bien.

Áine camina junto a nosotras, callada como un muerto. Me pone nerviosa y, a la vez, no puedo dejar de girarme para comprobar sus reacciones a nuestra conversación. A pesar de su tamaño, tiene una presencia imponente, acentuada por una perpetua expresión de hartazgo. Qué le voy a hacer, me atrae como un imán. La veo como un personaje del tipo chica popular, carismática sin hacer el esfuerzo.

Quién sabe, puede que me equivoque y en el fondo sea todo lo contrario: un pedazo de pan. ¿Por qué no puede esconder un corazón de osito de peluche? Apenas hemos intercambiado un par de frases.

—¿Y qué te gustaría escribir como proyecto final? —le pregunto a Charlotte—. ¿Lo tienes ya claro?

—¡Oh, sí! Llevo tiempo con una historia en la cabeza. —Las mejillas se tornan tan rojas como su pelo—. Es *romantasy*. Va sobre un príncipe vampiro y la líder de una manada de licántropos. Han sido enemigos desde niños, pero de repente deben luchar juntos porque un hechicero secuestra a sus hermanos pequeños.

Se oye un bufido. Las dos nos damos la vuelta y, en respuesta, Áine alza ambas cejas.

—Ah, perdona. ¿Lo decías en serio?

—Bueno…, es una idea inicial —titubea Charlotte—. Todavía está en desarrollo.

Áine va a añadir algo más, pero me adelanto.

—A mí me ha sonado increíble. ¿Vampiros y licántropos? ¿Un *enemies to lovers*? Por Dios, eso es incombustible. —Le paso a Charlotte un brazo por los hombros y la acerco a mí un segundo antes de soltarla—. ¡Si a ti te gusta, hazlo!

—¿Tú crees?

—¡Claro! Además, me das envidia, yo todavía no tengo ni idea de qué escribir. Me gustaría crear algo contemporáneo que tuviera peso, drama, algo que... emocionara. —Titubeo, pero al final añado—: Un *slice of life* con personajes profundos y reservados sobre los que el lector se muera por saber más.

—¿Como los de las novelas de Sally Rhodes? —inquiere Charlotte. Asiento, más segura, y esta vez es ella quien me tira del brazo para animarme—. ¡Seguro que lo consigues! Para eso estamos aquí, ¿no?

—Para demostrar que nuestra voz merece ser escuchada —completo—. O eso han dicho los profesores antes.

—Y lo conseguiremos.

Por extraño que parezca, en esta ocasión Áine nos da la razón; lo hace a regañadientes, pero sigue contando.

Las tres continuamos nuestro peregrinaje hacia el comedor (sí, vale, es posible que nos hayamos perdido) y, aunque Charlotte ha recuperado la sonrisa, es menos sincera que antes, como si estuviera avergonzada. Al percibirlo, se me instala un peso incómodo en el pecho. Quizá porque, además, siento la atención de Áine sobre mí por primera vez en toda la mañana.

Espero que no sea una de esas personas que, de serie, prefiere despreciar lo que le gusta al resto del mundo en lugar de mostrar un interés genuino por nada. De esas he conocido muchas, incluso en mi pueblo de cuatro casas.

Mi abuelo las odiaba. Su voz rogándome que no renuncie a mi emoción por las cosas retumba de pronto en mi cabeza.

«La apatía es la muerte del ser humano, Maeve. Que nadie arranque la fascinación que crece espontáneamente en ti. Los corazones de esa gente son desiertos de envidia a tu lado».

Ojalá estuviera aquí, siendo testigo de cómo cumplo el sueño del que le hablé en tantas ocasiones. Aunque, de alguna manera, sí siento que camina junto a mí.

Sería gracioso que lo hiciera al lado de Áine; imagino que los dos se mirarían con los ojos entrecerrados y gruñirían de forma simultánea.

—Ese de ahí es Sean —señala Charlotte cuando entramos en el comedor—. ¿Y a su lado no están los de la primera fila?

Nos acercamos y, tras las presentaciones de rigor, pedimos el menú de la cafetería. A pesar de que hay varias opciones, tengo la suerte de no tener que pensar: solo hay una vegetariana. Gracias al cielo, también es la más barata.

Comemos todos juntos mientras charlamos, cómo no, de libros. Áine capta enseguida la atención de dos chicos con los que empieza a discutir sobre Miller y Kerouac. Sean se sienta frente a Charlotte y yo. Parece acelerado y nos interrumpe a menudo, pero es atractivo y su sonrisa lo compensa. Es abierta. Fácil. Puede no resultar tan genuina como la de esas personas que no sonríen jamás, pero que, cuando lo hacen, parecen iluminar toda la habitación. O un día gris. O el descansillo de un edificio.

No es que esté pensando en nadie en concreto. Para nada. Solo en Sean. Parece agradable y dispuesto a tener una cita o dos con una compañera de clase. ¿Por qué esa chica no podría ser yo? Es posible que al mirarle no sienta ni una (raquítica) mariposa. *Todavía*. Eso no debería echarme atrás. Aunque sea rara, hasta las personas más raras tienen pareja, ¿verdad? Como mi compañero de piso. O Edward Cullen, un vampiro de cien años extrañamente obsesionado con el sacramento del matrimonio.

Debería intentar hacer algo con mi soltería en lugar de autocompadecerme y fantasear con la vida sentimental de mis falsos novios; sí, en mi mente Edward Cullen también lo fue.

—Eh, Maeve. —Desvío la atención de mi pastel de verduras y la fijo en Sean y su, al parecer, perpetua sonrisa—. ¿Conoces sitios de fiesta en Dublín? Charlotte y yo discutimos sobre adónde ir.

—Lo siento, soy una recién llegada —me excuso—. ¿No podemos quedar en algún parque y a partir de ahí decidir? O beber en la calle.

—¡¿En la calle?! —exclama la cuarta chica de la mesa. Lucille, creo que se llama—. No se puede beber fuera, por Dios. ¡Y hoy va a llover!

—Somos bastantes y no nos ponemos de acuerdo —resume otro chico. ¿Era Patrick o Paul?—. Los hay que no quieren gastarse mucho dinero y lo que nos interesa, más que bailar en una discoteca, es hablar.

—Yo paso de ir a una discoteca —gruñe Áine—. Es el refugio de los acomplejados incapaces de mantener una conversación edificante.

—A mí me gustan, pero no del tipo que quiere la mayoría —replica otro, un chico llamado Zack, con cierta soberbia—. Hay un garito muy bueno, la música es brutal, pero se necesita estar en la lista...

La gente en la mesa empieza a subir la voz para tratar de entenderse con escaso resultado. Hay propuestas, pero ninguna cala. Y, de pronto, una idea cruza mi mente como un relámpago.

He venido a hacer amigos, ¿no? Pues tendré que poner toda la carne en el asador; terrible que esto lo diga una vegetariana.

—Oíd —les digo—. Si no nos ponemos de acuerdo sobre adónde ir, tengo otra opción.

No pensé que me harían caso, pero en solo un segundo he captado la atención del grupo entero. Se quedan en silencio y, con un roce del brazo, Charlotte me anima a hablar.

—Acabo de mudarme a una casa cerca de aquí —pronuncio más segura—. Hay bastante espacio en el salón para todos. Podemos pillar unas cervezas, un poco de vino y picoteo y reunirnos allí. ¿Qué os parece?

La chica de antes, Lucille, chilla que se llevará un vino buenísimo (para ella sola). Los chicos están todos de acuerdo (no tanto en qué cerveza comprar). Charlotte me da las gracias en el acto.

La última es Áine. Ladea la cabeza y yo lo tomo como la señal previa al disparo.

—Es una gran idea —dice con suavidad—. No hay mejor lugar como una casa para beber y hablar de libros sin que nadie nos moleste.

Tardo un par de segundos en asimilar que no ha soltado ningún comentario ácido.

—Envía tu dirección por el grupo —propone entonces Sean—. Así nos encontramos directamente allí. ¿Os parece bien a las ocho?

En cuanto desbloqueo el teléfono y me dispongo a enviar la dirección del piso a todos, me acuerdo de Rubén.

Mierrrrda. Se me había olvidado por completo.

Esta mañana solo nos hemos cruzado un par de minutos en la cocina. Él iba impecable, como siempre, y estaba lavando su taza de café antes de irse. Yo, en pijama, iba de acá para allá sin dejar de quejarme por haberme quedado dormida. De todas formas, me las apañé para preguntarle qué haría ese día y me lo dijo casi en la puerta (con esa expresión suya, tan neutra y correcta): «Trabajar en el laboratorio y trabajar en casa».

Es viernes. Se estaría tirando un farol. Tampoco creo que le moleste que invite a unos pocos amigos, ¿verdad? Somos compañeros de piso. Este tipo de cosas son normales.

Mejor no pensarlo más; acabo abriendo el grupo de clase y envío la dirección. Ya he ofrecido mi casa, deshacer la invitación ahora sería descortés, ¿o no? Rubén seguro que lo entiende.

Aun así, en cuanto mando el mensaje, abro su conversación:

> Hola, compañero! Te pillo bien?

Pasa un minuto. Dos. Tres. Oh, no, cuatro.

Relaja, Maeve; al fin y al cabo, está currando. Es posible que no me responda hasta…

> Trabajando.

La respuesta no puede ser más parca, pero es Rubén. Es normal. Y al menos no me he pasado una hora esperando. Quizá tenga suerte y esté en un descanso y le pille de buen humor.

Necesito que lo esté para que no desee tirarme por una ventana.

> Eso no contesta a mi pregunta

> Podemos hablar ahora o mejor te molesto luego?

> Perdona, no suelo contestar al teléfono en el laboratorio. Había olvidado silenciarte.

Qué encantador!

Lo intentaré más tarde, entonces 😃

> Lo siento. No quería decir eso.

> Puedes hablarme ahora.

> Y, si es urgente, puedes hablarme cuando tú quieras.

> Si me necesitas, no lo pienses: moléstame.

Algo en mi interior se ríe tanto como se enternece.

No es nada de vida o muerte, tranquilo!

No te quitaré tiempo. Verás, te escribo porque he invitado a unos pocos compañeros de mi curso a casa. Irán esta noche, como a las ocho, a tomar algo. Te parece bien, verdad?

Escribiendo. Escribiendo.
Pausa.
Escribiendo...
Intento no ponerme nerviosa; al menos, no más de lo que ya estoy. Al fin y al cabo, el inglés no es su idioma nativo. Seguro que

está buscando en Wordreference alguna palabra complicada, como un sinónimo de «¡por supuesto que sí!». Esa debe de ser la razón por la que tarda en contestar y no que esté pensando en cómo decirme de cuatro maneras diferentes que ni de broma meta a desconocidos en casa.

Pero no son desconocidos. Ya son prácticamente mis amigos. Charlotte se acaba de reír mientras bebía agua y se le ha salido toda por la nariz; creo que ya la quiero más a que a la mitad de mi familia.

Mi móvil suelta un pitido. Rápida, leo:

> Si quieres traer a un par de personas, bien, pero estaré trabajando. Tengo que leer unos artículos.

> No hay problema, ni nos notarás!!!! Gracias!!!

—¿Es esta tu dirección? ¿Segura?

Me vuelvo hacia Áine, que tiene la vista fija en su pantalla. Pero no como antes. Los ojos se le han abierto tanto que hasta puedo comprobar que lleva lentillas.

—Sí, ¿por qué?

—Vaya... En ese caso, no sé si darte la enhorabuena o el pésame. —Por fin, alza la vista y la clava en mí. Su expresión me desconcierta; dudo entre calificarla de pena o de cierta diversión retorcida—. ¿Sabes? Es la casa de mi tía.

Mi estómago se retuerce. Más que eso. Se cree Simone Biles y hace una doble voltereta hacia atrás, un yurchenko y triple giro.

—¿Emily es... tu tía?

—Por parte de padre —corrobora Áine—. Cuando pasé el anuncio por el grupo de clase, en realidad fue una especie de broma interna. El inquilino que más le ha durado a la pesada de mi tía no llegó a los cinco meses. Y eso sin hablar de los *castings* que hace a la gente que quiere el alquiler, incluso aunque no piense admitirlos... —Se detiene y entrecierra los ojos—. ¿Y tú, cómo lo conseguiste?

Me encojo de hombros. La risa tonta que me sale a continuación es fruto de los nervios, pero creo que suena más o menos sincera (por favor, que suene sincera).

—¿Le caí bien, supongo?

—Solo alquila a parejas —vuelve a cargar Áine. En ese momento, los pocos de la mesa que no nos prestaban atención se giran con interés hacia nosotras—. ¿Tienes novio, acaso?

—¡O novia! —apuntala Patrick—. No vamos a presumir nada, ¿eh?

Siento las miradas de todos sobre mí. De pronto, el jersey con flores bordadas me pica como un demonio y los botones de la falda se me clavan en el vientre.

—Es... novio. —Luego añado a borbotones—: Es español. Neurobiólogo. Está haciendo el doctorado. ¡No creo que le conozcáis esta noche, está muy ocupado!

—Qué calladito te lo tenías —dice Charlotte con un deje tan burlón como amigable.

—¡Es español! —Lucille suelta una risita maligna—. ¡Seguro que está buenísimo!

—Sí. ¡No! —me corrijo—. Bueno, para mí sí, claro, porque es mi novio, ¡qué raro sería si no! —Suelto una risa histérica y Áine arquea una ceja—. ¡El caso es que estará muy ocupado! —repito—. Igual ni sale de su... *nuestro* cuarto. Tiene unos artículos que leer y...

—Ni que fuéramos a monopolizarlo —replica Áine. De repente, muestra un humor burbujeante—. Además, así le hablo bien a mi tía de vosotros. Seguro que la tranquiliza que seas compañera mía y que pueda informarla de lo bien que os va.

—¿Tú crees? —pregunto esperanzada.

—Oh, sí. —Áine asiente despacio—. Le encantará.

Tras unos minutos, el grupo al completo nos levantamos de la mesa. Algunos nos dirigimos fuera, al patio, para echar el rato en el césped antes de la próxima clase.

Apenas presto atención a la conversación que mantienen mis compañeros (pesco los nombres de Sanderson y Tolkien, y a alguien reclamando a Le Guin), porque tengo la atención puesta en el móvil desbloqueado en la mano.

No sé bien cómo decir lo que debo decir. Pero, como soy escritora, acabo por hacer de tripas corazón y teclear, aunque no esté segura de lo que estoy vomitando.

Escribo cinco frases, las borro y al final apuesto por lo simple.

> Rubén? Ya me has silenciado?

> No. ¿Qué ocurre?

> Me matarías si te dijera que una de mis compañeras es la sobrina de nuestra casera?

> ¿Y por qué tendría que matarte por eso?

> Porque no puede enterarse de que no somos novios. Tendremos que fingir esta noche delante de ellos

Sigue en línea. Sigue, pero no contesta. ¿Le habré matado? ¡¿Estaría manipulando material inflamable y ha explotado el laboratorio?!

> Sigues ahí?

> Ay, Dios, hazme una señal!

> Estás vivo?! Rubén?!

> Sigo vivo.

> Solo estaba planteándome que quizá sí debería matarte.

RUBÉN

Mato el tiempo en el laboratorio hasta que Niall me llama por teléfono y me grita que me vaya a casa.

Al parecer tiene espías en nuestro departamento que le han contado que no me he movido de mi puesto en dos horas. Lo más probable es que haya sido Sarah, la limpiadora que ha fregado toda la planta excepto los dos metros cuadrados a mi alrededor y luego se ha asomado cuatro veces por el cristal de la puerta.

Aunque también podría ser Dan, el conserje del centro, que me ha llamado preguntando absurdeces, como si había visto a Sarah a lo largo de la tarde.

—Vete a casa y deja a esa gente follar tranquila —insiste mi compañero.

—¿Qué dices? ¿Sarah y Dan? —Frunzo el ceño—. Ridículo.

—Ridículo es que sigas ahí. Son las nueve de la noche. Es viernes. —Oigo bastante ruido al otro lado, incluida una voz con un acento particular—. ¿Por qué no te vienes y te tomas una pinta? Te invito.

—No bebo cuando tengo que trabajar al día siguiente.

—¡¿Trabajar un sábado?!

—Tengo que cambiarles el medio a las neuronas.

—Tío, lo tuyo no es normal. Acabas de empezar tu año aquí. Tienes una casa estupenda. Aprovéchala o aprovecha la ciudad. No trabajes más hoy. Ni mañana. Prométemelo.

—No hago promesas que sé que no voy a cumplir —le digo. Oigo la puerta y me vuelvo para ver a Dan asomándose—. Espera, el conserje necesita algo.

—Sí, que te largues. Queda con Sarah todos los viernes en nuestro laboratorio.

—¿Qué? —Le hago un gesto a Dan con la mano para que se detenga y espere. Luego bajo la voz y pego la boca al teléfono—. ¿Lo dices en serio? ¿Para qué?

—¿Para qué crees? Ya te lo he dicho. Para follar.

—Pero eso es... —Siento un escalofrío y susurro con aprensión—: ¿Lo hacen aquí? ¿Donde trabajamos? ¿Donde cultivo *mis células*? —Con un rápido movimiento, aparto la mano de la encimera—. Creo que voy a desinfectarlo todo.

Me llega la carcajada de Niall desde el otro lado.

—De eso ya se encarga Sarah, tranquilo. Además, no puedo culparlos, nuestro laboratorio es el único sin cámaras. Aprovechan.

—¿Por qué no tiene cámaras?

—Me las cargué. Sin querer, te lo juro. Pero bueno, así puedo tomar prestado material sin sentirme culpable.

—Aunque no te vean, deberías sentirte culpable —le amonesto—. ¿Y qué tipo de material robas?

—Tomo prestado —me corrige—. Y nada, matraces y cosas así para hacer cócteles en casa. A las tías les chiflan. ¿Mojitos en vasos de precipitados elaborados por un científico? Pierden la cabeza. —En esta ocasión, al otro lado de la línea oigo una risa femenina. Sí, definitivamente es Katja—. ¿De qué te ríes tú? —Ella le responde algo y él alza la voz—. Pues claro que he preparado cócteles y claro que les han encantado. Lo que pasa es que te da envidia no haberlos probado, ¿eh? Rowan, ¡díselo! ¡Se está volviendo a reír!

—Tienes razón, Niall, me voy a casa —le contesto en su lugar—. Tengo la sensación de que si sigo aquí, Dan me impedirá la entrada al laboratorio mañana.

—Así me gusta, Rowan, sigue tu instinto. O como lo llamamos los demás: el sentido común.

Me marcho sintiendo la mirada furibunda de Dan en la nuca. Espero que Niall esté equivocado y esos dos no hagan nada sexual en el laboratorio. A lo mejor solo quedan para aligerar su turno de noche y charlar tranquilos. Para jugar al ajedrez. O a las cartas...

Dios. Voy a tener que desinfectar mi puesto mañana.

Cuando llego a casa, me tomo un caramelo de violetas y subo las escaleras empezando por el pie derecho, aunque hago una corrección en el décimo escalón porque es el único que tiene la barra de la barandilla irregular. Me di cuenta desde la primera visita, cuando Maeve se detuvo para girarse hacia mí con una expresión de asombro que le hacía parecer un dibujo animado.

Creo que le sorprendió mi afirmación sobre la forma en que me tomo la limpieza y el orden (*muy* en serio), pero lo cierto es que no ha comentado nada al respecto desde que empezamos a vivir juntos hace una semana. He reorganizado todos los cajones y armarios de la cocina, doblado la ropa que ha ido dejando tirada en el salón y alineado los objetos pequeños (e inútiles) que ha decidido colocar sobre la mesa de té, y ella no ha dicho nada.

Puede que no se haya dado cuenta.

De todos modos, me estoy conteniendo. Me niego a mirar su estantería de libros porque al hacerlo siento un tirón molesto en el cerebro. No hay ni una novela bien alineada y el orden es inexistente. Un caos de títulos que no coinciden ni en género ni en autor ni en cronología, de publicación o ficcional. No es que sepa mucho de literatura, pero he investigado tratando de buscarle una razón al orden de Maeve. Todavía no lo he encontrado.

Igual que un escritorio para ella. Cada día, entre las 7 y las 7.30 (exactamente mientras desayuno y oigo la alarma de Maeve sonar de cinco a ocho veces seguidas), me dedico a buscar en aplicaciones de venta de segunda mano. Por ahora mis pesquisas han sido infructuosas.

Tal vez eso explique mi frustración. Me siento inútil. Respecto a mi tesis, respecto a este idioma que no domino, respecto a esta ciudad llena de personajes extraños. Pero, en especial, respecto a Maeve.

No la entiendo. Cuando la miro cada mañana, siento que tengo algo en las manos, resbaladizo y pequeño, que se me escapa de entre los dedos. Me pongo nervioso, tenso y torpe. Y no ayuda el hecho de que ella no se dé cuenta y siga como si nada, ajena a lo que provoca en mi conducta.

Al llegar al descansillo de nuestra planta, percibo el ruido. Hay personas charlando y riendo en nuestro piso, tal y como Maeve me advirtió. Dijo que invitaría a unos cuantos amigos. A las ocho. Son las nueve y cuarenta minutos. Aunque es posible que no les quede mucho para marcharse, tampoco puedo quedarme esperando frente a nuestra puerta a que lo hagan. Tendré que entrar.

Lo hago procurando no hacer ruido, pero parte de la conversación termina de forma abrupta tras cerrar la puerta a mi espalda.

—¿*Roobin*? ¿Eres tú?

Maeve se niega a llamarme Rowan, Rob, Robert o cualquier otro nombre plenamente inglés, como el resto de las personas autóctonas que he conocido en Dublín. A pesar del esfuerzo, tampoco llega a acertar con la pronunciación real en español, así que cada vez que me llama es algo único. Una singularidad que es, al mismo tiempo, una constante.

Aunque sea imposible que esos dos conceptos coexistan, del mismo modo que Maeve y yo.

Hoy se ha acercado, pero sigue dotando a mi nombre de un toque gaélico, sin llegar a marcar la erre inicial.

—Claro que soy yo —respondo en mi recorrido por el pasillo—. ¿Conoces a alguien más que viva aquí? ¿Tengo que empezar a preocuparme?

Hay como diez personas en el salón, y dos de las tres chicas que no conozco se echan a reír tras oírme. La tercera frunce el ceño, pero no por enfado. Se muestra, de hecho, asombrada al verme.

—¿*Tú* eres el novio de Maeve?

Voy a responder que no sin querer (mi impulso de sinceridad le gana al recuerdo de nuestra mentira). Por suerte, mi compañera de piso se adelanta.

—¡El mismo! —exclama Maeve. Después, abandona el suelo poniéndose en pie de un salto. Está descalza y aun así es igual de alta que el resto de los chicos que copan nuestra casa—. ¿Qué tal el día, cariño?

Se acerca a mí con la falda enredada entre las piernas y los brazos extendidos. Yo me quedo paralizado, sin saber bien qué hacer. De espaldas a los demás, Maeve compone una expresión de disculpa mientras con los ojos me insta a actuar.

Ah, claro. Los novios se saludan de forma cariñosa.

Tocarla no me molesta, pero abrazarla delante de toda esa gente me parece, de repente, algo demasiado íntimo, así que la tomo de los hombros y me inclino hacia ella. Un beso en la mejilla está bien. Mis padres se lo dan siempre que se ven, y llevan casados treinta años.

No contaba con que Maeve planeaba hacer lo mismo, por lo que lo peor que podría pasar, pasa.

Nuestros labios se tocan. Me quedo rígido de inmediato, desorientado por el beso que ninguno planeaba, y Maeve parece sufrir el mismo tipo de parálisis.

Es apenas un pico, un roce entre dos bocas cerradas, pero su tacto envía por mi cuerpo una descarga eléctrica que me desorienta. Acabo por cerrar los ojos. El perfume de su piel llena toda mi mente, una mezcla de vainilla y flores que no debería empastar bien, pero en Maeve resulta tan natural como…, bueno, como Maeve.

Sus labios son suaves y calientes, y siento que un líquido con la misma composición algodonosa ocupa mis pulmones. Quizá por eso contenga el aliento. Para no ahogarme.

El momento se alarga de forma extraña y, aunque me cueste un mundo, acabo siendo yo quien se aleja de su boca.

Al abrir los ojos, nuestras miradas se encuentran. Fijas. Encendidas. Dilatadas. Un silencio tenso palpita entre los dos y parece acrecentarse cuando uno de los invitados silba.

—¡Pillad una habitación!

—Pero si ya la tienen —oigo a otro medio riéndose—. ¿Igual quieren que nos vayamos para tener intimidad…?

—¡No, no, no, no! —balbucea de corrido Maeve, dándose la vuelta a toda prisa—. ¡Es que llevábamos sin vernos todo el día! ¡Ya está, eso es todo! Charlotte, ¡no pongas esa cara!

Yo sigo en el pasillo, tieso como una vela, cuando Maeve se gira hacia mí. Aunque toda su cara sigue roja, su sonrisa no vacila.

—Lo siento —susurra.

—No pasa nada —murmuro—. Ha sido…

Iba a decir «un accidente», pero al final me contengo. Podrían oírnos y, de alguna forma, no suena real.

—Ya. Aun así, lo siento —dice compungida—. ¿Vienes y te los presento? Tienen ganas de conocerte.

Asiento, pero al final tiene que agarrarme de la mano y tirar de mí para que reaccione y la siga.

—Todos, este es Rowan. —Esta vez dice el nombre en un inglés perfecto. Supongo que para ahorrarme la incomodidad de tener que explicar la pronunciación del verdadero. En silencio, se lo agradezco—. Rowan, estos son algunos de mis compañeros de clase. Zack, Patrick, David, Taylor, Áine, Lucille, Charlotte y Sean.

Me saludan con la mano o la cabeza. La mitad vuelve a sus conversaciones previas a mi aparición, pero el resto me insta a sentarme y pasar la noche con ellos. El último chico que ha nombrado, Sean, me hace un hueco en el sofá donde está sentado y me pasa un tercio de cerveza.

—No, gracias, no puedo beber —le digo con suavidad—. Tengo que leer unos artículos para mi tesis.

—¿Ahora? —se extraña. Sonríe de un modo jactancioso que me disgusta y enseguida busca la complicidad de Maeve con la mirada—. Convence a tu chico de que se quede, venga. ¡Que no sea tímido! Aquí le acogemos bien aunque no tenga ni idea de lo que hablamos.

—Tiene que trabajar —me excusa ella—. De hecho, no deberíamos entretenerlo...

—¿Cómo os conocisteis?

Eso lo dice Áine, la que me ha preguntado si éramos pareja. Tiene el pelo negro rizado. Es teñido; lo sé porque es el mismo brillo antinatural algo azulado que refleja el de mi madre. Sus ojos oscuros también me resultan extraños, como si no fueran reales. Está sentada en el suelo, como Maeve, solo que en una perfecta postura de yoga.

Maeve me lo ha advertido por teléfono. Es la sobrina de Emily. La chica a la que hay que convencer de que lo nuestro va en serio o corremos el riesgo de que le cuente la verdad a su tía y esta, tan defensora de la verdad y la tradición, nos eche del piso por haberle mentido respecto a nuestra relación.

Aunque, en su defensa, sí que somos un par de farsantes.

—¿Maeve y yo? —pregunto. Para ganar tiempo, más que porque sea idiota. Tras su asentimiento, busco a mi compañera de piso para que me salve—. Es algo largo de explicar…

—Tenemos tiempo —me corta Sean—. Y mucha curiosidad. ¿Cómo han acabado juntos un científico español y una escritora irlandesa? —Resopla para sí—. No me cabe en la cabeza.

Cuando se dirige a mí, habla despacio y vocaliza. En exceso. Como si no fuera a entenderlo de otro modo.

Soy consciente de que hubiera agradecido el gesto en otra persona, pero él imbuye su forma de hablar de un tono infantil que me pone en alerta.

¿Acaso cree que soy tonto? Aunque entiendo que pueda parecerlo, y definitivamente lo soy si me comparo con muchas de las mentes brillantes que copan el mundo, que él lo piense me repatea.

En especial si lo hace delante de Maeve, que me observa expectante con los nervios transformando su sonrisa en una mueca rara.

—Fue a través de internet —respondo al final—. Ella es de Kilkegan. Fui a buscarla para conocerla en persona. —Hago una pausa—. Eso es todo.

Parece la forma más lógica en la que dos personas tan distantes y con tan pocos puntos en común se hayan conocido. Además, nos ahorra muchas preguntas.

O eso creo.

—¡Qué romántico! —exclama Charlotte, la que es pelirroja. Agarra a Maeve de la mano y se la aprieta con cariño—. ¿Qué pensaste al verle aparecer delante de ti, así, de repente?

—Que era un bicho raro —contesta Maeve sin dudar. Todos se ríen y ella me busca con la mirada para saber si me ha molestado. Cabeceo con suavidad para trasmitirle que no ha sido así, por lo que se tranquiliza y continúa—: Me pareció un bicho raro muy guapo.

Ah. Vaya, ¿le parezco guapo?

Quizá. O quizá solo está añadiendo detalles plausibles a nuestra mentira.

Alzo las cejas en su dirección, tratando de buscar una respuesta, y ella se pone colorada, apartando la mirada. Se cruza así con la de Charlotte, que le guiña un ojo.

El rosa en las mejillas de Maeve se vuelve todavía más intenso.

—Eso fue lo primero que pensé, sí, porque, no sé, no abundan los chicos de mi edad en Kilkegan, ¿sabéis? —barbotea después—. Los morenos. Más altos que yo. Extranjeros, científicos y así. Pero que me pareciese guapo no implicaba... nada más. No fue amor a primera vista ni muchísimo menos, ¿eh? Pero pensé: ¿por qué no? No perdía nada por intentarlo y, ya sabéis, los opuestos se atraen. Y no hay dos personas más opuestas que él y yo. Yo soy un intento de escritora desordenada, él es un genio de la ciencia organizado. —No deja de mover las manos en el aire—. ¿Sabéis? Desde que empezamos a vivir juntos me extrañé de la cantidad de ropa que perdía, hasta que me di cuenta de que la tenía mágicamente limpia y perfectamente doblada en la habitación. —Maeve sonríe para sí y yo contengo la respiración—. Hace mil cosas por mantener nuestra casa a flote creyendo que no me doy cuenta, sin esperar nada a cambio. Él es así.

Antes de que pueda asimilar esa nueva información, la otra rubia en el piso, Lucille, bufa.

—Por favor, no nos vengas con absurdeces —dice—. Salta a la vista por qué decidiste engancharlo.

Luego me contempla de arriba abajo. Me incomoda el modo en que se recrea en mi cuerpo, lenta y obvia, como si fuera una huelguista de hambre y yo un bufé de marisco.

—¿Y tú, Rowan? —interviene Charlotte—. ¿Qué viste en ella?

—Desde luego, no te sorprendería encontrarte una rubia en Irlanda —murmura Áine.

—De hecho, sí me sorprendió —confieso—. Maeve, quiero decir.

—Ah, ¿sí? —sigue ella—. ¿Por qué?

En lugar de responder enseguida, observo a mi compañera de piso. Ella lo hace también y, de repente, tengo la sensación de que no hay nadie más con nosotros. Ni en el salón, ni en casa, ni siquiera en todo Dublín.

No es la primera vez que me pasa. Cuando me concentro en algo, el resto desaparece. No oigo ni veo nada más. Y, en este instante, ese algo es el rostro de Maeve.

Los ojos le brillan de curiosidad, pero no de impaciencia. Tiene una expresión relajada. A la espera. Me tranquiliza que no tenga prisa en que conteste, así que medito la respuesta.

¿Qué puedo decir sobre ella? ¿Por qué me sorprendería? ¿Porque es guapa? Comprendo las características que hay detrás de lo que la sociedad considera una belleza hegemónica. Maeve no las tiene, al menos no todas. Es agradable, pero no bella al uso, e imagino que son sus peculiaridades las que provocan que no puedas apartar la mirada de ella.

Me he dado cuenta en apenas unos minutos; sus compañeros están pendientes de lo que dice o hace, como si fuera un sol en torno al que giran, aunque ella no se dé cuenta.

O, quizá, precisamente porque no lo hace.

Sus rasgos no son del todo simétricos. La nariz, pequeña, parece algo torcida en el puente. La ceja izquierda está más arqueada y la derecha tiene una pequeña cicatriz donde ya no crece pelo. Tiene una mejilla más pecosa y manchada que la otra, una oreja se despega con un ángulo más acusado y las pinzas diminutas de mariposa que se ha puesto en el pelo son todas diferentes. Los labios que he besado antes, relajados, se curvan hacia arriba de forma natural, incluso cuando sus ojos reflejan una serenidad que no había visto hasta ahora.

¿Por qué alguien se enamoraría de ella y se mudaría a Irlanda?

«Para buscar respuestas».

Eso es a lo que se dedica la ciencia y a lo que me dedico yo: a buscarlas.

—¿Rowan? —me llama Sean—. ¿Has entendido lo que ha dicho Áine? ¿Necesitas que te lo repita?

Lento, despego la atención de Maeve y la centro en él.

—No —le respondo seco—. Solo estaba tratando de buscar la mejor forma de decirlo.

—Tampoco tienes que responder si no quieres —dice Maeve con voz suave.

—Oh, ¡claro que sí! —se ofende Lucille—. ¡Queremos salseo! ¿Qué viste en ella que te empujó a mudarte a otro país, a ver? ¿Nunca habías conocido a nadie como ella en España?

—Exacto: nunca había conocido a una persona tan caótica —contesto por fin, lo que provoca que todos se rían. Envalentonado, continúo—: El caos que provoca en la casa es el que lleva dentro también. Supongo que no pude luchar contra eso. Preferí aceptarlo y asumir que se colaría en mi vida quisiera o no. —Hago una pausa y las siguientes palabras me salen solas—. Y me di cuenta de que, en el fondo, quería que lo hiciera.

En el salón se hace un breve silencio. Todos me miran, incluso los cuatro chicos que estaban entretenidos hablando de sus novelas, y, de golpe, me doy cuenta de lo que acabo de decir.

¿Por qué no me he limitado a la primera frase? ¿Por qué he tenido que seguir soltando tonterías?

Tonterías que son mentira, pero que poseen un halo de verdad que me inquieta.

—Entonces —se pronuncia Sean con una mueca sonriente y mordaz—, ¿te enamoraste así sin más, solo con verla? Qué bonito. La verdad es que no pareces de ese tipo de persona.

Quiero contestar, pero me veo incapaz de hacerlo. Una quemazón me cierra la garganta y la urgencia por huir ocupa la actividad sináptica de toda mi red neuronal.

Al instante, me pongo en pie y empiezo a esquivar a la gente sentada en el suelo.

—Lo siento, tengo que irme. *Hay que leerme* unas cuantas cosas para mañana.

Soy consciente al momento de que he cometido un error al expresarme. Me siento un soberano idiota. Y no soy el único que lo piensa. Todos lo creen. Por cómo me miran mientras me marcho, estoy seguro de ello.

Una presión empieza a instalarse en el centro de mi pecho, tan habitual en mí que parece tener un hueco hecho a su medida. Percibo que alguien me habla, seguramente ese tal Sean, pero farfullo un «no» y tras un par de zancadas consigo salir del salón.

Antes de girar la esquina del pasillo, me vuelvo de lado hacia

Maeve, que continúa sentada en la misma postura, quieta, con una expresión ida.

—No hagáis mucho ruido, ¿de acuerdo? Tengo que trabajar.

Parpadea varias veces, del mismo modo que si acabara de despertar.

—No, no, no, ¡tranquilo! —se apresura a decir—. ¡Mucho ánimo, *Rooben*!

Alzo una mano para despedirme, aunque solo Charlotte me devuelve el gesto. Después me encierro en mi habitación y echo el pestillo que instalé el segundo día tras la mudanza. Apoyo la frente en la puerta y, cerrando los ojos, cojo aire y espiro con lentitud.

Tras unas cuantas aspiraciones, me tomo el pulso en la muñeca. Mi frecuencia cardiaca vuelve a ser la habitual.

No se me da bien hablar. Me esfuerzo en decir lo que quiero como debo, porque controlar cómo me expreso es la única manera de no estropear las pocas relaciones que mantengo con otros seres humanos. Mi hermana insiste en que eso me resta calidez. No me importa. Odio que se me malinterprete, ser incapaz de dar una imagen certera de mí mismo y que los demás asuman de mi carácter o de mi vida lo que no es cierto.

También sé que lucho contra las olas. El resto del mundo creerá lo que le interese sobre mí o sobre cualquier otra cosa por mucho que me esfuerce. Y Maeve y yo, además, vivimos fingiendo que somos lo que no somos. ¿Qué pensará ella sobre mí o lo que he dicho? Ni siquiera yo reconozco si lo que he soltado es o no verdad.

¿Sí quiero vivir con Maeve o no he tenido más remedio?

Puede que ambas opciones sean, en cierto modo, correctas. Pero esa incompatibilidad me pone nervioso. Y detesto esta sensación de descontrol que me provoca.

El ruido en el salón se reanuda y me despego de la puerta. Me acerco a mi escritorio, lo que no ayuda; vuelvo a pensar en Maeve, en su expresión paciente al mirarme.

Pocas personas tienen paciencia conmigo. Lo entiendo, no debo de resultar fácil. Aunque eso no haga que mi realidad social sea menos dolorosa.

Basta. Tengo que trabajar. No puedo perder más tiempo.

Me enfoco en lo que debo hacer: encender el ordenador, buscar los artículos que tengo que leer, abrir el documento donde apunto las referencias a otros estudios que podrían ayudarme y, por fin, empezar a traducir.

Solo que no puedo.

Las risas me llegan distorsionadas, cada vez más descontroladas, y en mí crece poco a poco una frustración que hacía tiempo no sentía. Reconozco con claridad, de entre todas esas carcajadas, la de Maeve. Nada más. No entiendo la mayoría de las frases que escucho, las expresiones, los dichos, los conceptos, literarios o no, que machacan sin parar.

Leo hasta cinco veces el mismo párrafo sobre la plasticidad de los astrocitos hasta que me doy cuenta de que soy incapaz de concentrarme. El ruido que procede del salón es ahora insoportable. He oído cuatro veces el timbre, percibo voces nuevas, más altas y graves.

Si yo oigo todo eso, seguramente Emily, al otro lado del descansillo, lo haga también.

Todavía no he comprado tapones para estudiar (lo que apunto en mi agenda en ese momento), así que solo me queda una opción.

Lo último que quiero es volver a ese salón, y menos todavía enfrentarme a Maeve, pero tengo que hacerlo. Si algo nos ha unido es la necesidad de este piso. No podemos permitirnos perderlo.

Es la una de la madrugada. La visita ha durado demasiado.

Toda esa gente tiene que irse.

Seguro que Maeve lo entiende. Y, con ese pensamiento, abro la puerta y recorro de vuelta el pasillo. En cuanto pongo un pie en el salón-cocina, ahora ocupado por más de veinte personas, todas se vuelven de golpe hacia mí.

La última es Maeve. Tiene las mejillas rojas, tirantes de tanto reír, y los ojos, algo achinados, le brillan. Tarda en enfocarme y, cuando lo hace, su sonrisa se ensancha, lo que me provoca un tirón en el estómago.

No sé en qué momento llegué a pensar que convivir con una extraña sería fácil, pero, desde luego, estaba equivocado.

Del todo.

MAEVE

Todo me da vueltas.

Es normal. A pesar de haberme criado encima de un pub irlandés, no suelo beber.

Aunque trabajase para él desde pequeña, mi abuelo se cuidó mucho de que no probase una gota de alcohol hasta cumplir los dieciocho. De hecho, fue a las doce de ese día cuando cerró el bar a cal y canto para abrir una de sus botellas de whiskey más caras (un Jameson con la misma edad que la cumpleañera) y compartirla conmigo.

Al probarla, tosí, escupí la mitad y él se rio a carcajadas.

—¿Y la gente viene aquí para esto? —le espeté asqueada—. ¿Para sufrir?

—Bienvenida a la vida adulta: la gente se acostumbra al sufrimiento —me contestó—. De hecho, acaba pagando por él.

—¿Por qué?

—Porque se transforma en deseo.

—Yo nunca desearé nada parecido —recuerdo haberle dicho—. Pero ya que acabo de convertirme en una adulta descerebrada…, ponme un vaso más.

Cillian se rio entre dientes y llenó de nuevo nuestras copas. Bebimos «agua de vida», como él lo llamaba, y me narró las anécdotas sobre sus días de juventud que más me gustaban y que ya me sabía de memoria. Terminamos viendo el amanecer desde el acantilado, con la botella vacía entre nosotros y la garganta rasgada de palabras que no volvimos a pronunciar.

Nunca olvidaré el sabor del roble tostado en la lengua. Ni esa noche. Celebrar mi mayoría de edad con mi mejor (y único) amigo fue tan maravilloso como suena. Tan amargo como el whiskey, también. En especial ahora, cuando todo se ha convertido en un recuerdo borroso y en una botella de cristal que he llenado de flores secas.

Esta noche, en este salón, trato de alcanzar ese estado de gracia, de compenetración con otro ser vivo, bebiendo hasta hartarme con mis compañeros de curso.

Funciona solo a medias.

Charlotte, o Lottie, como quiere que la llamemos, es encantadora, sin recovecos oscuros, tan franca y amable como me resultó desde el principio. Sorprendentemente, aguanta muy bien la ginebra (rosa) y a los más de tres compañeros que han insistido en que salga con ellos. Alega que está malacostumbrada a los personajes masculinos escritos por mujeres y que no aceptará nada menos que eso; chica lista.

Sean lleva media hora queriendo que nos embarquemos en un juego de beber complicadísimo basado en libros, pero nadie le hace caso. Me ha insistido hasta la saciedad para que convenza a los demás, como si yo tuviera alguna capacidad de persuasión.

Áine se cuida de aguar su vodka a escondidas para que parezca que ha bebido más de la cuenta mientras le calienta la oreja a Zack, que asiente embobado a su discurso sobre la bajada de calidad en la literatura moderna y la necesidad de volver al realismo ruso. Es tan evidente que a Zack le gusta Áine como que ella prefiere oírse a sí misma antes que a él.

Igual la cosa funciona, quién sabe. Nunca he entendido del todo las relaciones amorosas, menos todavía las que me implican a mí como participante.

Claro está, conmigo nadie va a intentar nada. Mi guapísimo novio español, que ha dejado a todos sin palabras incluida a una servidora, sigue encerrado en su cuarto, pero es como un elefante en la habitación.

Siento su presencia en cada esquina del salón, en cada hueco que, con la llegada de más universitarios que no conozco, se llena de conversaciones sobre novelas y procesos creativos. Cada vez que me planteo si alguna de esas personas saldría conmigo, un molesto pinchazo en la nuca me recuerda que, eh, de eso nada, nena, ¡estás (falsamente) comprometida!

Es cierto. Aunque quisiera, nadie me seguiría el juego.

Solo que yo tampoco quiero entrar en él.

No me apetece jugar. No me apetece beber más.

Me apetece que *él* esté aquí.

La molesta voz de antes vuelve a recordarme que, aunque Rubén estuviera, nada cambiaría. No somos nada. Ni amigos ni mucho menos novios reales.

Nos besamos, sí. Fue apenas un pico, así que ¿por qué sentí... cosas?

Uh, *cosas*. Soy escritora, ¿no se me ocurre nada mejor? Podría hablar de mariposas bailando sobre mi ombligo, de pájaros enjaulados bajo mis costillas, de hormigas recorriéndome la piel que Rubén me acariciaba. Sería tan cursi como simplista.

Y, con todo, sería el sentimiento más real que puedo expresar en estas condiciones de ebriedad.

La cabeza continúa dándome vueltas, pero ahora no estoy segura de si es por el alcohol o por el recuerdo de su beso. Me relamo los labios y ahí está otra vez ese sabor a caramelo que me dejó paralizada en mitad del pasillo y vibrando como un diapasón.

«Tiene novia, Maeve, ¡haz el favor! Si os besasteis fue para que tus amigos no sospechasen nada. Olvídate-de-él. ¿Cómo te sentiste cuando IGI (el Innombrable Gilipollas Infiel) te la pegó? ¿Querrías hacerle eso a otra chica, sinvergüenza?».

Tienes razón, conciencia, tú siempre tan lista. Nunca le haría eso a otra persona, sería hipócrita y maligno. Tengo que grabármelo en la corteza cerebral (junto con la tabla del nueve y la discografía de The Cranberries): el científico con el que convivo, y que más bien tiene pinta de remero olímpico, es *intocable*.

El problema es que, cuanto más me empeño en no pensar en Rubén, más presente lo tengo.

Como ahora. Debo de estar *muuuy* borracha. Como una cuba. ¿Ese tío plantado en la cocina como un soldado no es él? ¿Le he llamado con la mente? ¿Estoy sufriendo un ataque psicótico? ¿Por fin he caído en las garras de la locura?

En realidad, he tardado demasiado.

—¡Hola, grandullón! —le digo por si acaso no es un producto de mi alucinación etílica. Cuando él me devuelve el saludo moviendo la cabeza hacia arriba una única vez, confirmo que ni yo tengo tanta imaginación para recrear así de bien su expresión de sapo enfadado—. ¿Ya has terminado de trabajar, cariño? ¿Vienes a relajarte un poco?

—¿Relajarme? —pregunta monocorde—. ¿Alguien puede relajarse aquí?

Impertérrito, mira en derredor. Luego vuelve a mí. Tardo en pillar lo que está insinuando.

Por suerte, cuando voy a abrir la boca para preguntarle qué problema tiene con mis amigos, él se acerca, alarga el brazo para tirar del mío y me arrastra hasta la intimidad del pasillo.

—¿Quién es toda esta gente?

Aunque ya estamos solos, habla bajo. Su voz se vuelve un susurro que me acaricia la espalda, igual que el ronroneo de un gato antes malhumorado.

Relajo los hombros y bajo los párpados para disfrutar de la sensación.

—¿Maeve?

—¿Sí?

—¿Te has dormido?

—No. —Le sonrío en mi oscuridad—. Habla más.

—¿Qué quieres que diga?

Tiene un acento precioso. Ruedan las erres, se marcan las sílabas con más fuerza de la que deberían, cada frase se transforma en canción.

Aunque Rubén habla bien inglés, no puede ocultar quién es ni de dónde procede.

Creo que se avergüenza, pero a mí me gusta. Siento que oigo sus raíces, que las veo brotar de su pecho y enredársele en la garganta. Que le conozco un poco más.

Sin pensar, alzo una mano e intento tocarle los labios con la punta de los dedos. Él se mueve y acabo acariciándole el mentón.

El contacto es extrañísimo, Rubén se pone rígido y la risa me sale sola. Cuando abro los ojos, se me escapa otra carcajada nerviosa. Tiene la misma expresión de quien ha visto un fantasma.

—¿Qué haces? —me pregunta. Aun así, no se aparta—. ¿Estás bien?

—Requetebién.

—¿Hablas en serio? —En lugar de aclararle que es una broma, asiento—. No creo que eso sea cierto. ¿Cuánto has bebido?

—No lo sé —me sincero—. Mmmm, dado que no recuerdo que hayamos convertido nuestro pasillo en una montaña rusa, imagino que bastante.

—¿Imaginas que bastante? —Rubén dirige la atención a algo más allá de mi espalda—. Dijiste que vendrían un par de amigos a tomarse algo.

—Eso dije —le confirmo.

Sigo acariciando su barbilla, aunque me permito ascender para recorrerle la mandíbula hasta la oreja. Oooooh, se ha afeitado esta mañana y ya noto los pinchacitos de una futura barba. Me hace cosquillas.

Rubén no parece inmutarse por mi fascinación por la evolución de su piel y continúa hablando:

—Es evidente que el plan presente ya no concuerda con el inicial.

—Ha evolucionado favorablemente —sigo imitando su cadencia formal.

—«Favorablemente» no es la palabra que usaría —replica—. Esta fiesta se te ha ido de las manos. Tienen que irse.

Frunzo el ceño.

—¿Quiénes?

—¿Quiénes van a ser? Ellos. —Sigo ascendiendo con la mano hasta llegar a su frente. ¿Su pelo será tan suave como parece? Justo en el instante en que voy a descubrirlo, Rubén me agarra de la muñeca—. Maeve, te estoy hablando en serio.

—No lo dudaba —se me escapa—. Tú siempre lo dices todo en serio.

—¿Y qué problema hay? —Arruga la frente—. ¿Preferirías que estuviera de broma todo el rato o que te dijera lo que quieres oír?

—Me da la sensación de que estás refiriéndote a alguien con

esas palabras —le digo, y noto que me tiembla la voz al pronunciar las mías—. ¿Te refieres a mis amigos o a mí?

—Acabas de conocerlos —murmura—. No son tus amigos.

Sé que es la verdad, pero como tal, duele. Noto el pinchazo de realidad bajo las costillas, primero en los pulmones, arrebatándome el aliento y, por último, en el corazón, deteniéndolo en seco.

Me doy cuenta en ese momento de que Rubén sigue rodeándome la muñeca y doy un tirón para deshacerme del contacto.

—Vale, sí, todavía no lo son —mascullo—. Pero tú tampoco.

Rubén se echa un poco hacia atrás. Es la única reacción que percibo; su rostro sigue reflejando la misma impasividad de siempre.

—Es cierto —dice—. No soy tu amigo. Ni tu novio. Soy tu compañero de piso. Y, como tal, es mi deber decirte que la fiesta que has montado tiene que terminar. —Me señala la puerta de entrada—. Emily podría oíros. Hace una semana que empezamos a vivir aquí. Te recuerdo que dijo que nada de fiestas. ¿No estabas tan desesperada por conseguir piso? Estabas dispuesta a cualquier cosa, incluso a fingir que salimos juntos.

—Sí, lo sé —escupo.

—Pues tienes que estar igual de dispuesta a mantenerlo —continúa—. Emily quería como inquilinos a una pareja «buena y considerada». Actúa como tal.

—Ah, ¿es eso? —bufo—. ¿Crees que yo no soy buena y considerada?

Se hace el silencio entre nosotros. Todo sigue dando vueltas a mi alrededor, pero Rubén, con esa expresión contenida, con sus hombros anchos y tensos, me mantiene firme como un ancla, con los pies sobre el suelo.

—He de admitir que no —contesta—. Al menos, no hoy.

De alguna manera, eso me duele más que lo anterior.

—¿A qué te refieres? —le pregunto con un hilo de voz.

Rubén señala el salón con la cabeza.

—Está claro que no pensaste en mí al montar esta fiesta.

Boqueo, indignada, y le clavo el índice en el pecho.

—¡Sí pensé en ti, ¡te pedí permiso! ¡Te escribí antes de venir! ¡Me dijiste que no había problema!

—No me pediste permiso —me corrige—, simplemente me informaste de lo que ibas a hacer.

Que siga mostrándose igual de inalterado que siempre me altera todavía más a mí.

—Ah, ¿es que ahora tengo que pedirte permiso? —Vuelvo a clavarle el dedo en el pecho y está tan duro que a punto estoy de rompérmelo—. Como bien me has recordado hace un momento, solo somos compañeros de piso. Y aunque fueras algo más, tampoco debería pedírtelo.

—Nos ha costado sudor y lágrimas conseguir este alquiler, ¿y te arriesgas a que venga esa casera cotilla a pedirnos cuentas y que lo echemos todo a perder? —replica cabeceando—. Y todo por una fiesta llena de...

—¿A esto llamas fiesta? —Me sale una risa corta que suena tan cruel como ajena a mí—. ¿A cuatro personas tomando un par de copas con música de fondo? Pensé que, siendo español, sabrías qué es una verdadera fiesta. Imagino que no estás muy acostumbrado a ellas, teniendo en cuenta cómo eres.

Rubén cierra los ojos. Solo es un segundo, pero yo siento todo el peso de mi mezquindad cuando lo hace. Por fuera, nadie diría que le ha afectado. Yo estoy segura de que sí.

Al abrir los ojos, ya no siento que me enfoque con ellos. Mira más allá, a través de mí, y de repente me entran ganas de saltar, zarandearle, hacer cualquier cosa para llamar de nuevo su atención.

—En realidad, mis compañeros de piso montaban muchas —dice en voz baja—. Eran fiestas en las que estaba invitada media facultad. Procuraban hacerlo cuando yo estaba fuera visitando a mis padres, porque sabían que me incomodaban. Me compraron tapones para los oídos en esas de las que no podía escapar, ponían la música baja, invitaban a menos gente, imponían una hora de fin para que yo supiera cuándo terminaba todo y me quedara tranquilo. —Hace una pausa y yo contengo el aliento—. Eso es ser considerado. Cuando convives con alguien, tienes que pensar también en lo que le afecta. Y no mentir. —Parecía imposible, pero baja todavía más la voz al añadir—: Me dijiste que solo serían unos pocos compañeros, que solo os tomaríais algo, que no os notaría. Quiero creer que es lo que pretendías, pero ya no es así. Si no quieres hacerlo por mí, hazlo por el piso. No quiero poner en peligro nuestra vida aquí.

Para enfatizar sus palabras, el destino tira una copa a nuestra espalda. El cristal se rompe en cuanto roza el suelo y provoca una cascada de exclamaciones, risas y perdones. Incluso la música, una animada canción de Sam Smith, sube de volumen.

Rubén me mira directamente a los ojos; yo, a él. Nos quedamos así unos segundos, en una burbuja de aparente quietud que guarda en su interior un caos mayor que el del salón.

Quiero decirle que lo siento, que tiene razón, que les diré a todos que se marchen.

Pero no me sale nada. Tengo la lengua enredada, ni siquiera recuerdo bien mi propio idioma. El pecho se me encoge de frustración y solo tengo ganas de encerrarme en mi cuarto y olvidarme de todas las personas que ocupan mi casa y que no conozco.

Incluida la que está frente a mí.

—Maeve, ¿tienes escoba y recogedor? ¡Se ha liado un poco por aquí! —Me doy la vuelta para contestar a Sean cuando él se frena y alza ambas manos—. Ah, ¡perdonad! No sabía que estabais en mitad de una pelea de enamorados.

—Ah, ¡no, no, no es eso para nada! —exclamo—. ¿A que no, Rub...?

Al girarme otra vez hacia él, ya se ha ido. El pasillo está vacío, una metáfora cutre y triste sobre cómo me siento en este momento.

Las ganas de vomitar me atenazan la garganta y, con esa sensación, vuelvo a la fiesta con Sean (y el kit de limpieza que insistió en comprar mi compañero de piso). En el salón, todos me dan la bienvenida con el fiel entusiasmo de los borrachos.

—Gracias por venir. —Les sonrío de lado mientras limpio los cristales—. ¿Lo estáis pasando bien?

—¡Genial! —exclama Charlotte, y varios corean lo mismo—. ¿Y tú, Maeve?

—Estupendamente —miento—. Aunque... no esperaba que viniera tanta gente.

Publicar mi dirección en el grupo general de estudiantes quizá no fue la mejor idea; aquí hay caras que me suenan, pero otras para nada. Ni siquiera estoy segura de si las he visto esta mañana en la presentación.

—Escuchad, escuchad, creo que ya tengo una idea para el proyecto de este curso —anuncia Lucille, sentada en el banco de lectura, hacia su audiencia: cuatro tíos cuyo nombre no recuerdo—. Veréis, se trataría de una distopía en la que los libros están prohibidos, ¿vale?, así que el Gobierno los persigue y hay un cuerpo estatal que se dedica a quemarlos, ¿me seguís?

—¿Que si te seguimos? Estás hablando de *Fahrenheit 451* —dice Áine.

—¿Qué? —Lucille frunce el ceño—. ¿Qué dices? No me suena de nada.

—Es una de las lecturas que nos han recomendado —sigue Áine con la misma expresión de enfado—. Esta misma mañana.

Me muerdo la uña del pulgar para no reír y, a mi lado, noto a Charlotte retorcerse en el sillón tratando de hacer lo mismo.

—La escribió Ray Bradbury —medio al final—. Pero no pasa nada porque no lo hayas leído, Lucille. Es normal.

—¿Normal? —replica Áine—. Es un clásico de la literatura.

—Bueno, chica, ha sido una coincidencia, no te pongas así —resopla Lucille—. Además, ni que tuviera que tragarme todos los tostonazos del mundo para poder escribir. —Lejos de desalentarse, da una palmada—. Tengo más ideas, de todas formas, ¡miles! He pensado en esta otra, escuchad: una chica supersensible cuenta en forma de diario cómo vive en un Estados Unidos postapocalíptico. Uno en el que el agua está más cara que la gasolina. La gente tiene que ir armada para protegerse, los barrios están amurallados y el cambio climático tiene la culpa de todo. ¿Qué os parece? ¡Yo creo que tiene potencial!

Es la premisa exacta de *La parábola del sembrador*, de Octavia E. Butler. Pero el público de Lucille aplaude, Áine gira la cabeza y yo me muerdo la lengua.

¿Quién soy yo para desanimarla? Además, está tan borracha que imagino que no recordará nada de esto mañana.

Y no es la única. Charlotte se ladea hacia mí con los ojos cerrados y acaba apoyando la cabeza en mi hombro. El mismo lugar donde, hace tan solo unas horas, Rubén me ha agarrado con delicadeza antes de inclinarse para besarme y mantener nuestra farsa.

Seguro que lo detestó. Tocarme, mentir, fingir que estaba enamorado de mí. Y yo solo le he correspondido con palabras crueles.

Él sigue en el dormitorio. Y yo sigo aquí, sintiéndome como una mierda.

—Oíd, se ha hecho un poco tarde, ¿no creéis? —intervengo vacilante—. ¿Os parece si… continuamos la fiesta fuera?

Con sorpresa, asisto a una aceptación general. Esperaba más reticencias, reproches y malas caras, pero en solo diez minutos todo el mundo ha cogido sus abrigos y ha llenado dos bolsas de basura con los restos de nuestra reunión.

La gente sale poco a poco a la calle; los amenazo (amablemente) sobre lo que les haré si en las escaleras alzan la voz más de la cuenta y, no entiendo por qué, eso les hace más gracia todavía. Yo me quedo la última, junto a Charlotte y Áine, para comprobar que nadie se ha dejado nada y cerrar el piso.

Solo que cuando me dispongo a darle dos vueltas a la llave, me detengo y decido volver a abrir.

—¿Qué pasa? —inquiere Áine—. ¿Te has olvidado algo?

—Sí. No tardaré mucho.

Corro hasta el cuarto del fondo, aunque al llegar freno de golpe. Tras coger aire, doy tres suaves golpes a la puerta.

—¿Rubén? —le llamo—. ¿Estás ahí?

Silencio.

—Nos vamos —anuncio al aire—. Mañana… —Me detengo y añado sencillamente—: mañana, ¿vale?

A lo mejor está dormido. O no quiere hablar conmigo. En cualquier caso, no estoy en condiciones de mantener una conversación civilizada, y menos de disculparme. El alcohol nubla las buenas intenciones, las anula o exacerba; eso decía el abuelo.

El sol me traerá el valor que necesito.

Aunque, por desgracia, lo que me regala primero es una resaca que pesa más que el arrepentimiento.

MAEVE

Me arrepiento, Señor, de mis pecados, pero en especial de las cinco copas que me tomé ayer. Amén.

Eso sí, gracias a ellas he aprendido que escribir de resaca es un infierno.

Trabajar, más todavía.

Todo ha empezado esta mañana, al despertarme con una losa en la cabeza. Estaba hecha de whiskey con agua, caras nuevas y la decepción en el rostro de Rubén.

A primera hora, casi de madrugada, tras comprobar que mi compañero de piso se había marchado, he intentado empezar la escaleta de mi proyecto para la maestría. Apenas he escrito cien palabras. La discusión que tuvimos anoche volvía a mí, una y otra vez, para recordarme que: 1) efectivamente, fui una desconsiderada con él y 2) he estado a punto de provocar que perdamos el piso por mi desesperada y cuasiadolescente obsesión por hacer amigos.

Qué vergüenza.

Es sábado. Si pudiera permitirme no trabajar, me habría quedado hibernando bajo las sábanas hasta que Rubén volviera. La realidad es que soy más pobre que las ratas y me toca cubrir en la cafetería el peor turno hasta las seis de la tarde.

¿Que el dinero no da la felicidad? ¿Qué degenerado bañado en oro dijo eso? Le partiría la cara si pudiera (aunque es probable que en lugar de eso me arrodillase para pedirle unos euros).

—¿Maeve? —me llama Chris, la chica con la que comparto media jornada—. Se nos va a acabar la leche de soja.

Entrego el café con canela al cliente y me vuelvo hacia ella.

—¿Hay más en el almacén?

—En la estantería de la derecha, abajo al fondo.

Me arrastro hasta allí con una sonrisa tirante que se cae en cuanto estoy a salvo de la vista de los clientes.

He sido camarera toda la vida, tenía claro que acabaría dedicándome a ello en Dublín. Hay muchas ofertas y esta parecía la más cercana a mis sueños: una cafetería de estilo romántico, con las paredes llenas de pósters enmarcados de películas y portadas de novelas ambientadas en Irlanda. Hay estanterías hasta el techo con libros que pueden consultar los clientes, sofás mullidos, alfombras de color ocre, nueve variedades de cafés y treinta tipos de muffins.

Con lo que no contaba es con que el cielo para los visitantes es el infierno para los que trabajamos aquí.

Echo de menos el pub de mi abuelo. Juro que los pescadores borrachos son más amables que algunos dublineses de pelo engominado, y ni hablar de los turistas con ínfulas. Solo que hay algo peor que eso: Charles Malone, el encargado; ¿suena o no suena a villano de Batman? Todavía no tengo claro qué odia más, si su trabajo o el nuestro, pero se esfuerza como un campeón en que acabemos detestándolo tanto como a él. Llevo cinco días bajo sus órdenes y ya rezo cada mañana para que se extinga la raza humana; por ahora no ha habido suerte.

A pesar de que la cafetería se ubica en el centro, ni siquiera he visto un mísero famoso. Chris me dio esperanzas asegurándome que una tarde vio a Paul Mescal, pero hasta ahora solo he conocido al gemelo malvado de Domhnall Gleeson: se quejó tantas veces de la comanda que el encargado acabó regalándosela y, obviamente, descontándola de nuestros sueldos.

Vuelvo a mi puesto con la caja de leche y veo a Charles Malone junto a Chris. Oh, oh. Mi archienemigo y jefe se gira con los ojos achinados de odio y me pregunto cuántos días festivos me va a tocar cubrir en el futuro.

Probablemente todos.

—¿Dónde estabas, Sheehan?

A Charles Malone le gusta llamarnos por el apellido, como si fuera un teniente del ejército (de los gilipollas).

—Iba a acabarse la leche. —Alzo la caja que todavía llevo en los brazos—. He ido a por leche.

Enfatizo la palabra por si ha perdido la vista al mismo tiempo que el humor.

—A estas horas hay muchos clientes, no hay excusa para abandonar tu puesto en este momento —replica, a pesar de que solo hay una pareja esperando a ser atendida por Chris—. Además, tenéis que prever ese tipo de cosas para no perder el tiempo cuando más se os necesita.

Me muerdo la lengua y sonrío.

—Tienes razón. Lo siento.

—Que no se vuelva a repetir.

Me dan ganas de soltarle un potente «¡Sí, señor!» y cuadrarme, pero humanizo mi cuenta corriente, imaginándola como un niño huérfano tiritando bajo el frío de Moscú, y me limito a asentir.

—Así me gusta, Sheehan —dice saliendo del mostrador—. Ahora, deja eso de una vez y ayuda a McKenna. No te entretengas más.

Cuando me esquiva para marcharse, me veo a mí misma golpeándole la nuca con la leche de soja en un arranque de insurrección. «¡Por mí y por todas mis compañeras!». Hugh O'Donnell estaría orgulloso.

Creo que Chris me lee la mente, porque se ríe en voz baja cuando nos quedamos solas.

—¿Qué pasa?

—Nada —dice con el mismo deje risueño—. Me preguntaba cuánto aguantarías aquí.

—¿A qué te refieres?

—Eres buena gente —contesta en voz baja mientras cobra al último cliente—. Todos los que sois buena gente acabáis yéndoos.

—Muchas gracias por el piropo, de verdad, pero no creo que eso pase —replico con el mismo volumen—. Necesito un trabajo que compatibilizar con la universidad, necesito el dinero más que respirar y, además..., no me considero una buena persona. —Cabeceo—. No hoy.

Empiezo a reponer los dulces estrella en el mostrador sintiendo la mirada curiosa de Chris sobre mí.

—¿Por qué dices eso?

—Por nada —respondo rápida. Todavía agachada, me vuelvo para dedicarle una sonrisa suave—. Si tu teoría es cierta, ¿cómo es que tú sigues aquí?

Se cuida de mirar a ambos lados para confirmar que no hay Charles Malone a la vista antes de doblarse y contestarme al oído:

—La comida. Si cerramos turno y todavía hay, me la llevo. —Encoge un hombro—. Por ahora Malone no me ha dicho nada.

—¿Te quedas por los muffins gratis? —No puedo evitar soltar una carcajada—. ¿Te merece la pena?

—Acabaré con diabetes —dice—. Pero sí. Es una manera de soportar todo esto. Cada vez que vuelvo a casa y me como un pastelito robado siento que he vencido al capitalismo.

—Ya veo. —Asiento—. ¡La dulce rebeldía!

Se echa a reír.

—Algo así.

Observo los pasteles y muffins que copan el mostrador. Aunque todavía quedan muchos, desde que trabajo aquí me he dado cuenta de que siempre sobran los mismos: los sin azúcar con frutas. ¿Quién quiere cuidarse cuando hay magdalenas de cuatro chocolates o red velvet?

Me resulta inevitable pensar en él. Porque sí, Rubén preferiría esos pseudodulces sin harina (puaj) a las demás fantasías de manteca y caramelo. Desde el primer día de mudanza, llenó los armarios y la nevera de casa de frutas de temporada, verduras frescas y productos dietéticos con extra de proteínas.

Tampoco se me escapa la cara neutra de amonestación que pone cada vez que devoro una caja entera de Choco Krispies y luego decido no cenar.

—Oye, Chris... —empiezo a decir—. ¿Te importa que hoy me

una a tu sabotaje? —Cuando la veo alzar una ceja, levanto las manos—. Tranqui, me quedaré con los que no le gustan a nadie. Ni siquiera a ti.

—Entonces ¿por qué te los llevas?

—Porque no puedes pedir perdón con las manos vacías. —Encojo un hombro mientras siento arder las mejillas—. Al menos, eso aseguraba mi mejor amigo.

RUBÉN

Mi mejor amiga tiene telepatía. Ella alega que haber compartido el mismo espacio uterino durante nueve meses la ayuda a entenderme.

Todavía me sorprenden las chorradas en las que cree siendo médica o, más bien, residente de primer año de hematología.

> Qué te pasa? Cuéntamelo, Ru

Odio que me llame así. Ella lo sabe, por supuesto. Se excusa con que su pasatiempo preferido es sacarme de quicio.

Reconozco que se le da estupendamente.

> No me pasa nada, Re. Y ahora no puedo hablar, estoy trabajando.

> Esa es la razón por la que estás de un humor de perros? Algo no va bien en el laboratorio?

> Por desgracia, sí. Las células que ayer parecían prosperar esta mañana decidieron morir todas en masa.

> Tomaron conciencia de sí mismas
> y se dieron cuenta de quién era su creador?
> Yo también me plantearía la muerte

> Pues es posible. No encuentro
> otra explicación.

> Seguro que la hay. Cuando estás frustrado,
> cometes errores. Hubo algo ayer que te
> pusiera de mal humor?

Miro la pantalla del teléfono durante unos segundos y acabo contestando:

> No.

> Dios mío, Ru, mientes tan mal que
> hasta lo noto a dos mil kilómetros

> Qué? No vas a contarme qué te pasa? No creo
> que sean solo esas células suicidas

Medito durante un rato si debería sincerarme con mi hermana, excepto que hacerlo supondría contarle todo desde el principio, incluida mi situación con Maeve: las mentiras que le contamos a la casera para conseguir el piso y la mentira que le conté a ella para que no pensara que era un solterón patético.

Demasiado trabajo para hoy.

> Me agota no dar con la tecla
> correcta. Eso es todo.

En cuanto a tu tesis o en cuanto a algún asunto personal?

Es por una chica?

Es por la chica con la que compartes piso?

Te ha dicho algo malo? Le rompo la cara

O le has dicho algo malo tú? Te rompo la cara

Quizá mi hermana sí tenga superpoderes.

Bloqueo el teléfono y lo guardo en el bolsillo, ignorando los mensajes en cascada que sé que siguen a ese último. Procuro centrarme en el experimento que tengo entre manos, un *western blot* para analizar varias muestras de líquido cefalorraquídeo. Seguir el paso por paso me trae algo de paz. Por desgracia, no dura demasiado.

No me gusta esta sensación. Es tenaz e irritante, igual que los interrogatorios de mi hermana. Y, lo peor, no puedo racionalizarla.

Anoche tenía razón, solo que mi mente no parece terminar de entenderlo. Trata de convencerme de que debería mandarle un mensaje a Maeve y disculparme por mis formas. Sí, montó una fiesta improvisada en casa, tampoco es tan terrible. Y, tras hablar con ella, el ruido desapareció en media hora.

Además, Maeve parecía… perjudicada. La voz le temblaba, me acarició la cara con los ojos cerrados, incluso trató de tocarme el pelo. No estaba en sus cabales, eso es evidente.

Yo tampoco, porque no dejé de pensar en si sería correcto volver a besarla.

Al contrario que Maeve, yo no tengo excusa posible. No bebí ni una gota de alcohol. Y no había razón alguna para hacerlo. Sus compañeros de clase parecieron convencerse de que salíamos juntos, incluida la sobrina de nuestra casera, esa tal Áine. En el pasillo, nadie nos miraba. Solo estábamos ella y yo.

Quizá esa fue la razón por la que colapsé. A partir de ahora, debería poner algo de distancia entre los dos. Imagino que será fácil, porque, al término de nuestra discusión, Maeve no parecía muy proclive a que fuéramos amigos.

Es igual. Tampoco necesito que lo seamos. Me basta con que convivamos como seres civilizados durante un año. El próximo verano recogeré mis cosas y volveré a España.

Comparado con la inmensidad del cosmos, doce meses no parecen mucho tiempo ni siquiera en la vida de un simple mortal como yo.

—¿Qué, Katja? —oigo a Niall al otro lado del laboratorio—. ¿Está bueno o no?

El sonido de sorber que sigue es exagerado y dura varios segundos.

—Supongo que no está mal.

—¡¿Que no está mal?! Es el mejor mojito que has bebido en tu vida.

—Discrepo. Tuve un compañero de universidad que era cubano. La hierbabuena que usaba...

—Sí, vale, genial. Pero ¿es o no es el mejor mojito preparado en vaso de precipitados que hayas probado?

—Teniendo en cuenta que nunca lo había tomado así, sí.

—Genial, ¡he ganado!

Me vuelvo hacia ellos con el ceño fruncido.

—Por favor, repetidme por qué estáis aquí. Es sábado.

—Porque tú estás aquí y es sábado —contesta Niall mientras prepara otro de sus mejunjes—. Queríamos hacerte compañía. ¡De nada!

—Me estáis distrayendo —le digo con suavidad—. Estáis manipulando instrumental de laboratorio para un uso no autorizado. No os habéis puesto bata ni guantes. —Cierro mi cuaderno de laboratorio—. Además, estoy a punto de acabar. Ya podéis iros.

—Nah, vamos a quedarnos un rato más. —Niall pasa el contenido de un Erlenmeyer, que espero que no contenga ningún componente que usemos regularmente, a varios tubos de ensayo—. Queremos averiguar cuándo se marcha la hippy de la puerta. Katja ha apostado que se iría antes de las ocho; yo, que no. —Me tiende uno de los tubos—. ¿Chupito?

Lo rechazo con una mano antes de caer en la cuenta.

—Espera, ¿qué hippy de la puerta?

—No es hippy —nos corrige Katja—. Viste *boho* noventero.

Niall se detiene un segundo antes de devolver el tubo de ensayo a la gradilla.

—¿Qué mierda es eso, Katja? ¿Te lo acabas de inventar?

—Es un estilo —responde ella con calma—. Eso de lo que tú careces.

Nuestro compañero se quita el chupa-chups de la boca y se señala con él como si eso demostrase algo.

Me pregunto si en algún momento se dará cuenta de que lleva la camisa de rayas mal abotonada.

—Tengo estilo.

—Sí —confirma Katja—, uno horrible.

—Perdonad —los interrumpo. Tengo una sensación extraña erizándome la nuca desde hace un minuto—. ¿A qué hippy de la puerta os referís?

En lugar de volver a corregirme, Katja me señala con el índice una de las ventanas del laboratorio.

—La que lleva dos horas frente a la puerta de la facultad.

Intento no correr mientras me dirijo a la ventana. Me asomo con cuidado por ella y, en cuanto la veo, mi corazón decide que latir para transportar oxígeno a mis células ya no es un trabajo que le apetezca hacer.

—Mi teoría es que le ha dado plantón un doctorando ciego —escucho a Niall por detrás—. Si sigue ahí para cuando salgamos, me acerco y le pido el número.

—¿Es que quieres estropearle del todo el fin de semana?

—Eres graciosísima, Katja.

—Gracias. Ya lo sé.

Me quedo unos segundos junto al cristal. Maeve está de pie, aunque no quieta. Se balancea sobre los talones, da un par de pasos a la derecha y vuelve después a la posición inicial. Lleva sus enormes botas negras, una chaqueta de lana y una de sus típicas faldas largas, llena de lunas y soles. También su mochila y, en las manos, una caja de cartón con el logo de una taza con letras dibujadas.

De repente, alza la cabeza hacia el cielo, aunque por suerte logro apartarme a tiempo de la ventana.

—¿Qué pasa, Rowan? ¿La conoces?

Me doy la vuelta despacio. Mis dos compañeros de laboratorio me observan con la misma curiosidad malsana.

—Sí.

—Espera… ¿*Tú* eres el doctorando ciego?

Katja le da un codazo en las costillas, pero eso no impide que Niall vuelva a abrir la boca.

—¿Es tu compañera de piso? —insiste—. ¿Y qué haces ahí parado? ¡Corre a por ella! Igual necesita decirte algo importante. —Antes de que Katja le golpee otra vez, se aparta a un lado—. Quiero decir, ¡algo sobre vuestra casa! ¿Vuestra casera no es un dolor? Deberías bajar por si son malas noticias.

—Sí. —A pesar de darle la razón, continúo inmóvil—. ¿Qué vais a hacer vosotros?

—Marcharnos conti…

—Niall, limpiar todo esto —le corta Katja—. Yo, cobrarme nuestra apuesta.

Él esboza una expresión confusa.

—¿Cómo que cobrártela?

—Son las ocho menos diez —dice ella señalando el reloj de pared del laboratorio—. La chica se marcha bien acompañada antes de las ocho. He ganado.

Tras un resoplido de exasperación, Niall se vuelve hacia mí y entrecierra los ojos.

—Maldita hippy con suerte.

RUBÉN

En realidad, no creo en el concepto de suerte. Pero si lo hiciera, no sabría decir si Maeve me la da o me la quita.

Supongo que necesito recopilar más datos hasta averiguarlo.

Cuando salgo de la facultad, me siento observado. No por Maeve, que tarda en descubrirme, sino por los metomentodos de Niall y Katja. Mi compañera no parecía de las que espían, pero me temo que todo lo malo se pega (y los he visto dirigirse a la ventana en cuanto he salido por la puerta).

Frente a mí, Maeve se gira y frena en seco su ir y venir. Yo la imito, consciente de pronto de mi aspecto, que no debe de ser el mejor. Apenas he dormido y tampoco he comido. Ella, a mi lado, rebosa la misma vitalidad de siempre.

Aunque nos separan seis metros, siento que está más cerca. Puedo distinguir sus pendientes de gatos (uno plateado, otro dorado), sus trenzas sin terminar, un leve rastro de rímel azul bajo los párpados y el rosado de sus mejillas. Se acentúa un poco cuando le pregunto:

—¿Qué haces aquí?

—Soy tu novia —contesta con una timidez impropia de ella—, lo normal es que venga a buscarte, ¿no?

Tras un segundo, acorto la distancia que nos separa. Procuro no darme la vuelta hacia el ventanal de la tercera planta desde donde, con toda seguridad, Niall y Katja nos están observando.

—No hace falta que finjamos aquí —le digo. La voz me sale

espesa y grave—. De hecho, no le he dicho a nadie del departamento que tengo novia.

Maeve arruga la frente dirigiendo un vistazo rápido al edificio a mi espalda.

—¿Ni siquiera les has hablado de la de verdad?

—¿La de verdad? —me extraño.

—La que tienes en España, grandullón, ¿o es que finges que no estás comprometido para ligar por aquí? —Su sonrisa, aunque breve, suaviza la tensión de su rostro—. Y parecías un chico bueno...

—¿Un chico bueno? —Hago una pausa—. ¿Así es como me ves?

Aunque titubea, al final responde:

—Sí, claro.

—Pensé que me considerabas más bien un aguafiestas.

Ella parece perder la compostura. Baja la vista y repara en la caja que tiene en las manos. Me la tiende con ambos brazos y... así se queda. Reacciono algo tarde, pero acabo cogiéndola.

—¿Qué es esto?

—Una disculpa —contesta—. Tenías razón ayer; si Emily hubiera estado en casa, nos habría oído y habríamos perdido el piso. Áine se enteró esta mañana de que se había marchado a Ashbourne para asistir a una misa, pero de haber estado... Bueno, la habríamos cagado por mi culpa. Debería haberlo hablado contigo antes de invitar a toda esa gente y... —Se detiene y añade—: Fui una idiota. Y te dije cosas horribles. Cosas que no sentía. Así que te he traído algo que espero que te guste. Por las molestias.

—No hacía falta. —Me siento algo tonto con la caja en las manos y empiezo a tamborilear con los pulgares sobre los lados del cartón—. Siento haberme puesto así ayer. No quiero ser uno de esos compañeros de piso intransigentes. Te llamé poco considerada. —Inclino un poco la cabeza—. No estuvo bien.

—*Reuven*, yo te solté algo peor —dice con una risa corta y nerviosa—. Dejémoslo en que nos perdonamos mutuamente, ¿vale?

—Vale.

—Y ahora abre la caja. —Une ambas manos tras la espalda—. Espero haber acertado.

Son cuatro muffins enormes. No tienen muy buen aspecto. Uno está decorado con plátano por encima, los otros tres huelen a frutos rojos y arándanos.

Alzo la vista para enfrentarme a la expectación nerviosa de Maeve.

—Esto, eh, gracias.

—No me mires así, ¡son muy sanos! —exclama. Empieza a señalarlos uno por uno—. Todos tienen esas cosas que a ti te gustan, es decir, sustitutivos tristes de los maravillosos ingredientes tradicionales. —Señala el de plátano—. También tienen frutas. Sé que llevas a rajatabla lo de tomar cinco piezas al día y me he dado cuenta de que hoy no te has llevado ninguna al laboratorio.

Frunzo el ceño.

—¿Cuentas las frutas que me tomo?

—Dado que yo apenas como ninguna y me fascina la rapidez con que tú las devoras, sí, me he fijado en que en casa había las mismas que ayer —responde. Lo dice sin jactarse, como si fuera normal percibir ese tipo de cosas—. ¿Has comido?

—La verdad es que no —confieso.

Ella esboza una expresión de victoria.

—Entonces, a por ellos. Si quieres, mientras comes podemos volver juntos a casa.

Asiento y sin decir más empezamos a caminar atravesando el campus. Maeve silba de cuando en cuando una melodía alegre, pero lo hacemos en silencio. Me gusta que no necesite rellenar el espacio de charla insustancial.

En el silencio me siento cómodo. Poder compartirlo con alguien a quien tampoco le disgusta me relaja.

Solo había sentido esto con mi hermana Rebeca. Mi padre tiene la constante necesidad de romper la quietud con chistes malos y mi madre te acribilla con cotilleos como para montar un podcast de siete temporadas.

A pesar de que a Rebeca le guste hablar, se ha acostumbrado a hacerlo conmigo solo cuando es estrictamente necesario. El resto del tiempo nos sentamos juntos mientras cada uno hace sus tareas.

En España, a menudo quedábamos solo para hacer eso: compartir un espacio, nada más.

Miro de reojo a Maeve, que no deja de observar lo que la rodea, como si todo, de alguna manera, pudiera resultar fascinante. Sus ojos no se detienen más de unos pocos segundos en nada. En un momento, están anclados en las copas de los árboles. Al siguiente, en los grupos de alumnos sentados en los bancos o en el césped. Le llaman la atención los turistas, tan numerosos como los estudiantes. Los pájaros que picotean en las basuras, los edificios que nos rodean, las nubes que se han vuelto grises...

Y yo.

Freno en seco cuando clava esos ojos esquivos en los míos y los mantiene fijos más de lo normal. Al menos, en ella.

—¿Qué pasa? —pregunto.

—¿No comes?

Me había olvidado de la caja. En respuesta, la abro al instante y saco uno de los dulces. Le doy un bocado y espero a haber terminado para dar mi veredicto. Maeve, paciente, no insiste hasta que termino.

—¿Qué tal?

—La verdad es que... —trago saliva— están muy buenos.

—¿En serio? —La alegría le frunce los labios—. En fin, algo de provecho tenía que tener la cafetería en la que trabajo. Visto lo visto, debe de ser lo único que merece la pena.

Cuando termino el segundo bocado, reanudamos la caminata.

—¿A qué te refieres? —inquiero—. ¿Te van mal las cosas allí?

—El encargado es un capullo —resume—. Mi compañera de turno es maja, pero los clientes son muy desagradables, el salario es una mierda y... lo peor de todo, la culpa es mía.

—¿Tuya? ¿Por qué?

—Porque tiendo a romantizar lo que no debo —dice. Su tono se tiñe de cierta resignación—. Me creé unas expectativas inalcanzables antes de mudarme aquí. Pensé que todos los aspectos de mi vida en Dublín serían un sueño hecho realidad y, sin embargo...

Se calla. Por una vez, me frustra que no continúe hablando, aunque eso suponga romper la quietud entre nosotros.

—¿Y sin embargo te ha tocado cargar con un compañero de piso petardo? —Ella se vuelve como un resorte hacia mí, y añado—: Y el encargado de tu cafetería es un memo.

Maeve se echa a reír.

—No eres un petardo, Emily sí. ¿Recuerdas los cuarenta mensajes que nos mandó el tercer día tras la mudanza? Eso sí, no nos avisa de que se marcha, no vaya a ser que lo aprovechemos para respirar tranquilos. —Pone los ojos en blanco—. Pero en lo segundo tienes razón: el encargado del Letter Coffee es un memo.

—Todos los jefes son unos memos. —Ella vuelve a reír como si le hiciera especial gracia que use esa palabra—. Nuestro jefe de laboratorio, el doctor Carlsen, apenas se pasea por aquí. A mí me molestaba al principio. Ahora lo prefiero. Solo lo vemos en las reuniones de departamento. Nos deja ir a nuestro aire. Cuando interfiere es peor. —Me termino uno de los muffins y cojo otro—. Solo espera que saquemos algo decente para enviar el artículo a alguna revista científica y colocarse él el primero.

—Nuestro encargado se llama Charles Malone y se cree el CEO de la franquicia. —Maeve cabecea—. Es de esos que han asimilado el «si te esfuerzas lo suficiente, heredarás la compañía» y esas mierdas.

—En investigación no tenemos ese problema —le digo—, no heredaremos de nuestros jefes más que inestabilidad laboral y económica.

Se le escapa otra carcajada. Nunca me había imaginado como alguien gracioso, teniendo en cuenta mi experiencia con otras personas de mi edad que me consideran, de hecho, lo contrario: un estirado sin ingenio.

Quizá mi humor case con el de los irlandeses.

O puede que solo con Maeve.

Al fin y al cabo, la hice reír sin querer el día que nos conocimos. Y, ahora que lo pienso, eso fue lo que hizo que Emily creyera que éramos pareja al vernos.

No sé nada de relaciones amorosas. Es culpa mía, porque nunca les he prestado demasiada atención. Mis padres son el ejemplo más cercano que tengo y, pensando en ello, mi madre es la única de la familia que se ríe de los horribles chistes de mi padre. Cuanta menos gracia tienen, más sonoras son sus carcajadas. Pensaba que era normal, que era yo quien no pillaba esas bromas, pero Rebeca tampoco se ríe con ellas.

¿Eso es el amor? ¿Que lo que suelte otra persona te resulte gracioso aunque no lo sea?

—¿Te importa si nos desviamos un poco antes de volver a casa? —me pregunta Maeve cuando nos alejamos del campus—. No tardaremos demasiado.

—No hay problema. ¿Es para coger algo de cenar? —Ella niega—. ¿Qué has comido?

Al principio, no contesta. Después abre la boca, pero su estómago se adelanta; juro que nunca había oído nada que sonara tan monstruoso.

Nos detenemos, ambos con la atención fija en su vientre.

—¿*Eso* ha salido de ti?

—Dios, parecía un alien. —Se lleva las manos a la barriga—. Por favor, bicho inmundo, no salgas. Me romperías la ropa y esta me gusta. Era de mi prima Cassidy, la única de la familia con buen gusto. —Dirige la mirada al infinito—. Claro que acabó en la cárcel por malversar fondos destinados a ONG ambientales.

—¿En serio?

—Sí, pero, en su defensa, Kilkegan es tan horrible que acabar en la cárcel le parecería una idea fantástica, aunque con ello perjudicase a la defensa del zampullín cuellirrojo. —Cabecea—. Qué pájaro más feo.

—No creo que la cárcel sea peor que tu pueblo —digo con firmeza. Voy a añadir los datos sobre reinserción en Irlanda, que no son tan altos como en España, pero sí bastante buenos, cuando el «alien» de Maeve vuelve a pronunciarse—. Oye, ¿en serio tú tampoco has comido nada?

Con la cara colorada, se encoge de hombros. Me sorprendería si fuera la primera vez que se salta alguna comida. Sé que solo lo hace por despiste, que sus horarios son tan caóticos como su personalidad. He visto cómo devora paquetes de pasta que supuestamente son para cuatro personas a las dos de la madrugada.

Le tiendo uno de los muffins, el que parece un vómito de arándanos amontonado. Se le ilumina la cara.

—¿De verdad no te lo vas a comer?

—Todo tuyo.

—¡Gracias!

No tarda ni dos segundos en terminárselo y mancharse un carrillo de salsa morada.

Decido no comentarle nada. A la gente no le suele gustar cuando la aviso sobre ese tipo de cosas.

Además, parece más feliz que antes.

—Es por aquí —me informa señalando una bocacalle—. ¿Has ido alguna vez a Books Upstairs?

—Es una librería, imagino. —Me mira como si fuera idiota—. No he pisado ninguna por ahora.

—¡¿Que no has pisado ninguna?! —Alza los brazos indignada—. ¡Dublín es la ciudad de las librerías!

—¿Ah, sí? —Abro el compartimento de mi cerebro en el que guardo la información sobre ese tipo de cosas—. Había leído en un artículo que Lisboa era la ciudad del mundo con más librerías por metro cuadrado.

—¿En serio? Ah. En ese caso, tendré que ir —dice pragmática—. Cuando tenga tiempo y dinero para coger un avión. Si tengo suerte, más o menos en torno a 2050.

—Te gustaría, seguro. Siendo como eres, te lo pasarías como una niña. La llaman la ciudad blanca por la luz que refleja en verano. Tiene mucha vida, gente amable y distinta; siempre hay música en la calle y, además, da al mar. Eso te encantaría. —Maeve me observa, curiosa, así que me apresuro a aclararlo—: Vi conchas en tu cuarto y busqué Kilkegan en Google Earth. Kilkegan es una ciudad costera con un censo de 178 personas, aunque se triplica en verano. Sus actividades económicas principales son la pesca y el turismo, y se conoce por sus acantilados, menos famosos que los de Moher y a tan solo 20 kilómetros de ellos —recito de corrido. Ella sigue con la misma expresión ausente, así que añado—: No me he equivocado, ¿verdad? Kilkegan tiene mar.

—Sí. —Maeve sonríe con suavidad—. Kilkegan tiene mar.

No sé qué he despertado en mi compañera de piso, pero la alegría por el muffin de arándanos parece haberse volatilizado.

De pronto, el silencio ya no me resulta un refugio tan acogedor. Tamborileo los dedos sobre la caja hasta que reúno valor para volver a hablar.

—¿Y por qué quieres llevarme a Books Upstairs? A estas horas estará cerrado.

—Lo sé, hoy no iremos —contesta rápida—. Pero como el sitio al que vamos está algo lejos, quiero aprovechar y enseñarte mis lugares favoritos de la ciudad. —Su carácter resolutivo se tiñe de una repentina timidez—. ¿Te parece bien?

—¿Por qué no iba a parecerme bien? —Hago una pausa y saco el último de los muffins. Tiro la caja vacía a una papelera y, tras partir el dulce en dos, le tiendo la mitad—. ¿Tan ogro te parece que soy?

—¿Ogro? ¿Por qué dices eso?

Coge el medio pastel que le tiendo y soy consciente de que nuestros dedos se rozan por un segundo. La electricidad que me deja en las yemas continúa ahí, enviando un cosquilleo al resto de mi cuerpo.

—A veces la gente reacciona como si lo fuera —contesto sin emoción—. Como si tuvieran que ir con pies de plomo conmigo o cuidar lo que dicen.

—A mí no me pasa —dice Maeve. Se mete la mitad del muffin en la boca y continúa hablando—: Suelo decir lo primero que se me pasa por la cabeza, contigo también. Como comprobaste anoche, es un problema.

—No. —Hago una pausa—. Lo prefiero así.

Maeve se detiene, ignoro si por mis palabras o porque estamos frente a un semáforo. Mientras esperamos a que se ponga en verde, la observo y, de nuevo, tomo una decisión en base a un impulso. Extiendo una mano y le limpio la salsa de arándanos de la mejilla con el pulgar.

Ella se sobresalta ante el contacto, pero cuando le enseño mis dedos manchados, se echa a reír.

—No sé hablar ni comer.

—Sí sabes, pero no deberías hacer ambas cosas a la vez.

—Lo siento, *Rooben*, ya es tarde: convives con una irlandesa incivilizada. ¿No leíste la letra pequeña del contrato de alquiler? Estaba junto con la advertencia «Casera pesada disfrazada de dulce católica podría asesinarte mientras duermes y quedar exenta de cargos».

Sonrío, pero el semáforo se pone en verde y Maeve vuelve la cabeza a tiempo, por lo que no se da cuenta. Tira de mi brazo y cruzamos casi a la carrera.

—Esto es Books Upstairs —me anuncia cuando llegamos, aunque puedo ver el nombre a la perfección en el rótulo azul y dorado de la tienda—. Tiene una cafetería arriba, ¿ves los ventanales? Libros de segunda mano en una segunda planta escondida y todavía más en el sótano. ¡Es preciosa! Es mi librería favorita de Dublín. ¡La primera en la lista!

—¿Tienes un ranking?

Yo tengo rankings de casi todas las cosas. Ciudades que he visitado, películas, series, documentales, frutas, legumbres, marcas de caramelos de violeta, de cafés, de geles desinfectantes, de horas del día. Incluso de personas.

Sé que a la gente le parece raro, pero no voy a dejar de hacerlo. El mundo parece un poco más ordenado cuando las hago.

—¡Claro! —exclama Maeve. Tira de mí otra vez para conducirme en dirección al río—. Books Upstairs, Winding Stair, The Gutter Bookshop, Hodges Figgis y, por último, Ulysses Rare Books.

—¿Y qué razones sustentan ese orden?

—La emoción que me despiertan —contesta sin dudar—. Aunque la estética importa, hay algo que va más allá: cuando un recuerdo especial me ata a un sitio, suele ir el primero.

—¿Y qué recuerdo asocias a Books Upstairs?

Maeve sonríe al aire. Es una mueca tan triste como sincera.

—Mi abuelo Cillian me llevó allí la primera vez que visité Dublín.

Seguimos paseando. Maeve me hace de guía, aunque, por supuesto, no es un tour tradicional. Ignora los monumentos y las iglesias, y se centra en los pubs donde sirven los mejores púdines, las librerías con las novelas de segunda mano más baratas, las calles que se nombran en libros ambientados en la ciudad, los bares donde James Joyce se inspiró para escribir su *Ulises*, las esquinas en las que, según los rumores, se cometieron los peores crímenes, y la leyenda que encierra cada puente que cruza el Liffey.

Apenas conozco la ciudad, así que, atento y en silencio, me bebo todo lo que relata, consciente de que mucha de esa información no será exacta ni objetiva.

Aunque Maeve lo hace sonar más interesante que si lo leyera en la Wikipedia.

—Vives en Dublín y no la has disfrutado, y esto también es parte de la experiencia de hacer el doctorado fuera: cambiar de perspectiva —me dice en un alto del camino—. Un cambio de perspectiva vital también ayuda a que lo haya en el trabajo, ¿sabes?

La observo de reojo. Está revisando un carrito de libros que hay en la acera frente a The Last Bookshop. Según el cartel, todos sin excepción valen un euro. Aunque la tienda esté cerrada, hay una hucha de metal rojo en la puerta custodiada por un gato viejo y atigrado.

Me sorprende que los dueños confíen en la buena intención de la gente. Quizá sea algo propio de los irlandeses, porque creo que a Maeve le ocurre lo mismo: se fía demasiado de los demás.

—¿Por qué dices eso? —le pregunto.

—¿El qué?

—Lo de que cambiar de perspectiva me ayudaría en el trabajo.

—Me da la sensación de que tienes problemas con tu tesis —responde todavía sin mirarme, concentrada en pasar novelas de cantos amarillentos—. A veces te oigo hablar contigo mismo en tu habitación y no suenas demasiado contento.

—¿Me oyes hablar solo? —Nunca nadie me había dicho que lo hiciera—. ¿Y qué digo?

—Ni idea, siempre hablas en español. —Se sonroja en ese momento, ignoro por qué—. Tranquilo, entiendo tu frustración. Cuando escribo también me pasa: me obceco con los problemas de una historia y a menudo es mejor parar, alejarse y contemplarlo todo desde lejos. Uno puede estar demasiado cerca, con los ojos tan pegados al papel que no ve nada más. No se da cuenta de que algo falla o, al revés, encaja. No ve el conjunto. —Saca un libro, lee la sinopsis y vuelve a dejarlo—. Mi abuelo me lo dijo antes de traerme aquí de niña: aunque te frustre un aspecto de la capital, no puedes rechazarla de primeras. Porque Dublín no son cuatro calles, no es el Temple Bar ni el Trinity. Es su gente, buena y mala; su olor; sus defectos; sus narcisos amarillos, y sus borrachos. Es toda la ciudad en sí.

—Como un organismo. —Se gira hacia mí—. El ser humano no son órganos y aparatos por separado, es una unidad vital única que funciona solo cuando todos los elementos se coordinan entre sí.

—¡Eso es! Tú lo has hecho sonar más técnico y práctico que yo, pero sí; en esencia, es eso mismo. —Vuelve la atención a los libros—. Quizá estés demasiado centrado en un detalle en particular y hayas perdido de vista tu objetivo general. La ciudad. —Coge un libro y sonríe para sí misma—. Perdón, me he puesto intensa sin motivo. Seguro que nada de lo que te he dicho te sirve.

En realidad, incluso después de que Maeve se lleve tres novelas medio rotas y acaricie al gato vigilante, sigo dándoles vueltas a sus palabras.

Es posible que esté muy centrado en las células y su crecimiento, y algo se me esté escapando. Quizá necesite mirar la ciudad entera, no solo un edificio. Ir un poco más allá.

—Mira, ¡ahí es! —anuncia Maeve tras girar una esquina—. Gracias a Dios, ya pensé que me había perdido.

—Un momento, ¿no sabías dónde estábamos?

—Imaginaba que sí —dice, y, tras verme la cara, me palmea la espalda—. Tranquilo, Robin; conmigo estás a salvo. Sé manejar una navaja.

—¿Llevas una navaja?

Se ríe entre dientes.

—No, pero sé usarla.

Nuestro destino final es una tienda de antigüedades. Está bastante alejada de las de lujo que hemos visto en el centro de la ciudad. Esta es apenas un corredor atestado de muebles, cajas con bisutería y trastos, relojes colgados en las paredes y paraguas de todos los colores.

La puerta está abierta y Maeve entra sin llamar. La sigo muy de cerca, casi pegado a su espalda, inseguro, hasta el fondo de la tienda.

—La encontré mientras buscaba una tienda de bicicletas —me dice en voz baja—. Me alegré de mi descubrimiento, aunque siga sin una bici decente de segunda mano.

—¿Por qué no te compras una nueva?

—Porque no tendría historia —me recuerda—. Y porque solo puedo permitirme alimentarme a base de pasta y tomate, como para pagar una cinco velocidades nuevecita. ¿Hola? —pregunta entonces al aire—. ¿Señor Murphy?

—Aquí. —Ignoro de dónde procede la voz, pero no suena cerca—. Ya sabes, bonita, mira lo que quieras y luego me dices.

—¡Gracias!

Maeve se gira de sopetón, así que se da de bruces contra mi pecho. Tengo que sujetarla porque se ladea hacia la izquierda y, si se cayera, podría clavarse cualquier cosa.

Literalmente, *cualquier* cosa.

—¿Qué hacemos aquí?

—¡Tachán! ¡Voy a darte otro regalo! —contesta, y suena acelerada al añadir—: No me porté bien contigo ayer.

—Ya me has pedido disculpas —le recuerdo—. Y las he aceptado.

—Te he pedido disculpas por mi actitud, pero no por…

Titubea. Se sonroja. Vuelve a balbucear.

—¿Por…?

—El beso.

Sigo agarrándola de los brazos. Noto lo agitada que está, un claro signo de arrepentimiento. ¿No le gustó? ¿Le resultó desagradable?

La suelto. Tras un segundo de indecisión, acabo por meter las manos en los bolsillos de la chaqueta.

—¿Por qué me pides disculpas por eso?

—Sé que fue un accidente y que ninguno lo pretendíamos —responde a borbotones—, pero tienes novia. Estuvo mal.

—En ese caso —digo despacio—, soy yo quien debería pedir disculpas y no tú a mí.

—Ya, pero... —Coge aire—. Incluso siendo sin querer, yo fui la que inició toda la farsa sobre ser novios.

—Y yo la seguí —completo—. No tienes nada de lo que preocuparte. Era lo que teníamos que hacer para mantener el piso.

—Entonces ¿nuestro beso no te ha traído problemas?

Contemplo sus labios. Tiene una semilla de arándano morada, casi negra, en la comisura derecha. Parece un lunar, aunque sé que no es así, porque Maeve no tiene ninguno a la vista. Su piel es una constelación de estrellas marrón pálido, como si le hubieran espolvoreado el cuerpo con arena fina.

Tengo ganas de quitarle esa semilla, y no porque me moleste, sino porque sería una excusa para volver a tocarla.

—No me ha traído problemas —miento.

—Entonces, deja que te regale algo como bienvenida a Irlanda —dice risueña. Ha recuperado la despreocupación que la caracteriza y algo en mí se relaja—. Eres mi primer compañero de piso y quiero ser una buena compañera para ti. Tú... haces ya mucho por los dos. Ordenas, limpias y, no creas que no me he dado cuenta, dejas siempre una pieza de fruta en mi balda de la nevera. —Voy a hablar, pero ella sigue—: No lo niegues, sé que sí. El primer día pensé que te habías equivocado, ahora lo entiendo: tú nunca te equivocas.

Sí lo hago. Eso pienso, sobre todo ahora. Tengo a Maeve frente a mí y me doy cuenta de que todo lo que creí la primera vez que la vi se desvela como un error tras otro.

—¿Y qué regalo quieres darme?

En lugar de responder, me guía hasta una de las cajas repletas de cachivaches. En ella hay más homogeneidad: está llena de tiradores.

—Ya sabes que odio los de tu escritorio —dice, e imbuye de cierto desprecio sus palabras—. Elige dos. ¡Te los regalo! Así el mueble será auténticamente tuyo.

No protesto. He entendido que es más fácil y rápido seguirle el juego a Maeve.

La mayoría son de colores vivos, tienen formas extrañas y no hay dos iguales. De hecho, entre tanta variedad cromática, los que destacan son grises o simples. Uno de ellos es cuadrado, de metal oscuro. Lo rescato de entre el montón y la carcajada de Maeve me sorprende.

—Sabía que irías a por ese —dice victoriosa—. Te pega muchísimo.

—¿Porque es aburrido?

—Porque es funcional, clásico y… bueno, sí, cuadriculado. —Sigue con la punta del dedo la forma geométrica del tirador—. No es nada malo. —Se encoge de hombros con una expresión relajada—. Solo eres tú. Sin pretensiones ni dobles caras.

Arqueo las cejas.

—No sé a qué te refieres con lo de las dobles caras.

—La mayoría de la gente las tiene —aclara, y, aunque sonríe, no parece que sea de verdad—. Por ejemplo, yo ayer. Estaba desesperada por encajar entre mis compañeros y al principio todo iba bien, hasta que empezó a venir más gente de la que yo había invitado y no supe pararlo. —Frunce los labios—. No supe decir que no vinieran por mucho que quisiera hacerlo. Y sabía que podía hacerlo. Me callé para poder encajar.

—Pero si tú ya encajas.

«En todas partes», pero eso no se lo digo.

—Supongo, solo que no dejo de pensar que, en parte, frente a la gente nueva siempre estoy representando un papel en un casting para que me escojan —murmura—. Contigo no me pasa.

Es una suerte que no me mire, porque no sé qué cara pongo al preguntar en voz baja:

—¿Por qué conmigo no?

—No sé. Por lo que sea, no siento que tenga que fingir contigo. ¿Puede que porque, si no te gustara algo de mí, me lo dirías a la cara en lugar de callarte y ser cruel por la espalda?

—Nunca sería cruel contigo —le aseguro.

Ella asiente convencida.

—Ya lo sé. Tú no eres así.

Trago saliva. Maeve dice lo que piensa sobre mí, y sé que es cierto. No pretende halagarme ni censurarme.

Desearía que todos fueran como ella.

Al contrario de lo que piensa sobre sí misma, resulta muy fácil entenderla. Como ahora, que vuelve la vista a la caja de tiradores con los ojos llenos de deseo. Sé que se imagina escogiendo alguno acorde a sus gustos con el fin de decorar un mueble ideal sobre el que pueda escribir.

Estoy seguro de ello, y no porque la conozca o sea inteligente, ni mucho menos comprenda con claridad a las personas, sino porque Maeve habla con cada rasgo y movimiento de su cuerpo. Como si no necesitase idiomas para sentirse conectada con lo que la rodea.

La envidio.

—¿Y tú? —pregunto. Se vuelve enseguida hacia mí—. ¿Cuál habrías escogido para ti?

No duda. Señala uno en forma de espiral. Está hecho de diferentes piedras de colores unidas entre sí con nácar.

Alargo la mano y lo cojo.

—Vale —digo—. Ya tengo los dos.

—¿Vas a llevarte *ese*?

Su asombro casi me hace reír.

—¿Por qué no? —Le doy vueltas entre los dedos—. Me gusta.

—¡Mentiroso!

—Yo nunca miento —le aseguro—. Excepto si tiene que ver contigo.

Maeve se queda muda, con los ojos muy abiertos, y tengo que ser yo quien alce la voz en esa tienda minúscula.

—¿Señor Murphy? Nos llevamos dos tiradores. ¿Cuánto le debemos?

—¡Diez! —La voz llega desde arriba, y me doy cuenta en ese momento de que, al fondo del corredor, hay una escalera de caracol oculta bajo miles de trastos—. ¡Dejad el dinero en el aparador de elefantes!

Maeve se dispone a sacar su cartera de la mochila, pero la freno agarrándola de la muñeca. Ella se queda paralizada, así que, sin soltarla, aprovecho para dejar un billete sobre la madera decorada con motivos africanos.

—No necesitas regalarme nada —le aseguro—. Con haberme dado mis primeros muffins en un año y hecho de guía de la ciudad es suficiente.

Ella abre la boca. La cierra al instante. Y, al final, sonríe.

—Puedo hincharte de muffins de aspecto dudoso y hacerte de guía cuando quieras —dice en voz baja—. Eso es lo que hacen los amigos. Y es lo que somos ahora, ¿no?

Contemplo su rostro. Hago un verdadero esfuerzo por no clavar la mirada en sus labios, por refrenar el impulso de estirar los dedos y quitarle esa semilla. Rozarle la piel, aunque solo sea por un segundo.

—Claro.

Antes le he dicho la verdad. Todo lo que tiene que ver con ella, inevitablemente, me hace sentir un mentiroso.

MAEVE

Tres meses después

Parece que le he cogido el gusto a esto de ser una mentirosa, porque desde que Rubén y yo empezamos a vivir juntos hace meses no he dejado de hacerlo.

Principalmente me engaño a mí misma. Lo hago cada vez que me autoconvenzo de que mi trabajo no da asco, de que me gusta todo lo que escribo y de que, sin haber tenido una mísera cita desde hace un año, no me siento en absoluto patética en el ámbito amoroso.

Porque lo que hemos tenido Rubén y yo todos los domingos desde septiembre no son citas de verdad. Tiene novia. Sigue teniéndola, aunque no diga una sola palabra sobre ella. He aprendido que mi falso novio es así, un tipo reservado. Y, a pesar de serlo, ha accedido a acompañarme cada domingo a un plan diferente: mercadillos de flores, exposiciones de arte, estrenos de películas cutres y recitales de poesía incomprensible.

Pero, como digo, no son citas. Rubén y yo somos amigos. Y podría soportar el autoengaño acerca de mi trabajo, mi escritura y mi vida amorosa, pero hoy he llegado más lejos. Hoy les he mentido a las que ahora considero mis mejores amigas.

Les he asegurado a Charlotte y a Áine que nuestra sesión de escritura de esta tarde me había cundido muchísimo y es una mentira como la catedral de Christ Church de grande, quizá llegue a las dimensiones de la de San Patricio.

Por si fuera poco, en la cafetería Charles Malone ha anunciado el reparto de los turnos para las próximas semanas hasta Año Nuevo. Sabe lo de mi maestría y, por suerte, ha respetado mi horario, pero a cambio ha decidido darme todos los festivos de las navidades, arrebatarme a Chris McKenna y colocarme a Alex Smith como compañero. El mismo Alex Smith que no cree en el darwinismo ni en las vacunas y, tras el día de hoy, tengo claro que tampoco en los beneficios del desodorante.

Gracias, Malone, por NADA EN ABSOLUTO.

Camino de vuelta a casa sintiéndome un despojo humano. Lo de la sesión fallida de escritura con Lottie y Áine me duele, pero al menos he podido compartir tiempo con ellas en Hope & Co., una cafetería que no conocía y que tiene mi nuevo té de frutos rojos favorito. Y la puñalada de Charles Malone me la esperaba, porque él es así: un engendro del averno sin corazón ni alma.

Pero lo peor ha sucedido esta mañana. Cuando el profesor de Relato Corto nos ha entregado la nota del último trabajo y, en lugar de una calificación, junto a mi título había una frase garabateada con prisa. «Ven a verme al terminar la clase».

Mi espíritu optimista ha pensado: «Quiere felicitarte por tu relato profundo y conmovedor sobre la Segunda Guerra Mundial». Mi parte pesimista ha intentado convencerme de que la historia era tan mala que el claustro estaba planteándose echarme del curso.

Y, cómo no, la segunda Maeve ha estado más cerca de acertar que la primera.

Al llegar a casa, me tiro en el sofá, con toda la ropa y las botas puestas, y me hago un ovillo. Estaba orgullosa de ese relato. Me había esforzado mucho por imbuir la historia de un toque sentido, profundo y emotivo. Había investigado sobre el shock postraumático de los soldados y había decidido que los protagonistas fueran un escuadrón de irlandeses, por eso de echar mano del sentido patriótico (y porque los protas de ese tipo de historias siempre son yankis arrogantes o ingleses emo). ¿De qué me ha servido? De nada, excepto para que el profesor, el señor O'Brien, haya tildado mi narrativa de «innecesariamente densa» y «alejada del brillo que habíamos visto en ti al inicio».

¿De qué brillo habla? Me siento como un conejo de peluche mohoso sin un ojo tirado a un vertedero de residuos nucleares. Y mi escritura, al parecer, no es mucho mejor.

Cierro los ojos, pienso en mis padres y mi hermano, en lo contentos que estarían de verme fracasar. No porque me deseen el mal, sino porque eso casaría con la imagen que tienen de mí, y les daría la razón.

Sueño demasiado, y demasiado alto, y resulto ridícula al perseguir una carrera abocada al fracaso. «Tienes que poner los pies en la tierra antes de caerte por el precipicio». Vivir de escribir es imposible; debería ser realista, volver al pueblo y dedicarme a trabajar en el pub del abuelo, como él quería que hiciera.

Solo que Cillian no quería eso. Quería que, decidiera lo que decidiera, fuera feliz haciéndolo.

—Lo siento, abuelo —susurro—. No he cumplido nuestra promesa.

En la oscuridad del salón, lloriqueo tumbada en el sofá, aferrándome las rodillas. Me deshago en lágrimas sin que me importe el ruido que hago o lo patética que pueda parecer. Llevo tiempo sin desahogarme así, puedo permitirme este capricho. Seguro que mañana me siento mejor (tampoco es muy difícil).

De pronto, suena la llave en la puerta. Ah, Rubén. Lo que me faltaba. Me seco las mejillas a toda prisa con la manga del jersey y me asomo despacio, con cuidado, por el borde del sofá.

No hace ruido. Rubén nunca hace ruido. Es como un ninja de uno ochenta y cinco; el nuevo Spider-Man latino con gafas de Superman. Aun así, tras tres meses viviendo juntos, puedo distinguir pequeños sonidos que me alertan de sus rutinas inamovibles.

Al cruzar la puerta, deja las llaves en el colgador de la entrada (instaló uno tras tropezarse diez veces seguidas con mi llavero tirado en el suelo). Luego se agacha para quitarse las zapatillas y dejarlas en el zapatero del vestíbulo (montamos uno tras trastabillar una semana seguida con mis botas en el pasillo). Por último, gira la esquina del corredor en dirección a su cuarto para dejar la mochila (con su portátil, un cuaderno gris del que no se separa y un estuche con cuatro bolígrafos azules idénticos).

Ah, espera. No se dirige a su cuarto. Va al otro lado. Al salón-cocina. Hacia mí.

En cuanto aparece en mi campo de visión, voy a saludarle, pero me doy cuenta de que lleva los cascos puestos, dos pequeñas líneas blancas de plástico brillante que destacan en sus orejas y entre el pelo moreno. Lo que no lleva son gafas, sospecho que porque ha salido a correr y se ha puesto lentillas.

El caso es que no me ha visto todavía, así que me agazapo. Quizá, si no se percata de que estoy ahí, coja de la cocina lo que haya venido a buscar (con toda probabilidad, un batido de proteínas con sabor a *asco*) y se marche a su cuarto. Así podré seguir tirada aquí, compadeciéndome de mí misma, con los rayos de la farola de la calle atravesando la vidriera del salón y pintando de colores fríos esta escena triste y solitaria de mi vida.

Rubén enciende la luz de la cocina, abre la nevera y, bingo, saca un termo. Le da un trago larguísimo; su nuez sube y baja y yo, hipnotizada, sigo el movimiento con el pecho encogido.

¿Encogido de qué? Fácil, de la fascinación que me produce que mi compañero de piso (intocable, recordemos) esté tan bueno.

Qué suerte tiene su despampanante novia española; no la he visto, pero seguro que es una Ana de Armas con bata de laboratorio.

Desde mi escondrijo, me fijo más en él y confirmo mis sospechas: Rubén viene de correr. Parece acalorado y lleva ropa de deporte. Un pantalón negro suelto, sin marca, unas mallas del mismo color por debajo y una camiseta elástica de manga larga y, oh, sorpresa, negra, que se le pega al torso marcándole cada uno de los músculos del abdomen.

Nunca me gustó la anatomía, pero me da la sensación de que ahí hay más de los que aparecían en el póster del cole sobre el sistema muscular humano.

Cuando termina de beber, coloca el termo en el fregadero. Estoy segura de cuál va a ser su siguiente movimiento, lavarlo y dejarlo impoluto en su lado del armario, solo que Rubén me sorprende al saltarse sus propias normas. Lo deja ahí y se dirige al otro lado de la cocina, donde está la lavadora. No entiendo qué pretende hasta que, de un movimiento, se quita la camiseta por el cuello con una sola mano.

«*Aymimadre*. ¡Viva España!».

Luego se agacha, imagino que para meter la prenda en la lavadora, por lo que se oculta tras la barra de la cocina y desaparece de mi campo de visión. Desde mi escondite, me alzo un poco más para tratar de observarlo mejor. En ese momento, Rubén vuelve a ponerse en pie, solo que lo hace de cara a mí.

Mierda. Cazada.

Nos quedamos mirándonos, paralizados al mismo tiempo. Él, descamisado, con los músculos tensos y brillantes de sudor («Deja de mirarlos fijamente, Maeve, POR FAVOR»); yo, encogida en el borde del sofá, con el culo en pompa y ojos de loca (no me veo, pero que me caiga un rayo si no es así).

—No te estaba espiando —me atrevo a decir. Hablo rápido, soy consciente, solo que en lugar de reducir la velocidad, como suelo hacer con él, la aumento al añadir—: No te había oído llegar y me he asomado y te he visto, pero no te estaba espiando, te lo juro, solo estaba aquí tranquilita dejándome morir; no te molesto, tú a lo tuyo. ¿Has hecho deporte?, qué tontería, claro; ¿ha ido bien el ejercicio?, ¿te lo has pasado bien?, ¿has provocado muchos desmayos en tu carrera por el barrio o has tenido piedad de las pobres irlandesas con fetichismo por los latinos?

Rubén parpadea, todavía inmóvil. Despacio (muy *muy* despacio), levanta después los brazos para llevarse las manos a las orejas y quitarse ambos cascos a la vez.

—Perdona, ¿qué has dicho?

Sonrío con suavidad. Luego me incorporo del todo y me siento en el sofá como un ser humano normal.

—Nada importante. ¿Qué tal el día?

—Bien, yo... —Parece darse cuenta de que está semidesnudo y cruza los brazos frente al pecho. No ayuda demasiado; de hecho, sus músculos se tensan todavía más—. He salido a correr.

—Ya. Algo había deducido. —Le señalo con un índice, desde la cabeza hasta los pies—. No sé por qué no he caído antes, es miércoles.

—¿Y qué?

—Siempre sales a correr los miércoles cuando terminas de trabajar. Los lunes, miércoles y viernes, excepto si tienes uno de esos experimentos raros que te duran mil horas. —Caigo en la cuenta y añado—: Ah, y los domingos, a menos que te enrede para que me acompañes a algún lado curioso de la ciudad. Dios, la última vez fue... ¿Te acuerdas de la dominatrix de las flores? Si no llego a rescatarte, a estas horas seguirías trabajando en ese puesto para ella, con grilletes en los tobillos y un saco de patatas como gayumbos. —Suelto una risita—. No sé cómo sigues acompañándome, eres un sol.

Traga saliva, así que, atenta, vuelvo a seguir el movimiento de su nuez.

—¿Y tú? —Carraspea antes de volver a hablar—. ¿Ha ido bien el día?

—Oh, sí. Maravillosamente.

Frunce el ceño y ladea la cabeza. Cuando hace eso, me recuerda a un perro confuso; en concreto, a un labrador negro de ochenta kilos.

—No parece que te haya ido maravillosamente.

—Eres un genio.

—No soy un genio —dice sin acritud—. Pero tienes rímel bajo los ojos. ¿Has llorado?

—Estaba hablando sarcásticamente —le aclaro con suavidad—. Y tienes razón, no me ha ido bien. Aunque tampoco he... —Cojo aire y lo suelto—: Vale, sí, he llorado. Un poquito.

—¿Por qué?

Me encojo de hombros mientras me quito las botas con un par de movimientos; sé que a Rubén le disgusta, porque de reojo noto su mirada de censura sobre mí, así que, tras caer ambas al suelo, las coloco alineadas a un lado del sofá.

—Es largo de explicar.

—Cuéntamelo.

Rodea la barra de la cocina para llegar al salón. Se sienta en el sillón a mi lado, todavía con los brazos bien cruzados sobre los pectorales. Parece hacerlo con más fuerza que antes y, recto y tenso, evita apoyarse en el respaldo.

—Dime por qué has llorado.

—No quiero molestarte con mis tonterías. —Estoy tan baja de ánimo que ni siquiera logro forzar una sonrisa—. Ya tienes bastante con tu tesis.

—Mi tesis no me impide escucharte —comenta con pasividad—. Y tú ya me has oído varias veces hablar sobre ella.

—¿Qué tal te va, por cierto? No me has dicho nada sobre el laboratorio desde el lunes.

—Mejor —se limita a decir—. Pero no me enredes para desviar la atención sobre ti.

—¿Qué dices? ¿Cuándo he hecho yo eso?

—Siempre —responde al instante—. Pareces abierta, pero no es así. No sueles hablar de tus problemas. Todo el mundo los tiene, incluso tú. Puedes contármelos. —Hace una pausa de las suyas y añade—: No te juzgaré.

Sé que no. Rubén parametriza el mundo a su alrededor, lo clasifica en lo que está bien, mal, lo que es racional y lo que no, lo que le incomoda y lo que le relaja. Por extraño que parezca, creo que yo estoy en una categoría aparte: a mí me tolera.

Eso sí, me da la sensación de que me ve como un animalillo en proceso de maduración, un prototipo de ser humano sin estabilidad ni costumbres fijas que le fascina como buen científico que es.

—Charles Malone nos ha entregado el calendario de turnos —acabo diciendo—. Me tocan todos los festivos de aquí a final de año. Y más allá.

—¿El encargado memo? —Asiento—. Quéjate.

—¿A quién, a los jefes? Pasarían de mí. Pueden sustituirme si les da la gana, soy una empleada canjeable. Además, en el fondo, tampoco me importa. En Navidad no voy a viajar a Kilkegan ni mi familia va a venir a visitarme. —Me fijo en mis pies. Mierda, llevo un calcetín de cada color y uno de ellos está roto. Con cuidado, los echo hacia atrás y los escondo bajo mi falda de *patchwork*—. Es mejor así. Les hago un favor a mis compañeros.

—Aunque no tuvieras nada que hacer, es injusto —sentencia Rubén—. Podrías dedicar esos días sin clase a escribir.

—Ya, bueno, ese es otro problema —murmuro—. ¿Para qué voy a escribir? Todo lo que creo últimamente es pura basura.

No desvío la atención de los colores del suelo de parqué, por muy nerviosa que me ponga la mirada de Rubén fija en mi rostro.

Nos quedamos así durante unos segundos. No me importa, estoy acostumbrada al silencio; era el castigo de mis padres cuando hacía algo mal y el regalo de mi abuelo si me refugiaba en sus brazos.

—Dudo que eso sea cierto —pronuncia Rubén. Con cuidado, procurando no decir nada que se acerque mínimamente a una mentira—. Te aceptaron en la maestría y te concedieron una beca completa por un relato. Según me has contado, eso solo le ha pasado a otro compañero tuyo, así que tampoco es habitual recibir ese privilegio. Cuando nos conocimos, estabas orgullosa de tus obras. ¿Qué te hace pensar así ahora?

Me muerdo los carrillos por dentro. Es una mala costumbre que he adquirido hace poco. Ya no me muerdo las uñas, porque siempre que lo hago Rubén se pone dictatorial y me explica los problemas dentales derivados, y porque me regaló un esmalte que sabe a rayos para que no cayera en la tentación.

—Esta mañana nos han dado la nota de un trabajo creativo y… el mío ni siquiera la ha obtenido —le confieso—. El profesor ha dicho que era penoso.

—Permíteme que ponga en duda que haya usado esas palabras —murmura Rubén.

—No, pero sí eufemismos —resoplo—. En resumen, ¡es una mierda! Le ha parecido horrible, espeso, «pretendidamente denso»; de hecho, esas han sido sus palabras exactas. Pensé que era bueno, ¿sabes? He leído muchísimo desde que empezaron las clases, ¡me he empapado de los más grandes! Tolstói, Joyce, Stendhal, Melville. Tenía mis dudas al escribir el relato, no voy a mentir, pero Áine me revisó la historia, dijo que le parecía fantástica. «Muy Thomas Pynchon», eso dijo. ¿Es que los profesores se equivocan? ¿Yo me equivoco? ¿O es que en realidad no sirvo para esto y lo que he creado antes de llegar a Dublín han sido golpes de suerte, como les ocurre a todos los principiantes? Solo que, cuando me exigen ir más allá, fracaso. Porque no puedo crear nada con profundidad. Nada que tenga poso, que merezca la pena. Que destaque.

Rubén se toma su tiempo para contestarme. No voy a preguntarle si debo repetirle algo, porque sé al cien por cien que ha entendido todo lo que he dicho. Aunque él dude de su nivel de inglés, si algo se le da bien es comprender lo que digo, incluso si hablo rápido o me sale el acento irlandés más cerrado.

Si tarda en contestar es porque sigue costándole elegir las palabras adecuadas. Quiere ser preciso, expresar lo que siente y más se ajusta a sus pensamientos.

No me ha dicho que esa sea la razón tras su lentitud al pronunciarse, pero estoy segura. Cree que es opaco, difícil de entender, y no es así. De hecho, le entiendo más a él de lo que he entendido a muchas personas a lo largo de mi vida. Quizá porque, al contrario que otros, está interesado en crear un vínculo real conmigo.

«Los vínculos son nudos formados por dos cuerdas; si la otra persona no te lanza la suya, la atadura se deshará en la primera tormenta».

Abuelo Cillian, tú siempre tan intenso, aunque eso no te hacía menos sabio.

—Supongamos que todo lo que has afirmado es verdad —empieza a hablar Rubén—, lo cual dudo bastante. Incluso así, todos los autores, pequeños y grandes, han creado obras menores o fallidas. Estás haciendo una maestría precisamente para aprender y mejorar. Tú no te rindes a la primera de cambio. —Frunce los labios—. No es la impresión que tengo de ti.

—Soy una cabezota, dilo bien alto —rumio, aunque procuro usar un tono suave para que entienda que no me ha molestado—. Solo que incluso las testarudas como yo comprendemos cuándo hemos perdido y debemos parar. —Dudo si seguir y al final lo hago—. No es la primera vez que me dicen algo parecido en el curso, Rubén.

Él asiente. Sigo intentando pronunciar bien su nombre y creo que cada vez estoy más cerca, pero no suena tan bien como en mi cabeza ni como enseñan en los vídeos de YouTube que he buscado.

—Aunque sabes que no entiendo mucho de literatura…

Luego se detiene. Descruza los brazos, me mira. Yo intento (lo juro) devolverle la mirada, solo que los ojos se me van de inmediato a su torso desnudo.

Me temo que no puedo mantener una conversación así, y creo que Rubén también lo intuye, porque carraspea para llamar mi atención. En cuanto aparto la mirada de esos abdominales esculpidos por el mismísimo Zeus, se pone en pie.

—Aunque sabes que no entiendo mucho de literatura —repite—, si te ayuda, puedes darme tu texto.

Boqueo asombrada, y necesito repetir sus palabras para estar segura.

—¿Quieres que te enseñe el relato? —Asiente con la cabeza—. ¿Para *leerlo*?

—Ya sabes que no soy un gran lector —me recuerda—, pero soy sincero. Si suena «pretendidamente denso» y me resulta «una basura» —marca las comillas en el aire—, te lo diré.

Me pongo en pie de un salto y me lanzo a abrazarle. Esa es mi intención, claro, solo que Rubén me lo impide estirando el brazo y colocando la palma extendida contra mi frente.

—Ni se te ocurra —me amonesta en voz baja—. Estoy sudado.

—¡A mí me da igual!

—Nada de abrazos —insiste con la misma mueca de repulsa—. Voy a ducharme y a ponerme algo encima, tú prepáralo para que lo lea.

En cuanto se da la vuelta, abro mi mochila y saco las hojas encuadernadas haciendo un pequeño baile en el centro del salón.

—¡Ya lo tengo! —le anuncio canturreando—. ¡Cuando quieras!

En respuesta, oigo sus pisadas por el pasillo y, al minuto, el grifo de la ducha desde el cuarto de baño.

Va a tardar en salir y estar listo (conozco sus rutinas inamovibles, incluso a puerta cerrada), así que dejo el relato sobre la mesa de té del salón y me dirijo a mi cuarto. Me cambio la ropa de calle y la sustituyo por unos pantalones largos de franela a cuadros, calcetines de lana y una camiseta enorme con tres ecuaciones estampadas bajo un: «Y Dios dijo: ¡Hágase la luz!».

No es que me haya hecho una fanática de la ciencia. Es de Rubén. O, más bien, lo era. La lavé junto con mi ropa (sin querer, lo juro) y el blanco nuclear de la tela pasó a ser un rosa pálido con degradaciones de rojo aquí y allá.

Rubén ni se inmutó. Insistió en que me la quedara; según me dijo, se la habían regalado unos familiares que seguían sin distinguir entre la biología sanitaria que él había estudiado y la física teórica. No le confesé que yo tampoco tengo muy clara la diferencia; tiene camisetas para hacer deporte con otras ecuaciones, así que imaginaba que todas iban sobre lo mismo.

En cualquier caso, puesta en mí parece un vestido *oversize* y, si soy sincera, se ha convertido en una de mis prendas favoritas para dormir, estar en casa y, en fin, para todo.

Me hago un moño en lo alto con un lápiz y dejo la ropa amontonada encima de la silla de mi cuarto. Aunque sigo sin escritorio, encontré una butaca tapizada de flores en la tienda del señor Murphy. Ahora me sirve de ropero y encaja perfectamente en el espacio, junto al armario de madera demasiado grande para la habitación.

En lugar de una mesilla, he creado dos torres de libros con una tabla de madera encima, donde he colocado una lámpara de sal de segunda mano, mis minerales y la botella de whiskey de mi decimoctavo cumpleaños, hoy ocupada por siemprevivas.

He llenado la cama de cojines y mantas de colores, y cada hueco de la pared, de espejos pequeños, atrapasueños, postales, ilustraciones, tíquets de cine, pósters y fotografías. En la mayoría salgo con mi abuelo, pero me calienta el corazón verme algo mayor en otras, junto a mis compañeros de clase, sentados en el césped del campus, e incluso una borrosa en la que salgo con Rubén.

Es un selfi que le obligué a hacernos en Phoenix Park, junto a unos ciervos, en nuestro primer domingo de excursión. Sale con su expresión de neutralidad perpetua, como es él: serio, ni enfadado ni alegre. Intenté con todas mis fuerzas que sonriera (creedme, nunca nadie ha hecho tantos chistes sobre zanahorias y rumiantes) para que no pareciese amenazado a punta de pistola, pero no hubo manera.

Aunque me he esforzado por rescatar esa sonrisa que me regaló al subir el escritorio inmenso que ahora es suyo (y que, a pesar de que no lo diga, sé que usa a rabiar), todo ha sido en vano.

Rubén no es una persona que sonría. Ese día asistí a un acontecimiento único, casi milagroso.

Por supuesto, eso no me ha desalentado. Soy cabezota a más no poder. Al final acabaré consiguiéndolo.

Para cuando vuelvo al salón, Rubén ya está allí. Vaya, hoy se ha dado mucha prisa. Aun así, le ha dado tiempo a ponerse impecable con unos vaqueros oscuros y una sudadera gris que huele a gloria incluso a varios metros.

Sí, el tío no se relaja ni en casa. Solo le he visto en pijama dos días y fue porque ocurrió lo inconcebible: madrugué más que él.

Tiene el pelo mojado, como cuando le conocí, aunque algo más largo que entonces. La humedad hace que parezca todavía más negro, como las gafas de pasta que ha vuelto a ponerse. Menos mal. Sin ellas es demasiado guapo.

Puede que la afirmación suene absurda, pero no lo es en absoluto. Cuando las lleva, resulta más imperfecto, y no duele tanto mirarlo a los ojos y autopercibirse a uno mismo a su lado como Quasimodo.

Me acerco despacio, procurando no hacer ruido. No me oye, está ocupado regando las plantas. Son dos ficus, cuatro potos, una enorme calatea y tres frascos de agua con esquejes de filodendros. Los inquilinos fotosintéticos de la casa cada vez ocupan más espacio en el salón, aunque Rubén no se queja. Yo los adopto, él impide que mueran. Es un acuerdo tácito entre los dos.

—¿Has empezado a leerlo?

Rubén se gira hacia mí y parte del agua de la regadera se desvía y cae al suelo. Él no parece darse cuenta y tarda en levantar el brazo para impedir que se encharque más el salón. Tiene los ojos fijos en mi camiseta y yo, incómoda, trato de plancharla con las manos.

—Si la quieres de vuelta, no tengo problema —le recuerdo.

Se lo digo siempre que me la pongo, así que es bastante a menudo.

—No, no —dice lento y grave—. El rosa desteñido te queda mejor a ti.

Me echo a reír y me dirijo al sofá mientras él, volviendo a su realidad maniática, se apresura a limpiar el agua caída al suelo.

El relato encuadernado sigue en su sitio, aunque alineado con el resto de las inutilidades de la mesa: un cenicero de cerámica, aunque ninguno fumemos; incienso que no suelo prender; un cuenco con popurrí, y varios bolígrafos. Es evidente que Rubén lo ha tocado, pero dudo que, incluso siendo tan rápido como es, le haya dado tiempo a leerlo.

—Quería empezarlo contigo delante —dice como si pudiera leerme el pensamiento—. ¿Te parece bien?

—¡Claro! Pero, si no lo haces ya, voy a empezar a morderme las uñas hasta llegar a las falanges o hasta que me intoxique con el esmalte del demonio que me regalaste, así que tú verás.

Deja inmediatamente la fregona apoyada en el ventanal y se acomoda en el sillón de antes. Otro acuerdo tácito: el sillón individual es suyo y el sofá de tres plazas es mío (para que me tumbe de las peores maneras posibles, sobre todo mientras escribo).

Rubén coge el cuadernillo y se pone a leer. Le observo con atención, tratando de descifrar lo que le parece por sus expresiones. No tengo éxito. Solo se detiene para preguntarme alguna palabra en inglés que desconoce. Luego regresa a la lectura con la misma indiferencia.

Para cuando termina, estoy al borde de un infarto de miocardio.

—¿Y bien?

Se sube las gafas hasta el puente de la nariz.

Oh, oh. Eso es signo de malas noticias. Está nervioso. No sabe qué decir.

—Es… —empieza. Enseguida se detiene. Abre la boca y murmura algo ininteligible—. Bueno, yo no sé mucho sobre literatura.

—Ya —le digo impaciente—. Aun así, dime qué te parece.

—Quizá me equivoque —prosigue—. Sabes que el inglés no es mi lengua materna…

—¡Sé sincero!

—Vale. —Con cuidado, deja el relato sobre la mesa—. No suena a ti.

MAEVE

«No suena a ti».

—¿Eso qué quiere decir? —susurro—. ¿Es bueno o malo?

—No suena a ti —repite Rubén—. No suena fresco ni natural. Suena… impostado.

Un coche pita en la calle. Se oye el graznido lejano de una gaviota.

El crac debe de haber sido mi corazón rompiéndose en pedacitos.

Bajo la vista y contemplo mis manos. Me he olvidado de quitarme los anillos y de repente me veo ridícula, vestida con ropa de casa de segunda mano, desteñida o arrugada, y los dedos repletos de joyas, como una pitonisa cutre.

—Ya te he dicho que yo no sé de literatura —vuelve a hablar. Lo hace a borbotones, rápido, demasiado para ser él—. Seguro que no tengo razón. Y, aunque la tuviera, tú misma me dijiste una vez que, cuando escribes, te obcecas con los problemas de una historia y a menudo es mejor parar, alejarse y contemplarlo todo desde lejos. Que a menudo no te das cuenta de que algo falla o, al revés, de que encaja. No ves el conjunto.

Cojo una bocanada de aire tratando de que, en el proceso, el nudo en mi pecho no se desate en forma de llanto de Banshee.

—¿Eso dije?

—Sí —afirma categórico—. Además, tampoco me hagas caso. El último libro de ficción que leí fue uno de Asimov, hace un año, y ni siquiera me gustó demasiado. —No le veo, pero le imagino

140

revolviéndose en el sillón—. El anterior fue de Dan Simmons, y ese sí. El problema con la ciencia ficción es...

—¿Crees que mi relato es malo?

Los pedacitos de mi corazón siguen cayendo uno a uno al suelo, haciendo ruido de cristales.

—No —responde Rubén en voz baja. Su sinceridad logra que alce la cabeza—. Pero no es lo que imaginaba que tú escribirías.

Sonrío de medio lado, con una mueca cruel.

—¿Porque soy una mujer joven y alegre y esto suena complejo y profundo?

—No, porque pretende serlo —contesta—. No resulta fácil de leer. Las frases son largas en exceso, retorcidas, y suenan frías. —Hace una pausa en la que vuelve a subirse las gafas—. Quizá a eso se referían tus profesores.

—¿Ahora eres un experto en narrativa o qué?

Me arrepiento de haber abierto la boca en cuanto la cierro.

—¡Lo siento! —digo enseguida—. No quería decir eso, yo, yo... Lo siento.

Rubén, impasible, asiente.

—Tranquila. Lo sé.

Me siento avergonzada, incómoda hasta el absurdo. Y peor que antes de llegar a casa. Incluso Rubén, que no lee demasiado, se ha dado cuenta de que no escribo bien.

No sé por qué creía que no lo descubriría; es inteligente y, supongo que ya puedo decirlo, mi amigo. Uno incapaz de mentir, excepto para cubrir nuestra verdadera relación frente a Emily.

Y solo porque yo le empujé en un principio, antes de averiguar qué quería él.

—Gracias —murmuro—. Aunque creas que no, me ayuda mucho que seas sincero conmigo. Sé que no me deseas ningún mal. Que lo dices porque es verdad.

—Claro que no te deseo ningún mal —confirma. De reojo, veo cómo se frota los muslos con las palmas—. Lo siento. Mucho. ¿Estás bien?

—No, y tampoco pasa nada. —Esbozo una sonrisa al mismo tiempo que me cae una lágrima traicionera que forma un círculo oscuro y pequeño en la camiseta rosa—. He tardado demasiado en darme cuenta de que soy una farsante. No soy buena escritora. Mejor tirar la toalla ahora que al final del camino.

A esa lágrima solitaria le sigue otra. Y cinco más.

Aunque suelo ser una escandalosa cuando lloro, en esta ocasión me deshago sin hacer ruido. Como esa lluvia fina que baña Dublín de improviso, sin avisar a nadie, aunque el sol siga brillando en lo alto.

Cierro los ojos, los aprieto con fuerza, igual que las manos convertidas en puños que poso sobre las rodillas. Los anillos de plata me hacen daño contra la piel y no me importa.

Tras unos segundos, noto que el cojín a mi lado se hunde por el peso de Rubén. Sus manos sobrevuelan mi espalda y mis hombros sin llegar a tocarlos. Y, al final, sus dedos, largos y limpios, se posan sobre los míos.

—Maeve, yo...

—No pasa nada, ya te lo he dicho —digo de corrido, con los párpados todavía cerrados—. He sido sincera cuando te he dado las gracias.

—Ya, pero yo no siento que te haya ayudado.

—Nadie puede ayudarme a no ser un fracaso, Rubén —murmuro—. Ni siquiera tú.

La fuerza de sus dedos se acrecienta sobre mi mano. Mi compañero de piso no suele tocarme, y es cuidadoso, así que incluso cuando me roza lo hace con delicadeza.

Parpadeo para poder ver a través de las lágrimas, me vuelvo y contemplo a Rubén como nunca antes le he visto: furioso.

—¿Qué te pasa?

—Yo... Ojalá... —tartamudea. Después suelta algo en español y, tras coger aire, me mira directamente a los ojos—. Odio oírte decir mentiras.

—¿Mentiras?

—Pero sobre todo odio verte llorar.

Voy a decir algo, ni siquiera sé el qué, cuando Rubén alza una mano y me limpia las mejillas con una ternura infinita.

El silencio se alarga, solo que no de la forma plácida que suele hacerlo entre nosotros. Me recuerda a una goma delgada, usada en exceso, pequeña y a punto de romperse.

Retiro lo dicho. No es menos guapo con gafas. Solo parece más él, inteligente y reservado, y ve mejor, o esa sensación tengo en este instante. Que, de entre todos los que habitan esta ciudad, Rubén es el único que me ve tal y como soy.

Tragamos saliva al mismo tiempo. Lo que ignoro es quién se inclina antes hacia el otro, si he sido yo la más valiente (e imprudente) o ha sido él.

Por suerte o por desgracia, nunca sabré qué pretendía (ninguno de los dos), porque el timbre suena en ese instante provocando que ambos demos un bote en el sofá.

—¿Esperas a alguien? —me pregunta, ahora más sorprendido que enfadado.

—No. ¿Y tú? —El timbre vuelve a sonar y los dos resoplamos—. Emily.

—¿Qué querrá esta vez?

—Lo mismo que las demás: molestarnos.

—No va a cansarse —me recuerda Rubén.

—Quizá si no hacemos ruido...

El timbre vuelve a sonar.

Rubén se pone en pie el primero, extiende una mano y yo me aferro a ella para levantarme. No la suelta mientras me conduce por el pasillo. Más tranquila, me dejo guiar por él como una niña pequeña.

Al llegar al vestíbulo, abre la puerta, así que soy la encargada de saludar a Emily con una mano en el aire y una sonrisa (falsa) en la cara.

—¡Buenas noches, vecina! ¿Qué querías?

—¡Hola, queridos inquilinos! —exclama entusiasmada.

Lleva un traje estampado de los suyos, marrón esta vez, y un gorro de pescador impermeable rojo, como su sempiterno chubasquero. Nos tiende una bolsa de plástico que Rubén recoge sin mediar palabra.

—Os traigo verduras del huerto, de mi pueblo, ya sabéis. Coméoslas enseguida, sobre todo la calabaza, porque está a punto de pudrirse, ¡ups! —Mira más allá de mi espalda, alzando el cuello, como si así pudiera tener una vista completa del piso—. ¿Qué tal vosotros?

—Estupendamente —miento agitando mi mano y la de Rubén, todavía unidas—. Estábamos charlando de nuestro día.

Emily ceja en su empeño de tratar de ver algo a través de las paredes y fija los ojos azules y vidriosos en mí. Su expresión chismosa habitual se torna preocupada (e igual de cotilla).

—Oh, querida, ¡qué mal aspecto tienes!, ¿has llorado? —Emily se dirige a Rubén con el ceño fruncido—. ¿Ha sido cosa tuya? ¡Sé bueno con ella, ni se te ocurra ponerla triste!, ¿me has oído?

Rubén asiente serio.

—Es lo último que querría.

—Bien, bien —rumia Emily—. Pues ya sabéis lo que tenéis que hacer: no os vayáis a la cama enfadados. Perdonaos como buenos cristianos, daos unos cariñitos y listo.

A continuación, se queda mirándonos, como a la espera. No entiendo por qué sigue ahí plantada (tengo el cerebro reblandecido después de este día fatídico). Lo sorprendente de todo es que Rubén lo pilla mucho antes que yo.

Se vuelve hacia mí y luego se inclina. Yo, nerviosa, tampoco comprendo qué pretende, así que me quedo quieta, sin mover un solo músculo. ¿Va a darme un cabezazo? O, peor, ¡¿va a besarme delante de Emily?!

No hemos vuelto a hablar del beso desde… bueno, el día después del beso. Desde que, en la tienda de antigüedades, Rubén me aseguró que no le había dado problemas con su novia española. Aun así, voy con más cuidado que antes a la hora de acercarme a él y procuro dejar claro que son aproximaciones amistosas, porque eso es lo que somos, amigos.

Frente a Emily, solo nos tomamos del brazo o de la mano, como ahora. Y, aunque no negaré que me parece guapo, atractivo y, sí, un tío tan raro como estupendo, 1) vivimos juntos y seguiremos haciéndolo hasta el verano, 2) tiene novia y 3) por muchos errores que cometa, soy una buena persona.

Aunque estuviera enamorada de él (que no lo estoy, ni un poquito), tampoco haría nada. Eso estropearía la relación que acabamos de comenzar, y no quiero perderla. No tengo muchos amigos y Rubén es uno de ellos. Y de los buenos.

A pesar de que la Maeve racional sabe todo eso (y me lo recuerda a diario), la Maeve estúpida y soñadora actúa a su antojo. Hace revivir el corazón que creía muerto (y estrellado contra el suelo del salón) y lo hace retumbar en mis oídos, una señal clara de resurrección.

Y continúa haciéndolo, incluso más fuerte, cuando Rubén se inclina del todo hacia mí.

Cierro los parpados, expectante, y entonces lo noto.

Un suave beso en la frente.

Cuando abro los ojos, Rubén ya se ha vuelto hacia Emily.

—Maeve está algo cansada —le dice seco—. ¿Necesitabas algo más?

—No, no, no —barbotea nuestra casera—. Solo quería asegurarme de que no había ningún problema. Ni con el piso ni con... entre... vosotros.

La buena mujer me está observando con atención, lo noto, pero yo sigo ida, sintiendo todavía el roce fantasma de los labios de Rubén sobre la frente.

Y, por culpa de mi disociación, es él quien se encarga al final de despedirse de Emily sin miramientos, el que cierra la puerta y nos conduce de vuelta al salón. Solo que, en esta ocasión, se detiene en la cocina. Me suelta junto a una de las sillas altas de la barra y mete las verduras de Emily en la nevera.

—¿No te parece que no funciona como siempre? —me pregunta en voz baja.

—Eh... ¿Quién?

—No quién, qué —aclara—. La nevera.

—No sé —reconozco—. No me fijo en esas cosas.

—Es verdad —murmura—. No te fijas en esas cosas.

El silencio vuelve a ser esa goma desgastada. Aunque ya no esté tan tirante como antes, siento que cualquier paso en falso hará que se rompa (y el latigazo seguro que me da en toda la cara).

—¿Sabes? Emily me recuerda a mi tía Aisling —suelto sin pensar para romper el silencio entre nosotros y, de paso, esta incómoda sensación que nos envuelve—. Aunque me irrita sobremanera, soy incapaz de odiarla. Siento que sus intenciones son buenas por muy entrometida que resulte. Áine siempre habla horrores de ella, no se llevan muy bien. Sean dice que porque es una de esas ateas intransigentes. No creo que Dios tenga que ver en lo intransigente que es Áine, y no seré yo quien comente nada sobre las desavenencias inexplicables de otras familias. —Me río entre dientes. Rubén, aunque atento a lo que digo, ha decidido sacar cebollas, pimientos y calabacín de la nevera. Para hacer la cena, imagino—. No sé, puede que quiera ver a Emily como lo que no es o que solo eche de menos a la tía Aisling. El otro día me llamó para soltarme treinta reproches seguidos y de paso compararme con mi hermano, el listísimo y perfecto Kane, pero ni siquiera así pude contestarle como se merecía. En parte, sigo sintiéndome en deuda con mi tía. El relato por el que me dieron la beca iba sobre ella, ¿sabes?

En ese momento, Rubén deja de cortar pimientos y me mira.

—¿El relato iba sobre ella?

—Bueno, me basé en su personalidad para crear al personaje principal —confieso—. La historia apenas tenía trama. Contaba un día en la vida de una mujer solitaria, viuda, en un pueblo de la costa de Irlanda. —Sonrío para mí encaramándome a la silla de la cocina—. El jurado dijo que le gustó lo contradictoria que era. Dijo que era muy realista.

—¿Está aquí?

Frunzo el ceño.

—¿La tía Aisling?

—El relato —responde despacio Rubén—. Con el que ganaste el concurso y luego te concedieron la beca. —Hace una pausa—. El relato del que estás hablando.

—Te he entendido —le digo—. Pero no me creo que quieras leerlo después de la basura que te he entregado antes.

—No dije que fuera basura, solo que no sonaba a ti —aclara Rubén volviendo a sus tareas de cocinero—. ¿Lo tienes en el portátil?

—Sí, pero...

—Tráelo.

Dudo unos segundos sobre si hacerlo o no, pero Rubén no añade nada más. Sigue cortando verduras, concentrado, y no es un tío que hable por hablar. Si me lo ha pedido es porque quiere leerlo.

Tengo el ordenador en el salón, dentro de mi mochila, y lo saco con las manos temblorosas. Enseñar lo que escribes siempre implica desnudarte ante los lectores, al menos un poco. Me siento orgullosa de esa historia, así que el miedo es mayor que antes. ¿Y si a Rubén tampoco le gusta? ¿Y si vuelve a decir que no suena a mí, que le resulta difícil de leer o aburrida?

No creo que pudiera soportarlo.

«Has elegido el camino de los valientes, Maeve. Los escritores no ganan mucho, son artistas solitarios que crean obras que requieren concentración y tiempo para masticarlas, y mucha gente no aprecia lo que requiere implicación. Ten coraje».

Sí, el abuelo lo sabía: soy escritora. Mala o buena, pero lo soy. Y, sin duda, me enseñó a ser valiente.

Enciendo el portátil, busco el relato y lo releo. Corrijo algunas frases mientras oigo a Rubén en la cocina. Me relajan los ruidos que hace al sacar la sartén y echar el aceite de oliva que se empeña en comprar aunque esté por las nubes. Cómo usa el pelador de patatas, bate los huevos, les echa sal.

El chisporroteo de las verduras al caer en el aceite caliente y el olor a revuelto de patata y huevo me acompañan en la revisión del texto y, al terminar, tengo tantas ganas de cenar como de que Rubén me lea.

Al regresar a la cocina, ya me está esperando. Hay dos platos con cubiertos, los demás están tapados para mantener el calor. Rubén nos sirve agua y yo me siento en el taburete con el portátil bien aferrado al pecho.

—Dios, qué hambre tengo —gruño—. ¡Gracias por cocinar! Me encanta.

—¿Te encanta no cocinar o que yo lo haga por ti?

—¡Las dos cosas!

Rubén deja la jarra de agua en la mesa y echa mano de la cartera que lleva en el bolsillo del pantalón. Suele hacer eso. Saca un papel doblado en cuatro y un pequeño lapicero de madera, apunta o tacha algo y después vuelve a guardarlo.

Es una rareza de las suyas. Prefiero no preguntar; la última vez que intenté echar un vistazo al papel se alteró mucho.

Tras el ritual de marras, extiende una palma abierta hacia mí.

—¿Me das el portátil?

—¿No vas a cenar primero?

—Tú cena —me ordena—. Yo lo haré después de leer.

—Si no te gusta... —empiezo—, suéltamelo sin miramientos, ¿vale? No te cortes.

Arquea una ceja.

—¿Por quién me tomas? ¿Por ese Sean que siempre te dice lo que quieres oír?

—¡Eh!

—Te diré la verdad —me asegura—. Como te la acabo de decir ahora.

—No soportas a Sean, ¿eh?

—No, no le aguanto.

Me río entre dientes y, en cuanto le paso el portátil, me lanzo a por la comida.

Aunque no es habitual, porque nuestros horarios apenas lo permiten, tampoco es la primera vez que Rubén cocina para los dos. Suelo aprovechar la ocasión porque, seamos sinceros, no soy la mejor chef del mundo y él tiene una manera especial de preparar hasta el plato más sencillo. Todo es sabroso, especiado y perfecto, y luego no te apabulla para que le digas lo que te ha parecido, aunque yo suelo repetirle de diez a veinte veces que es lo mejor que he probado en mi vida.

Ceno con la vista puesta en su cara, lo que no es fácil, pero no quiero perderme ni un pequeño cambio en su expresión que me indique si le ha gustado o bien, horror de horrores, todo lo contrario.

Para mi desgracia, no se pronuncia ni se inmuta.

Hasta el final. Porque Rubén deja el portátil a un lado y, entonces sí, su rostro se transforma.

Esboza una sonrisa. Sincera, radiante, tirante. Preciosa.

Y tan contagiosa que, soltando un chillido, la imito.

—¡¿Te ha gustado?!

Aunque despacio, asiente.

—Suena a ti.

Dios mío, podría besar a este hombre cien veces.

Espera, espera, espera, NO. ¿Qué dijimos? Rubén es intocable. Maeve, recuerda, nada de... NADA.

—¿Y eso es bueno o malo? —suelto de corrido, y me doy cuenta de que es lo mismo que le he preguntado antes.

—No sé si es bueno, pero me gusta —contesta—. Apenas me he dado cuenta de que avanzaba hasta que he llegado al final. Es divertido y sensible. Real. Podía sentir que conocía a esa mujer, incluso que la veía delante de mí. —Se sube las gafas hasta arriba—. Tienes razón: si tu personaje está basado en tu tía Aisling, se parece a Emily.

—¿A que sí? —Recupero el portátil y subo y bajo por el documento, acelerada y torpe—. Cuando lo he releído y corregido, Dios, casi podía oír algunas cosas de la boca de nuestra casera, ¿sabes? ¡Ay, cómo me alegra que te haya gustado!

—No tiene que ver conmigo —dice Rubén con calma, y empieza a servirse la cena en el plato—. Solo he leído algo que tú ya habías escrito y te he dado mi opinión.

—Me has demostrado que a veces hago las cosas bien y que hay esperanza —le digo—. Aunque es cierto que eso no soluciona mi problema actual —rumio de un golpe, de vuelta a la realidad—. ¡Mierda! ¿Qué hago con la mala nota del señor O'Brien? Va a suspenderme.

—No te ha puesto mala nota —me recuerda Rubén—. Porque no te ha puesto ninguna. Quizá puedas reescribir el trabajo y entregárselo. Demostrarle que sigues siendo la misma que escribió este relato. Lo has corregido y mejorado, así que está claro. —Ahí llega su pausa dramática—. En lo esencial, sigues siendo la misma escritora.

—Sí, vale, ¿y cómo lo hago? ¿Cómo lo enfoco? ¿Cómo transformo la historia épica e impostada en algo más parecido a la de la viuda en la costa? —Me froto el mentón pensativa—. Quizá al final sí necesite seguir el consejo que te di aquella vez.

—¿Qué consejo? —Frunce el ceño—. ¿Qué vez?

—Cuando estuvimos en la tienda del señor Murphy —le recuerdo—. Necesito un cambio de perspectiva vital.

Rubén espera a masticar y tragar su bocado antes de volver a hablar.

—Tu perspectiva vital ya es buena, Maeve, solo necesitas trasladarla al papel. Necesitas trasladarte al papel.

Sin querer, se me escapa una carcajada.

—¿Trasladar*me*, yo? ¿Y quién me querría en papel?

—Yo. Es decir, me gustaría tenerte.

—¿Te gustaría tenerme?

Se atraganta con el agua y lo intenta otra vez.

—Quiero decir, leerte. Así. Leerte a ti. Como ahora. —Me señala con una mano extendida, como si fuera evidente—. Una tú, en papel.

Siento que las mejillas se me encienden, pero lo disimulo soltando una risita desenfadada y echándome más comida en el plato.

—Gracias, Rubén, de verdad. Acabas de mejorar mi día de mierda.

—La buena comida ayuda —murmura él—. Eso dice Rebeca.

—¿Rebeca? —Aunque dudo, al final me atrevo a preguntar—: ¿Así es como se llama tu novia?

Se atraganta otra vez y, como el ataque de tos en esta ocasión no se detiene, me levanto para rodear la barra y golpearle en la espalda.

—Rubén, ¿estás bien?

—Sí, sí —acaba por decir—. ¿Por qué... —tose— lo dices?

—Por nada —respondo aguantándome las ganas de reír, porque, la verdad, nunca había visto a Rubén tan alterado, incluso su pelo mojado está de punta—. Entonces ¿es así como se llama la afortunada?

—¿Quién?

—Tu novia.

Desvía la mirada. Se hace un corto silencio y al final, aunque de forma casi imperceptible, Rubén asiente con la cabeza.

—Pues dile a Rebeca que tiene mucha suerte de tenerte —le aseguro.

Luego, sin pensarlo dos veces, le planto un beso en lo alto de la cabeza.

Cuando vuelvo a mi sitio, contenta, compruebo que Rubén sigue en la misma posición, solo que con una mano entre el pelo, justo en el lugar donde le he tocado.

—Tranquilo, grandullón, no tengo gérmenes.

Él alza las cejas.

—¿Seguro?

Me echo a reír. Pincho unas cuantas patatas, aunque me doy cuenta de que, en realidad, ya no tengo tanta hambre como antes.

—Yo también tengo mucha suerte de tenerte como amigo —le digo después, con ese tono bajo y grave que suele usar él—. Oye, ¿algún día vas a presentarme a tu Rebeca? Tengo muchas ganas de conocerla.

Sigue inmóvil. Ni siquiera pestañea al responder:

—Puede. Sí. —Hace una pausa—. Algún día.

RUBÉN

Me lleva más de treinta días, pero por fin lo consigo.

Solo he tenido que darle vueltas a todos y cada uno de los aspectos que rodean el crecimiento de mis células para caer en la cuenta.

Maeve tenía razón: me centraba demasiado en ellas y no tanto en... la ciudad. Los pasos que seguía a la hora de cultivarlas eran exactos, ¿qué fallaba entonces? Cualquier sensiblero, tras ver mis datos y cotejarlos con los de mi agenda personal, habría llegado a una conclusión ridícula: cuando algo me iba mal con Maeve, las células morían. Cuando algo iba bien, revivían.

Solo que soy científico. Maeve no me da suerte, tampoco me la quita. Es una constante en mi vida y nuestras discusiones y acercamientos nada tenían que ver con el estado de las células. Se trataba de casualidades. Por muy alterado o distraído que estuviese por mi relación con mi compañera de piso, el trabajo no se veía afectado.

Hasta que una tarde, frente a la nevera de cultivos, caí en la cuenta.

Las células cultivadas no cuentan con la protección de un cuerpo que las mantenga en unas condiciones ideales continuas. Los nutrientes, la humedad y la temperatura dependen del investigador. Y estas fallan si falla algo tan básico como la electricidad o... las máquinas.

Tras tomar datos sobre la temperatura de la nevera del laboratorio, he llegado a una conclusión: no es constante. La temperatura desciende y aumenta con brusquedad, en especial en los estantes más altos.

Donde yo siempre coloco mis células.

—Tío, ¿cómo cojones te diste cuenta de algo tan específico? —resopla Niall. Los tres estamos sentados en línea en la misma bancada, observando cómo los operadores se llevan nuestro electrodoméstico defectuoso para reponerlo por uno nuevo—. Al parecer, era un problema de serie. Van a sustituir todas las de la planta. Una chavala del labo de al lado tenía el mismo problema que tú. Está que trina.

—En casa, hace una semana, a Maeve y a mí se nos estropeó la nevera, y lo primero que se pudría era lo que estaba más arriba —le explico—. Además, sabía que el problema no estaba en mi procedimiento. —Siento la mirada de Niall sobre mí y me cruzo de brazos—. ¿Qué?

—En cualquier otra persona eso sonaría rimbombante que te cagas, pero en ti solo suena a… verdad.

—Porque es verdad —interviene Katja—. Era absurdo que, de los tres, solo Rowan tuviera esas complicaciones. Quién iba a decir que ser alto y usar sin variaciones las mismas baldas te traería problemas.

—Por eso tienes que ser bajito y dejarlas donde más te cuadren —se ríe Niall—. Qué ridículo, ¿no? Casi te estancas en tu tesis por una puta nevera estropeada.

—No es ridículo —murmuro—. Esas cosas pasan en ciencia continuamente. Lo importante es que ya no tendré que robaros células para los experimentos. Muchas gracias, por cierto.

—Puedes seguir robándome lo que quieras —dice Niall. Al verme alzar las cejas, se echa a reír—. A cambio, yo puedo pedirte lo que sea. ¿Qué me dices del número de tu compañera de piso?

—¿De Maeve? —Algo pesado me atasca la garganta—. ¿Para qué lo quieres?

—Para tomarte el pelo —dice Katja—. No le hagas ni caso.

—¿Cómo que no? Seguro que le encantarían mis mojitos. Tiene pinta de tener mejor gusto que otras…

—En realidad, sí le gustan —confieso—. Aunque hace mucho que no bebe.

De hecho, lleva días sin salir de su cuarto. Entre el tiempo que pasa ahí encerrada, sus clases de la universidad y el trabajo, apenas la he visto desde que tuvo problemas con su relato.

Me resulta extraño. No verla tanto, quiero decir. Dado que hemos compartido tiempo a diario desde que empezamos a vivir juntos, siento que hay algo en mi rutina que no se cumple.

Puede que sea no verla salir de su cuarto despeinada y con el tiempo justo cada mañana porque ha postergado la alarma doce veces. U oírla hablar sin parar de la última novela con la que se ha obsesionado y por la que se ha quedado despierta hasta la madrugada leyendo. O quizá se trate del plan descabellado del domingo que no hemos hecho esta semana, una de esas excursiones que me propone y que cambia diametralmente incluso a una hora de que salgamos de casa.

Soy, de natural, una persona solitaria. Me gusta pasar tiempo solo. De hecho, si no lo hago cada cierto tiempo, mi batería se agota. Sin embargo, tras meses viviendo con Maeve, lo que me resulta extraño es que no forme parte de mi día. Por primera vez, estando solo me siento… solo.

Y hay algo más que me molesta de todo esto. Como casi no he visto a Maeve, estamos a una semana de Navidad y todavía no se lo he dicho.

Vuelvo a casa dándole vueltas a la manera de decírselo. Sé que es absurdo, porque no va a enfadarse, creo, pero hay algo en mí que me impide soltárselo. En cuanto cierro la puerta de casa, oigo abrirse la del cuarto de Maeve.

—¿*Rooben*, eres tú?

Siempre me lo pregunta cuando llego, aunque no haya nadie más aparte de nosotros que tenga la llave del piso. Ignoro si esconde un miedo secreto a que Emily entre sin avisar; por desgracia, sería capaz.

—Sí, soy yo.

Dejo las llaves, me quito los zapatos y, en ese momento, los pasos acelerados de Maeve resuenan por el pasillo. Aparece en el vestíbulo a la carrera, como si fuera un perrito satisfecho solo por oírme llegar. Lleva el pijama puesto y un moño en lo alto hecho con un lápiz larguísimo.

La he visto decenas de veces así. Es la señal de que ha estado escribiendo o pensando en ello. La expresión de su cara no deja lugar a dudas: está radiante. En cuanto me ve, se acerca más despacio, con las manos por delante, temblorosas y llenas de anillos. Al llegar, las cierra sobre las solapas de mi abrigo para tirar de mí y aproximarme a ella.

El corazón me galopa cuando su boca y la mía quedan a solo unos centímetros.

—Maeve, ¿qué...?

—He recibido la nota —dice. La voz le tiembla también, aunque mantiene la sonrisa—. Le acabo de enviar el relato al señor O'Brien, lo ha leído al instante y... le ha encantado. —Suelta un chillido y tira todavía más de mí—. ¡Me ha puesto un sobresaliente! ¡¿Te lo puedes creer?!

Nuestras caras están demasiado cerca. Tanto que puedo ver con claridad, incluso en la oscuridad del vestíbulo, cómo le brillan los ojos. No lleva maquillaje que oculte sus ojeras ni sus pecas. Huele a café y a azúcar, con ese toque a vainilla que la persigue, y yo me permito apreciar su aroma antes de asentir.

—Claro que me lo creo.

—¡Y todo gracias a ti!

—¿A mí? ¿Por qué?

—Tenías razón. Mi relato era denso y aburrido. No sonaba a mí. No lo escribí pensando en lo que me gustaría leer, sino en lo que creí que encajaría. La mayoría de los autores que admiro tienen ese estilo recargado, ¿sabes? Pero yo... no soy así. A mí me gusta escribir pensando en el ritmo y en que los lectores acaben queriendo adoptar a los personajes. Así que pensé, ¿por qué no lo convierto en una historia de amor entre dos opuestos? —Se balancea sobre los tobillos, todavía sin soltarme—. Transformé la batalla épica del escuadrón de irlandeses en las cartas entre una chica de pueblo y un soldado. A ella no le pasa gran cosa en su aldea aislada, pero lo exagera y dramatiza todo, y él banaliza lo que le ocurre en la guerra, aunque resulte el doble de duro. Se interesa más por lo que le horroriza a su chica, como forma de escape, como faro de esperanza, que en su propia realidad. No sé. —Se encoge de hombros—. Pensé que sería un relato que te gustaría.

En realidad, nunca me han interesado esa clase de historias.

Pero si las escribe Maeve, supongo que sí, las leería.

—Me alegro mucho por ti —le aseguro—. Ahora que has aprobado todas las asignaturas del semestre, podrás descansar en las vacaciones de Navidad.

—Bueno, como si pudiera. —Suelta una risilla desapegada—. Ya sabes que me toca trabajar todos los festivos. Y, aunque se acaben las clases, no tengo adónde ir. Mis compañeros se van con sus familias hasta Año Nuevo, así que... —Vuelve a encogerse de hombros—. Es igual.

No le da igual. Miente. Y no lo hace tan bien como ella cree.

Además, no es la primera vez que me suelta una mentira parecida.

—De verdad, no entiendo lo de tu familia —gruño—. ¿Has vuelto a hablar con ellos?

—¿Desde que me dijeron que irían a ver a mi hermano a Estados Unidos y que pasarían de mí? No, no he vuelto a hablar con ellos. —Deja de agarrarme de las solapas, pero sus manos siguen sobre la tela, bien extendidas—. Ni siquiera se han planteado venir a verme el día en que cojan el vuelo en el aeropuerto de Dublín. Porque no han caído en ello. Sé que no lo hacen por desprecio, solo... no les importa. —Baja la cabeza y yo alzo la mía enseguida para no clavarme el lápiz de su moño en un ojo—. Kane está estudiando Ingeniería Aeroespacial en Houston. Es la promesa de la familia. Yo estoy aquí al lado, así que, ¿qué más da? Pueden venir a verme en cualquier otro momento si se lo plantean.

Solo que no lo han hecho. Y algo me dice que no lo harán.

No me gusta hablar por teléfono, pero mis padres me llaman todas las semanas. Maeve, en cambio, no recibe ninguna llamada. La única fue la de su tía Aisling, hace tiempo ya, y tampoco fue para decirle nada bonito y sentido, como que en Kilkegan la echan de menos.

Y no entiendo por qué. Si me fuera o se fuera ella, yo sí la echaría de menos.

—En fin, es igual, así no me gasto nada en sus regalos de Navidad y ahorraré, que falta me hace —suspira Maeve echándose hacia atrás.

Aunque al fin se aparta de mí, sigo sintiendo el calor de sus palmas sobre el abrigo.

—¿Tú qué tal en el trabajo? ¿Conseguiste resolver por fin el tema de las células moribundas?

—De hecho, sí —reconozco—. Era… la nevera.

—¿La nevera?

—Como la nuestra, no funcionaba bien. Cuando había un cambio de temperatura, las células sufrían y las menos resistentes al cambio morían. —Hago una pausa, consciente de lo poco interesante que resulto—. La han cambiado. En teoría, eso arreglará el problema.

—¡Pero eso es fantástico!

Maeve se lanza hacia mí, con toda probabilidad para darme uno de sus abrazos. Yo me preparo mentalmente, consciente de cómo reacciona mi cuerpo cuando lo hace, solo que ella parece cambiar de idea a medio camino.

Tras un segundo de indecisión, termina bajando uno de los brazos, alza más el otro y extiende los dedos de una mano en el aire de forma exagerada.

—Eh… ¡choca los cinco!

Después del segundo de desconcierto, lo hago. El gesto resulta poco natural, pero ella parece más tranquila que hace un momento.

—¡Genial! ¡Todo nos ha salido perfecto hoy! —Luego se da media vuelta, canturreando, y se dirige a la cocina—. ¿Qué te parece si, para celebrarlo, esta noche cocino yo?

La sigo todavía con el abrigo puesto.

—¿Quieres decir que qué me parece si esta noche llamas tú a un restaurante?

—¿Cómo te atreves, grandullón? —Se ríe sin girarse hacia mí—. Pero sí, hoy pedimos comida. ¡Pago yo! ¿Qué te apetecería?

—Pues…

El móvil me suena en el bolsillo de los vaqueros. Lo saco de inmediato y observo la pantalla.

El nombre de Rebeca resalta sobre una foto de los dos; en cuanto compré el teléfono, me lo quitó y ella misma la asoció a su número. Salimos en una comida familiar, sentados el uno junto al otro. Ambos sonreímos, solo que mi gesto resulta incómodo y cerrado junto a su espléndida sonrisa de anuncio de pasta de dientes.

Y, cómo no, a pesar de su pose de buena chica, me está poniendo los cuernos con dos dedos.

—¿Rebeca? —Maeve se ha asomado para ver la pantalla—. Ah. ¿Esa es...? ¿Te llama...? —Nos miramos a los ojos al mismo tiempo—. ¿Tu novia?

El móvil lleva ya cinco tonos. Si no lo cojo al séptimo, me volveré loco, así que descuelgo sin contestar a Maeve. Tampoco dejo de mirarla.

—¿Sí?

—¡Pensé que ya no lo cogerías, Ru! No me digas que sigues en el laboratorio.

—Si siguiera ahí, no te lo habría cogido.

Maeve abre los ojos como platos. No entiende nada de español, así que me siento cómodo sin tener que ir con cuidado sobre lo que puedo o no decir. Al mismo tiempo, me sabe mal por ella.

—Así que ya estás en casa, ¿no? Dime, ¿se lo has dicho a tu chica?

—No es mi chica —gruño. Maeve parpadea y, sin dejar de observarme, se sube a un taburete, apoya los codos en la encimera y no me quita ojo de encima—. Y no, no se lo he dicho todavía.

—¡Hazlo! Imagínate que no le parece bien que vaya a verte.

—Estará encantada. De hecho, se pondrá histérica. —Hago una pausa—. Tengo la sensación de que vais a llevaros bien.

Oigo su risa al otro lado de la línea.

—¿Con quién no me llevo bien? Pero sí, yo también tengo esa intuición. Por lo que me has contado, parece maja. Y, si te trata bien, ya tiene ganados como cien puntos.

—Así que, en tu caso, el contador se encuentra en negativo.

—¡Pero si te trato como a un rey! Voy a pasar las Navidades en Dublín contigo en lugar de en España, ¿no te hace feliz?

—Cuando te lo propuse, me dijiste que a ti también te venía bien —murmuro.

—Claro, es un *win-win*, todos ganamos. Yo me libro de los pesados de papá y mamá, de la abuela Pilar y toda la panda preguntándome por qué Marcos y yo hemos cortado, y tú no dejas sola en Navidad a tu novia irlandesa, tal como querías.

—No es mi novia. —Maeve sigue observándome, con la misma cara de fascinación, y me corrijo—: No es mi novia *real*.

—Ay, Ru, qué listo y qué tontísimo eres.

—No creo que puedan darse ambas circunstancias a la vez.

—Créeme, sí es posible. Eres la prueba fehaciente de ello. —Chista—. Llevo semanas queriendo zarandearte de los hombros para que espabiles.

—¿Solo semanas?

—Tienes razón: veintiséis años.

—Bueno, Re, dime. —Me guardo las manos en los bolsillos del abrigo y desvío la vista al suelo. Me pregunto si Maeve va a dejar de mirarme como si fuera un mono de feria—. ¿Para qué me llamabas?

—Ah, sí. Quería saber si necesitabas que te llevara algo de España. Además de la inmensa caja de caramelos de violetas que la abuela me ha dado para ti.

—La llamaré para darle las gracias —le aseguro—. Y no, no quiero nada. Tengo todo lo que necesito aquí.

—*Oh, là là*, vaya si lo tienes. Una tesis en la que volcar tus obsesiones y una casa preciosa compartida con la chica de la que estás enamo...

Cuelgo sin más y me guardo el teléfono. Maeve sigue inmóvil, con las mejillas tan rosas como la camiseta desteñida que le regalé.

No sé por qué, me encanta que la lleve. Como ahora. Me hace sentir...

En casa.

—¿Qué te ha dicho? —pregunta con un hilo de voz.

Tras un segundo de duda, me siento en el taburete frente al suyo. Ella me contempla, paciente, como siempre hace cuando sabe que me cuesta abrir la boca.

¿Y por qué me cuesta tanto decirle que Rebeca pasará con nosotros la Navidad?

Porque alguien ajeno a los dos va a venir a romper nuestra rutina, y esa no es otra que mi melliza, la experta en agitarlo todo.

Porque hace semanas cortocircuité y, en lugar de soltarle cualquier otro nombre, le dije a Maeve que mi (falsa) novia española se llamaba Rebeca, lo que supone que, ahora, tenga que confesarle que mi hermana también se llama así.

Y porque puede que Re tenga razón: soy idiota.

—Me ha dicho que va a visitarme —contesto al final.

—Hala, ¿sí? ¿Cuándo? ¿Te la traerás cuando regreses de pasar la Navidad en España?

—No me voy yo —le aclaro—. Viene ella. En Nochebuena.

—¿En serio? Eso es...

En el rostro de Maeve se suceden varios estados. Asombro, confusión, pena y, por último, una alegría plácida.

—Es fantástico —dice—. ¡De verdad! Podréis pasar una preciosa Navidad juntos. Dublín, aunque no lo creas, es muy romántico por estas fechas. Podríais ir a...

—No, no —la interrumpo—. Rebeca no es...

Me detengo. Maeve vuelve a poner cara de confusión.

—¿No es qué? ¿No es romántica? Siempre podéis quedaros en casa y... Bueno, hacer lo que sea. —Se sonroja y agita las manos en el aire—. ¡Os prometo que no os molestaré!

Ay. No me atrevo a decírselo. A pesar de que sea la verdad, me cuesta un mundo responder. Nunca pensé que una primera mentira hecha sin pensar me traería tantos problemas.

Ahora, aunque la hilvane con verdades, no dejo de sentirme un farsante con Maeve.

—No hablaba con mi novia —confieso en bajo.

—¿Ah, no?

—Rebeca es mi hermana. —Hago una pausa, y añado—: Mi hermana melliza.

Maeve alza las cejas. Sus labios forman una pequeña «o» y mis nervios son la única barrera que me impide sonreír; parece un dibujo animado. Está muy mona.

—¿Que es tu qué?

No se lo cree. Tampoco me extraña. Acabo sacando el móvil y enseñándole varias fotos de nosotros desde niños. Cuando llegamos a una en la que, siendo bebés, miramos a la cámara sentados sobre un mantel con una ciudad impresa, Maeve suelta un gritito.

—¡Qué adorables, por favor! —Me arrebata el móvil y sonríe de oreja a oreja—. Tú estás igualito, ¡qué cara de mal humor! Las gafas son una monada. ¡Y llevabas parche!

—Sí —reconozco avergonzado—. Cuando se metían conmigo en el cole, ella se ponía uno de pirata. Decía que a los dos nos habían sacado un ojo en una escaramuza.

—Por Dios, sois lo más mono del mundo. —De golpe, despega la vista de la pantalla—. Pero, entonces, espera, ¿tu novia se llama Rebeca también? ¿Tu hermana y tu novia... se llaman igual?

Frunzo los labios. Al final no me queda más remedio que asentir.

—Es un nombre muy común en España.

—Ah. —Maeve vuelve la vista a mi móvil y pasa varias fotos—. Como Patrick aquí, ¿no? O Sinéad.

—Sí.

¿Debería decírselo ahora? Verás, Maeve, no hay novia. No existe novia alguna. La nada absoluta carece de nombre. Te mentí en un arrebato de orgullo porque detestaba que pensases que era un rarito con falta de historial de relaciones amorosas, incapaz de conseguir o mantener ninguna. Porque eso habría confirmado tus prejuicios.

Porque es la verdad.

Maeve sigue pasando las fotos con una sonrisa fantasma en la cara. Yo la observo con la garganta cerrada, escuchando sus comentarios, considerando interrumpirla para confesarle que esa chica que ve es la única Rebeca en mi vida. No hay más.

—Maeve —murmuro—, Rebeca es...

—Guapísima —me completa—. ¿En qué trabaja, es modelo?

—Es residente de primer año de medicina.

—Guau, encima es tan lista como tú.

—No —digo categórico—. Lo es más.

Ella se ríe. Considero si volver a intentar decir algo, pero el tiempo se agota y me doy cuenta de que no puedo. Maeve dejaría de confiar en mí. Si le he mentido sobre algo así, ¿en qué más puedo haberlo hecho?

La idea de perderla, de convivir con ella hasta verano sin que confíe en mí, siendo de nuevo dos desconocidos, me resulta una imagen demasiado demoledora.

—Parece muy simpática —se pronuncia al final. Alza la cabeza, yo me quedo rígido—. ¿Os parecéis mucho?

—Nada en absoluto.

Suelta una risita entre dientes.

—Ten. —Me tiende el teléfono. No tengo muy claro si está feliz o no, pero en cuanto lo cojo suelta un par de silbidos; reconozco las primeras notas de la melodía que suele tararear—. ¿Qué te parece si pedimos pizza?

—Si tú quieres, está bien.

Ella arquea las cejas.

—Vale, pizza no —determina—. ¿Hamburguesas?

—He comido hoy en la cafetería de la facultad. —Me detengo y añado—: Perdona.

—¿Por qué pides disculpas? Me ayuda que seas sincero.

Trago saliva. Maeve tamborilea los dedos sobre la mesa. Los anillos que lleva hacen un ruido metálico entre sí y su constancia me relaja un poco.

—Me apetece ramen —acaba diciendo—, ¿qué dices?

Pedimos una vez, cuando recibió un sobresaliente en otra asignatura. Me confesó no haber probado los udon nunca antes porque los fideos le recordaban a los gusanos con los que pescaba su abuelo. Yo le dije que era mi comida menos sana favorita.

—Maeve, no.

—¿Por qué?

—Porque no te gusta.

—¡Claro que sí! —miente haciéndose de paso la ofendida—. Es igual, me importa poco lo que digas: pago yo, elijo yo.

Mientras está ocupada haciendo el pedido al restaurante japonés (tarareando su canción), saco el papel de mi cartera. Lo desdoblo y compruebo las últimas actualizaciones.

Maeve ~~(¿apellido? Mirar en contrato de alquiler)~~ *Sheehan*
Estatus: *compañera de piso / falsa novia*
Objetivo: ~~*acostumbrarme a ella / que se acostumbre a mí*~~ */ conocerla mejor*
A tener en cuenta: *ella cree que tengo novia (y se llama Rebeca, como mi hermana Rebeca) / la casera cree que es mi novia*
Lo que sé de ella: *24 años, natural de Kilkegan (Irlanda), estudiante de escritura, escribe ~~cuentos~~ relatos. Se muerde ~~las uñas~~ los carrillos cuando está nerviosa. Le gustan los muebles antiguos y coloridos, el mar, los mercados de flores y los muffins de arándanos, aunque sus favoritos son los de chocolate. Su jefe es un memo. Le pone triste pensar en su pueblo. Prefiere librarse de cocinar y que yo cocine para ella. Espera a otoño para leer novelas de miedo y a primavera para leer románticas. Tiene una colección enorme de rocas y minerales, aunque no conoce los nombres (ni la diferencia entre roca y mineral). Le gusta guardar cada pequeña cosa, por muy absurda que sea (tíquets de restaurantes, notas que le pasan en clase, vasos de cartón de cafeterías, pases de museos, flores secas que recoge en nuestros paseos, etc.). Le gusta el whiskey, aunque no aguanta bien el alcohol. Sus libros favoritos son, por orden, Hasta despegar (de Sally Rhodes), Un mundo feliz, El amor ha muerto, Carta de una desconocida y Emma.*
Aspecto: *rubia, pelo largo y ondulado, ~~1,75 aproximadamente~~, 1,78 exactamente, delgada, ~~viste sin tener en cuenta el tiempo exterior ni la funcionalidad de la ropa,~~ viste ropa de segunda mano según su estado de ánimo (y si está en casa, se pone la mía).*
Propuesta de acercamiento:
◊   ~~confirmar si realmente está bien en la habitación más pequeña~~
◊   ~~preguntar por su familia (nombró a un abuelo)~~ *preguntarle sobre su abuelo Cillian* <u>solo</u> *si ella lo nombra*
◊   ~~hacer cosas con ella~~
◊   *ayudarla si me necesita*
◊   *encontrar una pieza única para el cuarto de Maeve*
✓   *conseguir que sobrevivan sus plantas*
✓   *cocinar para ella*
◊   *acceder siempre a sus planes de domingo*
◊   *no dejarla sola en diciembre*

Tacho la última frase y, a su lado, escribo: «Buscarle un regalo perfecto a Maeve».

—Ya está, ¡pedido! —anuncia—. Tardarán cuarenta minutos. Oye, ¿qué escribes?

—Nada.

—Mentiroso —se ríe, y yo me siento mal porque sí, lo soy. Ahora miento con más facilidad que antes. Incluso sin darme cuenta—. ¿Tienes ya el regalo para tu novia?

—No —admito—. Pero creo que tengo una idea.

MAEVE

—Tengo otra idea —nos anuncia Lucille—. A ver qué os parece.

En la mesa de atrás, alguien chista. Lucille sigue sin tener claro que estamos en una biblioteca. Por suerte, baja un poco la voz al añadir:

—Es un thriller, ¿vale? Aunque la protagonista es una escritora de romántica. El caso es que decide matar a su personaje más famoso porque está harta de todo. Luego se larga a las montañas y se pone a escribir una novela de un género que no tiene nada que ver con el que la hizo famosa. Al regresar a su ciudad, tiene un accidente, pero la salva una enfermera muy simpática, una fanática de su trabajo. Solo que esa mujer en realidad es...

—*Misery* —la interrumpe Áine.

—¿Qué?

El de antes vuelve a chistar.

—Eso es *Misery* —susurra Áine áspera—. Solo has cambiado el género del protagonista.

—¿*Misery* de quién es? ¿Es de alguien muy conocido?

—A ver, yo diría que Stephen King no es un autor novel.

Charlotte y yo nos aguantamos la risa. Sean no tiene tanto cuidado y el tío de antes vuelve a chistarnos. Lucille, frunciendo el ceño y la boca, cierra su portátil, recoge sus cosas y, furiosa, se las acerca al pecho (en su bolso azul de Longchamp ya no caben más libros).

—Que os den a todos. Me voy a casa a ver pelis que me inspiren.

—Asegúrate de que no estén basadas en novelas —le aconseja Áine con una mueca torcida.

—Lucille, no te enfades —intervengo—. Olvídate de todo estas vacaciones. Lee lo que te gusta. Date un paseo. Cuanto menos te obceques, más ideas te saldrán. Y solo necesitas una.

—Ay, Mae —dice Lucille, una nota más aguda de lo normal. Rodea la mesa hasta mí y me planta un beso en la coronilla—. Si es que eres un encanto.

—Qué va. —Me da otro beso y yo, sentada, le abrazo la cintura—. Feliz Navidad, Lucille.

—Feliz Navidad a ti también, ¡a todos! —Entrecierra los ojos al dirigirse a Áine—. Incluso al Grinch.

—Me encanta el Grinch —dice la aludida.

—Ya, por eso lo digo.

Se marcha taconeando de la biblioteca. El chico que nos chistaba, en cuanto la ve alejarse, se levanta a toda prisa y la sigue hasta la salida.

—¿Has visto? —le digo a Charlotte al oído, señalándole las figuras de los dos hablando fuera, tras el cristal de la entrada, bajo la lluvia—. ¿Será el comienzo de un romance universitario?

—Quizá, y tú podrías escribirlo. —Me da un codazo amistoso y después se inclina con curiosidad hacia mi ordenador—. A todos les encantó tu historia sobre las dos profesoras que se odiaban y acababan prometiéndose en la cena de fin de curso.

Aunque esté al otro lado de la mesa, siento la mirada juzgadora de Áine clavada en nosotras.

—No sé, Lottie —titubeo—. Podría escribir eso. O cualquier otra cosa. Se me ocurren muchos relatos, ¿sabes? Pero no tienen nada que ver unos con otros. Aunque pudiese escribir una antología como proyecto literario para el máster, no tendría ningún hilo conductor.

—¿Y lo necesitas?

Asiento con lentitud.

—Eso explicó Sally Rhodes en clase el otro día, ¿te acuerdas? No es imprescindible, pero sí da más redondez al manuscrito. Y quiero hacerlo lo mejor posible.

—Encontrarás la forma. —Charlotte me aprieta con suavidad la mano mientras echa otro vistazo a la pantalla de mi portátil—. ¿Qué estás escribiendo ahora?

—Una novela corta para el taller de *novelettes* del segundo semestre. —Cuando me vuelvo hacia Charlotte, tiene la boca abierta—. ¿Qué?

—¿Cómo lo haces?

—¿El qué?

—Escribir, trabajar en esa cafetería infernal, venir a clase…

—Fácil: excepto con vosotros, no tengo vida social. —Se ríe en voz baja—. Es verdad. No ligo nada.

—Claro, ¿con quién ibas a ligar teniendo a Rowan?

Voy a contestar, pero Sean, que ha estado atento a nuestra conversación, se inclina sobre la mesa para decirnos en voz baja:

—Si quisiera, a Maeve tampoco le haría falta ligar.

—¿Qué quieres decir con eso? —inquiere Áine con sequedad.

—Que la mitad de la clase está enamorada de ella —dice Sean. Tanto Charlotte como Áine me miran de reojo, luego a él y, de pronto, me siento muy incómoda. Creo que mi compañero también se da cuenta, porque recula—. Quiero decir, todo el mundo te adora. ¿Quién no lo haría? ¿Sabes de alguien que no te pida consejo?

—Eso es porque animo a la gente —me excuso—. No tiene nada que ver con… nada.

—Además, Maeve no necesita enamorar a nadie —intercede Charlotte—. Ya está con quien ella quiere.

La punzada de tristeza que me encoge el estómago niega las palabras de mi amiga. Pero mi boca enseguida le da la razón (y miente):

—Exacto, ya salgo con la persona que me gusta. —Guardo el documento del ordenador, lo cierro y empiezo a recoger mis libros—. Yo también debería irme, tengo que acostarme pronto. He estado trabajando de siete a una y mañana vuelvo a tener el mismo horario.

Charlotte me tira del codo y pone esa cara de gatito triste que sabe que es mi debilidad.

—¿No le has dicho nada al encargado? ¿Vas a trabajar todos estos días más Nochebuena, Navidad y Año Nuevo? Es demasiado. Incluso para ti.

Desvío la mirada para no enternecerme y me encojo de hombros mientras busco por el suelo el paraguas que debería haber llevado a la facultad. Tras caer en que me lo he dejado en el Letter Coffee, me pongo la capucha del abrigo.

—Quizá le diga algo a Malone —le contesto sabiendo de antemano que no pienso hacerlo. No puedo poner en riesgo mi trabajo, porque lo necesito a rabiar (o, más bien, el dinero). Y, en cualquier caso, ¿para qué usaría el día libre?

Claro, que eso era antes de saber lo de Rubén y su hermana.

Hasta hace una semana, pensaba que me pasaría las Navidades sola. Trabajar los tres festivos más importantes de las vacaciones me importaba más bien poco. Puede que hasta me vinieran bien para distraerme (o aguantarme las lágrimas atendiendo a las familias que rematarán sus compras con chocolate caliente y muffins obscenamente caros).

—Maeve, vamos —insiste Lottie—. Los de clase vamos a ir a The Glimmer Man en Fin de Año. Pídele a tu jefe que te dé libre el día uno, así podríamos salir y celebrar Nochevieja todos juntos. ¿Qué dices?

—Bueno, puede que lo haga —concedo al final, y Charlotte celebra su victoria agitando en silencio un puñito en el aire—. Tampoco te aseguro nada. Charles Malone es...

—Un cabrón con pintas —completa Áine provocando que sonría—. No te presiones, pero avísanos al final si te puedes venir.

—¡Gracias! Feliz Navidad a los tres.

La capucha no me tapa demasiado, así que en cuanto salgo de la biblioteca (y esquivo a Lucille y el chistador, que siguen charlando), echo a correr. Nuestra casa no está lejos de la facultad, pero la fuerza con que cae la lluvia conseguirá que me empape en cinco minutos. Lo que remataría mi diciembre sería pillar una neumonía (aunque Rubén me explicó con paciencia las diferencias entre la vírica y la bacteriana, creo que no podría repetirlas).

—¡Maeve! ¡Espera!

Es una voz de hombre. Entre la lluvia y el ir y venir de los estudiantes, apenas distingo la cadencia. ¿Me llamarán a mí o a otra persona? ¿Y si es...?

Me giro, buscando el rostro de Rubén entre la gente que copa el campus con paraguas (y entre los que corren, como yo antes, para resguardarse). Sin embargo, es otra cara la que reconozco caminando hacia mí.

—Ah, Sean. —Llega sin abrigo y con un paraguas de Las Supernenas que, estoy segura, le he visto a Charlotte—. ¿Qué pasa?

—El móvil. Te lo has olvidado.

Me lo tiende. Yo lo recojo, avergonzada de dejarme absolutamente todo en todas partes. Una gota cae sobre la pantalla y revela su fondo: Rubén y yo en el parque, rodeados de ciervos.

Hace dos domingos que no salimos a ninguna parte y, de todas formas, es la única fotografía que tenemos juntos. Cuando llegue el verano y Rubén vuelva a España, lo único que me quedará de él será ese selfi mal hecho, una camiseta desteñida y un esmalte tóxico gastado.

No sé por qué, de repente me siento un poco triste.

—Acaba de llamarte.

Alzo la vista.

—¿Quién?

—Tu novio. —Sean señala el teléfono—. Por eso nos hemos dado cuenta de que te lo habías dejado. Estaba en la silla.

—Ah. Se me debe de haber caído. —Lo desbloqueo y abro con prisa la conversación que tengo con Rubén. No hay ningún mensaje nuevo—. ¿Qué quería?

—No lo sé. —Sean se encoge de hombros—. En cuanto he descolgado, no ha sabido qué decir. Me ha preguntado si acababas de irte, eso sí.

—Ah, vale. —Hago una pausa—. Esto... gracias.

—De nada. —Sean mueve las rodillas adelante y atrás—. Está diluviando. ¿Quieres que te acompañe a casa? ¿O prefieres que te preste el paraguas?

—¿Es tuyo? Pensé que era de Lottie. —El chico abre y cierra la boca. Tras un par de segundos, le sonrío para reducir la incomodidad—. Vuelve a la biblioteca, Sean, yo me apaño. ¡Y gracias!

Sin más despedida, me giro y vuelvo a echar a correr.

Cuando salgo del recinto de la universidad, la lluvia se ha transformado en un auténtico aguacero. La marea de coches y buses es un caos inamovible que paraliza el centro. Unas turistas pegan un chillido tras iluminarse el cielo nocturno con un relámpago.

Me refugio bajo el toldo granate de una tienda, donde otras cinco personas esperan a que amaine el tiempo suficiente para que salir no implique andar bajo una cascada. Con el corazón en la garganta, seco la pantalla del móvil en mi jersey de renos y marco el número de Rubén.

Antes del séptimo tono, lo coge.

—¿Sí?

Su voz suena todavía más grave por teléfono y un escalofrío me recorre el cuerpo, desde los calcetines hasta el pelo mojado.

—¿Me habías llamado?

—Ah, sí. Quería saber si llevabas paraguas.

Considero la opción de mentir, pero me da la sensación de que él se daría cuenta.

—La verdad es que no.

—¿No? Me había parecido que te llevabas el de cuadros esta mañana.

—Ah, sí, pero me lo he dejado en el Letter Coffee. —Me muerdo el labio—. Tranquilo, te lo recuperaré mañana.

—Eso me da igual. ¿Dónde estás? ¿Sigues en la facultad? Tu amigo Sean me ha cogido el teléfono.

—Ya, me lo dejé en la biblioteca. Ya no estoy ahí. Quería ir a casa, pero llueve tanto que me he refugiado frente a la National. —Al otro lado, oigo un murmullo general que se detiene tras el golpe de una puerta al cerrarse—. ¿Y tú?

—Quédate donde estás —me ordena—. Nos vemos en diez minutos.

—¡No hace falta que vengas!

—Da igual, ya he terminado —dice, tan pragmático e impasible como es habitual—. Katja, ¿te importa llevar esto a mi puesto?

Una voz femenina y preciosa le responde con suavidad que no hay problema.

Rubén no habla mucho de sus compañeros de laboratorio, aunque sí que ha nombrado a Katja un par de veces. Claro está, no tiene ninguna foto suya (por supuesto que se la pedí), pero apuesto a que es guapísima y elegante, además de inteligente.

No, eso tampoco son celos. Es envidia y, bueno, un pelín de orgullo por que haya mujeres en el ámbito científico (arriba la ciencia en femenino y todo eso).

—Gracias, te debo una —le dice Rubén—. ¿Maeve?

—¿Sí?

—No te muevas de ahí.

Cuelga antes de que pueda insistirle con que no lo deje todo para venir a buscarme. En ese momento, la pantalla bloqueada de mi teléfono marca las 18.32.

Y a las 18.42, tal como me prometió, Rubén hace su aparición bajo el toldo.

—¿Has venido en cohete o qué? —me río.

—No, andando —dice, pero incluso él, que es un experto corredor, no puede evitar jadear un poco—. Estás empapada.

Para corroborarlo, me pone una mano sobre la mejilla, que noto fría contra su palma. Al verle tan preocupado, se me escapa una sonrisa nerviosa. Mi pómulo tirante parece amoldarse todavía mejor al hueco de su mano.

—¿Tú crees, grandullón? —bromeo—. Pensé que eran mis glándulas sudoríparas, que se habían vuelto locas.

El problema es que mi fachada de tía dura se estropea un poco cuando, al instante siguiente, estornudo. Rubén aparta de golpe la mano de mi cara y observa su palma como si estuviera infectada por un virus mortal.

—Tranquilo, no tengo nada contagioso. Me toca trabajar mañana.

—Eso díselo a tu sistema inmunológico —dice con sequedad. De un movimiento, me coloca bajo su enorme paraguas negro y me insta con la cabeza a que le siga fuera del toldo, calle adelante. Hacia casa—. ¿A qué hora sales, por cierto?

—¿Cuándo, mañana? A la una.

—Para entonces ya habré recogido a Rebeca del aeropuerto —me informa—. ¿Comerás con nosotros?

—No sé, no debería —respondo—. Es Nochebuena. No quiero estropear vuestro reencuentro o ser la tercera rueda.

Me lanza una de sus clásicas miradas que claman: «Eres idiota». No me molesta; confieso que yo también le mando a menudo algunas de esas.

—Qué tontería, Maeve. Rebeca va a pasarse en casa hasta el tres de enero, no dejará de estar con nosotros. Es mejor que os conozcáis cuanto antes.

—Está bien, grandullón. —Le guiño un ojo—. Pero solo si cocinas tú.

Arquea una ceja.

—Eso ya pensaba hacerlo.

Seguimos caminando. Voy pegada al costado de su abrigo, así que me permito agarrarle de la manga justo cuando alguien va a llevarme por delante. Rubén, en ese momento, se detiene y espera a que me coloque de nuevo a su lado para continuar.

—Tu hermana es muy amable viniendo a verte en lugar de que vayas tú —le digo—. Así podrás seguir trabajando en la tesis, como querías.

—Sí. —Rubén asiente con la cabeza, la atención perdida entre la gente que esquivamos—. Es muy amable.

—¿Y qué piensa tu verdadera novia de todo esto?

—¿Quién?

—Tu otra Rebeca. —Me engancho de su brazo y le tiro del codo para obligarle a que me mire a los ojos, sin éxito—. ¿No le hubiera gustado venir a verte también? ¿No se sentirá... rechazada?

Rubén niega enseguida.

—No podía venir.

—Ah. ¿Prefería pasar las vacaciones con su familia?

—Sí. Eso.

Otro pinchazo de tristeza se me clava como un dardo en las costillas.

A menudo olvido que la mayoría de la gente tiene una buena relación con sus parientes y que puede preferir pasar el tiempo libre con ellos antes que con...

Bueno, como yo. Sola.

Para cuando llegamos a casa, la tristeza que me atenazaba el pecho se ha transformado en una suave aceptación. Sí, puede que mi familia pase de mí, pero soy consciente de que hay personas con (bastante) peor suerte que yo. Al menos la mía me proporcionó una buena casa, comida y educación. No sufrí malos tratos ni hay episodios traumáticos en mi infancia. Además, pude disfrutar de veintiún años de amistad con mi abuelo.

Si me lo preguntasen, volvería a elegir a mi familia a pesar de todo, porque por ellos tuve a Cillian.

Puede que con él agotase toda mi suerte.

—¡Oh, qué suerte que acabéis de llegar! —exclama Emily al vernos.

Nuestra casera nos espera bajo el umbral de la puerta de acceso al edificio abierta de par en par. Las gotas de lluvia resbalan por su gorro y chubasquero rojos, sin llegar a mojarle la sonrisa.

No tengo muy claro si es la aparición fantasmal de un cuento de Navidad o de un relato de terror; dado su historial, apunta más bien a lo segundo.

—¿Qué querrá hoy? —le susurro a Rubén al oído—. Yo apuesto a que reclamará en sacrificio a nuestro primogénito.

—No creo que se trate de eso. —Tras un segundo de vacilación, Rubén baja la vista hacia mí con el terror inundándole los ojos—. Espera, ¿tú crees que...?

Me aguanto la risa y tiro de su brazo.

—Anda, bobo, vamos.

Por fin, ambos subimos los escalones de piedra que nos separan de una Emily pletórica.

—¿Suerte por qué? —me atrevo a preguntarle—. ¿Necesitas ayuda con algo?

Emily se frota las manos. Después señala hacia arriba con el índice. Como soy idiota, le miro el dedo. Más listo, Rubén sigue la dirección hasta la parte alta de la puerta.

—¿Eso es...? —empieza a decir.

—Muérdago —completa la mujer—. Los Flynn lo cuelgan todos los años para Santa Lucía, pero, con la operación de cadera de Poppy, les daba miedo subirse a la escalera, así que me he encargado yo esta vez. ¡Qué bonito que vayáis a estrenarlo!

Me echo a reír. Cuando compruebo que soy la única de los tres que lo hace, freno en seco.

—No lo dirá en serio.

—¿Por qué no? —boquea Emily—. Es tradición. ¡Trae buena suerte!

Trago saliva y me vuelvo hacia Rubén. Los dos tenemos la misma expresión ceñuda, y me reiría de ello si no tuviéramos una maldita planta mágica sobre la cabeza.

—¿Lo hacemos? —le pregunto a Rubén en voz baja.

—Tú eres la supersticiosa —dice al mismo volumen, solo que sin mi nota de terror—. Haz lo que consideres.

—¡No me estarás acusando de querer...!

—Solo es un besito, chicos, por favor —se ríe nuestra casera—. ¿Queréis que me dé la vuelta? No pensé que fuerais tímidos. En especial tú, Maeve. Como siempre que te veo andas tan acarameladita con tu chico... Imagino que es normal. Tal y como está el panorama para las jóvenes como tú, un hombre tan guapetón como él no se puede dejar escapar, ¿eh? Haces bien en mostrarte posesiva.

Retiro lo que le dije a Rubén hace tiempo. Detesto a esta mujer con la fuerza de mil soles.

—¡Yo no estoy...! ¡Yo no soy...! —Resoplo. A la tercera va la vencida—: Sí, por favor, ¿podrías darte la vuelta? Al contrario que a la desvergonzada de su novia, a mi chico le da mucha vergüenza tener público para estas cosas. Además, a lo mejor me pongo más *acarameladita* de lo normal, y no querría escandalizarla.

Emily, horrorizada, abre los ojos cual lechuza. Eso sí, tras nuestro mutuo (e incómodo) silencio, acaba por obedecer, aunque lo hace increíblemente despacio.

Yo me giro hacia Rubén, que me observa tan serio como mudo. Tiro de las solapas de su abrigo hasta abajo y le planto un sonoro beso en la nariz.

—Hale, ahora tendremos buena suerte para todo el año —suelto—. Tenemos muchas tareas en casa, Emily, así que, si no te vemos, ¡feliz Navidad!

Agarro a Rubén de la mano y le empujo a seguirme escaleras arriba. El pobre se las apaña para cerrar el paraguas, desearle unas felices fiestas a nuestra casera y no soltar mi mano durante el proceso.

Cuando cierra la puerta de casa a nuestra espalda, estallo.

—¡No la aguanto! ¡¿Esa mujer es incapaz de no meterse en la vida de los demás?!

—Maeve, baja la voz.

—¡Es que me tiene harta! —Bufo. Aunque al volver a hablar, lo hago susurrando—. ¿Has oído lo que ha dicho? Es una maleducada.

—Es una viuda aburrida —la defiende con indiferencia Rubén—. Y lo del muérdago es una tradición muy conocida. Le hará ilusión ver muestras de amor juvenil a su alrededor. —Hace una pausa—. O es una *voyeur*.

—Apuesto por lo último. Llevamos cuatro meses aquí y te juro que sigo sin descartar que nos haya instalado cámaras.

—No hay —dice Rubén enseguida—. Lo comprobé.

Me quedo inmóvil en mitad del pasillo.

—¿Lo comprobaste?

—Sí. Lo dijiste el mismo día que nos mudamos, así que las busqué por todas partes para que te sintieras segura. —Se quita las gafas para limpiárselas porque, no sé cómo, los cristales se le han llenado de gotitas—. Créeme, no hay.

Cuando se pone así de serio, soy incapaz de aguantarme la risa. Él espera paciente a que termine para volver a hablar.

—De todas formas, Emily se irá a su pueblo por Navidad. ¿Recuerdas que nos lo dijo?

—¿Que si me acuerdo? —Pongo una voz agudísima—. «Oh, ¿no volvéis a vuestras casas estas fiestas? ¿Qué dirán vuestras familias? Aunque os quedáis juntitos, ¡qué bonito! ¡Os auguro un buen futuro, pareja!». —Suelto un bufido—. Pues vas lista, Emily. Tienes la intuición romántica en el culo.

No esperaba el silencio que sigue a mis palabras, ni mucho menos que fuera tan incómodo.

—Sí, bueno —carraspea Rubén—; en cualquier caso, sin ella podremos respirar tranquilos un par de días. Y delante de mi hermana no tenemos que fingir. Lo sabe todo sobre nuestro trato. —Hace una pausa—. Se lo conté. No te importa, ¿verdad?

—¡Por supuesto que no! —Esbozo una sonrisa—. Será un alivio no tener que actuar como novios delante de otras personas, ¿no crees?

—Sí —susurra—. Claro.

Me agacho para desatarme los cordones de las botas. De reojo, me parece ver que Rubén se lleva una mano a la punta de la nariz.

Sin embargo, cuando giro la vista hacia él, la ha usado para subirse las gafas limpias hasta arriba.

RUBÉN

Antes de entrar a la terminal, miro arriba, al cielo encapotado surcado de aviones que aterrizan.

En uno de ellos viaja mi hermana.

Mentiría si dijera que no tengo ganas de verla. Al mismo tiempo, me aterroriza. Siempre nos hemos llevado bien, pero he crecido bajo el paraguas de su protección no solicitada. Por un lado, me enternece que quiera cuidarme de «los males de este mundo» (son sus palabras). Por otro, me gustaría que entendiera que, por muchos problemas sociales que tenga, por muy pocos amigos que conserve (en especial, comparados con los suyos), no hay nada malo en mí.

Puede dejar de ser mi guardaespaldas. Puede limitarse a ser solo lo que es: una hermana metomentodo.

Pero, lo dicho, tengo demasiado miedo a Rebeca como para decírselo. Además, sus intenciones, al fin y al cabo, son buenas.

Y es mi mejor amiga.

—¡Ru, estoy aquí! —me llama a lo lejos, aunque ya la haya visto—. ¡¿Y mi cartel?! ¡Menudo recibimiento!

La espero de pie tras la barrera, en la puerta de salidas, procurando no rozarme con ninguna de las familias que esperan a otros pasajeros. Alzo una mano y Rebeca acorta la distancia entre nosotros. Corre hacia mí con su mochila llena de parches a cuestas. Las tiras sueltas se mueven sin control a su alrededor y, al pasar, una le golpea en la cara a un hombre trajeado.

—¡Estás guapísimo! —me grita a un metro—. Aunque has perdido moreno.

—Tú lo has ganado por los dos.

Luego extiendo los brazos, nuestra señal tácita de que estoy dispuesto a que me toque. Rebeca suelta un chillido y, por supuesto, me abraza al instante. Además de la sangre, compartimos altura, así que nuestras mejillas se rozan. Percibo el olor de su piel, algo más fuerte que en mis recuerdos. Una mezcla de crema hidratante, maquillaje y perfume caro.

Maeve no es tan alta. Cuando me abraza, su rostro se refugia en mi cuello y noto su aliento en la garganta.

—¿Me echabas de menos? —me pregunta junto al oído.

—Claro —respondo—. Llevo cuatro meses sin que me cortes el pelo.

—Me he dado cuenta. —Se separa y me lo revuelve con una mano—. ¿Qué es este mechón? Te lo intentaste cortar tú, ¿verdad?

—No salió bien —resumo—. Ya sabes lo de mi problema con los peluqueros.

—Pareces un perro con el cartero —se ríe—. Si tienes tijeras en casa, está hecho. Quería traer las mías, pero solo podía llevar una bolsa sin facturar como equipaje. Las aerolíneas son unas ratas inmundas, ¡y eso que el vuelo ya era muy caro!

—¿Recibiste mi ingreso? —le pregunto mientras le quito la mochila y me la cargo a la espalda.

—Sí, y me enfadé mucho. —Rebeca frunce el ceño. Solo en ese momento parecemos realmente hermanos—. Ya me libras del alojamiento, no me parece bien que encima me pagues el viaje al completo.

—No habrías venido si no te lo hubiera pedido.

—¡Pues claro que sí! Además, ¡ahora gano más que tú! Cada vez que hago una guardia, me siento Jeff Bezos.

—Gracias por restregarme la escasez económica de mi beca de doctorado, Re —le digo, y ella me guiña un ojo (porque sabe que detesto ese gesto)—. De todas formas, he ahorrado mucho. Entre dos, el alquiler del piso es bastante barato, y ya sabes que no tengo muchos gastos.

—Ya, eres el presidente de la cofradía del puño cerrado —se mofa—. Y hablando del piso... y de tu compañera. Repasemos un par de cosas antes de que la veamos.

La guío fuera de la terminal hasta la parada de autobús y, una vez allí, asiento.

—Dime.

—Todo el mundo cree que Maeve y tú sois pareja —empieza a decir alzando el pulgar.

—Sí.

—Y ella piensa que tú ya tienes —continúa, levantando el índice.

—Sí.

—En España. —Otro dedo.

—Sí.

—Pero tú y yo sabemos que eso no es verdad, ¿o me equivoco?

—No.

—Y no quieres confesárselo porque te da vergüenza que crea que eres gilipollas a pesar de que ella te guste.

—Yo no he dicho que ella me guste.

Con los cinco dedos extendidos, Rebeca me da un manotazo en la frente.

—Ru, haz el favor.

—¿El favor?

—Puedes ser sincero. ¡Soy tu hermana!

—Vale —murmuro—. Es posible que me guste. —Desvío la mirada—. Un poco.

Oigo cómo bufa.

—Confirmado: eres gilipollas.

—Gracias, Re. Es una suerte tenerte por fin aquí para que me digas este tipo de cosas a la cara.

—Es que eres obtuso, eso ya lo sabía, pero nunca lo habías sido con la fuerza de un martillo neumático. —Nos subimos al autobús, donde pago el billete de los dos, y nos quedamos de pie junto al compartimento a reventar de maletas—. ¿Por qué no le dices a Maeve que, vale, tenías novia en España pero que ahora has cortado con ella? Por la distancia o, yo que sé, por lo que sea.

Niego con la cabeza.

—Sería mentira.

—Una mentira para encubrir otra, ¿qué más da? Así Maeve y tú podríais salir, que es lo que importa.

Clavando la mirada en la carretera tras la ventanilla, vuelvo a negar.

—En primer lugar, disfrazar mi mentira con otra igual de grande no me parece justo. En segundo lugar, incluso así, ni siquiera sé si Maeve querría… empezar algo real entre los dos. —Carraspeo—. Lo más probable es que solo me vea como un amigo, y confesarme podría hacerme perder su amistad. Y, por último, no quiero iniciar una relación con un precedente semejante. —Me callo un momento antes de añadir—: No se lo merece.

Noto la atención de mi hermana clavada en mi frente. Lo hace a veces, como si así pudiera atravesar la piel, el músculo, el cráneo y las meninges hasta llegar a mi cerebro para lograr desentrañar por fin sus conexiones.

—Si la aprecias tanto, dile cuanto antes la verdad —asevera—. Cuanto más tardes, más grande se hará la bola. Fue una tontería, no lo dijiste con mala intención. Estoy segura de que si ella te conoce lo suficiente, lo entenderá. —Se cruza de brazos—. Y si no, no era la chica correcta.

—Es más que correcta —se me escapa—. Lo es en todos los sentidos.

Rebeca frunce los labios en una mueca que, por desgracia, reconozco. Es la que pone para aguantarse una risa maligna (a mi costa).

—Quería decir la chica correcta *para ti*. Ay, Ru. —Va a abrazarme, pero se detiene a tiempo—. En el fondo, me alegro mucho de que por fin te hayas enamorado.

—No estoy enamorado —replico—. Solo me gusta. ¿Y por qué dices «por fin»? No tenía ningún problema antes de conocer a Maeve y tampoco lo tengo ahora.

Mi hermana se chista a sí misma.

—Sí. Tienes razón. Lo siento. No he querido decir eso. Es decir, no quería insinuar que… Deja que me explique. —Coge aire—. Me alegra verte así, en conexión con otra persona y permitiéndote mostrarte vulnerable con ella. Abierto a lo que pueda pasar. —Cabecea—. Llegue a buen puerto lo tuyo con Maeve o no, lo que sientes ahora ya merece la pena. Es mejor haber amado y perdido que no haber amado.

Arqueo una ceja.

—Eso es una chorrada.

—Ya. —Sonríe de medio lado—. Es mi consuelo cuando pienso en Marcos.

Despacio, poso una mano en su hombro. A pesar de que es mi hermana, sigue costándome tocarla, sobre todo cuando me siento así de incómodo.

—Perdona, no te he preguntado. ¿Qué tal estás?

—Hecha mierda —confiesa—. Me va a venir bien este viaje. Fue un error elegir el mismo hospital que él para hacer la residencia. Veo todos los días su cara de soplagaitas.

—No te diré que te lo dije —murmuro—, pero te lo dije.

Me da un manotazo en el brazo y, aunque no me haya hecho daño, me froto el lugar con los dedos.

—Oye, ¿y por qué nunca te cayó bien?

—No me ha caído bien ninguna de tus parejas —alego—. Siempre quieren amarrarte.

—¿Amarrarme?

—No te dejan volar. —Echo un vistazo a los parches de su mochila. A menudo los asocio a sus conquistas. Al ver la bandera letona, añado—: Bueno, excepto la de tu Erasmus.

—¿Tania?

—Sí, Tania. Tania me gustaba.

—Porque solo sabía letón. Te venía de perlas, no tenías que entablar conversación con ella. —Rebeca mueve la mano en el aire—. En fin, a lo hecho, pecho. Estoy en mi primer año de residencia, ando muy ocupada. Lo de Marcos se me pasará rápido.

—Pide el traslado a otro hospital.

—Estoy en ello —me confirma—. Mientras tanto, para pasar la pena, ligaré estas fiestas con algún dublinés o dublinesa guapísimo y se me irán todos los males.

—No te lleves a nadie a casa —le advierto.

—¿Por quién me tomas? —Vuelve a guiñarme un ojo, y yo suelto un gruñido—. Lo haré contra la puerta de vuestra casera, así se pensará que sois Maeve y tú. ¡Una ayudita para vuestra farsa!

—Ni se te ocurra.

No tardamos ni dos horas en recoger mi regalo para Maeve y volver a casa. Rebeca se va directa a la ducha y yo empiezo a hacer la comida.

Al contrario que a mi compañera de piso, me gusta cocinar. Una receta se parece a un experimento. Sigues el paso por paso, respetando los tiempos, grados y técnicas. Si algo ha fallado, puedes repetir el proceso de una manera distinta, cambiar los ingredientes, investigar si el material es defectuoso o si es susceptible de mejorarse agregando alguna variante.

Sí, la cocina es lo más parecido a un laboratorio que tengo en casa. Y últimamente no he dejado de usarla. He aprendido qué especias son las favoritas de Maeve, los platos que preparo que más le gustan y a reformular en clave vegetariana recetas que ya controlaba.

Es sencillo contentarla, por lo que el trabajo es tan satisfactorio como meticuloso. Tengo que estar atento a las diferencias en su voz cuando me felicita (porque siempre lo hace) y tratar de ajustar los platos para que el piropo suene cada vez más genuino.

Mientras cocino lo de hoy, siento un hormigueo de expectación que me eriza la piel de los brazos.

Es la primera vez que le preparo esta receta. Si no le gusta, sería un fracaso en mi carrera como su chef.

—Qué bien huele —oigo a Rebeca mientras recorre el pasillo. Al darme la vuelta, compruebo que solo lleva una toalla.

—Ponte algo encima.

Se planta delante de mí y me puntea el ceño fruncido con un dedo.

—Ya llevo algo encima, policía del decoro. —Luego se señala la toalla que, con su altura, apenas le cubre los muslos—. ¿Qué problema hay?

—Maeve va a llegar de un momento a otro —le advierto—. ¿Quieres que te vea así?

—Quién sabe. —Sonríe mordaz—. Puede que sea parte de mi plan. Si no te das prisa, igual me la ligo yo antes que tú.

Cuando le lanzo una mirada furibunda, ella me responde con una carcajada cáustica.

—Cubriré mis encantos a tiempo, Ru, estate tranquilo. Oye, qué bonito el salón, ¿no?

—Es cosa de Maeve.

—Ya me imaginaba —dice con retintín—. Si por ti fuera, vivirías en una cueva sin más muebles que rocas, cual monje tibetano.

—Los monjes tibetanos no viven en cuevas.

—Claro que sí, los del templo Dhamma Sakyamuni —me corrige—. Oh, qué monada. ¿Eso también es cosa suya?

Desvío la vista de la cazuela. Rebeca está señalándome el abeto que Maeve se empeñó en comprar. No mide más de un metro cuarenta y está en una maceta pintada con renos por ella misma. Le dije que más bien parecían vacas obesas y peludas de cuernos enormes y, en lugar de ofenderse, se entusiasmó. Dijo que tenía razón y que era el destino: las vacas de las Highlands eran su animal favorito. No quiso retocarlas. Así se han quedado.

También me obligó a rodear el árbol con una cantidad indecente de guirnaldas, aunque ahora las luces estén apagadas.

—¿Me ves a mí poniendo eso en el piso? —le pregunto—. Sí, es cosa de Maeve.

—Si haces una pregunta retórica, no hace falta que la contestes —me corrige Rebeca—. La respuesta está implícita. Por ejemplo, si yo te digo: «¿Cuánto tiempo vas a negar tus sentimientos por Maeve, hasta que te explote el cerebro?», no es necesario que respondas.

—Esa no es una pregunta retórica. —Cojo un cucharón—. Y sí, hasta que me explote el cerebro.

La llave gira en la cerradura y tanto Rebeca como yo nos quedamos inmóviles. La señalo con el cucharón con la mejor cara de enfado que sé poner.

—Te dije que te cambiaras.

—¡Ya no hay remedio! —exclama con una expresión maléfica. Se recoloca la toalla con agilidad para dirigirse después a la barra de la cocina, desde donde se ve el pasillo—. ¿Hola?

Tras dejar el paraguas y quitarse el abrigo y las botas, mi compañera de piso aparece en escena. No se ha deshecho la trenza larguísima que en ocasiones se hace para ir al trabajo. Tampoco se ha quitado el uniforme.

Solo lo había visto en la lavadora (y bajo mi plancha, cuando Maeve me rogó que le enseñara a usarla), así que sabía en qué consistía: un polo ceñido de color granate, una falda corta del mismo color y un delantal azul grisáceo.

Pero vérselo puesto hace que, sin querer, colapse. El pecho se le marca más que con sus jerséis de siempre y sus piernas parecen larguísimas. Me pierdo en ellas hasta que un carraspeo de Rebeca me devuelve a la realidad.

—¿Qué?

—Que si nos presentas —dice en español—. ¿O tengo que esperar a que termines de comértela con los ojos?

Sabía que se llevarían bien y me alegra tener razón en esto también. A Maeve no parece importarle que solo lleve una toalla (o, si lo hace, lo disimula) y yo dejo que charlen mientras continúo cocinando.

Aunque Rebeca comete errores en inglés, eso no la frena ni un segundo a la hora de comunicarse, y Maeve no la corrige. Hablan de Dublín, de las diferencias de clima entre España e Irlanda, de libros y películas. Ambas tienen la manía de reírse en exceso, aunque la risa de Rebeca es más corta y puntillosa, y la de Maeve suena amplia e irregular.

En mi mente, la primera me recuerda a un río bravo. La segunda, a las mareas. A veces plácidas y previsibles. Otras, peligrosas. Capaces de arrastrarte a las profundidades sin que te des cuenta.

Vaya. Parece que leer a Maeve me ha servido de algo.

—Bueno, ya he incomodado a mi hermano lo suficiente —me nombra Rebeca por vez primera en la conversación—. Voy a ir a ponerme algo decente para tapar mis vergüenzas. ¿Contento, Ru? ¿Vas a dejar de gruñir?

—No estaba gruñendo —me defiendo—. Y sí, estoy contento. Las dos estáis aquí.

—Ocúltalo lo que quieras —se burla Rebeca en español—, pero eres un moñas.

Cuando se oye la puerta de mi cuarto, Maeve y yo estamos

oficialmente a solas. Debería hacerse raro, pero, en lugar de eso, tengo la sensación de que ahora respiro un poco mejor.

Sé que Maeve me está dando espacio para que hable yo el primero. Y, tras probar el caldo con un cazo, lo hago.

—¿Qué te ha parecido?

—Es incluso más guapa en persona —responde Maeve en voz baja—. Es impresionante, en serio. Así que ¡me mentiste!, os parecéis muchísimo.

Me doy la vuelta con el cazo en la mano y, dándose cuenta de lo que ha dicho, trata de justificarse.

—Quiero decir, ¡los dos sois morenos! Excepto por que no lleva gafas y tiene los ojos verdes y porque, claro, ella es una chica, sois muy parecidos.

—Ella tiene más facilidad para habitar el mundo que yo —contesto con practicidad—. Dice que me arrebató todas las habilidades sociales en el útero.

Esboza una sonrisa franca.

—No te subestimes. A mí me parece que te apañas bastante bien. Desde mi punto de vista, encajas sin problema.

—Contigo, desde luego.

Se pone roja y yo, quizá por la cercanía de los fogones, también siento el calor subirme por la cara.

—Por cierto, todavía llevas puesto... —Me giro y, sin mirar, la señalo entera con la mano—. Mmm, eso. ¿No te ha dado tiempo a quitártelo?

—No quería llegar tarde, tenía muchas ganas de conocer a tu hermana. —Aunque no la vea, sé que sonríe. Puedo apreciar el gesto en su voz e incluso imaginar hacia qué comisura se alzan más sus labios—. Sentía que tenía que conocerla para descubrir más de ti.

—¿Y qué has descubierto?

No contesta. Cuando me giro, está subida al taburete más cercano a mí. Se cruza de piernas y mis ojos, traidores, se desvían hacia ellas como un imán.

—Muchas cosas —murmura Maeve—. Pero creo que necesito más.

MAEVE

Necesito más.

Más anécdotas de Rubén y Rebeca de niños. Más de la receta que ha preparado el primero y que, aunque consta de tres platos (sopa, garbanzos y verdura), solo tiene un nombre (el cual me hace mucha gracia, porque es un adjetivo y una forma de cocinar al mismo tiempo). Más de las miradas que me echa Rubén de forma furtiva mientras comemos, como si quisiera ver a través de mí y de mis gestos y, en realidad, pudiera hacerlo.

Pero, por encima de todo, necesito más horas de sueño.

No sé qué me pasa, pero mi energía está bajo mínimos. Esta mañana, cuando el despertador ha sonado a las seis, he tardado en levantarme (vale, eso no es una novedad) y, tras hacerlo, me he mareado (eso sí). Tenía la sensación de que mi cráneo estaba repleto de nubes y, aun así, la cabeza me pesaba un quintal. La garganta me quemaba y tragar se ha convertido en un dolorosísimo deporte de riesgo.

He tenido que hacer un verdadero esfuerzo para ducharme y, al regresar a mi habitación, me he imaginado quitándome la ropa en el cuartito de empleados de la cafetería para ponerme el uniforme y se me ha hecho un mundo, así que he salido con él directamente a la calle.

Los tres cafés que me he tomado en el trabajo han ayudado, pero la fecha no. Desde primera hora, no hemos dejado de tener clientes con peticiones para llevar que, por supuesto, corrían muchísima prisa (haber comprado los regalos antes, zoquete). ¿Número de descansos? Uno, si contamos el ir y volver del baño en dos minutos, prebronca de Charles Malone.

Al llegar a casa y ver a Rubén (con su delantal, su pelo revuelto un poco largo y sus gafas empañadas por el humo), he recibido un chute de energía. Además, conocer a su hermana envuelta en una toalla minúscula también ha ayudado a activar mi adrenalina.

Llevo viviendo con Rubén cuatro meses y no le he visto tanta piel como a ella en, digamos, medio minuto. Por suerte, no me he sentido incómoda en ningún momento. Rebeca es tal y como la imaginaba tras ver sus fotos: sincera y extrovertida, con un carisma arrebatador que le proporciona una seguridad plena y evidente en sí misma. Tras intercambiar un par de frases, no sabía si quería convertirme en su mejor amiga o en ella; quizá ambas cosas.

El problema es que, tras la comida, mi energía ha vuelto a descender en picado hasta el punto de que han empezado a cerrárseme los ojos sin querer.

—Maeve. —La voz de Rubén, grave y baja, me despierta—. ¿Estás bien?

—De fábula —le aseguro—. Todo estaba riquísimo, ¡de verdad! Y eso sin contar el postre sorpresa.

Pincho el último trozo de tarta de queso y se me escapa un «mmmm» que provoca que Rubén clave los ojos en mi boca.

—Me pregunto si algún día me responderás a esa pregunta con la verdad —alega.

—¿Qué pregunta?

—Si estás bien —me aclara—. Y no me mientas otra vez. Lo sabré.

En la cabecera de la barra, Rebeca nos observa, claramente entretenida, y yo la busco con la mirada para tener una cómplice.

—¿Es así contigo también o solo demuestra una preocupación patológica conmigo?

—Solo demuestra una preocupación patológica por quien más se resiste a recibirla —responde ella—. Así que no, de mí pasa.

Me río para ocultar el cosquilleo de nervios y, mientras barro las últimas migas del plato, le contesto:

—No me ocurre nada grave, Rubén, solo estoy un poco cansada.

—Y mañana te toca trabajar de nuevo —replica—. Nochebuena y Navidad seguidas. Se están aprovechando de ti.

—¿Tú crees? —resoplo divertida. Antes de que abra la boca, le aclaro—: Y eso era sarcasmo.

—Ya lo sé —gruñe, y Rebeca se echa a reír—. Deberías descansar.

—Eso haré esta tarde, si no os importa —murmuro—. ¿Cuándo se dan los regalos de Navidad en vuestro país? ¿El día 25 por la mañana o el 24 por la noche?

—El 25 por la mañana —responde enseguida Rebeca—. Al menos, en nuestra familia. Pero, espera, ¡no nos habrás comprado a los dos algo!

—Pues claro que sí.

Porque, si no fuera por ellos, habría pasado las navidades sola. De nuevo.

Hace un año, mis padres quisieron celebrar su aniversario de bodas viajando las dos últimas semanas de diciembre (a pesar de haberse casado el 22 de julio) y mi hermano prefirió quedarse en Estados Unidos. El anterior, la tía abuela Gladys se puso enferma y, como sobrina nieta sin planes ni pareja, me enviaron a Belfast a cuidarla (decidió que era buena idea morirse el mismo día en que llegué, así que me pasé la Navidad arreglando los papeles de su funeral).

Y en el previo, a nadie le pareció buena idea celebrar nada. No había ánimos. Sin Cillian, no tenía mucho sentido seguir las viejas tradiciones.

Como familia, nos une el ser expertos en fingir que no pasa nada, pero no hasta ese punto.

—Menos mal que Rubén ya me había avisado de cómo eras —dice Rebeca—. Por suerte, yo también tengo un regalo para ti.

Yo boqueo, asombrada, lo que la hace reír entre dientes.

—No te esperes gran cosa, eso sí; en la mochila no me cabía demasiado. Además, no será tan bonito como lo que te ha preparado Rubén.

Me vuelvo a él con la misma cara de asombro.

—¡¿Tú también me has comprado algo?!

Rubén alza ambas cejas.

—No sé si debería ofenderme por la incredulidad de tu voz.

—¡Es que no pareces de los que hacen regalos! Dijiste que la Navidad te daba igual.

—Y me da igual —reconoce—. Pero a ti no.

Nos quedamos en silencio. Uno corto y tenso, y todavía más incómodo al tener a Rebeca presente y atenta a nuestra mirada, como un árbitro en un partido de tenis.

—Bueno, en ese caso, si no os importa esperarme, podemos dárnoslos mañana cuando vuelva del trabajo —murmuro.

—Hecho —determina Rebeca—. Y, ahora, tómate un té caliente y vete directa a la cama. Sí que tienes cara de cansada.

—No. Bueno, sí. Luego —titubeo—. Rubén ha cocinado, así que yo debería recoger y...

—Hazme caso —me corta poniéndose una mano en el pecho—. Soy médico. Y no querrás llevarme la contraria, ¿a que no?

Podría intentar luchar contra un hermano preocupado, pero no contra dos (y estoy segura de que, a pesar de sus diferencias, se unirían en esto), así que quince minutos después llevo puesto el pijama más abrigado que tengo y estoy metida hasta la nariz entre las mantas de mi cama.

El mareo y el dolor de garganta regresan, esta vez acompañados de una sensación de malestar que no deja de crecer. Las voces de Rubén y Rebeca me llegan lejanas, cantarinas al usar su idioma, y yo me centro en su cadencia imaginando que es una nana para tratar de dormir.

No funciona. Ambos tienen la voz grave, solo que la de Rebeca tiene un punto atrevido y la de Rubén suena cortante y baja, como un locutor de radio en un programa nocturno. Y, aunque soy incapaz de entenderlos, me esfuerzo por si en algún momento distingo mi nombre en una frase.

Soy idiota. Y muy evidente. Aun así, espero que mi compañero de piso no se haya dado cuenta de lo mucho que me pone oírle hablar en español, como el otro día, al escucharle por teléfono con su hermana. Uh, ¿qué me pasa? Es solo un tío hablando otro idioma, no debería provocarme este cosquilleo traidor entre las piernas.

Estoy empezando a perder la cabeza. Necesito ligar con alguien, ya de ya. Alguien opuesto a Rubén. Quizá un rubio bajito con tendencia a sonreír en exceso y que no se calle ni debajo del agua.

Lo sé, Sean encaja. De cabo a rabo. Y, no soy *tan* tonta, es probable que le guste. Solo que cuando pienso en tener algo con él, simplemente mi cerebro lo rechaza y desconecta.

Porque no es...

Bueno, no es. Punto.

Las voces se apagan. Se oyen pasos, unas llaves, la puerta. Tras la marcha de los dos hermanos, me mantengo en una duermevela durante horas. Percibo el paso del tiempo por la luz que entra por la ventana, cada minuto más mortecina, y no sé en qué momento esta muere del todo y me deja por completo a oscuras.

El frío que sentía pasa a ser un calor asfixiante y me despierto de golpe sudando a mares. Me aparto las sábanas a patadas, agobiada, y me pongo en pie a duras penas. El sudor me ha empapado la espalda y, aunque estoy derrotada, una sed del demonio consigue empujarme fuera de la habitación.

Me arrastro como puedo a través del pasillo hasta el baño. Bebo directamente de la boca del grifo y, al alzarme, casi pego un grito. En el espejo, una sombra de lo que soy me devuelve una mirada vidriosa. Tengo la trenza casi deshecha, la piel extremadamente pálida excepto en las mejillas y la nariz, de un rojo encendido, y los dedos con los que intento peinarme me tiemblan con sacudidas violentas.

Hace años que no me encontraba así de mal. De todas formas, hay esperanza. Todavía es de noche, puede que se me pase antes de tener que volver a levantarme a las malditas seis.

Dios, Charles Malone, te odio como Gollum se odiaba a sí mismo; teniendo en cuenta mi aspecto, es la metáfora más acertada.

Una idea cruza mi mente aturdida. En la cocina hay medicamentos. Rubén los organizó e incluso colocó etiquetas con la caducidad y la fecha de apertura en las cajas. No tira ni un prospecto y, el único día que hizo algo de calor, incluso metió algunos en la nevera.

Tambaleándome, coloco una mano en la pared del pasillo para estabilizarme y sonrío de camino a la cocina. Rubén, Rubén, Rubén, siempre tan cuidadoso. Todo el mundo necesita un Rubén en su vida.

Maldita sea su novia. Me lo arrebatará en unos meses y mi ropa perderá ese maravilloso olor a suavizante.

Y yo, a un amigo.

Ay, mierda. Ahora además de la garganta, la cabeza, las piernas y el estómago, me duele el corazón.

Después de un peregrinaje digno de Ulises, llego a la cocina. Saco una botella de agua de la nevera y, a oscuras, consigo identificar los analgésicos. ¿Debería tomarme uno o dos?

—Solo uno.

Me doy la vuelta con el corazón latiéndome a toda velocidad.

—Perdona, no quería asustarte —dice Rubén en voz baja.

No sé si es porque estoy enferma y me siento débil y temblorosa como una gelatina, pero nunca me había parecido tan alto ni fuerte. Ahí, plantado frente a mí como un centinela.

—Lo siento si te he despertado —me excuso. Mi voz suena tomada, ajena a mí, y carraspeo antes de volver a hablar—. Vuelve a la cama.

—No me has despertado. Estaba en el salón, leyendo.

—¿Por qué? ¿No podías dormir?

—Mi hermana ronca como un demonio y me he desvelado. —No puedo evitar reír, aunque la carcajada acaba en un ataque de tos—. ¿Estás bien? Y, antes de que te atrevas a negarlo, recuerda que sabré si mientes. —Baja la vista hacia mis manos—. Además, esta vez tengo pruebas evidentes.

Parpadeo, todavía con la botella de agua y la caja de medicamentos entre los dedos.

—Vale —susurro—. Lo confieso. Me siento hecha mierda.

Rubén asiente satisfecho.

—Buena chica.

¿El escalofrío es cosa de la cochina enfermedad o de lo sexy que ha sonado?

—Tómate una —dice Rubén empujándome la mano derecha

hacia la boca, como si hubiera olvidado cómo ingerir medicinas—. Tienes la piel muy caliente.

—No puedo tener fiebre —gruño.

—¿Por qué? ¿Eres incapaz de producir pirógenos?

—¿Qué? No. Es que no puedo faltar al trabajo. —Trago saliva—. Me despedirían y no puedo permitírmelo.

Rubén se cruza de brazos, tensando la mandíbula, y espera a que me tome el analgésico (y la mitad de la botella de agua de un trago).

—Siento echar por tierra tu teoría, pero eso es imposible. Y si se atreven a despedirte por faltar al trabajo debido a una enfermedad, se consideraría un despido improcedente. Iríamos derechos al sindicato y, si fuera necesario, a los juzgados.

—¿Estás borracho?

—No. Eres tú la que está enferma y no piensa con claridad.

Me pone una palma en la frente. Gracias al cielo, está helada, y mi cuerpo tiembla de gusto. Al mismo tiempo que Rubén chista, yo suelto un gemido de placer.

Estoy demasiado aturdida como para que me avergüence; eso se lo dejo a la Maeve del futuro.

—Voy a ponerte el termómetro —dictamina tras unos segundos—. Aunque no hará falta para confirmar lo que ya sé.

Me dispongo a responderle algo como: «¿Que estoy perfecta?», cuando me sobreviene otro ataque de tos. Me doblo en dos y Rubén me coloca una mano grande y protectora en la espalda. Me da vergüenza que se dé cuenta de que estoy toda sudada y, en fin, que doy asco, pero el vaivén de sus dedos arriba y abajo acaba por calmarme.

Paciente, Rubén espera hasta que mi cuerpo termina de intentar que vomite los pulmones.

—Ven —murmura al final—. Necesito verte con luz.

Toma mi mano izquierda con la suya y, con el brazo derecho, me rodea los hombros para ayudarme a moverme. Las diferencias entre nuestros cuerpos y sus temperaturas son más evidentes ahora que estamos pegados, caminando el uno junto al otro. Me permito apoyarme contra él con todo mi peso y Rubén aguanta sin rechistar hasta conducirme al sofá. Sobre los cojines hay una manta desplegada y un iPad encendido con un artículo. ¿Este tío no descansa?

—Era un estudio sobre biomarcadores que tenía pendiente —dice de pronto, y me doy cuenta de que acabo de preguntarlo en voz alta—. Siéntate.

En realidad, me dejo caer. Rubén se va a la cocina y vuelve con un termómetro, una linterna pequeña y un bajalenguas de madera clara.

—No serás capaz —gruño.

—Sé buena y abre la boca.

Joder. ¿Por qué todo lo que dice Rubén desde que ha aparecido suena a guion de peli porno?

A pesar de mis reticencias, obedezco. Él me explora la garganta en silencio, con cara de seriedad. No me molesta, porque es la expresión hermética que usa el noventa por ciento del tiempo. Me espero un «tienes un parásito en la úvula y vas a morirte en dos meses» de la misma forma que un «estás mejor que nunca, en diez minutos podrías viajar a Austria y cantar una ópera en Viena».

Rubén aparta por fin la linterna y niega.

—Mañana no vas a trabajar. Tienes placas y si confirmamos lo de la fiebre, todo apunta a una faringitis vírica si no es algo más grave. —Me pasa el termómetro—. Y, ahora, túmbate.

Gruño algo ininteligible y Rubén alza ambas cejas.

—¿No puedes sola? ¿Quieres que me encargue de ti? Puedo tumbarte yo mismo. No me costaría nada empujarte contra el sofá.

Vale, BASTA. Lo he captado, Rubén, puedes soltar frases dignas del macho de una *rom-com*. ¿Podrías volver a ser una especie de robot sexy que apenas habla?

A pesar de mis reticencias, vuelvo a seguir sus instrucciones. Me quedo inmóvil cuando, tras una mirada para solicitar mi permiso, Rubén me levanta la parte de arriba del pijama lo justo para desvelar mi vientre. Se calienta las manos con el vaho de su boca, se las frota y luego las coloca con cuidado sobre mi cuerpo. Yo me estremezco al instante, pero no es nada comparado con lo que hace después.

Me explora con delicadeza, me pide que coja aire y lo suelte. Hunde sus dedos junto a mi ombligo y pasa después las yemas con reverencia por mi piel. Los párpados se me cierran solos, pero al menos me aguanto el mismo sonidito de placer que solté con su tarta de queso.

Eso sí, en mitad de mi desvarío febril, me da por murmurar:

—Tienes las manos ásperas.

—Ah. Perdona. En el laboratorio uso mucho desinfectante. Y, bueno, también fuera de él. Ya sabes que soy un poco maniático.

—Mi maniático favorito.

Oigo un resoplido de diversión y abro los ojos al instante, pero si hubo una sonrisa, se ha volatilizado.

—¡Hazlo otra vez!

—¿El qué? ¿Esto? —Rubén pasa la palma por el mismo punto de hace un segundo—. ¿Te duele aquí?

—No. Quería decir... —Me observa, impávido—. Nada. No importa.

Cierro los ojos de nuevo y me dejo arrastrar por la delicadeza con la que me toca.

No hay nada sexual en ello, pero eso habría que decírselo a mi cuerpo, porque no lo ha entendido para nada. Ni mi corazón, que ha pasado a ocupar mi garganta; ni mi piel, que se estremece ante su contacto; ni mi bajo vientre, que incluso enferma se permite recordarme que, eh, soy una mujer que desea un poco de amor. «Chica, date el gusto y arrástralo como sea a tu cama».

—Ahora te llevaré a la cama —dice Rubén, y yo vuelvo a abrir los ojos de par en par—. Aunque te prepararé algo caliente primero.

—¿Tú, por ejemplo?

—¿Qué? —dice Rubén—. ¿Qué quieres decir con eso?

Vale, Maeve, ahora te toca a ti: BASTA DE PENSAR EN VOZ ALTA.

Un pitidito me salva de responder y de paso nos alerta de que el termómetro ha hecho su trabajo. Rubén lo saca al instante por el cuello de mi pijama.

—No parece que tengas ni el hígado ni el intestino inflamados, y tampoco gases. —Suelto un gruñido de vergüenza—. Como dije, lo más probable es que padezcas una faringitis vírica, al cursar con fiebre. O es una gripe fuerte, a juzgar por cómo deliras. Necesitarás descansar, al menos dos o tres días.

—¿Tengo fiebre?

—Treinta y nueve con tres. Bastante alta. Vamos a llevarte a la cama, beberás algo caliente y estaré pendiente de ti por si en las próximas horas baja o se mantiene. Si no lo hace o incluso sube, te llevaré corriendo al médico.

—¡No...!

—Lo haré aunque sea a rastras —me advierte, y usa un tono tan autoritario que me recorre un escalofrío—. ¿Puedes levantarte?

—Sí. Creo. Pero ¿podría quedarme un rato más aquí? —digo con un quejido somnoliento—. No es porque me dé pereza moverme, es que... se está bien. Tú puedes dormir en mi cama. Es pequeña pero cómoda, te lo juro.

Aunque arquea una ceja, no dice nada. Coge todas las cosas y vuelve a la cocina. Yo observo su ancha espalda mientras lo deja todo en su sitio y usa el hervidor para calentar agua. Poco a poco, los ojos se me van cerrando y ya casi no percibo los ruidos pequeños y azarosos que provoca Rubén en la cocina.

En mitad del sueño, noto que pasa un brazo por detrás de mis rodillas y otro por mi espalda, y, de un movimiento, me aúpa sin esfuerzo. Estoy, como antes, a medias dormida, a medias despierta, apenas con ánimo de protestar.

Tampoco quiero. Me ovillo entre sus brazos, le rodeo el cuello con las manos laxas y acerco el rostro a su garganta. Le rozo la piel con la nariz y me permito a mí misma aprovechar este corto trayecto.

—Qué bien hueles —murmuro.

—Ah. Mmm, gracias.

—Yo debo de oler fatal.

—Hueles muy bien.

—Huelo a sudor.

Rubén baja la voz.

—Hueles a ti.

Sonrío contra su ropa. Lleva pijama, aunque incluso así parece ropa de calle: un pantalón y camiseta negros de mejor calidad que cualquiera de las prendas para salir que reservo en mi armario. Es suave y huele a Rubén, una mezcla de ropa limpia y hombre que vuelve a activar mis sentidos.

Si no estuviera sufriendo el delirio de la fiebre, ya habría colapsado. Seguramente habría puesto una excusa para alejarme de él de un salto por lo que pudiera pasar. Pero como mi cuerpo ya está luchando contra otra amenaza, no tengo fuerzas para resistirme contra lo que siento.

Me gusta. Él. No porque sea atractivo, un buen amigo o una persona considerada e interesante. Me gusta porque cuando le miro a los ojos desearía que solo me vieran a mí.

Excepto que eso no va a pasar jamás. No mientras esté comprometido con otra.

Creo que ya puedo decirlo abiertamente, ¿no? Me lo he ganado. Mi vida da tanto asco como mi estado de salud actual.

Rubén me deja con cuidado sobre la cama, que de repente me resulta muy blanda y fría. Unas mantas me tapan al instante, solo que no funciona. La sensación helada previa a acostarme ha regresado.

Empiezo a sufrir temblores. Necesito más calor. Lo necesito o moriré.

—Tengo frío —gimo con los ojos cerrados.

—Incorpórate y tómate esto.

—No —me quejo, aunque, con ayuda de Rubén, al final lo hago. Me bebo la mitad del té que me acerca con cuidado a la boca y una pequeña pastilla, que trago con mucha dificultad—. Sigo teniendo frío.

—Te traeré otra manta.

—¿Y si te quedas?

—Voy a quedarme —me asegura, pero mi mente no lo siente real y suelta un quejido de miedo—. Me quedaré para asegurarme de que no empeoras.

—No me mientas —insisto—. Quédate o me moriré.

—Eres una dramática. No vas a morirte. —Hace una pausa corta—. Bueno, algún día sí, pero no hoy. Es muy poco probable. Y yo estaré aquí para impedirlo.

—Estoy temblando. Ven conmigo. —Arrastro mi cuerpo a duras penas hacia un lado, contra la pared, dejándole un hueco en el borde—. Por favor.

Aunque se hace el silencio, al final le oigo suspirar, la dulce señal de que claudica.

Primero se quita las gafas. Luego echa a un lado la colcha para meterse dentro y tumbarse a mi lado. Apenas hay espacio para dos y ambos somos altos, así que encojo las piernas como suelo hacer y, ahora, las enredo de inmediato entre las suyas.

Me avergonzaría si tuviera un ápice de conciencia útil, pero mi cuerpo necesita calor y me pego a él como una lapa. Le agarro del centro de la camiseta y tiro de ella hasta apoyar mi rostro en su pecho. Rubén, con cuidado, pasa un brazo por debajo de mi cuerpo y me atrae hacia él mientras con el otro me rodea la cintura por el otro lado.

Sus dedos se cuelan por debajo del dobladillo de mi camiseta, acariciándome la piel con suavidad. Siento su pulgar haciendo círculos entre mi cadera y mi cintura. Siento la rigidez de los músculos con los que me envuelve. Siento sus latidos contra la mejilla.

No sé si los oigo resonar fuertes y rápidos o son solo un eco de los míos.

Me estremezco y se me escapa otro gemido de dolor. Rubén me atrae todavía más hacia él, hasta eliminar del todo la escasa distancia que nos separa.

Nuestros cuerpos son dos piezas que encajan a la perfección, sin huecos ni aristas. Satisfecha, esbozo una sonrisa escondida contra su esternón.

Antes su piel me parecía fría, ahora siento que es una estufa, lo único que me separa de una indiscutible muerte por hipotermia.

—Lo siento —susurro.

—¿Por qué?

—No te gusta que te toquen —gimo—. Y te he obligado.

Veo el silencio de Rubén como un tercer compañero de piso (que no paga alquiler). Aunque esta vez, por suerte, no deja que se instale entre nosotros demasiado tiempo (menos mal, o me quedaré dormida esperándolo).

—¿Por qué has deducido que no me gusta que me toquen?

—No dejas que nadie se te acerque —respondo—. En la calle te alejas mucho de los demás. Nunca te acercas a Emily, ni aunque la ayudes a subir bolsas o cualquier otra cosa que esa loca te pida. Y cuando yo lo hago, cuando te abrazo..., te alteras mucho. —Froto la nariz contra su pecho sintiendo la dureza de los músculos por debajo—. Bueno, antes. Ahora creo que no te importa tanto.

Noto que traga saliva.

—¿Por eso ya no me abrazas como lo hacías al principio? —pregunta quedo.

La respuesta correcta es que no. Es decir, sí; en cuanto me di cuenta de que él era de esa manera, me sentí culpable. Pero soy como mi abuelo Cillian, mi naturaleza tocona habría salido a reducir tarde o temprano; soy incapaz de interactuar con los demás sin agarrarlos de la mano o del brazo.

La verdadera razón por la que ya no le abrazo como antes es otra bien distinta.

—Sí —miento—. Por eso siento mucho... esto.

Rubén asiente. Cuando vuelve a hablar, su voz suena hueca.

—No pasa nada. No tienes la culpa de estar enferma.

—Pero sí de ser egoísta.

—¿Egoísta por qué? —Su barbilla me roza la coronilla al negar con la cabeza—. Eres la persona menos egoísta que conozco.

Cómo le he engañado. Lo soy, y mucho. Por muy enferma que esté, por muy nublada que tenga la mente, la Maeve cuerda me grita desde dentro que no hay nada moral en esto.

Y, aun así, soy incapaz de alejarme de él.

Trago saliva, lo que me cuesta horrores.

—¿Estás mejor? —me pregunta. Su mano asciende desde la cadera hasta mi rostro. La usa para acunarlo, pasando el pulgar por mi mandíbula hasta rozarme la garganta—. ¿Te duele?

No sabe hasta qué punto.

—Un poco —admito—. ¿Me prometes una cosa, Rubén?

—No voy a irme, tranquila —murmura—. Esperaré a que te duermas.

—No es eso —gimo—. No la dejes.

—¿Qué? ¿A quién?

—No cortes con tu novia. Me sentiría… mal.

Rubén vuelve a quedarse en silencio. Los párpados se me cierran de cansancio. Cuando ya he renunciado a que me conteste, decide hacerlo en voz baja.

—No puedo prometerte eso, Maeve.

Soy incapaz de abrir los ojos. Todo me pesa. Las pestañas, las ideas, los recuerdos. Incluso las buenas intenciones.

—Vale —susurro acurrucándome contra él—. Pero trátala bien. Sé bueno con ella. No le hagas daño. No la engañes. Ni se te ocurra.

No sé si ha asentido. He notado que su cabeza se movía, pero no sé hacia qué dirección. Me parece que dice algo, solo que no logro entenderlo. Quizá haya hablado en su idioma.

Tras unos segundos, estirados y tensos, me hundo en la oscuridad en contra de mi voluntad. Mis recuerdos me rescatan. Crueles, me devuelven a la última vez que me sentí así de desconectada del mundo.

Recuerdo subirme a la antigua bicicleta de Cillian. Él ya no estaba, así que la bici era mía. Un legado póstumo y oxidado. La cesta fue un añadido, regalo de Josh. Y lo que había dentro, un detalle de mí para él.

Recuerdo los doce kilómetros que recorrí, paralela a la costa, pensando en que, para cuando llegase a su pueblo, caería la tormenta. No me importó. Yo estaría refugiada en el bar de pescadores favorito de Josh, ese del que solo había oído grandes historias.

Recuerdo entrar en el bar con el regalo en la mano, esperando encontrarlo, y descubrir en su lugar la mirada más terrible que nadie me había lanzado jamás.

Recuerdo cómo esa camarera tan guapa se acercó a mí, cómo me preguntó qué quería, cómo me sirvió la verdad. Que no era bienvenida, que había sido un tropiezo, que Josh se lo había contado todo y que no volvería a pasar.

Que yo no volvería a pasar.

Incluso entonces, me dije a mí misma que no era la primera ni la última chica a la que le habían sido infiel.

Lo más sangrante es que yo ni siquiera era la novia a la que habían traicionado. Lo más sangrante era no ser la víctima, sino la Otra. Con mayúscula. Era el error, el tropiezo, ese bache que destruye una relación o el que jamás se menta si continúa.

Y ellos continuaron. Continuaron y para todos me convertí en la Otra que había estado a punto de destruirlos. La que quiso a un hombre intocable. La que fue egoísta.

No sabía nada, era cierto, pero incluso así fue culpa mía. Desde que le vi atracar en nuestro puerto, desde que entró en el pub, desde que ligó conmigo, la intuición me gritó que tuviera cuidado. Josh ahogó mis incertidumbres con mentiras. No tenía a nadie esperándolo, yo era la única en su vida, su refugio secreto en Kilkegan. ¿Lo creí o quise creerlo?

Es igual. Eso no reduce el dolor. Ni el que sintió esa chica engañada ni el que sentí yo.

Recuerdo salir del bar aquel día. Contemplar la tormenta, pedalear bajo ella hasta que la lluvia supo a sal. Pensar, de regreso a un pub ya sin su dueño, que no volvería a pasar por nada parecido.

Es demasiado. Se pierde demasiado.

La apuesta no vale la pena.

Soy consciente de la presencia de Rubén a mi lado. Se queda, tal como me prometió. Me acompaña hasta que mis recuerdos se convierten en sueños nublosos y sin sentido. Hasta que la fiebre se diluye y la Maeve cuerda vuelve a tomar el control.

No me gusta Rubén.

No puede gustarme. Es imposible, a menos que quiera volver a perder.

MAEVE

Pierdo la poca dignidad que me queda cuando, nada más despertar, murmuro su nombre.

—Siento decepcionarte —escucho una voz femenina—. Rubén no está aquí.

Entreabro los párpados con vergüenza. Rebeca, vestida con un jersey de lana rojo y verde hecho a mano, el flequillo negro planchado a la perfección y dos coletas, me observa sentada en el borde de mi cama.

Ella es el póster perfecto de una película romántica de Navidad (próximamente inundando tu Netflix). Yo, sudada, ojerosa, con la baba seca en la mejilla y un nido de pájaros en la cabeza, podría hacer de Gremlin de serie B (con escaso presupuesto para CGI).

—¿No está? —Mi voz suena pastosa y nasal, así que espero que el tono de tristeza que se me ha escapado se haya visto empañado por la enfermedad—. ¿Y adónde ha ido?

—Lo siento, no puedo decírtelo. —Rebeca se encoge de hombros con las manos en alto. Su expresión de villana me da a entender que no lo siente en absoluto—. Me dijo que no te iba a gustar, y paso de enfrentarme a la furia de una enferma. Ya tengo que lidiar con eso en el trabajo.

Tengo un mal presentimiento. Intento levantarme y Rebeca reacciona enseguida dándome un simple toque en la frente que me empuja de vuelta a la cama.

—Guau, sí que estás debilucha. A ver la fiebre... —Me quita el termómetro que no sabía que tenía—. Treinta y siete y medio. Enhorabuena, te ha bajado.

Después alarga un brazo hacia mi mesilla para coger un cuaderno. Lo reconozco enseguida, es el gris que Rubén se lleva siempre al laboratorio.

—Me ha ordenado que, en su ausencia, te hiciera un seguimiento —me explica mientras escribe—. Y nos decía que no valdría como médico, ¡ja! Lo que pasa es que las células y los compuestos no le hablan sobre el tiempo ni le preguntan si quiere tomarse una caña después del curro. Por lo demás, habría sido un doctor increíble.

—¿No quiso?

—Nuestros padres son médicos también. Él podría haber hecho medicina si hubiera querido, pero se negó. Dijo que le faltaba algo imprescindible.

—¿Qué era?

—Empatía. —Rebeca alza la vista del cuaderno y me mira—. Qué tontería, ¿verdad? Aunque Rubén es frío, eso no cambia nada. ¿Sabes qué es lo que creo que le frenaba?

Aprieto los dedos contra las mantas.

—Temía implicarse demasiado —murmura—. Como le pasa contigo.

No sé qué cara pongo, pero debe de ser un chiste, porque la chica se ríe entre dientes.

—Yo, sin embargo, no tengo nada de empatía —confiesa, todavía con esa expresión tan mordaz como seductora—. Si mis pacientes se quejan, les digo que dejen de comportarse como hombres.

—¿Les dices eso, en serio?

—¿Tú has visto a una madre de cinco hijos quejarse de sus partos? Al revés, te anima a que le hagas la competencia y montéis un equipo de fútbol juntas. Sin embargo, he perdido la cuenta de los *gymbros* que se me han desmayado en el banco de sangre. —Se me escapa una sonrisa y Rebeca la señala de inmediato—. ¡Bien! Si te ríes de esa tontería es que ya estás mejor. Vamos, te ayudo a salir de la cama. Te vendría bien una ducha.

Escondo la cara bajo las sábanas.

—¿Tan mal huelo?

—Uy, apestas —responde—, por eso Rubén ha salido huyendo. —Suelto un gemido lastimero—. ¿Pillas las bromas tan mal como él? Eso sí que no me lo esperaba.

—Sí las pillo, pero... —De pronto, caigo en la cuenta. Me incorporo tan rápido que me mareo. Rebeca me sujeta de un brazo cuando aparecen estrellitas danzando sobre mis párpados.

—¿Adónde vas tan rápido, vaquera?

—¡El trabajo! Charles Malone... Es decir, ¡debe de ser tardísimo! ¡Tenía que entrar a las siete!

—Tranquila, de eso ya se ha encargado Ru. —Parpadeo, y las últimas estrellas desaparecen—. Es decir, Rubén.

En los labios de Rebeca, el nombre suena fuerte, suyo. Ojalá pudiera pronunciarlo de la misma manera que ella.

Como si me perteneciera.

—¿Qué quieres decir con que se ha encargado?

—Pues eso mismo —se limita a responder—. No te empeñes, no vas a sonsacarme nada. Venga, al baño. No hueles mal, tranqui, pero las duchas son renovadoras. Palabrita de médico residente. Además, tienes que ponerte decente para abrir los regalos de Navidad, saldrás en todas las fotos. Voy a mandarles unas cuantas a mis padres para demostrarles que Rubén sigue vivo. Según la cantidad de información que ha pasado por el grupo de la familia estos meses, bien podrían haberlo secuestrado el día uno de septiembre.

—¿No cuenta nada?

—Algunas cosas. —Su respuesta tiene un tinte burlón que, no sé por qué, me pone colorada—. Por ejemplo, esa foto sí la pasó.

—¿Cuál?

Señala con la cabeza hacia la pared a mi espalda. Me doy la vuelta, aunque sé de antemano qué encontraré.

—¿Os la hicisteis en Phoenix Park? —pregunta Rebeca.

—Eh, ah, sí. Si quieres podemos llevarte.

—Claro. Me encantará ver a mi hermano tan feliz como en esa foto. —Al girarme de nuevo hacia ella, me guiña un ojo—. Al parecer, le encantan los ciervos.

No sé qué balbuceo, solo que a Rebeca vuelve a hacerle mucha gracia. Acaba acompañándome hasta el cuarto de baño, aunque por suerte me deja sola tras descorrer la cortina.

Al contrario que Rubén, no tiene una gota de pudor. Tampoco le preocupa tomarse excesivas confianzas conmigo. Lo agradezco, soy más como ella.

Al mismo tiempo, no deja de ponerme nerviosa.

No es su hermano, pero se parece físicamente a él lo bastante como para que desnudarme frente a Rebeca me altere más de lo que estoy dispuesta a confesar.

Rebeca tenía razón. Las duchas son renovadoras. Salgo del baño envuelta en una bata limpia (huele al detergente de lavanda favorito de Rubén) y camino hasta la habitación con temor a encontrarme con alguno de los hermanos. He oído la puerta mientras me enjabonaba.

Ha vuelto. Y mi cuerpo me lo recuerda a cada segundo mandando estúpidas descargas de electricidad a mi piel expuesta.

Las voces llegan desde el salón, así que me refugio en mi cuarto sin ser vista. A toda prisa, me peino, me pongo ropa limpia y preparo los regalos. Aunque siga enferma, dejo que el pelo se me seque al aire. Tampoco hace tanto frío. No como anoche.

Mierda, anoche. Anoche la Maeve *horny* se lució. ¡Gracias por arruinarme la vida, guapa! ¿Cómo voy a mirar a Rubén a los ojos a partir de ahora? Me acurruqué sobre él como una gata en celo.

Si tengo suerte, mi falso novio hará de caballero de brillante armadura una vez más y no me recordará nada de lo sucedido (si soy sincera, tampoco yo me acuerdo bien de todo) o bien me excusará con que me encontraba al borde de la muerte (juro que llegué a pensar que mi cama sin hacer desde hace un mes sería mi tumba).

Al llegar al salón, la escena me enternece. La chimenea está encendida (ignoro cómo la han hecho funcionar) y mi abeto está colocado en su lado izquierdo, protegido por un salvachispas de forja que compré en la tienda de Murphy (por pura estética, ya que Rubén, post casi incendio, me prohibió usarlo para su verdadero fin). Las luces del árbol están encendidas y parpadean a intervalos regulares, primero blanco, luego azul, rojo, verde y amarillo.

La mesa de té está cubierta de platos con galletas y tazas con chocolate caliente. El olor dulzón casi me distrae de la silueta recortada contra la ventana, entre las cortinas blancas.

Apoyada en el banco de lectura, iluminada por los rayos de colores que atraviesan la vidriera, hay una bicicleta azul.

Me quedo paralizada. Rubén y Rebeca, sentados en el sofá, se dan cuenta de algún modo de que estoy ahí. Dejan de hablar y, tras girarse hacia mí, me contemplan en silencio.

Están dándome espacio. Lo intuyo, porque es lo que he hecho miles de veces antes con Rubén: darle espacio hasta que sea capaz de encontrar las palabras adecuadas.

Solo que, en mi caso, es imposible. Soy incapaz de atraparlas.

Qué vergüenza de escritora.

—¿Eso es… para mí?

Sí, la pregunta es bastante estúpida. Culpemos a la faringitis-vírica-que-cursa-con-fiebre (y episodios de lamentable dependencia rubenística).

—No, es para mí —contesta Rebeca—. Le he comprado un asiento en el avión de vuelta a España.

—Está mintiendo —me aclara Rubén en tono serio—. Es para ti. Le he puesto una etiqueta con tu nombre para que quedara claro.

Rebeca susurra al añadir:

—Creo que le ha quedado claro, Ru.

Con pasos de Bambi recién nacido, me aproximo a ella. Efectivamente, tiene una etiqueta colgando de un puño en la que pone «Maeve» con letra clara (irá directa a mi pared) y un lazo rojo atado al manillar. Es muy parecida a la que usaba mi abuelo. Una reliquia renovada y pintada. Las ruedas son nuevas; el timbre, reluciente; la cesta de metal, cúbica.

Me vuelvo hacia Rubén. Abro y cierro la boca incapaz de pronunciar palabra. Él me observa desde su asiento con esa expresión indescifrable tan suya.

Después de varios meses viviendo juntos, creo ser capaz de descubrir lo que oculta tras la mayoría. Pero tras esa no.

Rebeca alza el móvil sin disimulo y hace varias fotos. Al salón, a mí, a él. A los dos.

—¡Feliz Navidad, Maeve! —exclama después—. ¿Te ha gustado?

—Es demasiado —balbuceo, todavía con los ojos fijos en los de Rubén—. No puedo aceptarla.

—Tiene historia, lo juro —se apresura a decir él—. Fui a recogerla y su dueña me la contó. Era una tía un poco… rara.

—¿Más que tú y que yo? —Rubén ladea la cabeza y yo sonrío—. ¿Cuál es su historia?

—Pertenecía a su madre. Trabajaba en el castillo de Malahide como jardinera e iba y venía desde Dublín todos los días. Volvía a menudo con la cesta llena de plantas y flores. Me dijo que, cuando por fin llegaba a casa, algunas enredaderas cubrían los cuadros hasta llegar a los pedales. —Se sube las gafas hasta arriba y añade—: Obviamente, eso es imposible. Pero me lo contó. Eso y más cosas. Las apunté todas. Por si te interesaban.

—Tú has… —Me detengo—. No sé qué decir.

—No hace falta que digas nada.

Sé que él no necesita que se lo agradezca, pero yo sí. Me acerco a él, solo que, a mitad de camino, me detengo.

No me atrevo a tocarle. El frágil equilibrio emocional que mantengo se iría al garete.

—De corazón, mil gracias —le digo firme—. Es el mejor regalo que podía esperar, y ni siquiera lo esperaba.

—¿Y no son esos los mejores? —apunta Rebeca por lo bajo.

Una de las fotos que hay en mi pared es de mi abuelo y mi yo de siete años, los dos posando junto al paseo marítimo de Kilkegan con una bicicleta parecida. La suya. Con el mismo manillar plateado y ese tono azul eléctrico desvaído.

Me pregunto si Rubén la buscó así a propósito o ha sido pura casualidad. En cualquier caso, no empequeñece el tamaño cósmico que acaba de adquirir mi corazón.

Nuestras miradas siguen amarradas la una a la otra. La fiebre ha bajado, pero el malestar continúa anidado en mi cuerpo. Solo que allí, anclada a esos ojos oscuros, no siento que nada pueda pasarme. Estoy segura de que me acompaña. De que no estoy sola, por primera vez en demasiado tiempo.

El silencio es ensordecedor. Palpita entre nosotros, y no sé si estoy loca, pero me resulta más tirante que ayer. Ya no es una cuerda a punto de romperse, sino ondas magnéticas que debilitan la distancia que nos separa, tan invisibles como poderosas.

Solo Rebeca es el elemento que nos recuerda, con un carraspeo educado, que no estamos solos.

—¡El mío es este! —exclama cuando nos volvemos hacia ella. Me tiende un paquete blando envuelto en periódicos—. Disculpa, lo he preparado a toda prisa esta mañana. He intentado elegir al menos las páginas de la sección de cultura.

Volviendo a la realidad, le aseguro que no pasa nada, me arrodillo junto a la mesa de té y abro el regalo a tirones.

—¡Es un jersey igual que el tuyo!

—Serás la hermanita que nunca tuve —se ríe—. Rubén se niega a ponerse el suyo.

—El rojo no me sienta bien —gruñe.

—¡Mentiroso! ¡Venga, póntelo! Le enviaremos una foto de los tres a la abuela Pilar. Ella los hizo, pero yo le compré los materiales. —Coloca una palma a un lado de la boca y me susurra en confidencia—: Cuestan un riñón. No te dediques a tejer.

—Tomo nota.

De un tirón, me quito el jersey que llevo en ese momento, lo lanzo a un lado y me pongo el nuevo. Rebeca no desvía la mirada de su hermano, que, rápido, ha apartado la suya de mi sujetador deportivo.

—¿Qué tal me está?

—Pareces un ángel —me asegura ella. Le da un codazo a Rubén, que se vuelve por fin y, tras observarme unos segundos, asiente—. Pero díselo, hombre.

Aunque protesta, susurra:

—Te queda bien.

Rebeca insiste en que Rubén se pruebe el suyo y le convence de ponérselo allí mismo, en ese momento. Debería ser igual de caballerosa que él y apartar la vista cuando se quita la sudadera y la camiseta se le sube hasta arriba, pero simplemente no puedo.

Mirar no se considera pecado, ¿verdad? (Sus abdominales sí, está claro, a juzgar por lo que provocan en mi mente calenturienta).

—¡Te queda genial! —le aseguro—. Es raro verte de otro color que no sea gris o negro.

—Sabe que le sientan de muerte los colores, por eso no se los pone —le pincha su hermana—. Llamaría demasiado la atención. Cuando estábamos en el instituto, un captador le paró por la calle y trató de convencerlo para que se apuntara a una agencia de modelos.

—Ni siquiera sabemos si era real —dice Rubén con una mueca de disgusto—. Igual era un pedófilo.

—¡Rubén!

—No pongas esa cara, estadísticamente es más probable —se excusa, y yo me echo a reír por su tono desapegado.

—Ahora me toca a mí daros los vuestros —les recuerdo—. ¡Dadme un segundo!

Corro a la habitación, recojo los regalos y regreso sin aliento. Al llegar, Rubén me agarra del brazo y me obliga a sentarme en el sofá, justo a su lado.

—Aunque la fiebre te haya bajado, te recuerdo que sigues enferma —me dice en mitad de un ataque de tos—. Nada de correr, nada de esfuerzos y, por supuesto, nada de salir a la calle.

—Tú ya has salido por mí, ¿no? —consigo decirle tras recuperar el aliento—. ¿Dónde has estado?

—En tu trabajo —contesta sin más. Parece reacio a continuar, así que le pido que lo haga con un gesto de la mano—. Fui a hablar con tu jefe.

—¡¿En serio?! ¿Hablaste con Charles Malone?

—Creo que le asusté un poco. —El tono de seria disculpa me hace reír, lo que me empuja a toser de nuevo—. Le expliqué tu estado y de paso exigí saber cómo elaboraba los calendarios de turnos para que hubieras acabado con el peor de entre todos tus compañeros. —Retengo una exclamación ahogada—. No trabajarás en Nochevieja ni Año Nuevo. Y, por supuesto, hoy tampoco. Al parecer, cometió un error y lo ha subsanado.

—El error que cometió fue contratar a una chica con Ru como

perrito guardián —se burla Rebeca. Los dos nos volvemos hacia ella con el mismo pánico en los ojos—. No me miréis así, para nuestro amigo Malone, sois pareja. Y si tú me vinieras a pedir cuentas con la cara de novio cabreado que llevabas esta mañana, habría huido del país.

—No estaba cabreado —gruñe Rubén—. Bueno, es cierto que tampoco estaba feliz...

—Gracias —le interrumpo. Le cojo la mano y se la aprieto con cariño—. No creo que pueda compensarte por nada de lo que me has dado o hecho por mí hoy, y ayer, pero ¿querrías abrir mi regalo?

Le tiendo el paquete. Rubén lo coge con excesivo cuidado, como si estuviera hecho de cristal. Lo observa unos segundos, indeciso, hasta que comienza a retirar con exquisito cuidado el papel. Levanta el celo tan despacio que, al terminar, podría volver a reutilizar el envoltorio.

Rebeca y él se conocen desde que nacieron, así que esperaba que ella empleara la misma paciencia que yo.

—¡Venga, hombre, que me salen canas! Oh —dice al verlo por fin—. ¡Qué edición tan bonita!

Rubén, en lugar de mirarlo dos veces, se gira hacia mi estantería.

—Sí, es mi ejemplar de *Un mundo feliz* —le confirmo—. ¡Feliz Navidad! Espero que te guste. Creo que puede ser una historia hecha para ti. Según he leído, Aldous Huxley era hijo de biólogos, casi estudió medicina y tenía una capacidad analítica brutal. Investigó mucho antes de escribir la novela y gran parte de lo que describe a nivel biomédico es real. No habrá ninguna incongruencia que te ponga de los nervios. Creo.

Tras mi explicación, lo dudo, porque pasan los segundos y Rubén es incapaz de decir una palabra ni de modificar su expresión hermética.

—Es uno de mis libros favoritos —añado vacilante—. Esa edición es única, porque...

—Lo sé —me interrumpe. Asiente varias veces, lento, con la mirada perdida en la portada—. Por eso no puedo aceptarlo.

—Tú me has regalado una maldita bici —me río—. ¿Y ahora no vas a aceptar una vieja novela?

—La bici no significa nada para mí. Esto sí.

Cuando alza la vista, aparto la mirada. No puedo engancharme a él como antes o nos exponemos a que Rebeca se sienta todavía más incómoda (y yo, culpable).

—En realidad, no es el único regalo —le explico—. Abre la primera página.

De reojo, compruebo que Rubén me obedece. Y, tras hacerlo, ahoga una exclamación. Rebeca, curiosa, se asoma por encima de su hombro para verlo. Médica como es, no me sorprende que abra los ojos de la misma forma que su hermano.

Yo no tengo ni idea de lo valiosa que resulta esa entrada para el Congreso Internacional de Bioquímica y Biomedicina que se celebra en Dublín el verano que viene, pero, según me han dicho, es sumamente complicado conseguir un pase, incluso para los doctorandos residentes en la ciudad.

—¿Cómo la has conseguido? —pregunta, la voz temblorosa y ligeramente aguda.

—Tengo mis contactos. —Su expresión es la definición en el diccionario de la palabra «recelo»—. Tranquilo, grandullón, la mafia no está involucrada. Uno de los hermanos de Charlotte trabaja en la web del pabellón de la conferencia. Le pedí que me colara cuando se abrió la aplicación de solicitudes y me hice pasar por ti. —Me encojo de hombros excusándome con una sonrisa—. Sé que te disgusta toda ilegalidad, pero pensé que me lo perdonarías por esta vez.

Rubén suelta un taco en español y Rebeca se lleva una mano a los labios, más divertida que horrorizada porque su hermano haya dicho algo así.

—Maeve, sigue siendo demasiado, ¿cuánto te ha costado? Las tasas de registro son...

—Ya te he dicho que tengo mis contactos —insisto—. No he podido conseguirte dos, eso sí. No podrás ir con tus compañeros de laboratorio, ese tal Niall, Katja o... tu novia. —Bajo la voz—. Tendrás que ir solo.

—¿Mi hermano liberado de tener que establecer relaciones sociales y volcado todo un fin de semana en asistir solo a una conferencia tras otra sobre biomedicina? —Rebeca bufa—. Acabas de darle un boleto de la lotería, porque...

Nunca llega a completar la frase. Ni yo llego a reírme de lo que estaba diciendo.

Porque Rubén acaba de abrazarme y yo me he quedado sin respiración.

Siento toda la fuerza y el calor de su cuerpo envolviéndome. Aunque pudiera resistirme, sería imposible. Me dejo llevar, hundo el rostro en el cálido hueco de su hombro y sonrío contra ese jersey que llevamos a juego y que huele a Navidad (y a familia estructurada).

Oigo el sonido de la cámara. Una, dos, tres veces. A Rubén no parece importarle. Yo fantaseo con la idea de pedirle a Rebeca todas esas fotos, imprimirlas y esconderlas en un lugar secreto, a salvo de todo y de todos.

Igual que lo que siento.

—Chicos, lamento profundamente interrumpir esta bella escena entre novios falsos —Rebeca declina la última palabra de un modo extraño—, pero soy una persona tan impaciente como caprichosa y me muero por abrir mis regalos.

Rubén se separa de mí con brusquedad, las manos sobre mis hombros. Me mira todo colorado, aparta las palmas como si mi jersey de lana quemase y se vuelve hacia su hermana con cara de circunstancias.

—¿Quieres que te dé tu regalo ya, Re?

—Pues estaría bien, hombre.

—Te he regalado las entradas para el concierto de Taylor Swift en Madrid.

Lo que sigue es una maraña de palabrotas, chillidos entusiasmados y besos rápidos que Rebeca le planta en la mejilla y que Rubén se limpia después con el dorso de la mano, igual que si fuera un niño de cinco años enfurruñado.

—¡Podrías haber impreso algo, Ru! —le amonesta al final, aunque la sonrisa no se le ha caído—. ¿Te parece bonito soltármelo así, de sopetón?

—No hay entradas físicas todavía, ¿qué querías que imprimiera, la cara de esa mujer en tamaño A2?

Rebeca mira al vacío con los ojos brillantes.

—Oh, sí.

Yo le entrego el mío en ese momento. Es otro libro de mi colección. *Rebeca*, de Daphne du Maurier, con dos entradas para ver la biblioteca del Trinity College en su interior.

—Puedes ir con tu hermano a visitarla esta Navidad.

—O con un ligue —dice ella canturreando—. ¿Qué? Ru, tú ya la has visto. Me quedo hasta el día tres de enero, así que esperaba que en Nochevieja convencieras a mi hermano para que salgamos de fiesta, Maeve, y así tener la oportunidad de pillar cacho. Para entonces se te habrá pasado lo que tengas. Y, además, gracias a tu querido novio falso ya no trabajas ninguno de esos días, ¿no?

Rubén, callado, ha recuperado la expresión de calmada neutralidad de siempre. No objeta nada. Quiere que yo decida.

Pienso en la última vez que mis compañeros de clase y Rubén estuvieron en el mismo espacio (aquel fracaso absoluto de fiesta). Excepto que la situación ha cambiado. En ese momento, no nos conocíamos ni sabía cómo podía reaccionar mi compañero de piso a algo así. Ahora entiendo a Rubén, sus rarezas y aprensiones, y en ocasiones diría que hasta le oigo pensar.

Quizá esto sea una nueva (y buena) oportunidad para empezar con buen pie.

—Siempre que a tu hermano le parezca bien —empiezo a decir—, tengo un plan que proponeros. —Miro a Rubén a los ojos, firme, para que sepa que las siguientes palabras son solo para él—. La fiesta se celebrará fuera de casa, con la posibilidad de que cualquiera se largue si lo necesita, cuando lo necesite. Sin compromiso ni obligaciones de socializar con nadie ni contestar preguntas incómodas. Libertad total para mandar a la mierda a quien sea.

Rubén sonríe tan levemente que, si no estuviera tan obsesionada con él, apenas me habría dado cuenta.

—Suena bien, ¿no? —se ríe Rebeca—. Dublín, prepárate, ¡tu noche es nuestra!

RUBÉN

La noche del 31 de diciembre, el centro de Dublín congrega más borrachos que de costumbre.

Excepto para correr, no suelo pisar la ciudad más allá de las diez. En esta ocasión, me salto esa norma y camino un par de metros por detrás de Maeve y Rebeca, que hablan mientras señalan las luces de colores y guirnaldas que adornan de punta a punta la calle.

El aire huele a cerveza negra, curry y pólvora, y la ocupan conversaciones animadas en todos los idiomas, música callejera en directo y las notas de las canciones que se escapan de los bares cuando alguien decide salir para fumar en la puerta.

Maeve suelta una carcajada y mi atención se dirige de inmediato a ella. Esta noche me he propuesto disimular, así que obligo a mis ojos a clavarse en el suelo y no en las largas piernas que asoman bajo su abrigo. Se ha puesto un vestido corto de lentejuelas multicolores y, por suerte, también unas medias negras. En casa, mientras paseaba sin ellas de un lado a otro arreglándose con Rebeca, me resultaba imposible no fijarme en sus muslos para tratar de contarle las pecas.

Ahora sé que junto al ombligo tiene seis con la forma de la constelación de Aries.

Esa noche me sentí un auténtico miserable. Bajo mi fachada estoica, no dejaba de recordarme, una y otra vez, que Maeve estaba enferma. Era eso o cometer un error imperdonable.

Sigo dándole vueltas a todas y cada una de las cosas que le hubiera hecho de no ser así.

Cuando me pidió que me tumbase con ella, casi pierdo la cabeza. El problema fue lo de después. Su cuerpo amarrado al mío, el calor y la suavidad de su piel, las curvas de sus caderas bajo mis manos. La imposibilidad de besarla sin parecerle un monstruo.

Como colofón, antes de caer dormida me pidió que no cortase con mi novia. Que ni se me ocurriera hacerle daño. Si en realidad le gustase, ¿por qué me pediría algo así? ¿Qué quiso decir? ¿Fue una indirecta? Quizá se ha dado cuenta de que me gusta y es su manera de dejarme claro que no corte con mi (supuesta) pareja por ella, porque no le intereso. No entiendo bien las sutilezas de la gente, así que es probable que así sea.

Todavía no he tenido tiempo de comentarlo con Rebeca para que me dé su opinión. Por las mañanas he estado ocupado en el laboratorio y luego, tanto en casa como fuera, Maeve nos ha acompañado casi siempre. No me siento bien hablando en español frente a ella (no es educado y mi compañera de piso suele alterarse cuando eso pasa) y Rebeca, además, no me ha estado ayudando en lo que respecta a mi problema, precisamente. No deja de intentar hacerme saltar para que le diga lo que siento.

Es una malísima idea. He llegado a una conclusión: hasta que no esté seguro de lo que hay dentro de la cabeza de Maeve, no voy a arriesgarme a perderla como amiga.

No es una actitud cobarde, sino una acción de bajo riesgo.

Eso sí, va a costarme. Aunque ahora la conozca mejor, lo que se cuece en su mente en torno a las relaciones amorosas sigue siendo un misterio la mayoría del tiempo. En realidad, me pasa con la mitad del mundo, pero la mitad del mundo y su manera de pensar a ese respecto me importan bien poco (tirando a cero).

—¡Es aquí! —anuncia Maeve frente a un pub irlandés de letras doradas. Vuelve la cabeza sobre su hombro para lanzarme una sonrisa tentativa—. ¿Estás bien? ¿Te sigue apeteciendo salir? Sé sincero, ¿eh?

—Sí. Y sí.

En realidad, no estoy seguro de si es verdad o mentira. Tengo ganas de estar con mi hermana. Tengo ganas de estar con Maeve. De ver a sus amigos, no.

No obstante, me obligo a apartar de mi mente todas las reticencias que acumulo. Maeve me ha hablado a menudo de ellos y parecen tratarla bien. A excepción de Áine, que sigue suponiendo una amenaza teniendo en cuenta que es la sobrina de nuestra casera, y de Sean, que es evidente que está colado por Maeve, no creo que los demás sean un peligro para mí o para ella. Con eso es suficiente.

Rebeca abre la puerta del pub y le hace un gesto educado a Maeve para que pase primero. Al hacerlo yo, me detiene con un gesto del brazo.

—Dime que hoy vas a meterle la lengua hasta la campanilla.

—Guau. —Arqueo una ceja—. ¿Eso a qué viene?

—A que como tenga que aguantar más vuestra tensión sexual me va a explotar una arteria.

—Eso es fisiológicamente imposible —replico— y no hay tensión sexual entre nosotros.

—Claro, y los cerdos vuelan —chista—. Mira, ya puede follar alguien esta misma noche o estallaré. Tú decides si sois vosotros o soy yo con algún alma afortunada.

—Según experiencias previas, podemos deducir que serás tú —le recuerdo cruzando la puerta—. No desaparezcas sin más, avísame si te largas con alguien, ¿entendido?

—*Capisci*, policía de la diversión —me dice alegre mientras me sigue.

El pub está abarrotado. Maeve está contemplando el póster de un anuncio de cerveza en la entrada, esperándonos. En cuanto nos ve, me hace un gesto y continúa caminando, internándose entre la multitud y esquivando mesas en dirección al fondo del bar.

—Y a partir de ahora habla en inglés conmigo —le pido a Rebeca—. En el grupo son todos irlandeses y sería maleducado.

—Lo maleducado es que solo sepan hablar un idioma, ¿qué problema tengo yo con que sean monolingües en un mundo globalizado?

—No son monolingües —la corrijo—. Hablan irlandés y gaélico.

—¡Sabes a lo que me refiero, Ru! A la gente en el fondo le encanta que hablemos en otro idioma. Para los extranjeros, el español suena la hostia de sexy, ¿lo sabías?

—No.

—¿No lo sabías o lo niegas? Porque hay que estar ciego para no haberse dado cuenta a estas alturas de lo que le pasa cuando lo hablas. A mí me ha bastado una semana.

La miro por encima del hombro.

—¿Darse cuenta de qué?

Rebeca pone los ojos en blanco.

—De nada, Ru. Anda, sigue o perderemos a tu chica.

La obedezco, más para dejar de discutir que por otra cosa. Además, la cabeza rubia de Maeve ya no se distingue entre los grupos de amigos que se han juntado en Nochevieja y que abarrotan el local.

Falta una hora y media para las doce.

—¡Aquí! —la oigo gritar por encima de la música—. ¡Si veis una silla vacía de camino, cogedla!

Encajado en el fondo, entre tres mesas, hay un pequeño grupo con el que habla Maeve, de pie cerca de una pared a rebosar de fotos, posavasos de cerveza enmarcados, carteles y neones.

Del grupo de escritores, reconozco a cuatro: la pelirroja es Charlotte, la rubia es Lucille, la morena es Áine y el chico es Sean. Hay otro, Zack, que está inclinado sobre el oído de Áine mientras esta pone cara de hastío absoluto.

Tras las presentaciones pertinentes, nos comentan el problema: solo quedan dos sillas vacías. Rebeca, Maeve y yo deambulamos por el bar en busca de una más, pero todas están ocupadas. Volvemos a la mesa con las manos vacías.

—Bueno, no hay problema, nos apañaremos —comenta risueña Charlotte—. Rebeca, tú puedes sentarte aquí a mi lado. Rowan, ¿te importa que Maeve se siente encima de ti? Así arreglamos hasta que alguien se marche. No te importa, ¿no?

Maeve se vuelve hacia mí con cara de circunstancias. Después, con aire culpable, se muerde el labio inferior. Una oleada de calor me baja desde el pecho hasta el vientre y de repente me sobra el abrigo. Toda la ropa.

Vale, tampoco puedo mirar ahí. Su boca y sus piernas están prohibidas. Decido hablarle con los ojos fijos en la punta de su nariz.

—No me importa.

Miento y ella se da cuenta. En cualquier caso, no hay mucho más que hacer. La otra opción es quedarnos de pie como idiotas (la conozco; Maeve insistiría en que, si yo no me siento, ella tampoco) o que alguno acabe en el suelo.

Me quito el abrigo, lo coloco en el respaldo de la silla y me siento frente a Áine y el otro tío, que no ha dejado de hablarle al oído. Tomo la muñeca de Maeve y la aprieto con suavidad, tirando hacia mí.

—Ven.

Todavía de pie a mi lado, se balancea sobre los tobillos.

—Quizá no hemos mirado bien y haya algún taburete perdido por ahí...

—Venga, Mae —se ríe Lucille—. Es tu novio, por Dios. Te habrás subido encima de él mil veces. Recuerda, no te subas a horcajadas, actúa como una señorita. Por eso de no despertar envidias frente a los solterones y tal.

Todos se ríen, incluida Rebeca. Le lanzo una mirada de censura, respondida, a mi pesar, por un guiño malévolo.

Aunque reticente (y con la cara colorada), Maeve acaba quitándose la chaqueta y sentándose con cuidado sobre mi muslo. Coloco una mano torpe en su cintura para estabilizarla. Enseguida noto cómo se pone rígida bajo mis dedos.

—Lo siento —murmura.

—No pasa nada —digo al mismo volumen—. No me molesta en absoluto.

Ella asiente poco convencida. Lo cierto es que no podría estar más encantado en estos momentos, pero no queda bien que se lo diga.

Sean se ofrece a ir a pedir nuestras bebidas a la barra y Rebeca se propone acompañarle. Ya he visto cómo, en cuanto hemos llegado, mi hermana ha hecho un chequeo rápido de todos los del grupo. Tampoco me ha pasado desapercibida la chispa de alegría que ha brillado en sus ojos cuando Lucille ha confirmado que estaban solteros.

Me pregunto con quién acabará. Teniendo en cuenta que, al volver, Sean no para de reírse de algo que ha dicho en la barra y que los demás, fascinados, no dejan de preguntarle clichés sobre España, está claro que puede ser cualquiera.

Maeve le da un trago a su whiskey, se ríe en voz baja, vuelve a beber. Sigue tensa bajo mis dedos. En mitad de una conversación grupal en la que es evidente que ni ella ni yo estamos aportando nada, me acerco a su oído.

—Oye, ¿estás bien?

Da un respingo y, al volverse hacia mí, su rostro queda muy cerca del mío.

—Ah. Sí. Eh. ¡Claro! —Carraspea echándose un poco hacia atrás—. ¿Por qué?

—Pareces un conejo a punto de saltar de la madriguera.

Esboza una sonrisa tímida. Luego, indecisa, me rodea el cuello con los brazos y acaba inclinándose hacia un lado para susurrar junto a mi oreja:

—Es que Áine no deja de mirarnos, ¿te has dado cuenta?

Inmóvil, procuro no reaccionar. Despacio, muevo solo los ojos hacia delante.

—Sí —susurro de vuelta—. ¿Sabes qué le pasa?

—Creo que sospecha —dice, y hay una nota de terror en su voz—. Creo que sospecha que no somos novios o que algo nos pasa, y va a decírselo a Emily y nos va a echar por cochinos mentirosos o por creer que somos unos pecaminosos poco cristianos que...

—Relájate. —Aprieto la mano en torno a su cintura—. No tiene ninguna prueba de nada, ¿de acuerdo? Actúa normal.

—No me sale actuar normal —replica angustiada—. No contigo.

Luego se separa de mí de golpe y se bebe la copa entera casi de un trago. Yo apenas le he dado un sorbo a la mía. Tengo la garganta cerrada a cal y canto.

Lo único que puedo tragarme son las ganas.

—Solo quedan veinte minutos —canturrea Sean observando

su reloj de muñeca—. ¿Ya habéis decidido a quién vais a besar cuando suenen las campanadas? Tenemos suerte, ¡somos pares!

—Algunos lo tienen muy fácil —señala Charlotte hacia nosotros.

—Esos lo tienen todo muy fácil, por mucho que crean lo contrario —comenta Rebeca, enigmática, y yo le doy un pisotón bajo la mesa.

Desde que Maeve lo ha dicho, me he fijado y, sí, Áine no nos quita ojo de encima. Cualquier indirecta estúpida podría ponerla en alerta si alberga alguna sospecha. Parece lo bastante lista.

Aunque, según Maeve, no se lleve bien con su tía, no me fío. No porque la haya prejuzgado (quién soy para hacerlo), sino porque, por defecto, no me fío de nadie y menos de un familiar de Emily.

Esa chica es capaz de fingir llevarse mal con su tía solo para actuar como su espía.

Hasta ahora, no he compartido mi hipótesis con Maeve; ella cree que, a pesar de su carácter afilado, Áine es su amiga. Tampoco quiero que la rechace por mi culpa. Es pura intuición (o, más bien, instinto de supervivencia). No tengo pruebas.

—Restando a la parejita, somos dos tíos y cuatro tías —cuenta Sean, señalando con el dedo a cada cual, como si no fuera evidente o nadie excepto él supiera contar—. Menuda suerte hemos tenido, ¿eh, Zack?

—Bueno, o la suerte la hemos tenido nosotras —dice Rebeca con voz seductora. Apoya un codo en la mesa para descansar la barbilla en su palma y se gira hacia Lucille y Charlotte con los párpados caídos—. ¿No creéis, chicas? Habrá al menos dos damiselas afortunadas.

Lucille balbucea algo colorada, Charlotte suelta una risita nerviosa.

He visto a mi hermana miles de veces en acción, pero siempre resulta fascinante lo fácil que le resulta meterse a la gente en el bolsillo. Como nunca me ha interesado conquistar a casi nadie, tampoco es que le tuviera envidia. Es interesante, igual que un experimento de observación de animales en plena naturaleza.

Suele ser así. Las noches que salgo con ella se convierten en un documental de caza en el que Re es una experimentada leona y el resto de la humanidad, gacelas bebé que no saben dar dos pasos sin tropezar.

—Oye, *Reuven*. —Me vuelvo hacia Maeve, que acaba de pedir su tercera copa—. Al final vamos a tener que hacerlo, ¿no?

Suena aterrorizada. Contengo el impulso de tocarla, de estrecharla entre mis brazos y susurrarle que no tiene por qué estarlo. Que, como siempre, puedo escucharla hablar de sus problemas, de todo lo que le preocupa, hasta que deje de tener nubarrones en la cabeza.

Solo que el motivo por el que está asustada esta noche tiene que ver precisamente conmigo.

—No. Si tú no quieres, no tenemos que hacer nada —le recuerdo en voz baja—. No tenemos que convencer a nadie por encima de tu comodidad. —Tras una pausa, añado—: Que le den por culo a Emily.

Los ojos se le abren desorbitados. Al instante siguiente, se retuerce de risa sobre mí. Al moverse, acaba sentada del todo sobre mi regazo y yo me tenso como una cuerda. Con cuidado, vuelvo a colocarla a un lado, sobre un muslo, evitando la zona comprometida.

Espero que no se dé cuenta de lo que provoca en mí o estoy perdido.

—¿Que le den por culo? —murmura entre dientes, todavía con la risa bailándole en los labios—. Dios, jamás pensé que te oiría decir algo así.

—Soy un hombre lleno de sorpresas —suelto, y ella vuelve a reírse.

—Sí, tienes toda la razón. Eres un hombre lleno de sorpresas. —Cuando me mira a los ojos, hay un brillo extraño en su mirada—. Aun así, no podemos ignorar la realidad. Emily ha echado a otros inquilinos por menos. Eso te dijo tu compañero de laboratorio y a mí, Áine. —Asiento—. Bueno, al fin y al cabo, es solo un beso, ¿no? A tu novia...

—No le importará —la corto.

—¿Seguro?

—Sí.

—¿Segurísimo?

—Sí.

—No querría... —Trastabilla—. Causarte ningún mal. Ni a ella.

—No vas a hacerle daño a nadie, Maeve —insisto paciente—. Te lo juro.

Me mira a los ojos y sé que ve la verdad en ellos.

—Vale —murmura—. Porque un beso entre amigos no significa nada, ¿verdad?

—No significa nada —repito monocorde.

—Podemos hacerlo.

Sus ojos descienden hasta mis labios. Se muerde los suyos y, traidor a mí mismo, acabo por clavar la vista en su boca.

—Podemos hacerlo.

Han pasado exactamente ciento dieciséis días, veintidós horas y quince minutos desde que nos besamos sin pretenderlo.

Estoy deseando poner el contador a cero.

—¿Rowan? ¡Mira, *mo stór*, si está aquí! Te dije que me sonaba mucho esa pareja de tontos.

No puede ser. Me vuelvo lentamente y, para mi desgracia, mis temores se confirman.

Niall lleva una camisa de satén rojo, unas gafas con los números del año que empieza, dos collares de espumillón y una piruleta de corazón en la boca. Junto a él, Katja, con un mono escotado negro, se limita a saludarme con la cabeza; al moverse, el sombrero de copa de plástico dorado que lleva se le ladea hacia la derecha.

—¿Quiénes son? —quiere saber Maeve. Aunque lo dice en voz baja, Niall responde tras un resoplido.

—Somos los estupendos compañeros de laboratorio a los que tu querido Rowan ha rechazado miles de veces para salir. —Se saca la piruleta de la boca y me señala con ella—. Y mírale, aquí, confraternizando con una panda de gente guapa y con su chica subida a él como si fuera un puto *fuckboy*. Tío, podrías habernos dicho que preferías salir con tu compañera de piso en lugar de rechazarnos durante cuatro meses insistiendo con que no te gusta salir.

—Y no le gusta salir —responde Katja por mí. Luego añade—: Contigo.

—No es que no quiera salir con vosotros —la corrijo—. No me gusta salir. Punto.

—*Mea culpa*, le he obligado yo —interviene Rebeca. Se inclina hacia delante sobre la mesa y extiende una mano en el aire—. Soy Rebeca, su hermana melliza. ¡Encantada, y gracias por cuidar de Rubén!

Niall la contempla con los ojos como platos. Luego a mí. De vuelta a ella. A mí. A ella.

—Tío, ¡¿tienes una gemela así de guapa y no me lo habías dicho?! Lo que decía: ¡me odias! Con lo claro que estaba que lo nuestro era un *bromance*...

—Soy Katja —se presenta mi compañera, ignorando a Niall y estrechando la mano que les ha ofrecido Rebeca. Mi hermana la mira de arriba abajo, satisfecha, pero Katja se gira pronto hacia Maeve—. ¿Y tú? Eres su compañera de piso, ¿verdad? La escritora.

Maeve asiente, al parecer fascinada por su pelo teñido de granate. O por sus pómulos afilados. O por su sombrero dorado. Con lo que se le mueven los ojos de un lado a otro de la cara, no lo tengo muy claro.

—Sí, soy yo —asiente aceptando risueña el saludo—. ¿Cómo lo sabes?

—Oh, Rubén no cuenta mucho de sí mismo, pero te vimos.

—¡Hala, ¿sí?! ¿Dónde?

Hace una pausa.

—En una foto.

Por suerte, no añade nada más. Ignoro si la mirada de advertencia que le he lanzado a Katja a escondidas ha funcionado o simplemente ha querido dejar la frase ahí.

Mi foto con Maeve en Phoenix Park no duró mucho como fondo de pantalla de mi ordenador de laboratorio, pero los dos me lo recuerdan (y se burlan) siempre que pueden. Niall hasta me regaló un peluche de un ciervo bizco que decidí esconder en el armario de anticuerpos (y que mágicamente me encuentro en mi puesto cada vez que vuelvo del comedor).

—Estamos cerca de la entrada —me informa Niall—. Hemos salido con los del laboratorio de la doctora Reed. Si te apetece dejar de ser un traidor, después de las campanadas puedes venir a saludarnos. O a beberte unos chupitos. ¡Lo que quieras!

—Ah, vale, gracias. —Asiento con la cabeza—. Igual después.

Se mete la piruleta en la boca de nuevo sin dejar de mirar mi regazo, donde Maeve sigue sentada con esa sonrisa suya que le llena toda la cara.

—Qué cabrón —masculla entre dientes.

Y, sin más, se da media vuelta y se va. Katja no parece alterada lo más mínimo, ni por su marcha repentina ni por este encuentro tan extraño. Sencillamente se quita el sombrero, se lo pone a Maeve y se aleja con un movimiento de la mano.

—Oye, pedazo de tía —me dice Rebeca dándome después un manotazo en el brazo—. ¡Ya podías habérmela presentado, Ru!

De reojo, noto cómo Maeve frunce los labios. Luego, con ambas manos, se encaja del todo el sombrero en la cabeza.

—¿Para qué, Re? Ya te has presentado tú solita.

—Sí que era guapa tu compañera de doctorado —interviene Áine—. ¿No te pone celosa, Maeve?

De inmediato, noto cómo esta se tensa sobre mí.

—¿Yo celosa? —Suelta una risa forzada—. ¡Qué va! A ver, ¿por qué tendría que estarlo?

—Rowan pasa más tiempo en el laboratorio que en casa —continúa ella—. Pero no me hagas caso, en el fondo me alegro. Los celos son una construcción social. Igual que la monogamia, por mucho que diga mi tía. —Despacio, esboza una sonrisa torcida—. Venga, podéis soltarlo, no está por aquí. ¿Sois tan modositos y fieles como le habéis hecho creer a Emily? No me lo creo.

—¡Claro que sí! —contesta Maeve enseguida. Coloca una mano sobre mi hombro y encoge el suyo con aire despreocupado—. Lo nuestro va *muy* en serio. Y confío en él al cien por cien.

—¡Cinco minutos para las doce! —anuncia Sean.

Y, justo en ese momento, todas las luces del pub se apagan de golpe. La música también. Los clientes sueltan aullidos y risas, incluidos los de nuestra mesa. Ahora, por los altavoces, se emite el discurso de los presentadores de televisión que salen en las pantallas junto a la barra, frente al North Wall Quay, en el puerto.

Solo un pequeño neón rojo entre la marea de cachivaches de las paredes me permite vislumbrar los rasgos crispados de Maeve.

—¿Qué te pasa?

—¿A mí? —dice con suavidad—. Nada.

—Pareces enfadada.

—No lo estoy —miente.

Se remueve en mi regazo y a punto está de caerse hacia atrás, así que la sujeto con ambas manos, rodeándole la cintura para anclarla a mí.

Ella contiene el aliento, yo me inclino y le susurro al oído:

—¿Es por lo que acaba de decir Áine? ¿O es por el beso? —Niega ambas preguntas, y su pelo me hace cosquillas en la mandíbula—. Entonces ¿qué es?

—Te he dicho que no estoy enfadada.

—¡Dos minutos!

Huele a vainilla, como siempre, pero también desprende un suave olor a un nuevo perfume de flores. Estamos tan cerca que puedo adivinar el champú que ha usado (el bote naranja de papaya abierto hoy en el baño) y su boca, estoy seguro, sabe a agua y whiskey. Exactamente igual que la última vez.

Se necesita la fuerza de voluntad de un caballo para no meter la nariz en su cuello y olisquearla.

Joder. Estoy enfermo.

—Podemos irnos de aquí ahora mismo —le propongo—. Áine no verá lo que hacemos durante las campanadas, podrá pensar lo que quiera. Así no tendrás que hacer algo que no deseas.

Maeve suelta de golpe el aire por la nariz. No sé si porque le hace gracia lo que acabo de decirle o porque sigue enfadada.

—Ese no es el problema.

—¡Un minuto!

Se separa de mí. Mira a un lado (imagino, por la dirección, que hacia Áine), después traga saliva y me señala las gafas.

—¿Puedo?

Tras mi asentimiento, me las quita. Yo le dejo hacer y contemplo su sonrisa borrosa mientras la gente a nuestro alrededor corea la cuenta atrás en voz alta. De reojo, noto movimiento en nuestra mesa, sillas que se arrastran, personas que cambian de asiento, pero soy incapaz de apartar la vista de ella.

—Hay que convencerla del todo —me dice en voz baja—. ¿Podrás, grandullón?

Cinco, cuatro, tres, dos...

—Podré.

Uno.

MAEVE

Uno: Lo primero que voy a hacer este Año Nuevo es besar a Rubén.

Dos: No debería tener tantas ganas de besar a Rubén.

Tres: Sigo sintiendo la mirada de Áine sobre nosotros (¿no podría girarse hacia Zack, que no ha dejado de contemplarla como un perro famélico, y dejarnos en paz? ¡Parece su maldita tía!).

Cuatro: Acabo de sentir cómo las grandes manos de Rubén me rodean las mejillas.

Cinco: Mi (falso) novio se inclina hacia mí y, *mierda*, se acabó.

No han pasado ni cinco segundos de este nuevo año y ya estoy perdida.

Mi cuerpo está envuelto en llamas y mis manos tiemblan sobre el borde de mi vestido. No de miedo, no de nervios. De anticipación.

Cuando recordaba su boca sobre la mía, mi corazón solía imitar un solo de batería. Ahora que (por fin) nuestros labios se han vuelto a encontrar, creo que ha decidido dejar de latir.

Pensé que sería lento y torpe. Sí, fui tan idiota que lo prejuzgué por el modo en que se comporta. Sin embargo, Rubén no me besa de la forma en que se expresa. No hay ni una gota de timidez o reserva en la forma en que sus labios se funden con los míos.

Me atrevo a ladear la cabeza para que el beso sea más profundo y su lengua explora con ansia mi boca. Quizá no sea ansia, sino sed. Nunca le había visto así, tan desesperado por alcanzar algo, tan fuera de sí.

Cuando mi lengua se enreda con la suya, él emite un gruñido grave que sale de su garganta y atraviesa todo mi cuerpo. Ya no tengo ningún control sobre lo que pasa. Aunque ¿alguna vez lo tuve o fue solo un espejismo?

Su boca sabe a los caramelos dulces en forma de violetas que siempre toma, esta vez con un toque fresco a Coca-Cola y alcohol. Sabe a noche, a él, a deseo. Sobre todo a uno imposible que, no sé cómo, se ha cumplido a medianoche.

Levanto las manos, todavía temblorosas, y las enredo en su pelo. Quise hacerlo desde que le vi, estuve a punto aquella noche, en esa fiesta en nuestra casa, y se me escapa un gemido de felicidad al pasar al fin los dedos por su pelo negro. Lo despeino, lo agarro, tiro de él hacia mí para empujarle a continuar. No puede parar.

No puedo permitirle parar.

Su cuerpo es cálido y duro, y huele tan bien que soy incapaz de pensar. Tengo la mente llena de él, de su olor, de la forma en que me acaricia con delicadeza las mejillas con los pulgares mientras no le da tregua a mi boca.

Deberíamos parar.

Debería obligarle a parar.

Les ordeno a mis dedos que desciendan, que se alejen de su pelo y se apoyen en sus fuertes hombros. «Vamos, Maeve, solo un empujoncito». Sigue besándome, pero estoy segura de que, si le aparto, cederá y me dará el espacio que necesito. Él es así.

Sin embargo, mi cuerpo no responde porque, claro está, a mis músculos, huesos y deseos ocultos no puedo engañarlos. Sí lo necesito. He necesitado que Rubén me besase incluso antes de ser consciente de que me gustaba.

Genial, Maeve. En menudo lío te has metido. ¡¿Cómo vamos a salir de aquí enteras?!

En cuanto un beso finaliza, otro le sigue. Rubén ya no parece tan apresurado, sino que se mueve despacio, hábil. Absolutamente increíble. En ese breve instante entre medias en el que nuestros labios se separan, consigo alejarme lo suficiente. Él intenta volver a mí, testarudo, así que le paro de la única forma que se me ocurre: le muerdo el labio inferior.

Vuelve a soltar ese gemido ronco que se ha convertido en mi sonido favorito del universo (por encima del «ding» del mensaje asociado a mi nómina) y aprovecho para colocarle las palmas en las mejillas y apartarme del todo.

Cuando nos separamos, nuestros ojos se abren y se encuentran al mismo tiempo.

—Feliz Año Nuevo —susurro.

Rubén parece tan aturdido que no puedo evitar sonreír. Eso sí, en cuanto noto el silencio que reina en nuestra mesa y me giro, me doy cuenta de que tenemos público (uno extremadamente cotilla y malvadamente risueño). Las mejillas me arden de vergüenza (y enfado) y mi buen humor desaparece de un plumazo.

—¡Así se hace! —se ríe Lucille—. Mira, Áine, odio admitirlo, pero antes tenías razón: estos dos no son nada modositos, ¿eh? Pero estoy segura de que tu tía no tendrá queja alguna. ¡Van a acabar en el altar!

Aunque Áine pone los ojos en blanco, intuyo que sus labios fruncidos esconden una sonrisa.

Vale, misión cumplida. En teoría hemos logrado lo que pretendíamos, que era disipar sus sospechas, pero…

PERO. P-E-R-O. ¡PERO! Es uno tan grande como las letras del cartel de Hollywood y ocupan todo mi proceso mental.

¡¿Qué hemos hecho?! Nos hemos besado. Y no ha sido un besito cualquiera. Ha sido uno en estéreo, con coro celestial, escrito en negrita y subrayado.

¿Me arrepiento? No. ¡Sí! Dios, me siento mezquina. ¿Qué pensará Rebeca? Los demás no saben nada sobre la novia española de Rubén, pero ella sí. Aunque él insistiera en que no pasaba nada, ¿creerá que soy un monstruo horrible? (¡¿Por qué no, si yo misma lo pienso?!).

—¿Ru, estás vivo? —Rebeca mira a su hermano, luego a mí y chista, cabeceando con una mueca burlona—. Vaya por Dios. Creo que acabas de provocarle un aneurisma, Maeve. ¡Te parecerá bonito!

—Está perfectamente —le aseguro. Aunque, cuando observo a Rubén, tiene la mirada ida—. ¿A que sí?

Ay, madre, espero que no haya sufrido un ictus de verdad o pesará sobre mi conciencia.

—Sí, sí —murmura Rubén todavía inmóvil—. Estoy *perfgsfdge*.

(Ignoro qué adjetivo o adverbio ha usado, pero imagino que es positivo).

Un segundo después, alarga la mano izquierda hacia la mesa. Se pone las gafas y luego, a tientas, vuelve a estirarla para agarrar una copa (la mía). De un movimiento, se la lleva a los labios y se bebe lo que queda de whiskey. Solo al final, tras dejar el vaso vacío sobre el tablero, altera su cara inexpresiva y compone una mueca de asco (graciosísima).

—Joder —suelta en español (eso lo he aprendido)—, ¿cómo puedes beberte eso?

—Porque la gente se acostumbra al sufrimiento —parafraseo a mi abuelo Cillian—. De hecho, acaba pagando por él.

—¿En serio? ¿Por qué?

«Porque se transforma en deseo».

Pero no respondo eso. No respondo nada. La frase suena demasiado cercana a la realidad entre Rubén y yo, y no quiero hurgar en la herida. Al menos, no ahora que está abierta.

Hace medio minuto estaba disfrutando del mejor beso que me han dado jamás. En este instante, pago las consecuencias de mis acciones: mi corazón se encoge de dolor al caer en lo que he hecho.

Solo que soy tan tonta que enseguida pienso que, de tener la oportunidad, volvería a hacerlo.

¡¿Qué me pasa?! Bien, sí, Rubén está buenísimo y besa de miedo, y yo estoy desesperada por un poco de afecto, pero guardemos el recuerdo de esta noche en el cajoncito de las fantasías y tiremos hacia delante.

Fuerzo una espléndida sonrisa al girarme hacia mis amigos; el show debe continuar.

—Oye, ¿y vosotros? —les pregunto—. ¿Cómo os habéis apañado con ese beso de nuevo año? Erais pares... y aquí ha habido movimientos sospechosos.

—Hemos jugado al juego de las sillas más rápido del mundo

—explica Charlotte—. Así que al final las parejas que hemos acabado...

—No se lo digas —la corta Áine—. Estaba muy ocupada morreándose con su novio y se lo ha perdido. *C'est la vie!*

—Lo averiguaré —le prometo—. Y cuando me entere, ¡más de uno en clase va a querer que se lo cuente!

—Menuda cotilla —se ríe Sean—. ¿No te interesará saberlo por alguna otra razón?

—Sí: voy a vengarme de vosotros por todos vuestros comentarios sobre... —Carraspeo—. Bueno, sobre mi vida amorosa.

—¿Qué quieres que hagamos? —se excusa Lucille—. No podemos hablar de la de los demás, dado que es inexistente.

Charlotte la pica con el «chistador misterioso» de la biblioteca y Lucille no le da importancia (se prometió a sí misma que no saldría jamás con un ingeniero).

La conversación se reanuda, los besos se olvidan y Sean y Rebeca vuelven a la barra a por más bebida, esta vez acompañados por Zack. Dada la mala cara que tiene, me parece que ya hay una pareja que puedo descartar.

Rubén despierta poco a poco y, para mi sorpresa, acaba hablando con los demás. Parece tener debilidad por Charlotte (quién no la tendría). Sospecho que su carácter dulce y curioso le da pie para que hablen de ciencia y libros.

Me enternece que Lottie le cuente avergonzada las ideas de sus historias (la última: un *romantasy* con hadas y traiciones de por medio) y todavía más que Rubén no haga ningún comentario despectivo. Eso sí, no entiende nada de la jerga literaria que usamos, hace preguntas detalladas sobre los términos erótico-festivos y no se escandaliza por las respuestas, lo que me hace sonreír a escondidas.

Pasa una hora, dos. El pub cerrará en cincuenta minutos. El plan es ir a Custom House a disfrutar de los últimos conciertos gratuitos de Fin de Año y luego acabar en algún pub en el que haya que pagar una entrada estratosférica (o irnos a casa, lo que ninguno de mi clase, ni Rebeca, quiere).

—Pst —me llama esta. Todavía sentada sobre el regazo de su hermano, me inclino sobre la mesa hacia ella—. ¿Estás bien?

—Sí, ¿por qué?

—Tengo la sensación de que hay algo que te preocupa —murmura—. ¿Va todo bien? ¿No estarás dándole vueltas al beso de antes? ¿Te preocupa lo de… ya sabes, la novia de Ru?

Solo la conozco desde hace una semana, ¿cómo es posible que vea a través de mí?

—No —miento en un susurro—. Él me ha dicho que no pasaba nada. Somos amigos. Ha sido un beso entre amigos. No he sentido nada de nada. En serio. Él tampoco. Tiene novia. Lo sé. Todo está bien. Al cien por cien.

Rebeca asiente y se lleva la piña colada a los labios.

—Tienes razón. —Le da un trago a la copa—. Ha sido un simple beso entre amigos, ¿por qué preocuparse?

Cuando me incorporo, siento la atención de Rubén sobre mí. Al volverme, baja la voz y dice:

—Maeve, creo que voy a marcharme.

Ha recuperado su expresión neutra. No transmite nada. Ni frío ni calor.

Si no hubiera vivido en mis carnes ese beso que me ha dado a medianoche, habría creído que esa persona y la que está ahora frente a mí son dos distintas.

Está claro que nada de lo que ha pasado esta noche le ha afectado. Y mucho menos nuestro beso.

Quizá sea lo mejor.

—Está bien —digo queda. No quiero obligarle a quedarse en contra de su voluntad, por mucho que lo desee. Se lo prometí—. ¿Quieres que te acompañe?

—No es necesario. Quédate. Saludaré a los del laboratorio y luego me iré a casa. —Observa al resto de la mesa y acaba fijando los ojos en su hermana (que ahora habla con Lucille). Sus comisuras se alzan mínimamente—. Si pierdes a Rebeca, no te asustes. Es habitual. Tiene nuestros números. Ya nos llamará para que le abramos la puerta de casa.

Asiento. Supongo que ahora tengo que levantarme y dejarle ir.

Solo que… no quiero.

No quiero dejarle marchar, no quiero estar aquí sin él.

Sin embargo, acabo incorporándome y haciéndole un gesto al grupo.

—Rubén se marcha —les informo.

Todos le despiden con cariño y él responde deseándonos una buena noche. Un minuto después, ya no está.

Me siento sobre la silla. Me resulta incomodísima, dura y fría. Las manos de Rubén sobre mi cintura ya no me anclan y, sin su apoyo, tengo la sensación de que sin querer encojo los hombros y me inclino sobre la mesa como una marioneta sin hilos.

Alzo la cabeza y me cruzo con los ojos de Áine. Me observan como suele hacer ella, atenta y directa. Llevamos tres meses siendo compañeras de clase, y amigas, y sigo sin tener claro qué piensa realmente de mí. De cualquiera. Ignoro si nos quiere o sus comentarios sarcásticos son en realidad una señal de que nos desprecia de verdad.

Lottie me dijo una vez que, tras esa apariencia desdeñosa y fría, oculta mil inseguridades. Seguro que es así. Seguro que solo me mira con compasión porque mi novio se ha ido y yo, en lugar de acompañarle, me he quedado aquí, apagada y triste.

O puede que esté pensando en lo raro que es que, siendo una pareja tan «apegada», no haya decidido irme con él de vuelta a casa. A la casa que nos alquila su tía.

Pero no me levanto a continuación porque haya que seguir el plan «pareja falsa debe mantener su piso en un mercado inmobiliario brutal». No les anuncio a todos que voy a seguir a Rubén a casa porque quiera convencer a Áine de que estamos juntos. No le entrego mi llave del piso a Rebeca porque quiera que mi amiga le confirme a Emily que somos la pareja fiel y enemiga de las fiestas que le vendimos que éramos.

La verdadera razón por la que me despido de todos y me alejo corriendo es porque prefiero recorrer Dublín con Rubén que seguir un segundo más sin él en este bar.

MAEVE

Del guiño cómplice de Rebeca paso a la aglomeración en torno a la barra del bar. De ahí, esquivo las *jukeboxes*, las mesas altas, las colas de los baños. En la entrada, busco el pelo naranja de ese tal Niall o el granate de Katja (Dios mío, era tal y como la imaginé: guapa, elegante y misteriosa). Rubén comentó antes que iría a saludarlos. Espero que haya sido así, porque si ha salido ya del pub, puede que no le encuentre en la locura en que se transforman las calles de Dublín durante las fiestas.

Mi corazón se salta un latido cuando lo veo. Está de pie junto a una mesa baja pegada al ventanal. Niall tira de su brazo, sospecho que para convencerle de que se quede, pero Rubén niega, serio. Katja mueve los labios, pintados de rojo, y luego sonríe con suavidad.

¿Rebeca, la novia de Rubén, se parecerá a ella? ¿Será así de... perfecta? Serena, madura, preciosa, con la vida ordenada, una familia funcional, el futuro claro, una carrera profesional estabilizada, ni una duda en el alma.

El miedo a la respuesta me paraliza en el sitio. Observo a Rubén de lejos hasta que se da media vuelta y se dirige a la salida.

¿Querrá que le acompañe o se molestará? Quizá quiera estar solo. Quizá ha huido no de la fiesta o de mis amigos, sino de mí.

Sin embargo, soy egoísta y sé que, si fuera así, Rubén me lo diría al interceptarle. «No quiero que estés aquí, Maeve, me apetece estar solo». Al menos, el Rubén con el que empecé a vivir sería sincero y me lo confesaría. Aunque ahora, ¿seguirá siendo igual de claro conmigo?

A pesar de mis dudas, le sigo hasta la calle, unos metros por detrás. Rubén esquiva a un grupo que baila en la puerta y se dirige a la derecha. Es extraño, porque esa no es la dirección que lleva a nuestra casa. Va a tener que dar una vuelta absurda a la manzana.

—¡Rubén, espera!

En mi cabeza pronuncio bien su nombre, pero sé que no es así en realidad, porque no se gira. Tengo que correr hasta acortar la distancia y tirar de la manga de su abrigo para que se vuelva hacia mí con cara de asombro.

—¿Adónde vas? —le pregunto.

Él arquea una ceja.

—Ya te lo he dicho en el pub. A casa.

—No se va por ahí —le indico paciente—. Es por el otro lado.

—Acabaré en casa. Quería ver Dublín en Nochevieja antes de eso. —Se encoge de hombros—. No creo que vuelva a verlo así. El año que viene ya no estaré aquí.

El corazón se me encoge. A menudo olvido que, pase lo que pase entre nosotros, nuestra situación no durará más allá del verano. Es temporal. Él volverá a su país y yo...

Bueno, no tengo ni idea de qué será de mí.

—¿Y tú? —me pregunta—. ¿Qué haces aquí? —Se mete las manos en los bolsillos del abrigo—. No me he olvidado nada.

—Sí te has olvidado de algo. —Frunce el ceño, confuso—. De mí. —Vuelve a alzar una ceja y yo sonrío—. Es broma. Es solo que no me apetecía seguir ahí. Prefiero volver contigo.

—Espero que no lo hagas por mí —dice serio—. ¿Te lo ha pedido mi hermana? Vuelve y dile que puedo apañarme perfectamente solo.

—Rebeca no me ha dicho una palabra —le aclaro—. Le he dejado mi llave, por cierto. Pensé que así se sentiría más tranquila y libre. Podrá volver al piso cuando quiera, esta noche, mañana o... bueno, cuando sea. —Rubén asiente—. Pero, de verdad, si te molesta que vaya contigo, puedo...

—Nunca me molestas.

Luego esboza una pequeña sonrisa. No dura mucho. Las sonrisas de Rubén no duran apenas, son como estrellas fugaces.

Pido un deseo antes de engancharme a su brazo.

—Bueno, querido novio falso, ¿por dónde vamos a pasear?

—Pensaba dejarme llevar —responde, y yo fuerzo una exclamación de asombro—. Sí, lo sé. No es muy típico de mí.

—Rubén Losada dejándose fluir. —Cabeceo con una indignación fingida—. ¿Adónde vamos a llegar? ¿Será esta otra señal del apocalipsis que se avecina?

Gruñe, pero tira de mí y comenzamos a andar.

Nuestros pasos sin rumbo nos guían por las callejuelas llenas de bares hasta el río. Cruzamos el puente azul de Rory y, luego, de vuelta por el de James Joyce. Seguimos la ribera del Liffey, cruzándonos con borrachos que se creen cantantes, parejas que se besan contra los muros de piedra y chicas descalzas de vuelta a casa que suspiran con los tacones en la mano.

Alcanzamos el puente O'Connell y yo le aseguro a Rubén que una vez vi allí un caballo blanco. Él sonríe, se acuerda de la leyenda que le conté. Tiene una memoria prodigiosa porque se acuerda de todo lo que le he dicho alguna vez sobre esta ciudad. Sobre cualquier cosa. A menudo me sorprende recordándome detalles de mi vida que no caigo en haberle confesado o pensamientos e ideas que dudo si en alguna ocasión fueron míos, pero que él insiste en que un día le relaté entusiasmada.

Sí que es un hombre lleno de sorpresas. Vivir con él, ser su amiga, es una constante sorpresa tras otra. No me he relacionado con muchas personas en mi vida y aun así sé que, de haberlo hecho, seguiría asombrándome al hablar con él. Es franco, directo y empático, como dijo Rebeca. Su mente es prodigiosa, sí, pero lo es más su corazón. Cuando le digo que tengo las manos frías, enseguida agarra una y la introduce en el bolsillo de su abrigo, envuelta con firmeza por la suya. Accede paciente a que nos acerquemos a Books Upstairs (obviamente, cerrado) para que pueda ver las novedades expuestas en el escaparate.

—Un día tu libro estará allí —murmura.

—¿Qué dices? ¿Te ha afectado mi whiskey? —Se gira hacia mí

y veo en su mirada el recuerdo lleno de horror que asocia a su sabor. Antes de que lo niegue, añado—: No creo que eso pase, pero gracias por la fe que tienes en mí.

—No es fe. Yo no tengo de eso. —Vuelve la atención al escaparate—. Te he leído. Un día estarás allí.

Lo suelta igual que si fuera un axioma matemático. Suena tan seguro de sí mismo como al contestar las preguntas médicas tenebrosas que le hago mientras me documento (ahora ya sé lo que le ocurre a un cuerpo cuando muere y oírle hablar de *rigor mortis* y fluidos no es tan terrible como parece). Descubrir que confía tanto en mi talento aniquila un buen puñado de mis inseguridades (por desgracia, se reproducen en mi interior como conejos).

Le pido que nos hagamos una foto frente a la tienda y responde que sí, aunque sé que odia hacérselas, y más conmigo. Cuando se la enseño (él asiente, conforme), procuro que no vea en la galería de mi teléfono esas otras de la mañana de Navidad, abrazados, que le rogué a Rebeca que me pasara.

Esquivamos Temple Bar rodeando el Trinity por el otro lado y, al pasar por el toldo granate bajo el que esperé a Rubén durante la tormenta, mi espíritu sonríe un poquito.

Rubén se marchará. Yo me quedaré. En Dublín o en Irlanda, qué más da. Lo que importa es que un día pasearé de nuevo por estas calles llenas de nuestros recuerdos y él no estará conmigo, cogiéndome de la mano, para evitar que la melancolía me agarre del tobillo como una sirena para arrastrarme a las profundidades.

Así perdí a mi mejor amigo. El mar quería demasiado a Cillian. Las olas abrazaron a mi abuelo, se lo llevaron para siempre y no tuvimos cuerpo que enterrar.

El próximo verano, perderé de nuevo a mi mejor amigo.

No sé si mi corazón podrá soportarlo.

—Eh, Maeve. Mira.

Rubén se ha detenido en seco. Sigo la dirección de su mirada, curiosa, hasta llegar a unos contenedores. Junto a ellos hay un escritorio.

Es minúsculo. Si no fuera tan alto, parecería el de un niño. Es posible que lo haya sido. Es sencillo, de madera, de menos de un metro de largo, medio de ancho, pintado de colores. Verde en el tablero, con cuatro pequeños cajones bajo él, uno de cada: azul, rojo, amarillo, rosa. El tiempo ha hecho que se levante la pintura en muchos puntos. Los tiradores son redondos. Uno está descascarillado. Otro, roto. Hay una pata que también lo está, por eso el escritorio se ladea hacia un lado.

Tiene un aspecto adorable y triste, como un perrito abandonado por unos dueños sin corazón solo por haberse quedado cojo.

—Nos lo llevamos —dice.

Alzo del tirón la cabeza para buscar la mirada de Rubén. Cuando me la devuelve, me doy cuenta de que nunca le había visto tan decidido (excepto cuando me besó, pero NO PENSEMOS DE NUEVO EN ESO, ¡de vuelta al cajón!).

—¿Pero qué dices, Rubén? ¿Estás loco?

—Llevo meses buscando un escritorio para ti —alega—. O eran demasiado grandes o demasiado caros o demasiado poco-tú o no tenían historia. —Me señala el mueble frente a nosotros—. Este es perfecto. Una pieza única.

Trago saliva.

—Rubén, gracias. De verdad. No era necesario. Te lo agradezco. Infinito. Solo que este está…

—¿Qué?

Encojo un hombro con cara de circunstancias.

—Roto.

—No, qué va. Se puede arreglar. Las cosas que viven, sufren. Es natural. Las buenas historias siempre dejan cicatrices.

Me obligo a mí misma a recordar esa frase para incluirla en una de mis novelas (lo siento, querido novio falso, ahora es mía). Sin embargo, a pesar de las palabras bonitas, sigo teniendo mis reticencias.

—Detestas las cosas sucias —le recuerdo en voz baja—. A saber dónde ha estado. Quizá esté podrido o lo hayan roído mil ratas mientras ha estado en la basura.

—¿Por qué iban a roerlo las ratas? —Todavía sigo enganchada a Rubén (mi mano y su mano continúan unidas dentro del bolsillo), así que, cuando avanza, lo hago con él—. Llovió por la tarde.

El mueble está seco. No debe de llevar mucho tiempo aquí. Tiene buen aspecto. Solo necesita una mano de pintura, calzar la pata y... bueno, cambiarle los tiradores. Si quieres. Además, me debes una.

Suelto un resoplido.

—¿Cómo que te debo una?

—Te ayudé a subir ese escritorio monstruoso a casa —me recuerda—. Me la debes.

Me aguanto una sonrisa.

—Vale, me has convencido. —Me separo de él, paso la palma por encima del tablero. Así, de cerca, no está tan mal como creía—. ¿Lo llevamos entre los dos? Te confieso que el whiskey me debilita, voy a ser más un estorbo que una ayuda. ¿Podrás sostener casi todo el peso, grandullón?

Me contempla serio.

—Podré, escritora.

Sonrío con todos los dientes. Antes de agarrar el mueble, Rubén saca su cartera, tacha algo de ese papelito que siempre lleva y, solo entonces, nos ponemos manos a la obra.

El camino no es tan largo, pero nos lleva casi una hora. Paramos en cada esquina, si no es por mi risa (no sé si soy yo o es Rubén quien está borracho, pero habla tan serio sobre cualquier chorrada que es graciosísimo) es por el cansancio. O bien por los encuentros con borrachos extraños y testarudos de sonrisas melladas.

Uno de ellos insiste en que Rubén vuelva a jugar al ajedrez con él.

—No —le corta Rubén sin detenerse—. Búscate a otro a quien molestar. Ya no eres mi vecino.

El tipo pone los brazos en jarras. Tiene un marcado acento del suroeste que me recuerda al que se usa cerca de mi pueblo.

—¿Y renunciaste a que fuera tu vecino solo por esta chica, Rob?

—Y lo volvería a hacer, Clyde —le contesta Rubén monocorde.

No puedo parar, porque mi compañero de piso sigue caminando, así que solo puedo exclamar al alejarnos:

—¡Siento habértelo robado, Clyde! ¡Fue un placer! ¡Feliz Año Nuevo y buenas noches!

El tipo se echa a reír.

—¡Buenas noches, *fine thing*!

—No hables con desconocidos —me amonesta Rubén en voz baja—. La gente no es tan buena como crees.

—En realidad, a ti que te gustan los números y las estadísticas, es un hecho que la mayoría de la gente que puebla este mundo, y esta ciudad, es buena gente.

—Hasta que haya alguien que no lo sea —gruñe.

—Ya, sí, claro. Pero, mientras te escondes, te pierdes muchas grandes personas. ¿Qué habría pasado si no hubiera hablado contigo cuando nos encontramos frente a la casa de Emily? Esa mujer no habría creído que éramos novios. Habría alegado que solo alquilaba a parejas. Nos habría largado con una patada en el culo. No nos habríamos visto nunca más.

—¿Tú crees?

—Habría sido difícil. —Doblamos la esquina de nuestra calle con el escritorio a cuestas—. ¿Tú crees que sí? ¿Ahora crees en el destino?

—No —afirma tan categórico que me hace sonreír—. Solo que esta ciudad no es tan grande.

—¡Aun así! Venga, admítelo: si nos hubiéramos conocido en otras circunstancias, habrías pasado de mí —replico risueña—. Ni te habrías girado si nos hubiéramos cruzado por la calle.

—Así que eso es lo que piensas de mí.

—No, de mí —me río—. No tenemos nada en común. Tampoco soy tu tipo. ¿Por qué me habrías hablado si no hubiera sido por el piso?

—No lo sé —afirma—. Pero sí me habría girado en la calle. —Hace una pausa—. Seguro.

Quiero decir algo, pero Rubén me advierte de un escalón y pierdo la oportunidad.

A decir verdad (y nunca lo admitiré, porque se reiría de mí), yo sí creo en el destino. Quiero pensar que si Emily no nos hubiera unido, lo habría hecho cualquier otra cosa. ¿Y si me lo hubiera encontrado en el pub esta noche? Sin duda, habría intentado ligar (estrepitosamente mal) con él.

Aunque eso no habría cambiado nada. En ese universo alternativo, seguiría teniendo novia.

Ay, cada vez que lo recuerdo, siento que en alguna parte del planeta muere un gatito.

Tras unos minutos, llegamos. El escritorio es bastante ligero y prácticamente lo sube él solo por las escaleras. Yo me encargo de abrir con su llave y darle indicaciones a través del pasillo. Una vez que lo dejamos bajo mi ventana, todo cobra sentido.

Rubén tenía razón. Es perfecto.

Tiene historia y personalidad, y encaja con el resto de los objetos aleatorios, coloridos y de segunda mano que he ido recopilando estos meses. Me viene como anillo al dedo. ¿Necesita unas mejoras? Bueno, sí, ¿y quién no? Yo también las necesito.

Voy a darle las gracias a Rubén cuando, de pronto, oímos un ruido.

Suena como un mueble pesado golpeando con la pared. No puede ser cosa de los Flynn, el matrimonio que vive abajo (a menudo me ha sobrevenido la terrible sospecha de que son vampiros ninjas), ni tampoco de Emily. Sonaba demasiado cerca.

Le hago un gesto a Rubén para que se mantenga en silencio, le agarro de la mano y nos guío por el pasillo. El ruido se repite y, ya sin duda alguna, comprendemos que viene del cuarto de Rubén.

¿Será la loca de Emily? ¿Se ha colado en nuestro (su) piso? ¿Habrá aprovechado que nos íbamos para meterse en su habitación y olisquear en el cajón de la ropa interior?

Mi instinto me dice que no, pero Rubén alega que confío demasiado en la bondad de la gente. Puede que tenga razón.

Cuando alcanzamos la puerta al fondo del corredor, cerrada, vemos que hay un collar de espumillón brillante colgado del pomo. Los ojos de Rubén se abren desorbitados. Intenta hacer girar el picaporte con sumo cuidado, pero este no cede.

Y, en ese instante, un gemido femenino de placer, alto y claro, sale del dormitorio.

RUBÉN

Nos quedamos paralizados frente a mi dormitorio. Tras unos segundos (eternos), otro gemido se eleva dentro de la habitación.

Suelto el pomo igual que si quemase, Maeve se tapa la boca con ambas manos. Después, lentamente, nos miramos.

Atamos cabos así, en silencio, y nos transmitimos telepáticamente lo que pensamos. Por mi parte, la mayoría son palabrotas. Por la suya, confusos (y entusiasmados) gritos de asombro.

Procurando no hacer un solo ruido, nos damos la vuelta y casi corremos hasta el salón. Al llegar, Maeve se sienta en el sofá con la mano en el corazón. Frente a ella, me paso las palmas por el pelo y comienzo a andar de un lado a otro.

—Rebeca —murmuro para mí mismo. Los dedos se me cierran sobre algunos mechones. Luego chisto, igual que hace mi hermana, solo que el triple de enfadado—. Es que lo sabía.

—¿Y eso?

—Me ha hecho esto miles de veces —le explico. Con un bufido, acabo sentado a su lado—. Debería haberlo supuesto. He visto el brillo de sus ojos esta noche. Iba a matar. —Maeve se muerde los carrillos para no soltar una carcajada—. Sí, claro, tú ríete. No tiene gracia.

—Vamos, *Rooben*, no te pongas así. ¿Qué querías que hiciera la pobre? Cuando vino con su ligue, ninguno estábamos todavía en casa. ¿Tendría que haberse metido en mi habitación? No tiene esa confianza conmigo. Además, para todo mi grupo de amigos, somos novios. Dormiríamos en la otra cama sin problema. Y si se hubieran quedado en el sofá, habría sido... —Noto que se pone colorada—. Al llegar, los habríamos cazado en mitad de, ya sabes, *el asunto*.

—Te falta la tercera opción —gruño—. Lo adecuado habría sido no venir aquí en absoluto.

—Excepto Zack, el resto de mis amigos viven con sus padres o en casas de familiares —me explica Maeve—. No te enfades con ella.

—Claro que me enfado —mascullo—. De los dos, Rebeca es la que más habilidades sociales tiene, pero luego con determinadas personas actúa sin pensar. Es una enamoradiza. Hasta el absurdo. Aunque va de dura, se pilla de una forma o de otra de todos con los que acaba, por mucho que sea solo una noche. Y acaba liándola de esta manera. Viniendo aquí con otra persona sin avisar. Ocupando mi cuarto. Mi cama. A saber con quién. Después vienen las disculpas y yo la perdono porque la creo y porque, según dice, actúa por amor. —Cabeceo—. He perdido la cuenta de la de mañanas que he tenido que cubrirla frente a mis padres por cosas así.

—¿Ella no te ha cubierto con tu chica en ningún momento?

—¿Con quién? —Me giro y, al ver su expresión seria, respondo rápido—: Ah, no. Mmm, nunca.

—Entonces ¿tu hermana jamás te ha ayudado a guardar ningún secreto? —Sonríe con ternura—. ¿O es que no tienes ninguno, grandullón?

Me mira a los ojos tan fijamente y durante tanto tiempo que mi corazón empieza a cansarse de latir a esta velocidad.

—Sí —contesto—. Tengo uno.

Pum. El ruido que oímos en la primera ocasión se repite, aunque, por suerte, esta vez estamos más lejos y nos llega más amortiguado. Ahora que sabemos cuál es su origen, Maeve tartamudea algo, colorada, y yo bajo los párpados.

—Espero que no sea Sean —mascullo—. Es decir, que se líe con quien sea, por supuesto, pero... Por favor, que no sea Sean.

Escucho la risa de Maeve. Al abrir los ojos, me observa con una expresión extraña. No sé si es compasión o tristeza.

Ahora que lo pienso, puede que sí que tenga motivos para estar afligida.

—¿No te importa? —le pregunto con tiento—. Que Rebeca quizá haya acabado con él.

Frunce el ceño.

—¿Y por qué debería importarme?

—Pensé que, en fin, te molestaría. —Me detengo—. Ya sabes.

—No, no sé.

Dudo un segundo antes de aclararle:

—Pues que ese chico podría gustarte.

—¿Él? ¿A mí? —Parpadea por la sorpresa—. ¿Por qué crees eso?

—No sé. Es abierto. Habla mucho. Sonríe más. Te hace reír. Sabe de libros. —Hago otra pausa—. Le gustas.

Maeve abre la boca. La cierra. Niega y, ahí está, la sombra de una sonrisa melancólica.

—Vaya. Que tú, viéndole tan solo dos veces, te hayas dado cuenta dice mucho de lo evidente que debe de ser para todos los demás.

No creo que sea eso. Me parece que me ha resultado fácil porque he visto un reflejo de mis actitudes en las suyas. Esa mirada que la persigue, la sonrisa que pone cuando la escucha hablar, los ojos que se pierden en su cuerpo y que me ponen de un humor de perros.

Solo que en lugar de decir nada de eso, respondo:

—Desde el principio me dio la impresión de que a Sean no le gustaba que tuvieras novio.

—Ya. Lo entiendo. —Apoya la cabeza en el respaldo, se hunde un poco en el sofá y me habla con cierta ternura en la voz—. En cualquier caso, estoy bien, puedes estar tranquilo. Imaginar que está con tu hermana no me despierta nada de nada. Ni celos ni frustración ni pensamientos oscuros. Eso quiere decir algo, ¿no crees?

Dirijo la mirada a lo lejos, como la suya. Más allá de nuestras plantas y del ventanal, hacia la calle desierta iluminada por las farolas y los coches que pasan a cuentagotas.

—Según tu amiga Áine, los celos son una construcción social.

—Áine puede decir lo que quiera —resopla—. He descubierto

que soy una persona celosa. *Muy* celosa. —Cuando me vuelvo hacia ella, me está mirando fijamente—. ¿Tú no?

Ahí está otra vez. Ese silencio tenso, palpable, que suele envolvernos. Siento que tira de mi pecho hacia el suyo, que envía olas de calor por todo mi cuerpo, como si fueran señales de advertencia.

—Sí —le digo en voz baja—. Me he dado cuenta de que, en el fondo, lo soy.

Porque sé que Maeve no es mía y puede que no lo sea jamás, pero aun así me destroza la idea de que un día salga con alguien que no sea yo.

Nunca había sentido nada parecido. En la universidad, me acosté con tres mujeres. Quería saber lo que se sentía. Prueba, ensayo y error. Una de ellas fue agradable. Pero ninguna despertaba en mí nada más allá del placer sexual. No buscaba su compañía ni me gustaba que me tocasen. No sentía la necesidad de buscarlas.

No las necesitaba. Punto.

Ahora, la necesidad de tocar a Maeve, de besarla, ocupa todo mi pensamiento racional. ¿Puedo seguir llamándolo así? El adjetivo carece de sentido, porque no hay nada racional ni lógico en la que manera en la que pienso en ella. En la manera en la que la veo. En la que la siento. Aquí, junto a mí, a unos palmos de distancia. Más cercana que nadie en toda mi vida, literal y figuradamente. Tan fascinante como un experimento que pones en práctica por primera vez.

Quiero volcarme en él. Deseo descubrir todo lo que se siente al hundirse en Maeve y dejarse llevar.

—¿Y cómo es tu novia? —pregunta ella rompiendo de forma abrupta el silencio—. Porque lo que hemos hecho esta noche... cabrearía a cualquiera mínimamente celoso.

Trago saliva y, haciendo un esfuerzo mayúsculo, vuelvo mi atención de nuevo a la ventana.

—Ya te dije que todo estaba bien. Teníamos que hacerlo. Áine sospechaba.

—Bueno..., puede. Pero, aun así, no siento que hayamos actuado correctamente. —Coge aire. Lo suelta—. No deberíamos haberlo hecho. ¿Verdad?

En el pub, justo a las doce de la noche, pensé que Maeve me correspondía por la manera en que reaccionó al beso. Luego la oí hablar con mi hermana y sospeché que no. Pero al seguirme fuera del bar, mis esperanzas revivieron.

Ahora es evidente que no es así. Al hablar, su voz se ha quebrado por el arrepentimiento. Y a mí, al darme cuenta, se me quiebra algo por dentro. Algo frágil que alimentaba fantasías absurdas, como el sincerarme con ella esta noche, en este momento, y volver a besarla sin que en esta ocasión hubiera testigos de por medio.

Al final, consigo liberar el nudo en la garganta para decir:

—Lo siento, Maeve. Puedes estar tranquila. No volveremos a hacerlo.

Tras unos segundos, ella murmura: «Vale». Lo pronuncia tan bajo que al principio no distingo si ha sido una palabra o una espiración.

—Es tarde, ve a dormir —le ordeno después—. Yo me quedaré en el sofá.

—No, esta noche tú duermes en mi cama —ordena cortante—. Aquí no cabes bien.

—Tú tampoco.

—Yo quepo de sobra —insiste—. El sofá es grande.

—De ancho, no de largo. Te colgarán las piernas por ese lado.

—Ni de broma. ¡Mira! —Se escurre hacia el cojín del lateral, apoya allí la cabeza y, recta, extiende las piernas por encima de mi regazo—. ¿Ves? Quepo perfectamente.

—Si cabes tú, quepo yo —le aseguro.

Me pongo en pie para quitarme el abrigo y los zapatos (que dejo bien colocados junto al sillón) y luego me tumbo a su lado. Los pies me sobresalen, nada más.

—¡Tenía razón! —exclama Maeve entusiasmada—. Yo quepo, tú no.

—De eso nada. Has demostrado que tú sí y yo también —le rebato—. Vete a dormir a tu cuarto, Maeve. No tiene sentido que Rebeca trastoque más nuestras rutinas de sueño.

—Las mías son nulas —replica ella—. Ya sabes que a veces me da por escribir hasta las tantas. O me quedo leyendo hasta las cuatro de la madrugada. Si hasta me he quedado dormida a veces aquí.

—Lo sé, te he visto.

Vuelve la cabeza hacia mí, yo hago lo propio. Nuestros ojos se encuentran en un chispazo.

—¿En serio? Nunca me has dicho nada.

—Duermes siempre muy plácidamente —me excuso—. No quería despertarte.

—¿Porque tenías miedo a mi reacción? —Sonríe—. Admito que no tengo muy buen ánimo al despertar.

Me encojo de hombros, a lo que ella responde ampliando su sonrisa. La verdadera razón es otra. Al encontrármela de esa forma, soy incapaz de hacer otra cosa que no sea contemplarla mientras duerme. Son las pocas ocasiones en que puedo hacerlo sin que pueda cazarme.

Además, suele colocarse en posturas raras. Es divertido de ver. Parece una contorsionista. Yo siempre duermo como un soldado.

—¿Así que vamos a jugar a esto? —me pregunta con un tono divertido—. ¿A ver quién se queda aquí para que el otro no tenga que hacerlo?

—Mi hermana es quien me ha dejado sin cuarto, así que es a mí a quien le toca dormir en el sofá —razono.

—Tú me has ayudado a subir a pulso un escritorio. ¡Por segunda vez!

—Tú no querías recogerlo de la calle. Al traerlo, me he cobrado un favor que me debías, así que no cuenta. —Después de que se ría, le advierto—: Soy testarudo.

—Lo sé —susurra—. Yo también.

Después, alza la mirada hacia el techo. La imito y nos quedamos así durante un buen rato.

No puedo dormir. No así. No cuando está tan cerca de mí. Su hombro está pegado al mío, su meñique derecho roza mi izquierdo, su olor a vainilla y fruta se me cuela en la nariz.

Nuestras respiraciones acaban acompasándose y el recuerdo del beso de esta noche sigue latiéndome en el cerebro.

—Es cierto que eres una escritora testaruda —me pronuncio—. ¿Sigues dándole vueltas a tu proyecto final de máster?

—Sí —suspira—. Quiero entregar una antología, una serie de relatos que estén unidos por algo. Un personaje, un lugar, un tema. Pero no tengo claro quién, dónde, el qué. Estoy perdidísima.

—¿Qué es lo que tienen en común todas las historias que has escrito hasta ahora?

—Nada —contesta refunfuñando.

—Sí. Por lo pronto, que las has escrito tú.

—Eres un genio —se burla—. Vale, sí, eso. Nada más. Cada una es muy distinta a las demás.

—A mí me parece que tienen puntos en común —comento—. Los personajes. Son muy realistas. Son historias de personajes, ¿no?

—Eso es muy vago —murmura ella—. Sí, me encanta crear personajes. Me encanta escribirlos como si hubiera escuchado su historia tras la barra de un bar y solo tuviera que trasladar lo que me han contado al papel y dejarlo por escrito.

—Pues haz eso.

—¿El qué?

—Escribe los relatos como si lo fueran. Historias de personajes de bar. Eras camarera, ¿no? En tu pueblo. En ese pub. El de tu abuelo.

Un segundo. Dos. Tres. Y justo después:

—Eres un genio.

Resoplo.

—Deja de burlarte de mí.

—No me burlo, ¡lo digo en serio! —Se pone de lado y tira de mi jersey varias veces. Me aguanto las ganas de volverme hacia ella, porque sé que no podría resistirme a sus labios—. Aunque sean relatos muy distintos, tendrían ese nexo: ser historias contadas en la barra de un bar en concreto. Puede ser como el de mi pueblo, así ya tengo la ambientación pensada. ¡La gente nos contaba a mi abuelo y a mí cada cosa...! La mayoría eran historias de amor, ¿sabes? Porque el amor es un tema incombustible y poderoso, así que puedo enfocarme en eso también. No voy a contar historias reales, no me sentiría bien, pero sí me inspiraré en algunas que oí yo misma de boca de clientes raros o de mi abuelo. O me las inventaré, jugaré con la realidad. ¡Eres el mejor!

—Si no he dicho nada.

—Sí, tienes razón, no has dicho nada. —Aprieta los dedos sobre la tela—. ¡Yo siempre te estoy hablando de mis rollos literarios y tú apenas me cuentas los tuyos con el trabajo! ¿Cómo es que no sabía que tenías compañeros de laboratorio tan estupendos?

—Porque no lo son —replico—. Al principio pensé que Katja era como yo, pero es una cotilla. Se le ha pegado de Niall. Trabajar con él es un engorro. Es desordenado y sucio, y habla demasiado.

—¡Pues como yo! Mira, los dos te aprecian, lo he notado enseguida. —Escucho que la voz le tiembla al preguntar después—: ¿Por qué no me habías hablado de ellos?

—No pensé que te interesaría.

—Me interesa. Todo lo que te pase o lo que te rodea me interesa, *Rooben*. Por ejemplo, ¿en qué consiste exactamente la tesis en la que trabajas? ¿Cómo es tu día a día? ¿Tu laboratorio es parecido a los que salen en las películas? ¿Tienes ratas de laboratorio a las que inyectas cosas? ¿Las mutas? ¿Les salen otros brazos y de repente sienten deseos de comer carne humana e iniciar una revolución antropófaga o son más de tratar de conquistar el mundo?

No puedo contener la carcajada. Sé que no deberíamos hacer ruido, mi hermana sigue en la habitación, quizá durmiendo ya (a saber con quién), pero no pienso en ella en este momento.

Hacía tiempo que no me reía así, en alto, sin reservas. Puedo notar que Maeve me observa con atención y lo confirmo cuando, tras pasarme una mano por la cara, me giro hacia ella.

—¿De dónde has sacado todo eso?

—Yo qué sé. ¡No me mires así! ¡Es culpa tuya que sea una analfabeta científica! Vivo con un doctorando en biología y no sé ni qué diferencia hay entre ADN y ARN.

—¿No? Pues verás, a nivel químico el ADN tiene un grupo hidroxilo menos que el ARN, así que es más estable. El ADN tiene dos cadenas largas que se enrollan entre sí formando su estructura tan conocida —digo dibujando en el aire la forma de hélice con los dedos—, mientras que el ARN es lineal y más corto. Luego están los nucleótidos: comparten la adenina, guanina y citosina, pero el ADN tiene timina y el ARN, uracilo. El ADN contiene toda nuestra información genética y se guarda en el núcleo. Cuando hago técnicas de inmunofluorescencia, en las neuronas que estudio destaca justo en el centro del soma, en un azul brillante.

Así es en mi caso. Siempre uso la misma tinción. Tiene el color exacto de los ojos de Maeve.

Voy a seguir hablando, pero entonces caigo en que mi compañera no ha hecho un sonido o movimiento desde hace un rato. Al girarme hacia ella, compruebo por qué.

Paralizada, me contempla con la boca entreabierta.

—Vaya —se me escapa—. En realidad no querías saber nada de eso, ¿verdad? Perdona. Me cuesta pillar este tipo de cosas y entender que no hablas en serio.

—No, no —balbucea—. No es eso. Es el shock. Nunca te había oído hablar tanto.

Me encojo de hombros y me refugio de nuevo en el techo.

—Ya. Bueno, ya sabes que no se me da bien.

—¡Ya estamos! No es cierto, *Reuven*. Hablas *muy* bien. De hecho, no te lo he dicho nunca, pero... me gusta mucho cómo lo haces. En cualquier idioma. Tu acento... —Se detiene y baja la voz—. También está tu manera de elegir las palabras. Las escoges con mimo, como si supieras de antemano el valor que poseen. Como un escritor cuando sabe que cada frase cuenta. —Oigo cómo coge aire antes de seguir—. Me gusta escucharte. Incluso si te equivocas, prefiero oírte hablar a ti de tecnicismos que no entiendo que a muchos de mis compañeros monologar sobre literatura en plan intenso.

Al volverme hacia ella, advierto cómo vuelve a retener una bocanada de aire.

—¿En serio?

Asiente. Una de sus finas trenzas sin terminar le cae por el cuello hasta rozarle las clavículas.

—Amas lo que haces. Lo sientes y me haces sentirlo a mí. La emoción con la que hablas de ciencia es la misma con la que a mí me gustaría escribir.

—Pero si ya lo haces. Cuando te oigo hablar de tus historias, me entran ganas de leerlas. Y no me gusta leer casi nada. Más bien, nada que no sean artículos que la mayoría de la gente odia, incluidos mis compañeros de laboratorio. Supongo que soy así de aburrido. —Suelta una risa apagada—. Te lo digo en serio. No bromeo con esas cosas.

—Lo sé. Gracias. Ojalá todos fueran como tú. A veces siento que, por mucho que me esfuerce o escriba con pasión, nunca llegaré a gustarle realmente a nadie.

Despacio, me atrevo a alargar la mano, recojo la trenza y la paso luego por detrás de su oreja. Casi puedo sentir cómo se eriza la piel bajo su lóbulo en contacto con la mía.

—Cuando empieces a escribir tu antología, piensa que voy a leerla yo —le pido—. No intentes encajarla en gustos ajenos, como te pasó aquella vez. No le des vueltas a que va a calificártela un profesor, a que va a criticarla una compañera de clase o un posible lector. Borra eso de tu cabeza. Escribas lo que escribas, hazlo feliz y convencida de que, si es tuyo, me gustará.

Maeve baja la vista un segundo a mis labios y, rápida, vuelve a ascender hasta clavarla en mis gafas. Extiende las manos y, con sumo cuidado, me las quita.

—Vale —murmura—. Pensaré en ti.

—Vale.

Podría hacerlo. Ahora. Podría acortar la distancia que nos separa y besarla.

O podría hacerlo ella. Podría darme una señal de que esto que siento y me paraliza es recíproco.

Pero Maeve se da la vuelta para dejar mis gafas en la mesa de té y, justo después, se vuelve con una sonrisa espléndida.

—Bien, ahora que ya te has soltado, puedes responder a mis preguntas de antes. ¿Qué haces cada día en el laboratorio? Y no te cortes. Expláyate a muerte.

—Ni hablar.

—Vamos, no te hagas de rogar. Puede que me ayude. Uno de mis relatos podría tratar de una científica brillante enamorada de quien no debe, como un compañero de proyecto al que, en apariencia, no soporte.

Tras un suspiro, accedo.

—Está bien. Pero no te quejes si luego te parece aburrido, ¿eh?

Asiente con firmeza.

—No me quejaré.

No lo hace. Me escucha con atención mientras monopolizo la conversación y contesto sus preguntas. Una a una.

Le cuento el objetivo de mi tesis, los estudios en que me baso, la importancia que tiene encontrar biomarcadores que nos adviertan de una isquemia inminente, tardía o refractaria, o que ayuden al diagnóstico precoz en pacientes más susceptibles a padecerla. El uso que tendría no solo como método preventivo, sino farmacéutico, para elaborar medicamentos más precisos que mejoraran la vida de las personas que han sufrido un infarto cerebral.

Le explico que elegí el tema de mi tesis porque mi abuelo sufrió uno y mi abuela, otro. Ella sobrevivió. Él, no. Le cuento que mi abuela siempre dice que me parezco a él porque pienso mucho, hablo poco y me gustan los mismos caramelos que, diciembre a diciembre, insiste en regalarme.

Le confieso que los tomo sin falta antes de subir una escalera porque ella me los daba como premio cuando era niño, en esos años en que todavía podía moverse. Yo, obediente, la ayudaba a ascender. «Es como la vida, Rubén —decía—. Despacio. Con cuidado. Escalón a escalón».

No llego a aclararle a Maeve que no muto ratas de laboratorio, que no provoco malformaciones ni genero animales antropófagos hiperinteligentes, porque me quedo dormido.

Ignoro si ella lo hace antes o después que yo. En ese instante previo a caer inconsciente, solo percibo su calor, su respiración y el suave roce de su mano en mi brazo, que me deja claro que sigue a mi lado. Justo donde la quiero.

MAEVE

Le quiero.

Mierda, le quiero.

Me he convencido a mí misma durante semanas (¿cuántas?) de que no. Le concedo a la Maeve racional haberlo intentado hasta la muerte (ahora está que echa espuma por la boca), pero no puedo negar la realidad.

Estoy enamorada de Rubén.

Estoy enamorada de una persona que tiene en mente a otra.

Otra vez.

Aunque mi proceso de pensamiento es tan desordenado como lo soy yo, las conclusiones son claras y no dejan margen a la duda. Puedo tratar de fingir delante de él, puedo poner distancia entre los dos o puedo tratar de convencerle de que me escoja a mí, pero no negar lo que siento. Estoy cansada de eso.

¿La tercera opción? Ya, no sé ni por qué la he contemplado. Ni por asomo pienso interponerme en una relación. Eso queda oficialmente descartado.

Tendré que quedarme con las otras dos. Fingir y distanciarme. Nuevo Año, nuevos propósitos. A por ellos, nena.

Cuando despierto, mi cuerpo ha decidido que (ja, ja) una cosa son mis principios y otra muy distinta lo que realmente deseo.

Estoy tumbada de lado con las piernas enredadas en las de Rubén, que permanece como se durmió, bocarriba. Eso sí, su brazo ahora me rodea la espalda y una mano grande se curva con posesividad sobre mi cintura. Mi nariz le roza el cuello, la mejilla descansa sobre su pecho. Al parecer, el «tumtum» constante de su corazón ha sido mi nana esta noche.

Miro con curiosidad hacia abajo. Jesús, qué imagen damos. Espero que no se hayan despertado Rebeca y su Ligue Desconocido, porque ambos sacarían conclusiones equivocadas.

Tampoco hace falta ser Sherlock para imaginar lo que no es. Tengo una mano bajo su jersey, peligrosamente baja en su anatomía, en concreto posada en el límite entre el borde de su pantalón y sus abdominales (duros y suaves bajo mis yemas). Por mi parte, se me ha subido el vestido hasta las caderas, así que no solo se me ven las piernas, sino también el culo. Es probable que en ello tenga que ver Rubén, porque sus dedos, cerrados en torno a la tela de mi vestido, parecen haberlo querido subir aposta.

Aunque ¿quién podría creer algo así? Dormido como está parece un angelito que no haya roto un plato en su vida; probablemente así sea.

Pasa un minuto, dos, siete y, gracias al cielo, deduzco que he sido la primera en despertar. Debe de ser muy pronto. La luz es blanca, invernal; en la calle no se oye ni un coche. Tengo la sensación de que el mundo se ha detenido solo para que disfrute unos segundos más de la cercanía con Rubén. Un calor robado, que no es mío y que percibo tan maravilloso como prohibido.

La luz del sol que se cuela por el ventanal juega a despertar destellos multicolores en mi vestido y estos bailan con sus homólogos de la vidriera. Todo a nuestro alrededor es calma y color. Un espejismo del que tengo que despedirme. Con cuidado, aparto de mi cintura la mano de Rubén (que gruñe en respuesta, pero, por suerte, no hace nada más). Luego desenredo nuestro lío de extremidades y me incorporo.

Antes de levantarme, le observo. Joder, ¡¿por qué tiene que ser tan guapo?! No digo que de no ser así fuese más fácil, pero… Mentira, sería más fácil. Seguiría siendo tan listo, amable y fascinante sin esa cara y ese cuerpo, es cierto. Pero al menos podría tratar de enrollarme con otros tíos que destacaran en eso y que me hiciesen ahogar las penas.

¿A quién pretendo engañar? Dudo que exista alguien en todo Dublín que sea mejor que Rubén en algún aspecto. El que sea.

(Excepto en que estén solteros, punto importantísimo en nuestra trama).

Me inclino y, aunque querría dejarle un beso en otro lugar, acabo acariciándole la frente con los labios. Al apartarme, advierto que, todavía en sueños, sonríe con suavidad.

Pues ya está. Así lo dejamos. Ningún beso más. Nunca. Jamás de los jamases. Fue un placer, Rubén; vaya si lo fue.

Refugiada en el baño, tras quitarme de encima la ropa de anoche y ducharme, me siento más cercana a convertirme en una persona decente. Camino de vuelta a mi habitación de puntillas, aunque sigue sin haberse levantado nadie. Al llegar al umbral de mi cuarto, me detengo. La luz de la mañana entra a raudales por la ventana y cae sobre el escritorio que Rubén y yo trajimos anoche.

«Escribas lo que escribas, hazlo feliz y convencida de que, si es tuyo, me gustará».

Eso me dijo. Me pidió que ignorase a todo el mundo, que solo pensara en él al escribir.

¿Que si voy a hacerlo? La duda ofende.

Voy a escribir una historia de amor.

De pronto, una sensación cálida me recorre por dentro. Llega a mis dedos, dispuestos a ponerse a trabajar para vomitar todo lo que recrea mi mente a una velocidad de vértigo. A menudo hablo más rápido de lo que pienso. Pero escribo en mi cabeza más rápido de lo que tecleo. Es un problema, y también una ventaja maravillosa.

«Aunque la inspiración es una amante esquiva, cuando llegue, no le guardes rencor. No la discutas. Zambúllete en ella, recréate como si no fueras a volver a tenerla en brazos, porque jamás sabrás si esa será la última vez que la recibas».

A la orden, capitán Cillian.

Me pongo la camiseta desteñida, una chaqueta de lana y unos pantalones de franela. Es decir, mi uniforme de trabajo. Me hago un moño con un lápiz y, tras calzar la mesa con un par de libros y limpiar el tablero, deposito el portátil sobre él. Queda perfecto. Después vuelco a toda prisa sobre la cama la montaña de ropa que he dejado en la butaca de flores para liberarla y, sin perder un instante más, me siento, me pongo los cascos de música y enciendo el ordenador.

Voy a escribir una cascada de relatos con un elemento en común. Es tópico, es típico, es primitivo. Es lo que deseo escribir.

Es noche cerrada. Una joven limpia la barra de un bar pendiente de un hombre que se ha sentado al otro lado. Solo ha pedido un vaso del whiskey más caro. Un Jameson de dieciocho años.

Él no lo sabe, pero ella está enamorada de él.

La camarera le sirve la copa en silencio. Le pregunta cuál es su historia. No mueve un músculo mientras él le cuenta todo lo que sabe sobre esa mujer a la que ama.

El amor es tópico, típico, primitivo. Y es sobre lo que deseo escribir.

RUBÉN

Está escribiendo.

Lo sé porque al despertar oigo ese sonido al que me he acostumbrado tras vivir con ella: el tecleo enérgico y sin pausa.

Está inspirada. Todavía no la he visto, pero lo deduzco por la velocidad con la que los sonidos del teclado se elevan desde su cuarto. Dado el volumen, es probable que ni siquiera haya cerrado la puerta.

Me estiro y, sin pensar, palpo el lado en el que anoche Maeve estaba acostada. Aunque es imposible, incluso si acabara de levantarse, noto que la tela mantiene todavía cierta calidez. La suya.

Es una sensación distintiva que asocio a Maeve y que no se corresponde con la temperatura de su cuerpo. Es lo que transmite cuando mira a los demás, cuando se ríe y se alegra de forma pura y genuina de tus éxitos. Está insegura de sí misma, constantemente, pero no de quienes la rodean.

Hasta que la conocí, nunca había deseado sentir esa fe en el resto de la humanidad. Aunque sigo sin tenerla, ahora me alegra pertenecer a ella solo para que Maeve me incluya en su círculo de confianza.

Me preparo un café. Con el simple olor me despierto. Diría que es la única adicción que tengo, pero estaría mintiendo dado que, si subo unas escaleras sin tomar un caramelo de violeta, me coloco al borde del ataque de pánico; tendría que incluir esa también. Y la última añadida, pero no menos importante: ella.

Hace apenas unas horas estaba tumbado en la oscuridad junto a Maeve y necesito verla de nuevo.

Con esa intención, recorro el pasillo con la taza en la mano. Al llegar al umbral de su puerta, me asomo sin hacer ruido. Efectivamente, escribe ajena al resto del mundo, incluido yo mismo. Está de espaldas, de cara a esa ventana que en nuestro primer día en el piso aseguró que era «perfecta». Aquella tarde pensé cómo puede serlo un cristal. Ahora la veo ahí, concentrada en su trabajo, y la entiendo. Maeve puede no serlo para los demás, pero sin duda lo es para mí.

Dados los datos recopilados y analizando mi comportamiento, solo hay una conclusión posible. Estoy enamorado de ella.

Supongo que, una vez más, Rebeca tenía razón.

Como si la hubiese invocado con la mente, se oye el correr de un pestillo. La puerta de mi cuarto se abre y mi hermana sale tan rápido de ella como la cierra a su espalda.

En cuanto se gira, me descubre observándola. Se queda paralizada y compone esa expresión matutina que ya me sé de memoria. Un cóctel de arrepentimiento, tristeza, vergüenza y búsqueda del perdón.

Frunzo el ceño y me llevo la taza a los labios. Puede que necesite otro café más.

Rebeca se acerca a mí frotándose un brazo. Despacio, con la cabeza gacha, como un cachorro que sabe que ha cometido un error, pero no entiende bien la reacción exagerada de su dueño. Al llegar, se apoya en el otro lado del marco, echa un vistazo dentro y, tras comprobar que Maeve lleva cascos y no nos ve, vuelve la mirada baja hacia mí.

—Lo siento.

—Ya —mascullo—. Mira que te advertí que no te trajeras a nadie a casa.

—Es que, verás, habíamos bebido y, bueno, ya sabes, queríamos un lugar privado. Consideramos las posibilidades, te lo juro, pero esta parecía la mejor.

—No quiero imaginarme las demás —gruño.

—¿Maeve está enfadada?

—Si la conocieses, no lo preguntarías. Incluso te defendió anoche. *Yo* estoy enfadado.

Extiende los brazos, pero niego enseguida.

—Ahora no. Nada de abracitos.

—¡Eh!

—Nada de «ehs». —Entrecierro los ojos—. Maeve y yo hemos acabado durmiendo en el sofá.

—¿Juntos? —Tras asentir, la cara de Rebeca se ilumina—. Dime que...

—No. —Lanzo una mirada hacia la puerta de mi dormitorio—. En cuanto se vaya él, ella, elle o lo que sea, vas a cambiarme las sábanas. Y vas a decirme quién es.

—Ah, ¿no lo sabes? Pensé que ayer nuestra tensión sexual era bastante evidente.

—Ya sabes que no capto demasiado esas cosas.

—Ya. —Esboza una sonrisa enigmática—. Lo sé.

La puerta al fondo del pasillo vuelve a abrirse. Rebeca se gira como un relámpago. Yo, más tranquilo, clavo la mirada en la persona que sale de mi dormitorio. Está colorada de vergüenza (pero, por suerte, vestida).

Pelo rojo alborotado, vestido negro de terciopelo, ojos esquivos.

—Buenos días, Charlotte —la saludo.

No alza la cabeza en mi dirección, sí la mano. La agita en el aire y después se pasa el pelo por detrás de las orejas, aunque vuelve rápido a su posición inicial, formando una cortina sobre su rostro.

—Me voy, Rebeca —balbucea—. Nos vemos.

—Lottie —la llama ella—, ¿querrías acompañarme mañana a la biblioteca del Trinity? Imagino que ya habrás ido, así que puedes negarte sin problema, pero tengo unos pases que Maeve me regaló y...

—Sí.

—¿Sí?

—Te acompañaré adonde sea.

Cuando las dos chicas se miran por fin a los ojos, me hacen sentir de más. Como es una sensación a la que estoy acostumbrado, me limito a beber otro sorbo de café y observar la escena.

—Genial —dice Rebeca—. Te llamaré.

—Genial. —En cuanto Charlotte se pronuncia, dirige sus pasos acelerados hacia la entrada—. Bueno, adiós. O sea, hasta luego. Hasta mañana. Feliz Año.

Unos segundos después, se oye un portazo.

Rebeca, tan despacio que por un momento me preocupa su estabilidad neurológica, se vuelve de nuevo hacia mí. Está pálida, tiene un pequeño moratón en el cuello y ojeras por no haber dormido.

Le paso la taza de café y ella la recoge con una expresión obnubilada.

—Me parece que lo necesitas más que yo.

Ella asiente, lo prueba y pone mala cara.

—¿Sin azúcar?

—Encima no te quejes.

—No, está bien. —Mientras vuelve a beber, alza solo los ojos hacia mí—. ¿Ya no estás enfadado?

—Ya no estoy enfadado. —Me encojo de hombros—. Podrías haber elegido peor. Charlotte tiene un conocimiento impresionantemente extenso sobre espadas. Me cae bien.

—¿En serio? —Mi hermana sonríe, y yo acabo por imitarla—. Sí que te ha cambiado Maeve, ¿eh?

—¿Qué quieres decir?

—Que hace un año nos pasó lo mismo y no me perdonaste hasta el día de Reyes.

—Te acostaste en *nuestra* habitación de hotel con *mi* directora de tesis —le recuerdo—. Casada. Con tres hijos.

—Separada —me corrige—. Y no sabía que era tu directora de tesis.

—Porque nunca me escuchas —me quejo—. Es igual. ¿Vas a quedar mañana con Charlotte?

—Eso parece. —Vuelve a beber, esta vez con la mirada clavada en Maeve—. ¿Tú qué vas a hacer?

—¿Mañana?

—Con ella. —La señala con la taza—. Me hiciste caso al final, buen chico. —La miro sin comprender—. Le metiste la lengua hasta la campanilla. Fue im-pre-sio-nan-te. Estuve a punto de graba-

259

ros y mandarlo al grupo de familia. Papá habría enviado ese gif del lobo aullando a la luna y mamá habría llorado de felicidad.

—Qué desagradable eres.

—No te hagas el remilgado, te encantó y lo sabes. —Por toda respuesta, me cruzo de brazos—. A mí también me encantó, Ru. Quiero decir, verte tan enamorado de un ser humano como de tus celulitas.

Ignoro qué cara pongo, solo que la hace reír.

—Cállate —le ordeno.

Pero no lo niego.

—Ahora en serio, ¿se lo has confesado ya? Lo de tu novia imaginaria.

Aunque Maeve sigue ajena a nosotros, bajo la voz al contestar:

—¿Qué importa que lo haga o no? Nada cambiará el hecho de que no le intereso. Ayer en el sofá me dijo que no podía repetirse lo que habíamos hecho. Y ya oíste lo que te dijo a ti en el bar: que el beso no había significado nada para ella, que solo éramos amigos.

—Y sois amigos —murmura Rebeca—. Mira, lo que deberías…

Alzo una mano y ella se detiene en el acto.

—Basta.

—¿Cómo que basta, Ru?

—Siempre haces lo que quieres respecto a tu vida amorosa, la cual respeto, pero, seamos sinceros, suele acabar mal, y luego te permites el lujo de darme consejos. Sé que lo haces con buena intención, que intentas protegerme y ayudarme, pero deja que esto lo haga a mi manera. —Me detengo y añado—: ¿Por favor?

Rebeca duda. Nunca me he enfrentado a ella en este aspecto. Realmente, ni en este ni en ninguno.

Imagino que porque nunca nada me ha importado tanto como para atreverme a hacerlo.

—Está bien, no te insistiré —acaba claudicando en un susurro airado—. Pero quiero que conste en acta que pienso que eres idiota de remate.

—Consta.

—Y que me guardo el «te lo dije» para soltártelo a la cara en cuanto tenga ocasión.

—Vale.

—Y que a pesar de las ganas que tengo de juntaros las caras, no voy a hacerlo.

—Bien.

—Literalmente.

—Ni figuradamente.

Se lleva la taza a los labios y no dice nada más.

MAEVE

Nada me gusta más que terminar de escribir un relato y tener la certeza de que ha quedado redondo. Y, como eso no suele pasar de forma habitual, me recreo. Todavía sentada, me permito un pequeño (y ridículo) baile de la felicidad.

Al terminar las celebraciones autocomplacientes, me levanto de la butaca, me estiro como un gato y me quito los cascos. No sé ni qué hora es. Mi móvil ha muerto y un día más he perdido el cargador.

Al final salgo al pasillo y pregunto:

—¿Hay alguien ahí?

Me responde el silencio. Han pasado horas desde que me desperté; está claro que tanto Rubén como su hermana (y, quizá, el Amante Desconocido) se han marchado a algún sitio. Podría escribir más, y es probable que lo haga, pero antes necesito calmar el hambre voraz que me domina (o me desmayaré sobre el teclado y el siguiente relato empezará con un impresionante «awsfaggdjgh2222»).

Al acercarme a la cocina, un bulto en la encimera me llama la atención. Hay una tortilla española envuelta en film con un pósit azul claro pegado encima.

Rebeca y yo nos hemos ido a Phoenix Park. El conserje de mi trabajo me prestó la llave de seguridad porque no quería ir a abrirme el día 1 (por mucho que yo lo viera totalmente necesario), así que me pasaré después por el laboratorio y trabajaré allí unas horas.
Antes de seguir escribiendo, come.
Rubén
P. D.: Es tu comida favorita, ¿verdad? No estoy cien por cien seguro, pero las pruebas que he recopilado apuntaban a que sí.
P. D. 2: Si no te la comes, lo sabré.

Ay. Si es que es la definición de adorable. ¡¿Cómo no lo voy a querer?!

Guardo la nota con una sonrisa. Cada vez hay más papeles de Rubén ocupando mi pared. Dado que es un reflejo de mis recuerdos más felices, tiene sentido que esté ahí.

Cojo el plato, cubiertos, agua y regreso con todo a mi habitación. Me siguen picando las yemas de los dedos. Después de calmar mis necesidades vitales, voy a seguir con el proyecto.

He de aprovechar, porque en el futuro fijo que tendré momentos de bloqueo. El segundo semestre pinta duro; las asignaturas más complejas empiezan a impartirlas en una semana, cuando reanudemos las clases. Además, dudo mucho que Charles Malone afloje el ritmo de los turnos a pesar de las amenazas de Rubén. Tengo la sensación de que solo me ha dado un respiro debido al susto que le metió cuando estuve enferma, pero que en algún momento me lo hará pagar.

La venganza de Malone, próximamente en los mejores cines (y en mis pesadillas).

Más tarde, mientras reviso lo que he escrito del siguiente relato, una mano sobre mi hombro me hace saltar de la butaca y pegar un gritito descorazonador. Me doy la vuelta quitándome los cascos y me topo cara a cara con Rebeca.

—No quería asustarte —se excusa—. Acabo de llegar. Rubén se ha quedado en el laboratorio.

—Sí, me lo ha dicho. —Le señalo el pósit que ahora adorna mi pared junto a la etiqueta que me colocó en el manillar de la bici—. Solo él podría trabajar el primer día del año.

—¿Verdad? —No duda en sentarse en el borde de mi cama—. Aunque te confieso que durante este viaje me ha sorprendido. Ha cambiado mucho.

—¿En qué exactamente?

—Sigue siendo él, no me malinterpretes —dice enseguida—. Cuadriculado, rígido y celoso de su espacio. Pero venir aquí le ha hecho más flexible. Esta mañana me ha regalado su café y me ha perdonado lo de ayer en cinco minutos. —Sonríe para sí con los ojos puestos en el umbral—. El Rubén de España no lo habría hecho.

—Quizá necesitaba echar a volar. Cambiar de perspectiva.

Solo sus ojos verdes se mueven hacia mí. Sin querer, me recorre un escalofrío.

—Yo creo que necesitaba algo bien distinto.

—¿Y tú qué? —salto para cambiar de tema—. Anoche necesitaste la cama de Rubén, ¿eh?

En lugar de ponerse colorada, se encoge de hombros.

—No pude resistirme. Es monísima.

—Oh, ¿viniste con una chica? —Alzo los pies para apoyarlos en el borde de la butaca y me abrazo las rodillas—. ¿Quién es?

—La conoces, ¿no te lo ha contado todavía?

—No he encendido el teléfono —me excuso—. Déjame que lo adivine, así es más emocionante. —Entrecierro los ojos—. ¿Es Áine?

—Esa chica es inaccesible —responde—. Creo que odia a todo el mundo menos a su perro.

—No tiene perro.

—Pues eso.

—En ese caso... —Chasqueo los dedos—. ¡Lucille!

—No, esa se besó con el pesado. —Alzo las cejas—. ¿Zack, era?

—¡¿Esos dos se han liado?!

—Fue eso o la RCP más rara que he visto nunca. —Se me escapa una carcajada—. Él lo hizo por despecho, ella tenía ganas de fastidiar a la morena. Aunque no pudo darle más igual, la verdad.

—Si no fue Lucille, entonces... ¿Katja?

—No, gracias, no querría que ningún pelirrojo me arrancara los ojos. —Me guiña un ojo—. Prefiero que las pelirrojas me hagan otro tipo de cosas.

Abro la boca de par en par y la tapo al segundo con ambas manos.

—¡¿Lottie?!

—Es un amor. —Y en ese momento sí se sonroja—. Escribe historias como las que me obsesionaban en la universidad. Hicimos un concurso de chupitos sobre la saga ACOTAR y, antes de que me diera cuenta, ya estábamos caminando hacia aquí agarraditas de la mano.

—Lo entiendo, desde luego que Lottie es un amor. Es mi mejor amiga en Dublín.

—Entonces estoy de suerte. —Apoya las manos sobre las rodillas y se inclina hacia delante—. Mañana he quedado con ella para ir al Trinity. Y después había pensado traerla aquí a cenar.

—Ah, ¡estupendo!

—Podría ser una cita doble. —En ese instante, la sonrisa se me congela—. Por lo que deduje anoche, aunque seáis muy amigas, ella tampoco sabe nada de lo de Rubén y tú, ¿no?

—Piensa que somos novios normales, sí.

—Aun así, habría alguna posibilidad... —Se calla de pronto y cabecea con aire apagado—. Nada, es igual.

—¡No, no! Dime.

—Me voy el día 3. He pensado que para despedirnos podría pedirle a Charlotte que se quedara a dormir conmigo después de cenar. —Encoge un hombro con el mismo ademán triste—. Quizá pase mucho tiempo antes de que pueda volver a verla, si es que eso pasa. A la vez, no quiero meteros en problemas o incomodarte. Es lo último que querría. De verdad.

Mi primera reacción es decirle entusiasmada que no se preocupe y que invite a Charlotte a venir, a quedarse a dormir y a darse besitos toda la noche (una, a la que para su desgracia le pierde el romanticismo).

La segunda es entrar en pánico y negarme en redondo. Eso

supondría (peligro, PELIGRO) que Rubén y yo tuviésemos que fingir más veces y durante más tiempo.

Habría que ir con cuidado. Charlotte y Áine son muy amigas, y a Lottie la adoro, por descontado, pero como buena escritora de *romantasy* es una cotilla obsesa del amor (y las conspiraciones). Cualquier cosa que le dijese a Áine después, esta podría malinterpretarlo. Ella o su tía. Aunque Áine la detesta, sé de buena tinta que hablan casi todos los días.

Me pregunto si esas dos tienen una relación de amor-odio o simplemente son masoquistas. Soy incapaz de entender los lazos intrafamiliares ajenos.

—¿Y bien? —insiste Rebeca—. Mejor no le digo nada a Charlotte, ¿verdad? Incluso podríamos cenar fuera y no pisar esta casa en absoluto...

—¡Qué tontería! —exclamo, y me sale la risa tonta—. Tráela, mujer. Cuando se duerma Charlotte, me puedo largar al sofá si a tu hermano le resulta incómodo. Ya nos apañaremos.

Rebeca deja que se instale un pequeño silencio.

—¿En serio?

—¡Claro!

Esboza de inmediato una sonrisa torcida. La mía también lo es, aunque intuyo que no tan auténtica.

—Oye, Maeve, ¿a ti te gusta mi hermano?

Tengo que hacer un esfuerzo para no caerme de la silla.

—¡¿Qué?! ¿A qué viene eso?

—Es una simple pregunta —dice con inocencia—. ¿Te gusta?

Frunzo los labios y desvío los ojos hasta la ventana. Empieza a caer el sol.

—Tiene novia.

—Eso no es lo que te he preguntado.

—Somos amigos.

—Eso tampoco.

Trago saliva. Esta mujer es implacable.

—Da igual lo que piense o sienta por Rubén —acabo por confesar en voz baja—. No podemos estar juntos.

—¿Por qué no?

—Porque tiene…

—Maeve, no te conozco, pero ya te aprecio —me interrumpe. Cuando me giro hacia ella, compone una expresión suave, casi tierna—. Se nota que te preocupas mucho por mi hermano. Cualquiera que haga eso sube puestos en mi ranking de personas favoritas del universo. Podrías asesinar a alguien y te ayudaría a esconder el cuerpo.

—A ver, eso es…

—La novia de Rubén no es tan real como tú —sentencia.

Necesito unos segundos para entender esa frase (y, a pesar del tiempo, no lo consigo).

—¿Qué quieres decir?

—Que creo que deberías darle la oportunidad a Rubén de elegir entre seguir como está o escoger otro camino. —Me ruborizo, pero ella no parece darse cuenta y continúa hablando, la vista perdida en un punto distante—: Él… Bueno, ya te habrás dado cuenta de que no es normal. No lo digo en plan despectivo. En una campana de Gauss en la que se analice la normalidad en el comportamiento humano, mi hermano se encontraría en los extremos. —No le pregunto qué mierdas es eso, solo asiento—. Es un hecho, no una apreciación. Yo le adoro por como es. Aun así, tiende a actuar solo basándose en hechos constatados y a no tomar decisiones que no haya meditado hasta la saciedad por miedo a equivocarse. A fallar. Por eso le cuesta tanto hablar. Por eso no hizo el máster de investigación que adoraba en la UCLA, a pesar de que se lo ofrecieron con todos los gastos pagados. Porque si cree que tiene las de perder, no va a moverse. Eso sí, si le das la oportunidad, Ru puede sorprenderte.

Deja que se instale un silencio espeso entre las dos. Al final (gracias al cielo), sonríe de nuevo y yo suelto el aire que había retenido en los pulmones.

—En fin, basta de discursitos empoderantes de hermana mayor. Me aburro hasta a mí misma. —De sopetón, da una palmada en el aire que me hace dar otro bote en la butaca—. Te dejo escribir. ¿Tengo entonces tu bendición para llamar a Charlotte y proponerle una cita con final feliz?

Me echo a reír.

—Tienes mi bendición.

Se pone en pie y, aunque la veo dudar, al final acaba por acercarse a mí y darme un abrazo.

No huele como su hermano, ni por asomo, y tampoco tiene su cuerpo. Pero hay un resquicio de él en ella (¿será ese ADN azul que comparten?) que me hace cerrar los ojos y sentirme igual que cuando me toca Rubén. En casa.

RUBÉN

Estamos en casa. Rebeca se va mañana. Es la excusa que ha esgrimido para montar su Plan. En mayúscula, porque es evidente que aquí hay gato encerrado.

Puedo ser obtuso en muchos aspectos, pero conozco a mi hermana. No es fácil convencerla de que se haga a un lado, en especial si tiene que ver conmigo.

Y en especial si le pides encarecidamente que no se meta donde no la llaman.

—La cena está riquísima —me felicita Charlotte—. Maeve, no me habías dicho lo bien que cocinaba tu chico.

—¿Ah, no? —se adelanta mi hermana—. Pues así fue como la conquistó.

—¿En serio? —Charlotte frunce el ceño y dirige la mirada primero a su amiga (sentada justo enfrente) y luego a mí (junto a Maeve)—. Pensé que os habíais conocido en internet y, al venir a conocerla a Irlanda, os habíais enamorado de inmediato.

—Oh, ¿esa es vuestra versión? —Rebeca apoya los codos en la barra para reposar la barbilla en el dorso de las manos. Luego alza las cejas varias veces—. No me habíais contado que lo vuestro había sido un *instalove*.

—No lo fue —la corto. Por debajo de la mesa, le golpeo la pierna con un pie. Ella finge que no le ha dolido acrecentando su sonrisa—. ¿Quieres parar, por favor?

Eso se lo digo en español, por lo que tanto Charlotte como Maeve vuelven la cabeza en nuestra dirección, curiosas.

—Si no fue *instalove,* ¿qué fue? —sigue Rebeca, haciendo caso omiso a lo que le he dicho y dirigiéndose a Maeve—. Ya sabes que mi hermano es hermético a más no poder. ¡No suelta prenda! Cuéntame tú, Maeve. ¿Cómo te conquistó realmente? ¿Te explicó el ciclo de Krebs?

—Jamás se me he ocurriría —mascullo—. Hasta yo odio el ciclo de Krebs.

Maeve se ríe en voz baja. Noto algo cálido en mi brazo y, al volverme, me doy cuenta de que ha posado una mano sobre él. No suelo alterarme y con Maeve me resulta imposible. Es como un sedante. Advierto que mis hombros se destensan en cuanto sonríe en mi dirección.

—En realidad, fue progresivo —contesta con suavidad—. Aunque me atrajo físicamente, lo demás vino después. Me fue ganando poco a poco y acabé enamorándome sin darme cuenta.

Aunque sé que no habla en serio, no puedo evitar sentir un tirón en el estómago. Tampoco dejar de mirarla. Se ha puesto una camiseta corta con escote (en el que bajo ningún concepto pienso fijarme) y una falda larga de flores. Va descalza. Tiene el pelo suelto, sus trenzas perdidas y deshechas me hacen cosquillas en el antebrazo cuando se mueve.

Llevo toda la noche intentando no contemplarla como un obseso, así que ahora sé que junto a su codo derecho reposa otra constelación de pecas. Me encantaría acercarme más hasta descubrir si es la de Leo o la de Géminis. Quizá podría trazar las conexiones con los dedos hasta estar seguro. Buscar otras.

Me pregunto cuántas habrá escondidas en su cuerpo.

—Seguro que fue por las gafas —interviene Rebeca—. ¿A que se parece a Superman?

—No tengo los ojos azules —bufo—. Y no me parezco a Superman.

—Ahora que lo dices, un poco —rumia Charlotte. Se fija tanto en mis rasgos que acabo revolviéndome en el taburete—. ¡Sí, sí! Al actor que hace de él.

—Eso es muy impreciso. Por ahora, ha habido ocho actores que han hecho de Superman —le explico—. En orden: Kirk Alyn,

George Reeves, Christopher Reeve, Dean Cain, Tom Welling, Brandon Routh, Henry Cavill y Tyler Hoechlin. Y eso sin contar los actores de voz en las series de animación o en los videojuegos.

Mi hermana es la única que no me contempla con la boca abierta.

—¿Eres un friki de las películas de superhéroes? —pregunta Maeve con cara de asombro.

Yo compongo una de asco y Rebeca se ríe.

—No veo películas. La mayoría me dan vergüenza ajena.

—Rubén sabe eso porque al parecer lo sabe todo —aclara mi hermana con una sonrisilla—. En casa solemos jugar al Trivial. Todos nos peleamos por ir con él, así que le usamos de comodín.

Sé que quiere burlarse del mote que me pusieron, pero es intraducible al inglés. Por suerte. Cada vez que me llaman «el Ru-spuestas» me siento un idiota.

—Buah, estaría genial jugar antes de dormir —propone Charlotte—. Podríamos sacar la botella de vino que he traído y echar una partida.

—No tenemos ningún juego de mesa en casa —digo con rapidez—. Ni el Trivial ni ninguno.

Eso sí, libros, plantas y tensión rara hay a patadas.

—¿Y para qué está internet? —Rebeca mueve su móvil en el aire y su ligue aplaude—. ¿Qué, Ru-spuestas? ¿Preparado para conquistar a tu chica con tu cerebro galaxia o tienes miedo de espantarla?

Sabe que me enfada que hable en español delante de Maeve. Pero bufo y le respondo en el mismo idioma:

—No es mi chica. Te dije que dejaras de insistir.

Ella se encoge de hombros con aire inocente.

—Solo vamos a jugar, no te pongas nervioso.

—No me pongo nervioso. Y no juegues. Es peligroso. Charlotte no sabe nada de la farsa sobre que somos novios —murmuro—. Y tiene que seguir siendo así.

—Pues entonces, juega —me reta Rebeca al mismo volumen.

Luego se vuelve hacia Charlotte, que no deja de mirarnos, tan colorada como confusa.

—¿Qué dices, Lottie? ¿Vas conmigo?

—V-vale.

—¿Y tú, Maeve?

Me vuelvo hacia ella. Es extraño, pero no ha hablado mucho desde que las otras dos llegaron. Al irme a trabajar esta mañana, oí el tecleo salir de su cuarto. Cuando he vuelto, seguía encerrada.

Quizá simplemente esté cansada.

—No tienes que jugar si no quieres —le recuerdo—. Rebeca se pone insoportable. Es muy competitiva.

—¡Eh, tú también, Ru!

—A mí me da igual —miento. A medias. Porque la realidad es que esta noche ganar o perder me resulta indiferente.

Alargo la mano hacia la de Maeve, posada sobre la barra, y le aprieto los dedos con suavidad. Tiene la piel helada. No se ha puesto anillos, excepto uno con una piedra azul en el índice derecho. Me he fijado en que siempre lo lleva.

Me pregunto quién se lo ha regalado. A lo mejor fue un antiguo novio. O su abuelo.

Mi mente elige la segunda opción. La primera me hace sentir miserable por partida doble: por imaginar lo que no debo y por fraguar estos celos absurdos que no merece.

Maeve rompe mi hilo de pensamientos al alzar la cabeza y mirarme a los ojos. Los suyos siempre me han parecido asombrosamente grandes y brillantes, como los de un animal nocturno. Esta noche me enfocan tan apagados que el pecho se me encoge.

—En realidad, me apetece jugar —dice en voz baja. Esboza una sonrisa escueta y se encoge de hombros—. Aunque me da un poco de vergüenza…

—¿Por qué?

—Nunca he jugado.

Rebeca y Charlotte ahogan una exclamación dramática.

—¡¿Nunca nunca?!

—En mi familia no jugábamos a nada —sigue relatando con la misma timidez—. A veces, en el pub, si no venía ningún cliente, jugaba un rato a las cartas con mi abuelo. Nada más.

—Dios mío, estoy empezando a escuchar un violín muy triste —se burla Rebeca. Le lanzo una mirada furibunda y ella parece vacilar por vez primera—. Perdón. Quiero decir... que es una mierda.

—Pues tenemos una oportunidad de oro para que Maeve juegue por primera vez y utilice la suerte del principiante a su favor —interviene Charlotte—. ¿Por qué no vais juntos? Rowan, si eres tan bueno, seguro que puedes enseñarle.

Asiento. Noto algo en la mano y me doy cuenta de que sigo agarrando la de Maeve, que ha empezado a revolverse bajo la mía. Se la suelto enseguida y murmuro rápido:

—Lo siento.

—Nada, nada —balbucea. Se levanta a toda velocidad—. Voy al baño.

Al pasar, su pelo me roza el hombro. Yo me giro y la sigo con la mirada a través del pasillo. Solo cuando entra en el servicio, me vuelvo hacia la mesa y compruebo que las dos chicas me están observando. Una, con ojos de romántica empedernida. Otra, con ojos de jugadora profesional (que cree ir ganando).

—Es una pena que te resistas —dice mi hermana—. Tendríais unos bebés guapísimos.

—Deja de hablar en español.

—Gáname esta noche y dejaré de hacerlo —me reta. Luego se vuelve hacia Charlotte y le da un beso en la mejilla—. Vamos a ganar a esos dos, ¿verdad, *honey*?

—Has dicho que tu hermano era buenísimo. Y Maeve sabe muchísimo sobre libros y datos raros. Creo que harán buen equipo.

—Primero, yo también soy muy buena. Segundo, tú también sabes mucho sobre libros. Y también hacemos un buen equipo, ya lo comprobaste la otra noche. —Charlotte suelta una risilla—. Además, no son tan listos. Juntos son tontos de remate.

—¿Y eso?

Le doy otro golpe con el pie bajo la barra y Rebeca se encoge de hombros.

—Pues eso. Lo son.

Son ya las nueve y vamos a empezar a jugar.

Maeve volvió del baño con otra cara. Mojada por el agua, pero más sonriente.

Mientras le explico las normas del juego, mantiene esa sonrisa extraña, no tan amplia ni genuina como las de siempre. En lugar de ocuparle toda la cara, se limita a su boca. No le llega a los ojos. Tampoco me miran, y eso que estamos sentados en el suelo, uno junto al otro, con mi iPad justo entre los dos.

—¿Habéis aceptado la invitación a la aplicación de Trivial? —pregunta Charlotte—. Nuestro usuario es Relottie.

—¿Qué nombre es ese?

—El de nuestro *shippeo*.

Las dos están al otro lado de la mesa, con el móvil de mi hermana apoyado en una pila de libros de Maeve. Mi hermana se ha sentado en la posición de la flor de loto y ha insistido hasta que la otra chica se ha sentado en su regazo. Juguetea con los mechones de su pelo rojo mientras me lanza miraditas de provocación.

Ignoro cómo sabe que la envidio hasta la muerte, pero no pienso caer. Maeve y yo no vamos a sentarnos así. Si lo hago, perderé la concentración (y el juego).

—¿Cómo nos llamamos nosotros? —quiere saber mi compañera.

—Pues el nombre de vuestro *shippeo* —propone Charlotte—. ¿Maeru? ¿Rumae?

—Suenan fatal.

—Re, tú no estás para hablar —gruño.

—Acepta que el nuestro es monísimo, Ru. ¿Por qué no os llamáis The Irish Lovers?

—Porque es absurdo y porque yo no soy irlandés.

Me abstengo de añadir que tampoco somos amantes.

—¡Está aceptada! ¡Nosotros somos The Perfect Opposites! —exclama Maeve. Hace un pequeño baile con los brazos—. Estoy nerviosa y todo, ¿cuál es el premio?

—Ganarlas —le respondo.

—La pareja que gane se queda esta noche la cama grande

—sugiere Rebeca—. Es decir: si perdéis, tendréis que compartir la otra cama chiquitita. O el sofá.

—El piso es suyo —le dice por lo bajo Charlotte—. Eso no es nada justo para ellos.

—Si Rubén no se distrae, no tiene de qué preocuparse —rebate mi hermana—. Ganará. Y tampoco es para tanto si no. Están acostumbrados. Ya los dejamos sin cama en Nochevieja, ¿recuerdas?

Charlotte baja la vista y su cara se pone tan roja como su pelo. Yo estoy cabreado. Más que eso. Furioso. Por eso, quizá, me sorprende todavía más la carcajada de Maeve a mi lado.

Se vuelve hacia mí y oculta la boca con una mano para que solo la vea yo.

—No entres al trapo, está jugando a desequilibrarnos —susurra—. La partida ya ha empezado.

—Lo siento —digo usando su misma técnica para tapar mis labios—. Mi hermana se está comportando como una lunática.

—No te preocupes, es solo un juego. Sé lo que pretende. —Un escalofrío me recorre la columna cuando la veo sonreír de lado—. Es divertido. Además, conozco a Charlotte más que ella. Aguanta fatal la presión. Vamos a ganar. —Sus ojos me taladran por primera vez desde hace un rato y yo me congelo—. En tu cama gigante ni nos rozaremos, así que *tenemos* que machacarlas. ¿Listo, grandullón?

Asiento.

—Listo, escritora.

La siguiente hora es una batalla encarnizada. Es cierto que Maeve y yo hacemos un gran equipo. Mi debilidad son los temas de ocio y literatura. La de ella, los de ciencia y deporte, que son mis puntos fuertes.

Que acierte todas las preguntas sobre libros no me sorprende, pero sí que me corrija una sobre geografía. Para no haber viajado nada, parece saber mucho sobre mapas.

—De joven, mi abuelo Cillian fue pescador —me aclara—. Me hizo aprenderme todos los sitios en los que había estado y todos aquellos en los que hubiera querido estar.

—¿Y no fuisteis juntos a ninguno?

Se encoge de hombros. Sé que, cuando no responde algo, es porque no desea hacerlo, así que no la presiono más.

En la siguiente pregunta, Rebeca y Charlotte fallan la suya. Son muy inteligentes, sin duda, pero la estrategia de mi hermana juega en su contra: no tienen tanta confianza todavía y estar tan cerca una de otra las distrae. Además, por mucho que Rebeca intente sacarme de quicio, Maeve equilibra la ecuación. Por mi parte, cuando mi compañera de piso se frustra con una pregunta difícil, intento que se atreva a seguir su instinto.

—Te la sabes.

—¡Para nada! —me rebate—. Me suena algo, sí, pero no estoy del todo segura.

—¡Faltan treinta segundos...! —canturrea Rebeca.

—Esta da el quesito que nos falta, ¿no? —pregunta nerviosa Maeve—. Estamos empatados. ¿Y si me equivoco?

Yo también tengo miedo a perder. Pero no quiero que ella lo comparta.

—Pues te habrás equivocado, nada más. —La agarro de la mano—. Pero eso carece de importancia, porque te la sabes.

—¿Cómo estás tan seguro? Tú no te la sabes.

—Porque estoy seguro de ti.

Tarda un segundo exactamente en asentir con firmeza y volverse a las otras dos:

—Paula Meehan.

—Y es... ¡correcto! —Charlotte aplaude. Aunque Rebeca bufa, mantiene la sonrisa y una mano en la cintura de la otra—. Maeve y yo compartimos el mismo poema favorito suyo. Hasta a Áine le gusta, y eso que insiste en que Meehan es prosaica.

—Áine no tiene ni idea de poesía —replica Maeve—. Nosotras tampoco, la verdad, pero al menos sentimos algo.

—¿Cuál es ese poema?

Maeve no me mira al responder:

—Un poema cualquiera. No importa.

—Es precioso —sigue Charlotte—. Si no me equivoco, habla sobre la marea que limpia los restos que arroja la tormenta en la playa. De cómo el agua se lleva todo consigo. La vida, la muerte. La arena y las cenizas que se lanzan en una última despedida.

Noto que Maeve se pone rígida a mi lado. Ojalá pudiera meterme en su cabeza y saber qué hay en esos versos que la perturban tanto.

Pensé que la conocía, pero está claro que sigue habiendo aspectos de su vida y su pasado que no me ha contado. En lugar de entristecerme, me activa. Saco rápido la cartera para apuntar en la lista: «Averiguar por qué ese poema de Paula Meehan es su favorito». Cuando guardo el papel de nuevo, siento el corazón latiéndome rápido.

Ser consciente de que todavía hay partes de Maeve que descubrir solo me incita aún más a estar cerca de ella.

—Nos llevan ventaja —masculla Rebeca—. Como ganen la última ronda antes de que consigamos más quesitos...

—Y tiran otra vez —nos recuerda Charlotte—. ¡Vamos, chicos! Si llegáis al centro, toca batería de preguntas. Si acertáis todas, ganáis.

Es deprimente que el dado solo sea una imagen 3D que da vueltas en la pantalla, pero aun así es emocionante esperar el resultado. Sobre todo cuando, al detenerse, marca un seis.

—¡No me lo puedo creer!

—Es la suerte de la principiante —le recuerda Charlotte a mi hermana.

—¿Cómo estás tan contenta? ¡Van a ganar!

—Una habitación u otra, ¿qué más da? —Charlotte se encoge de hombros—. Lo importante es aprovechar juntas esta última noche, ¿no?

Rebeca la contempla en silencio. Después, se inclina para depositar un suave beso en sus labios.

—Eres la pelirroja más mona del mundo.

—¿Has hecho algún estudio o qué? —Rebeca le guiña un ojo y Lottie se escandaliza—. Pero ¿con cuántas pelirrojas has estado?

—Si vamos al centro —me señala Maeve en la pantalla— y acertamos todas, ¿ganamos?

—Sí.

—¿Te parece bien si seguimos la misma estrategia? Para ser rápidos, ¿me quedo ocio, literatura y geografía, y tú deporte, historia y ciencia?

—Vale.

Tenemos que llamarles la atención a Rebeca y Charlotte para que estén atentas a las preguntas (y de paso dejen de comerse la boca). Al final, acertamos una a una hasta llegar a la última, mi punto fuerte.

—¿Cuál es el nucleótido único del ARN del que carece el ADN? —Tras leerla, Rebeca suelta un resoplido enfadado—. No me lo puedo creer.

Es tan fácil que no me doy prisa. Solo que eso le da la oportunidad a Maeve para decir:

—El uracilo.

En el salón se hace un corto silencio.

—¿Es vuestra respuesta final? —titubea Rebeca.

Miro a Maeve. Ella a mí. Y, poco a poco, esbozo una gran sonrisa.

—Sí.

—Joder, ¿cómo se lo sabía? —Rebeca me señala—. ¡Y encima sonríes! Venga, confiesa, ¿cómo se lo has dicho, por telepatía?

—¡Eh, he sido yo solita! —contesta Maeve extrañamente risueña—. El ADN tiene timina y el ARN, uracilo. Y el ADN se guarda en el núcleo y es azul, o algo así. —Se encoge de hombros—. Me lo explicó tu hermano la otra noche.

—¡Estoy flipando!

Yo también. La sonrisa no se me borra. Sé que es una tontería, que es una pregunta muy simple y que esto es una chorrada de juego que no demuestra nada (ni de la inteligencia de nadie ni de sus capacidades reales). Sin embargo, que lo hayamos ganado porque Maeve escucha hasta el detalle más insignificante que le cuento hace que continúe sonriendo como un idiota.

—¿Eso hacéis en la cama? —se ríe Charlotte—. ¿Hablar de ciencia os cuenta como preliminares?

—Los martes y los jueves, los lunes y miércoles me toca darle la turra sobre libros —responde Maeve con un deje burlón—. Los viernes y findes, miscelánea.

Charlotte suelta una carcajada.

—No podíamos ganar, Rebeca. El nombre de equipo les viene al pelo: son la pareja perfecta de opuestos.

Mi hermana, siempre tan competitiva, le da un beso en respuesta. Se la ve muy satisfecha. A continuación, estira la mano para ofrecérsela a Maeve, que se la estrecha de buena gana, y luego me la ofrece a mí.

—Bien jugado, Ru.

—Lo mismo digo.

—Ahora, esta muchachita y yo nos vamos a dar arrumacos a la cama que nos corresponde. Vosotros también, ¿no? —Me guiña un ojo—. Es hora de que reclaméis el premio.

RUBÉN

El fantástico premio está envenenando, porque supone que, tras cerrar la puerta de mi cuarto, Maeve y yo nos quedemos mirando la cama como si fuera un pescado muerto. Carraspeo para llamar su atención. Sin embargo, ella, de pie junto a mí, no se mueve un milímetro.

—¿Qué lado prefieres? —le pregunto.

—Eh, pues... —Señala la parte izquierda—. En el sofá dormí ahí.

—Vale.

Hay un incómodo silencio que se acrecienta cuando nos llegan las risas amortiguadas de Rebeca y Charlotte al otro lado de la pared.

Odio a mi hermana por empujarnos a esto. Pero lo peor es que no es cierto, la quiero. Igual que a Maeve, que se acerca con timidez a la cama y se sienta en el borde. Su pie descalzo empieza a golpear rítmicamente el suelo.

—Me ha dado vergüenza admitir que todas mis cosas, incluido mi pijama, estaban en la otra habitación —murmura—. Charlotte cree que todos los días dormimos juntos aquí.

—No te preocupes. —Abro las puertas del armario y, retirándome un paso, se lo señalo—. Elige lo que quieras.

—¿No te importa?

—Maeve, es solo ropa. Además, te recuerdo que cuando no tienes limpia, me la robas igual.

Esboza una levísima sonrisa. Al menos creo que es sincera.

—Me daré la vuelta, tranquila. —De hecho, la doy alrededor de la cama hasta llegar al otro lado y sentarme de cara a mi escritorio—. Tómate tu tiempo.

Tarda unos segundos en levantarse, lo noto por cómo se mueve el colchón al perder su peso.

Mis sentidos se aguzan en la oscuridad. Deduzco que se desnuda cuando oigo que su ropa cae al suelo y empieza a rebuscar entre la mía. Pasa un minuto. Y uno más. Mi pie es ahora el que golpea rítmico la moqueta. Intento que mi mente no recree la imagen que hay a mi espalda, pero mi cerebro siempre ha ido por su cuenta, así que casi puedo verla ante mí.

Maeve, desnuda en mi habitación, a tan solo unos metros, es tan irresistible que me obligo a cerrar los ojos con fuerza y enumerar los nombres de los doce pares craneales, del primero al último.

Cuando voy por la tercera vuelta, Maeve anuncia queda:

—Ya puedes mirar.

Lo hago enseguida. Ha tenido que remangarse mis pantalones negros de chándal un par de veces y las mangas de la camiseta del Trinity College le llegan hasta los codos. No lleva sujetador, lo sé por cómo se marca su pecho desnudo contra la tela blanca.

Ignoro cuánto tiempo me quedo mirándola. El suficiente para que ahora quien se vea obligada a carraspear sea ella.

—Hace frío, me meto en la cama, ¿vale? —Aparta la colcha y añade—: Puedes quitarte la ropa sin preocuparte por mí, cerraré los ojos.

Nunca me ha gustado que me miren y ella lo sabe. Sin embargo, esta vez, mientras me desnudo, deseo internamente que Maeve lo haga. Me pregunto si sentirá lo mismo que yo cuando observo su piel expuesta, incluso si es algo tan simple como su nuca al recogerse el pelo antes de escribir.

Me avergüenza la de noches que he vuelto a mi cuarto y, como refugio, lo he usado para dar rienda suelta a mi deseo por ella. En esta ocasión, no puedo liberarme. La chica que me atrae hasta el absurdo está metida entre mis sábanas.

Tras ponerme el pijama, me cuelo entre ellas y me coloco de costado, de cara a ese escritorio enorme que subimos juntos por las escaleras. Los tiradores son asimétricos: uno cuadrado y gris; otro, en espiral y colorido.

Estoy seguro de que, en otro punto de mi vida, sencillamente contemplarlos habría provocado una molesta sensación en mi cuerpo. Ahora solo puedo pensar en que es un reflejo de lo que somos Maeve y yo: casamos a la perfección el uno junto al otro, a pesar de todas y cada una de nuestras diferencias.

—Maeve —pronuncio.

—¿Sí?

Otra carcajada nos llega a través de la pared.

—¿Por qué el poema de esa autora es tu favorito?

Noto cómo se remueve en su lado del colchón.

—Porque es bonito.

—Creo que no es por eso —aventuro en voz baja—. La variable que utilizas para elegir tus cosas favoritas se basa en la emoción, no en la estética. Como con las librerías. Books Upstairs es tu favorita en Dublín porque allí te llevó tu abuelo Cillian la primera vez.

—¿Cómo te acuerdas de esas cosas?

—Porque me las has contado tú.

La respuesta más precisa sería otra, pero no voy a confesarme mientras estamos a un metro, espalda con espalda.

—¿Por qué quieres saberlo?

—Tengo curiosidad —respondo sincero—. Me interesa.

—¿Por qué?

—Porque, como ha dicho Rebeca antes, quiero saberlo todo. —«Sobre ti»—. En cualquier caso, no tienes que responder si no quieres. Siento si a veces soy un poco insistente. No me hagas caso.

Vuelvo a percibir cómo se mueve inquieta.

—No quiero ser monotemática, pero… es por mi abuelo.

—Era pescador. ¿Es por eso?

—Sí. En realidad…, no. —Traga saliva—. Mi abuelo tenía la costumbre de salir cada mañana a nadar en el mar. A pesar de lo peligroso que nos parecía, él insistía en que tenía más peligro en tierra. Conocía las mareas, las olas, la espuma, cada gota de agua salada mejor que a sí mismo. Pero hace tres años salió de casa rumbo a la playa y jamás regresó. Las mareas no nos lo devolvieron.

Espero, paciente, mientras Maeve coge fuerzas para continuar:

—Mi familia asumió la verdad rápido. Yo esperé, cada día desde que se fue, junto al acantilado de la playa. Esperé y esperé y esperé, pero nunca volvió. Era imposible que no lo hiciera, ¡conocía el océano tanto...! El mar era su principio, era toda su vida. Debería haber asumido que también sería su final. Cillian me enseñó a amar incluso lo que nos hace daño. Por eso no le guardo rencor al mar. Ni a él. Y, aun así, a veces me pregunto si no fue todo mentira y en realidad me dejó atrás, como... —Coge aire y, al soltarlo, el soplido suena irregular—. Pero es mezquino pensar así. No puedo pensar nada parecido. Él nunca me habría dejado sola.

Me doy la vuelta. Sigue de espaldas, no le veo la cara. Aunque no hace ruido, sé que llora con solo ver sus hombros tensos y su pelo rubio desplegado sobre mi almohada. A pesar de mi dificultad para leer a los demás, he observado a Maeve lo suficiente para deducir lo que necesita en un momento como este.

Alargo un brazo, la rodeo con él y tiro de ella para arrastrarla hasta mí. La obligo a apoyar su espalda en mi pecho, la abrazo con fuerza y la estrecho aunque se revuelva.

—No estás sola.

Suelta un hipido adorable.

—Sí lo estoy.

—Tienes amigas. Tienes gente que se preocupa por ti.

—No.

—Ya sabes que detesto que digas mentiras. —Hago una pausa—. Pero sobre todo odio verte llorar.

Deja de moverse. Deja de resistirse a mí y a las lágrimas y, tras un rato, noto que se tranquiliza por cómo se relajan los músculos de su cuerpo. Al final, se pasa la mano por la cara y suspira.

—Gracias. Soy una llorona. Perdón.

—No pidas perdón. Gracias por contármelo.

—Eres demasiado bueno.

—Si no he hecho nada.

—Eres mi amigo. Eso significa mucho para mí.

Aprieto los párpados. Tengo muchas palabrotas sonando en la

cabeza, y eso que siempre me ha horrorizado pronunciarlas. Quiero soltarle que, joder, no quiero ser su amigo. Al menos, no *solo* su amigo.

—Tú también significas mucho para mí —digo ronco.

—Pero te vas a ir —replica todavía más bajo—. Un día también te irás.

La obligo a darse la vuelta. Ella agacha la cabeza con la intención de esconder el rostro en mi hombro, así que apoyo una palma en su mejilla para impedírselo. Le alzo la barbilla con el pulgar hasta que nuestros ojos se cruzan. Está preciosa cuando me mira.

En realidad, está preciosa cuando la miro yo.

—Estoy aquí.

Desde luego, la reacción que provoca Maeve en mí es semejante a la de una droga estimulante. Los síntomas coinciden. No existe otra explicación, porque nunca antes he actuado en base a impulsos. Siempre he intentado regirme por lo que es correcto y lógico. Jamás me he atrevido a besar a una mujer sin estar seguro de que es lo que realmente desea.

Quizá se debe a que nunca he sido yo el que ha deseado tanto a la otra persona. Puede que tenga que ver con que la paciencia que me ha caracterizado se rompe en mil pedazos al tenerla cerca. He estado a su lado conteniéndome durante meses, aprovechando como un mendigo cualquier roce entre nosotros y dándole las gracias por dentro a esa casera metomentodo que nos empujó a actuar como lo que no somos, pero querría que fuéramos.

En el fondo, no tengo ni idea de por qué me lanzo y beso a Maeve. Solo tengo una certeza. Cuando mi boca se une a la suya, sé que es ahí donde quiero estar. Necesito esto, su cuerpo pegado al mío, nuestros labios reclamando el verdadero premio y su gemido vibrando en la garganta al dejarse llevar.

Tocarla es una sensación maravillosa. Besarla despierta en mí más emociones de las que había previsto. Aunque no es la primera vez que nuestros labios se encuentran, de algún modo lo siento como tal. Esta noche, en esta cama, no hay razones ocultas que justifiquen nuestros actos. No hay nadie más, ningún testigo al que convencer. Solo somos nosotros. Solo estamos Maeve y yo. Es a ella a quien deseo persuadir de que se quede conmigo, de que merezco la pena y de que a mi lado nunca estará sola.

Las palabras no se me dan bien. Por suerte, en este momento no las necesito.

Me estremezco cuando Maeve me corresponde con la misma avidez que yo. Todo pasa demasiado rápido, las ganas crecen exponencialmente al tiempo que llevamos esperando. Su mano desciende por mi torso hasta colarse por debajo de la camiseta negra. Vuelve a gemir al arañarme el vientre con las uñas, y yo al imitarla y buscar su ombligo con los dedos.

Cómo no, nos decidimos por direcciones opuestas. Sin dejar de besarnos, ella baja hasta descubrir mi erección, yo asciendo hasta ahuecar uno de sus pechos con la palma. Noto sus latidos debajo de mis yemas, le acaricio el pezón con el pulgar y ella se estremece entre mis brazos. Pronto se venga al colar la mano bajo mi pantalón y tocarme sin barreras de por medio. Tiene la piel suave y helada, y yo siento la mía encenderse ante su contacto. Suelto una palabrota contra su boca, ella ríe sobre la mía.

Otra risa se eleva en el dormitorio contiguo. Y, justo en ese instante, la de Maeve se congela.

Advierto cómo se enfría de repente su cuerpo. Los músculos se vuelven rígidos. Me alejo de sus labios lo justo para preguntar en bajo:

—¿Estás bien?

En respuesta, aparta la mano de mí y me obliga acelerada a retirar las mías de ella. Al abrir los ojos, la descubro como nunca quise volver a hacerlo. Enfadada. Traicionada. Por mi culpa.

Así me miró en el pasillo durante esa primera fiesta en casa. Esa noche me dijo muchas cosas dolorosas, pero la que más me atormentó fue que me acusara de no ser su amigo.

En este momento, sus ojos claman lo mismo.

—¿Qué has hecho? —gime—. ¿*Por qué* lo has hecho?

Soy incapaz de responder.

MAEVE

No responde. No al principio. Tengo que volver a repetir la pregunta. En realidad, yo también necesito volver a oírla. No solo se la hago a él.

Yo misma me pregunto cómo he sido capaz de renunciar a mis propias promesas. Hace solo un par de días, me juré a mí misma distanciarme y fingir, y en cuanto Rubén me besa, desaparecen de golpe y porrazo todos mis principios.

¿Ponerme cachonda me hace olvidar que debo ser buena persona? ¿Tan patética soy? ¿Tan miserable e hipócrita como quien me hizo daño en el pasado?

—¿Y bien? —insisto.

—Lo he hecho porque...

Contempla un segundo mis labios y en los suyos florece una sonrisa temblorosa.

—Lo he hecho porque quería hacerlo. No, *necesitaba* hacerlo. —Se detiene—. Lo he hecho porque me gustas.

Debería sentirme a punto de echar a volar. ¿Cuántas veces he imaginado que me decía algo parecido? Sin embargo, ahora solo noto el peso de la culpa tirando de mí hacia el suelo. Hasta hundirme bajo tierra.

—Rubén, tienes novia.

—Maeve, la única novia que tengo eres tú.

El sentimiento de culpa me agarrota las extremidades. Tengo que hacer un esfuerzo enorme para incorporarme y salir de la cama. Me quedo de pie junto a ella, temblando igual que una hoja.

De ganas, de miedo, de ira. Para cuando Rubén me imita, mis manos se han convertido en puños.

—¿Qué coño estás diciendo?

—Tú eres la única que hay en mi vida.

Se dispone a rodear la cama para acercarse a mí. Cuando le quedan dos pasos para tocarme, se lo impido levantando una mano.

—¿Y tu novia de España? ¿Has... has cortado con ella? ¿Qué ha pasado? ¿Por qué no...?

—No hay nadie. Nunca hubo nadie. No tengo a ninguna novia esperándome en España. Solo estás tú. Aquí. Conmigo.

Soy incapaz de alzar los ojos de la moqueta para enfrentarme a su rostro. Estoy demasiado enfadada. Dudo si más conmigo que con él.

Qué cojones, sobre todo con él.

No es la primera vez que oigo todas esas palabras pronunciadas con desesperación. Esas promesas vacías. Esas mentiras.

Me las creí una vez. Cuando era (más) ingenua. Quizá esa es la razón porque la que nunca me han tomado en serio. Josh nunca lo hizo, desde luego. Me imagino lo listo que se creyó al colarme una a una sus patrañas para conseguir lo que quería de mí y seguir manteniendo a su novia a veinte kilómetros de mi casa.

Jamás imaginé que otro hombre volvería a hacerme creer las mismas excusas.

Y menos todavía Rubén. A quien consideraba mi mejor amigo.

Sigo siendo la misma idiota que confía demasiado en los demás. La misma a la que engañan. A la que toman tan poco en serio que ni siquiera merece la verdad.

—Ni te me acerques —le ordeno—. Mira, prefiero que me digas que ha sido un error, que has actuado sin pensar y que lo olvidemos antes de que me mientas de esta manera.

—No lo hago, Maeve. Te lo juro.

En su defensa, suena más compungido que el cabrón de Josh. Quién sabe, puede que, al contrario que él, a Rubén nunca antes le hayan pillado en un renuncio.

—Tú mismo me contaste que tenías novia —le recuerdo con sequedad—. El mismo día en que nos conocimos. En esta misma casa. Me dijiste que...

—Lo sé —me interrumpe—. Al principio no supe bien por qué lo hice. Ahora creo que fue porque desde el primer momento me impusiste y no quise parecerte vacío, poco interesante o un idiota con tantas obsesiones y manías que era incapaz de mantener una relación seria con otra persona. No quise que en tu cabeza se cumpliesen los prejuicios que tuvieses sobre mí. Y eran ciertos. Jamás he podido salir con nadie porque nunca me ha interesado y nunca he interesado. Porque no soy normal, porque no soporto que me toquen ni que se metan en mi vida. Y luego, cuando nos hicimos amigos... No me atreví. Fui un cobarde. No supe cómo decírtelo. Te había mentido y antes de confesarte lo imbécil que había sido quería saber bien cómo expresarme y estar seguro de que me creyeses cuando...

—Rubén, ¿te crees que soy gilipollas? —Cierro los ojos con fuerza—. ¿Crees que voy a creerme toda esa mierda? Todo lo que dices es sencillamente ridículo.

—Lo sé. Lo soy. —Resopla—. Puedes preguntárselo a...

—¡No pienso preguntarle nada a nadie!

Tras mi grito, siento que las paredes del cuarto se estrechan en torno a nosotros. La respiración se me acelera, la cabeza me da vueltas, me sudan las manos, todavía cerradas. Abro los ojos para encontrarme con un Rubén con el pelo revuelto y la expresión impasible de siempre.

Solo su mirada refleja una tristeza que nunca le había visto.

La detesto. No reconozco si es fruto de la compasión o de la frustración por no haber conseguido lo que deseaba de mí.

Todos los hombres son iguales. Incluido Rubén.

—No alces la voz —me pide en tono neutro—. Podría oírte.

—Ah, ¿no quieres que nos oiga tu hermana, es eso? Porque se lo diría a tu novia, ¿verdad?

—Te lo he dicho, no tengo novia. Me da igual que nos oiga mi hermana, ella sabe que no existe. Insisto, puedes preguntárselo.

—¡Me fío de ella lo mismo que de ti! —Le señalo con un índice tembloroso—. Es una manipuladora, igual que tú. Podría habérmelo dicho y, sin embargo...

«La novia de Rubén no es tan real como tú».

Eso fue lo que me dijo Rebeca. Todo su discurso de ayer, ¿era su manera retorcida de decirme la verdad sin delatar a su hermano?

¿Estará siendo sincero? ¿Rubén no tiene a nadie más?

—Quería que te lo contase yo —murmura Rubén—. Ella me insistió en que te dijese la verdad cuanto antes.

—¡Y no lo hiciste!

No sé si existe o no esa novia de Schrödinger, pero ni siquiera eso me importa ya. Según cualquier versión, Rubén me mintió. Ha mantenido esa estúpida mentira durante meses. ¿No es esa la clave de todo esto?

Ni siquiera puedo mirarle a la cara sin que me aumenten las ganas de pegarle un puñetazo.

—Maeve, la razón por la que no quiero que grites es que tu amiga podría estar oyéndonos —dice en voz baja—. ¿Quieres que se lo diga a Áine? ¿Quieres que se entere Emily y nos eche de casa?

Suelto un bufido.

—¡Increíble! Te importa más conservar este piso que lo que sienta yo, ¿eh?

—No. Quiero que estés en un lugar seguro. Quiero que seas feliz en Dublín, y este piso te hace feliz. —Hace una pausa que me duele más que ninguna otra—. Lo que más me importa es lo que sientas tú, Maeve.

—¡Bonita forma de demostrármelo! Si así fuera, ¡me habrías dicho la supuesta verdad sobre tu novia mucho antes! ¿Sabes por lo que he pasado? ¡No tienes ni idea!

Él asiente.

—Sí. Tienes razón. Pero ahora lo sabes. Te lo he dicho.

No puedo creerlo. ¡¿Cómo se puede ser así de sinvergüenza?!

—Rubén, me lo has dicho solo cuando creías que así podrías acostarte conmigo.

—No quiero acostarme contigo. —Mueve las manos en el aire—. Es decir, ya que estoy siendo sincero, sí quiero acostarme contigo. Pero no solo quiero…

—Rubén. Basta. Para. Que tengas o no novia es lo de menos. Digas lo que digas, sea verdad o no, es inútil. No te creo. Ya no confío en ti. Y no puedo estar con una persona en la que no puedo confiar.

Ese silencio que respiraba, sentía, se agitaba y revolvía, que tironeaba entre nosotros, muere.

No soporto más estar aquí. No soporto mirarle. Ni siquiera me veo capaz de hacerlo.

Me doy la vuelta, me acerco a la puerta. Descorro el pestillo. El sonido del metal reverbera en el dormitorio.

—Mañana trabajo —le informo—. Me iré de madrugada. Despídete por mí de tu hermana. —Rubén no dice nada—. No volveremos a hablar sobre esto. Por ahora, somos compañeros de piso. Seguiremos así hasta que acabe el contrato de alquiler. Como dijimos al principio: cada uno por su lado. ¿De acuerdo?

Sigue callado.

—¿Me has entendido, Rubén?

—Sí.

Es solo una palabra. Una muy corta. ¿Cómo puedo sentir el dolor y la rabia en cada letra?

No. BASTA. No voy a dejarme manipular otra vez. Rubén se siente herido, sí, pero no por la misma razón que yo. Si le gustase, si me quisiera de verdad, habría sido sincero conmigo mucho antes. No me habría hecho sentir como una idiota hasta el final. Si es cierto que no tenía novia, ¿de qué tenía miedo?

Pero no. Lo más lógico es pensar que sí que tiene y está mintiéndome para acostarse conmigo. Luego volverá a España con esa tal Rebeca, como si nada hubiera pasado: lo que pasa en Dublín se queda en Dublín.

Nada tiene sentido, excepto que no ha sido sincero conmigo.

Me mienten hasta las personas que en teoría son incapaces de hacerlo.

Cierro a mi espalda, recorro el pasillo. Al entrar al salón, observo la vidriera de colores de la ventana. Rojo, verde, amarillo, naranja, morado. Azul. Siempre he sentido que todos esos colores vivos eran los que palpitaban en mi interior. El blanco, el gris, el negro eran tonos tristes y planos que quería fuera de mi vida a toda costa.

Pero el blanco es el color de la espuma cuando rompe contra los acantilados de Kilkegan. El gris era el color del cabello de mi abuelo Cillian. Y el negro es el color de los ojos de Rubén cuando me miran.

No hay fundido a negro, porque no duermo ni un minuto en lo que resta de noche. A la mañana siguiente, me cuelo en mi habitación para recoger mis cosas. Procuro no hacer ruido. En mi cama, Rebeca y Charlotte siguen durmiendo abrazadas la una a la otra.

Aunque me duele, no culpo a Rebeca por lo de Rubén. Me muero por hablar con Charlotte, aunque no sobre él. No todavía. Además, necesito seguir con mi vida como si nada hubiera pasado la noche anterior. Me centraré en escribir, en los libros, en disfrutar de la ciudad. Al fin y al cabo, ¿no es esa la razón por la que estoy aquí?

Como hago desde Navidad, voy en bicicleta al trabajo. Intento no pensar en que me la regaló él. Va a ser difícil, pero seguro que se me pasará esta sensación que me agarrota el pecho al pedalear con ella. Quién sabe, igual la pinto de otro color. Rosa chicle. O la vendo y me compro otra. Eso podía estar bien. Sí, eso haré.

En el trabajo, Charles Malone parece detectar el exquisito humor que subyace bajo mi sonrisa falsa y no deja de tocarme los ovarios en toda la mañana. Me sigue por la cafetería, supervisa las limpiezas de las mesas (nunca correctas) y me ordena que, cómo no, esté en todas partes al mismo tiempo.

Servimos siempre en barra, pero un hombre mayor en silla de ruedas entra y, desde la puerta, me pide con delicadeza si puede pedir en mesa. Aunque Letter Coffee cuenta con una rampa para entrar, hay que usar cuatro escalones para llegar al mostrador. Son ese tipo de incongruencias gilipollas las que me hacen odiar este establecimiento (aunque su encargado gilipollas sea la primera en la lista por encima de todas las demás).

Tras decirle que sí, Charles Malone chista un centímetro por detrás de mi hombro (cual loro al que desearía desplumar).

—Sheehan, ahora no puedes dejar la caja desierta —masculla—. Smith está preparando los pedidos.

—Pues que vaya él a la mesa —sugiero—. Alguien tiene que atender a ese hombre.

—Cuando termines con todos los clientes, lo harás tú.

Hay tres personas esperando. Una mujer madura me mira con cara de circunstancias, pero no interviene. Las otras dos miran los móviles.

—Ese anciano ha llegado antes que los demás —explico con paciencia—. Tan solo necesito acercarme y preguntarle qué quiere. Luego vuelvo. No tardaré mucho.

—Sheehan, no.

—Si tengo que esperar a que se despeje la cola, nunca le atenderemos. —En ese momento, entran dos personas más en la cafetería para reafirmar lo que acabo de decir—. ¿Podría ir usted? Solo necesito que me traiga su comanda. Le cobramos después.

—Le he dicho que no. Y como vuelva a negarse a atender al resto de los clientes, tendrá una amonestación. ¿Lo ha entendido?

Si esto fuera una película, me quitaría el delantal, lo arrojaría encima de Malone, serviría un café (por supuesto, adivinaría el correcto) y, tras dejárselo al anciano en su mesa, me iría dando un portazo, con el coro celestial de los aplausos de los presentes.

Pero esto no es una película. Y yo no soy tan valiente. Sigo necesitando este trabajo. Me toca tragar, asentir y decidir convertir a Malone en un personaje al que mataré en una novela (de la manera más dolorosa posible).

Cuando la interminable cola de clientes deja de ser interminable y cobro al último, alzo la vista. La mesa del anciano está vacía.

—Necesito ir al baño —anuncio al aire.

Aunque Smith comenta algo, no le oigo. Charles Malone me pregunta si no puedo ir luego.

—Tiene que ser ahora.

Accede. Creo que porque me ha visto la cara y tiene miedo de que vaya a vomitarle encima (ganas no me faltan).

Camino como una zombi hasta el servicio de empleados. Mis movimientos son automáticos. Marco el código, giro el picaporte, abro la puerta, me apoyo en ella de lado hasta cerrarla con el hombro.

Un baño de baldosas granates que huele a lejía de limón. Ese es el triste lugar que elijo para romperme en mil pedazos.

RUBÉN

—Soy un pedazo de gilipollas. Esa es la conclusión.

Mi hermana, junto a la parada del autobús, finge escandalizarse.

—¡Esa boca, jovencito! La abuela Pilar no te enseñó a hablar así.

—Pero sí a decir la verdad. Y no lo he hecho. No cuando tocaba hacerlo.

—Venga, Ru, no eres un gilipollas, aunque anoche te comportases como tal al elegir la peor forma de confesarle a Maeve tu pequeño secreto.

—Tú querías que durmiésemos juntos.

—Eh, encima no me eches la culpa. Sí, os empujé a compartir habitación por algo, y no era para que le metieses mano precisamente. —Mi hermana se detiene un momento y parece pensarlo—. Bueno, quizá sí, pero solo después de habérselo contado todo y que a ella le hubiera parecido bien.

—La he cagado.

—Sí, pero tiene arreglo. Sabes a qué problema te enfrentas ahora, ¿no?

—Me odia.

—No. Nadie que te odie reacciona así. Os he visto interactuar todos estos días. He hablado con ella. Créeme, le gustas. Mucho. Está tan coladita por ti como tú por ella, por eso está tan dolida. ¿Cuál es el verdadero problema que tienes entre manos? Uno bien gordo. Dilo, ¿cuál es?

Cierro los ojos. No he dormido ni una hora en esa cama que olía a ella y los párpados me pesan.

—No confía en mí —digo en voz baja.

Sueno áspero. Apagado. Descolorido. Lo reconozco porque así es como sonaba antes de conocer a Maeve. En contraste con cómo me he sentido con ella, sé que es así.

—Bingo, Ru, no confía en ti. Así que lo que necesitas es que vuelva a hacerlo. Tienes que ganártela. Recomponer la confianza que te tenía. Es algo muy frágil, así que ponte las pilas. —Noto su mano sobre el hombro derecho. Hasta entonces, no me había dado cuenta de lo tenso que lo tenía—. Anímate. Eres científico. Un problema, una solución. Búscala. Rómpete los cuernos. No la dejes escapar. Podría decirte que hay más peces en el mar, pero, créeme, he buceado mucho por las profundidades, sería mentira. Esa chica está hecha para ti. Es un sol.

Creo que Maeve sería una estrella más grande y menos aburrida que el sol. Me imagino una supergigante azul. Bellatrix, de la constelación de Orión, o Antares, de la de Escorpio, una de las más brillantes y visibles en el cielo nocturno. Incluso en uno tan nublado como el de Dublín.

Pero sí, mi hermana tiene razón. Maeve es perfecta. Demasiado perfecta. Y está claro que se merece algo mejor.

—Quizá no deba intentarlo —murmuro—. Quizá deba hacerle caso a Maeve y no volver a sacar el tema. Que seamos solo compañeros de piso. Estas cosas no se me dan bien. Mira lo que pasó anoche, me dejé llevar por un impulso y le hice daño. Podría estropear todavía más nuestra situación.

La mano de Rebeca se aparta de mi hombro. Solo un segundo, porque vuelve al siguiente para golpearlo con fuerza.

—¿Eres tonto o qué? Tienes que dejar de hacer eso.

—¿El qué?

—Deja de obsesionarte con fallar. Los errores son algo natural. Las caídas nos enseñan, nos hacen crecer, y resolverlas allana el camino hacia el descubrimiento. Me sorprende que tú, que te dedicas a la ciencia, no tengas miedo a cagarla en el laboratorio y sí aquí fuera. —Señala los edificios alrededor—. ¿Lo hiciste mal? Por supuesto. Tendrías que haberle dicho un día de risas que lo del rollo de tu novia fue una reacción impulsiva e idiota que soltaste porque te cabreó que supusiera que no tenías. «Oye, ¿y sabes qué, Maeve? Que quiero que tú seas la mía». Bum. Beso de película. Puede que un coito posterior. Felices para siempre.

—Ya sabes que yo no soy así.

—Vale, eres torpe y cerrado, pero lo compensas con generosidad y cabezonería. Ahora usa las dos cosas y esfuérzate en arreglar esto. Eres capaz. Te conozco. Si algo se te mete entre ceja y ceja, te obsesionas. Obsesiónate con buscar una solución. Haz que te crea. —De repente, enfoca la vista en algo a mi espalda y levanta el brazo en el que lleva la tarjeta verde de transporte—. Ahí viene el bus que me lleva al aeropuerto. El 41 era, ¿no?

—Sí.

—Te quiero mucho, Ru. Si necesitas que la bombardee a mensajes contándole tus virtudes o insistiéndole con que dices la verdad, lo que sea, dímelo. Estoy de tu lado.

—Gracias.

—Siempre voy a estarlo, ¿vale? Pase lo que pase con esa chica, te comportes como un tonto o no, eres mi hermano. Nunca estarás solo.

El autobús se detiene junto a la acera. Aunque solo hay dos personas aparte de nosotros en la parada, Rebeca se permite el lujo de abrir los brazos y esperarme. Al fin accedo. Estoy incómodo en nuestro abrazo, pero en parte lo necesito. Me recuerda que hay alguien que piensa lo mejor de mí incluso cuando he mostrado al mundo mi peor parte.

El problema es que, al marcharse mi hermana, su última frase se me queda grabada en el cerebro. Solo puedo asociarla a Maeve, a las lágrimas que derramó al contarme lo de su abuelo Cillian y confesarme su temor a perderme.

Después de lo de anoche, debe de sentirse todavía más sola.

Camino hacia el laboratorio despacio, sin fijarme nada más que en la punta de mis zapatos. Me choco con gente y no me importa. El nudo de la garganta me aprieta y molesta más que cualquier roce con un desconocido.

Al entrar en el departamento, ni siquiera sé qué hora es. Me la recuerda Katja, con su voz templada, y Niall, al exclamar:

—¡¿Rowan llegando tarde?! ¿Qué es esto? ¿He muerto y estoy en el paraíso? Aunque, claro, debe de tratarse del infierno, dado que Katja también anda por aquí.

—Me he despedido de mi hermana —me excuso sin mirarlos mientras me dirijo a mi puesto.

—Vaya, ¿tu gemela buena se ha marchado ya? Podríamos haber quedado antes de que se fuera, así al menos tendría su número para cuando me diera por viajar a España. ¿De qué zona erais? ¿Del norte?

Oigo el sonido de un manotazo.

—¿No la viste besarse en nochevieja con una pelirroja? —le chista Katja—. Ya te dije que no te metieras en parejas ajenas.

—Eh, lo de la chica de Rowan no lo sabía. Aquella tarde que estuvo esperándole fuera dije lo de bajar a pedirle el número sin saber que era su nov...

—No es mi novia —le corto—. No tengo novia. Nunca la he tenido.

Se hace el silencio.

—Ah. Vale.

—Rowan, ¿estás bien?

No le contesto a Katja. Me pongo la bata, los guantes y, como mi móvil, entro en modo trabajo.

Pase lo que pase ahí fuera, tengo que centrarme. Necesito sacar una tesis adelante. Eso está por encima de cualquier otra cosa.

Sigo uno a uno los pasos de cada protocolo. Me concentro en apuntar cada resultado y propuesta de cambio, aunque continúe con el pecho encogido. Pasan las horas y la misma angustia que me paraliza cuando soy incapaz de explicarme, cuando me siento juzgado y rechazado, se materializa en su hueco de siempre y encaja en él sin pedirme permiso. Hizo lo mismo anoche, en mi dormitorio. Me bloqueó cuando más tenía que decir. Me impidió elegir las palabras adecuadas. La alejó de mí.

Aprieto las muelas, cojo aire, lo suelto despacio.

Tratando de fingir que no ocurre nada, recorro el edificio hasta la sala del microscopio de fluorescencia. La había reservado una semana antes. Entro y no enciendo la luz. Sé dónde está cada cosa y acabaría teniendo que apagarla de todos modos. Me siento en la silla frente al microscopio, el corazón no me da tregua. Late igual de rápido que cuando toco a Maeve, pero en esta ocasión es porque sabe que no volverá a tener esa oportunidad.

Mi cuerpo y mi mente me están castigando por mis errores.

Estudio las preparaciones de mis células. No ayuda. El azul brillante que late en sus núcleos solo me recuerda todavía más a ella.

Al salir al pasillo, me apoyo de lado en la pared. Me quedo quieto, observando las baldosas del suelo, hasta que en mi campo de visión aparecen la parte de abajo de dos batas, unas zapatillas blancas desabrochadas y unos botines marrones relucientes.

—Rowan, íbamos a comer, ¿te vienes?

—Vale.

Los sigo en silencio hasta la cafetería del centro. Niall y Katja suelen hacer coincidir sus experimentos para bajar juntos. A mí, si me cuadra, no me importa acompañarlos. Confieso que la mayoría de las veces prefiero no hacerlo. Otras decido llevarme la comida al laboratorio.

Cuando nos sentamos en una de las grandes mesas que ocupan el comedor, descubro qué tengo en la bandeja. En la fila del bufet, he ido cogiendo platos sin pensar.

—Oye, tío, no has dicho nada en todo el día. Es decir, menos incluso de lo normal. ¿Estás así porque se ha ido tu hermana? ¿Estáis tan unidos? A ver, lo entiendo, parecía la parte simpática de la familia y está como un...

—A lo mejor está así porque eres un bocazas.

—Pero si le encanta que sea un bocazas.

—No todos tienen la misma paciencia contigo que yo, *dragă*.

—¿Qué me has llamado, *mo stór*?

—No es por mi hermana —les digo—. He discutido con Maeve.

—Oh.

Después de unos segundos, veo los dedos llenos de tinta de Niall acercarse a mi mano derecha. Mueve el índice y el corazón por la mesa como si fueran dos piernas hasta llegar a mi dorso y tocarme con ellos.

—Somos tus colegas, tío. Sabes que puedes contarnos lo que quieras, ¿verdad?

Cuando alzo la vista, Katja, sentada frente a mí, me dedica una sonrisa suave. A su espalda, en la columna, un cartel de «se busca empleado en cafetería» desvía un momento mi atención.

—Rowan, ¿me has oído?

—¿Qué?

Katja se ríe entre dientes.

—Creo que no lo sabía, Niall —dice después—. Rowan, claro que somos tus amigos. Nos vemos todos los días, sabemos que eres muy tuyo, pero que aun así te preocupas mucho por los dos. Siempre nos echas una mano y, a pesar de lo insoportables que somos, eres tan atento y cuidadoso con nosotros que sacas a Niall de quicio. —Él gruñe por lo bajo—. No tienes que guárdatelo todo. Puedes decidir contarnos tu problema y pedirnos que después no te digamos una palabra ni te demos ningún consejo no solicitado. No te vamos a juzgar.

—No podríamos juzgarte —replica Niall—. Somos doctorandos de biología. Si no éramos antes unos raritos sin raciocinio, ya hemos perdido todo rasgo de cordura y percepción de la realidad.

—Sobre todo tú, que te queda un año para leer la tesis.

—No me lo recuerdes, *mo stór*, o me dará un infarto cerebral y pasaré a formar parte de la tesis de Rowan.

—Vale —los interrumpo—. Os lo contaré. Pero a cambio tenéis que decirme cuál es el siguiente paso que daríais vosotros. ¿Hecho?

Los dos asienten.

—Hecho.

Haciendo de tripas corazón, se lo cuento todo. Con miles de fallos gramaticales y patadas al diccionario. Aunque soy consciente de cada error, me obligo a mí mismo a obviarlo y a centrarme en lo que quiero expresar sin perderme en los detalles. Maeve me confesó que le gustaba escucharme hablar cuando algo me emocionaba. Y, desde luego, no hay nada que me emocione más que hablar sobre ella. Sobre todo si el resultado deriva en descubrir cómo recuperar su confianza.

Niall devora su menú mientras tanto, Katja se limita a beber del termo rojo que siempre lleva en un bolsillo de la bata. Al terminar, Niall me roba el postre (mi mente eligió por su cuenta un yogur de fresa) y empieza a comérselo a la vez que habla.

—Conclusión: eres tonto. Tranquilo, empatizo, yo también lo soy. El siguiente paso que daría es el que siempre funciona con las tías: arrástrate como si no tuvieras dignidad (créeme, no la tienes), pídele disculpas cada mañana y noche, y hazle todos los gestos románticos que se te ocurran. Maeve es escritora, ¿no? Si imitas al prota de alguna de esas novelas rosas, se le caerán las bragas.

—No deberías llamarlas así —le corrijo—. Nadie habla de novelas rosas. Es despectivo hacia el público mayoritario al que se dirigen. —Trago saliva—. Eso me dijo Maeve.

Niall se ríe con la cuchara en la boca.

—Dios mío, estás hasta las trancas, ¿eh?

—El consejo de Niall, sorprendentemente, no es tan malo —interviene Katja—. Pero no basta. Tienes que hacer lo mismo que haces en el laboratorio. Estás de suerte, porque se te da bien.

Niall y yo fruncimos el ceño al mismo tiempo.

—No te cree, igual que las revistas o la comunidad científica ante una hipótesis sin base que la sustente. —Como ninguno de los dos dice nada, Katja se cruza de brazos y suspira—. Necesitas demostrarle de forma objetiva que lo que dices es cierto. Y eso solo puedes hacerlo aportando pruebas que te respalden. Preséntale pruebas de que dices la verdad. Hazlo y no tendrá más remedio que creerte.

Mientras yo asimilo su propuesta, Niall le lanza un beso.

—Eres un genio, *mo stór*.

—Gracias, *dragă*. Ya lo sé.

Sé que en el futuro me arrepentiré de marcharme antes del laboratorio, pero también que en el estado en el que estoy soy inservible allí.

Además, me arrepentiría todavía más si no fuera ya a por ella.

Llego a casa corriendo. Según su turno de trabajo de hoy, debería estar de vuelta. Si es así, podría poner en marcha el plan de forma inmediata. Si no, me permite algo de tiempo para recopilar todas las pruebas.

Aunque en mi interior deseo que esté. Sigue enfadada conmigo, pero eso no reduce ni un ápice mis ganas de verla.

Me muero por verla.

Apoyada en la barandilla de forja negra que separa los edificios contiguos, hay una bicicleta azul aparcada. Ha llegado. No voy a tener que esperar ni un minuto para hablar con Maeve. Ver su rostro. Ponerme manos a la obra e intentar que me sonría de nuevo. Del mismo modo que cuando confiaba en mí.

Tardo en encajar la llave en la cerradura. Le doy vueltas al revés antes de acertar. Corro hacia las escaleras, pero, al poner un pie en el primer escalón, me detengo. Saco deprisa la caja de caramelos de mi bolsillo, me meto uno en la boca y, ya sí, subo a la carrera.

Al llegar arriba, descubro que no tengo que esperar a entrar en el piso para encontrarme con Maeve. Está plantada delante de nuestra puerta. Tiene todavía el uniforme de la cafetería puesto y me obligo a no fijar la mirada en sus piernas contorneadas al llamarla.

—Hola, Maeve. —No se da la vuelta—. ¿Acabas de llegar?

No contesta. Tampoco se mueve. Cuando me fijo más, me doy cuenta de que tiene la llave en la mano, congelada a un centímetro de la cerradura.

—¿Maeve? ¿Qué ocurre?

Cuando doy un paso más hacia ella, dice algo en voz baja que no logro entender.

—¿Qué?

—Alguien ha entrado en casa.

RUBÉN

—¿Alguien ha entrado en casa? ¿Estás segura?

Gira solo la cabeza para mirarme por encima del hombro.

—Sí, *Reuven*, estoy segura. He oído ruidos. ¿Para qué iba a mentirte? No todos soltamos mentiras absurdas porque nos da la gana.

Eso ha dolido. Pero me lo merezco, así que no replico nada. Tan solo le hago un gesto para que se aparte y coloco una oreja en la madera. Sí, como decía Maeve, se oyen ruidos dentro. Voces, pasos, martillazos.

¿Martillazos?

Despego la oreja y alargo una mano para apoyarla en el hombro de Maeve con la intención de colocarla a mi espalda, lo más alejada posible de la puerta. Sin embargo, ella salta a un lado. Es evidente que no quiere que la toque.

Eso duele más todavía.

—Voy a pasar —la informo en voz baja—. Tú quédate aquí. De hecho, mejor colócate ahí, junto a la puerta de Emily. Ten el número de emergencias marcado en el móvil por si hiciese falta.

—*Rooben*, me estás asustando.

—Seguro que no será nada. ¿Tienes algún mensaje de Emily? —Maeve niega con la cabeza—. Ya. Yo tampoco. Pero recordemos cómo es.

—Una lunática.

—Bueno, sí —le concedo—. Así que lo más probable es que sea ella.

—¿Y si es un ladrón?

—Entonces hay dos posibilidades: me ve y se asusta, sale corriendo y todo acaba ahí. Ni se te ocurra interponerte en su camino.

Ella asiente tras un par de segundos. Sé que se cree muy valiente y más fuerte de lo que es, porque con su abuelo se enfrentaba a clientes que querían irse de su pub sin pagar, pero esto no es ni de lejos lo mismo.

—¿Cuál es la otra posibilidad? —quiere saber.

—Que el ladrón me vea y reaccione dándome un martillazo en la cabeza.

—¡Pero R...!

Le tapo la boca con una mano. Esta vez no se aparta, solo abre mucho los ojos por la sorpresa. Son tan azules y despiertan tanto en mí que me obligo a desviar la atención al suelo para decirle:

—Seguro que no pasa nada de eso. Según las estadísticas, la mayoría de los ladrones huyen cuando se los descubre. Lo más seguro es que sea Emily, ¿entendido? No te pongas nerviosa. Y no hagas ruido.

Asiente. La piel de sus labios me roza la palma. El estómago se me encoge ante ese simple contacto.

Tengo que alejarme de ella. Empiezo a imaginar qué pasaría si en lugar de mi mano, contra su boca estuviese la mía.

Trago saliva y ella observa con extraña fijeza cómo la nuez sube y baja en mi cuello.

—Vale —digo en un susurro ronco—. Voy a entrar.

La suelto con delicadeza. Me doy la vuelta. Giro la llave despacio. Siento la mirada de Maeve en la nuca, pero me obedece y no dice nada. Tampoco la oigo moverse.

Dejo la puerta abierta a mi paso para evitar hacer ruido al cerrarla. Los martillazos se oyen con más fuerza. Resuenan desde una de las habitaciones o desde el baño. Por si acaso, me asomo al pasillo y dirijo la mirada hacia la derecha. Cocina despejada, el salón parece que también.

Hacia la izquierda, el corredor conduce a mi dormitorio. La puerta está cerrada.

El martillo parece golpear contra algo cerámico. ¿A qué ladrón le interesaría un baño?

Cojo un paraguas de la entrada y me acerco hasta allí. Rebaso el dormitorio de Maeve. Vacío. La puerta del servicio está abierta. Al mismo tiempo que me asomo al umbral, alzo mi arma improvisada.

—¿Qué hacen aquí?

Uno de los obreros da un sobresalto y deja caer la herramienta al suelo. El otro, dentro de la ducha, pega un grito.

La puerta de mi habitación se abre de par en par y Emily, con la mano en el pecho, me contempla con una expresión aterrorizada.

—¡Pero bueno, querido! ¡Menudo susto!

La señalo con el paraguas.

—¿Por qué se han colado en nuestra casa? —le pregunto.

El tono que utilizo es bajo y grave. Sé que para imponer a los demás funciona mejor eso que ponerse a gritar. Además, mi nivel de enfado me obliga a ser comedido. Es optar por la calma o cometer una estupidez.

—Oh, verás, querido, ¡no sabía que estabais en la ciudad! Los del edificio contiguo nos dieron aviso de unas fugas de agua y teníamos que comprobar si afectaban aquí. ¡Y sí, lo han hecho! Hay una gotera tremenda. El servicio está inutilizable por ahora. ¡Podéis verlo, se aprecia esa humedad enorme! Es una pena, ¿verdad?

—¿Por qué no nos ha mandado un mensaje para avisarnos?

En esta ocasión, soy yo el que se sobresalta y tira el paraguas al suelo. No había oído a Maeve acercarse ni colocarse justo a mi espalda.

—Uy, con todo el follón y las prisas se me ha olvidado. —La mujer suelta una risilla para rematar su excusa—. Además, pensé que seguiríais de vacaciones de Navidad por ahí.

—Le dijimos que nos quedaríamos juntos en Dublín —le recuerda Maeve. Su tono es parejo al mío. Hasta yo siento un escalofrío al escucharla—. Y, aun así, debe avisarnos. No puede entrar así porque sí en la casa. Pagamos un alquiler. Tenemos derechos.

—Lo sé, querida, pero esto era una cuestión de vida o muerte.

¡La casa estaba afectada, podría haber ido a peor! ¿Y si no aparecíais nunca?

—Con un mensaje habría bastado para saber que no iba a ser así.

—Oh, mi niña, ni lo he pensado. La tecnología no es para mí. —Esboza una sonrisa—. ¿Tenéis donde quedaros esta noche? Arreglar la gotera requerirá un día. O dos. No más.

Casi oigo las muelas de Maeve rechinar unas contra otras.

—Supongo que podemos —masculla al final.

—De las obras por culpa de las humedades me encargo yo, por supuesto. Y, como debéis pasar una noche fuera, también puedo costear eso. ¡Oh, tengo una idea! Si no encontráis hotel, podéis quedaros a dormir en mi casa.

Maeve da un paso adelante con los dientes apretados; yo la sujeto de la cintura para impedir que se lance como un toro hacia nuestra casera. La suelto en cuanto vuelve la cabeza hacia mí y me fulmina con la mirada.

—Encontraremos un lugar. Gracias. —Luego hago una pausa—. Por cierto, ¿qué hacía en m… nuestro dormitorio?

—Ah, eso. No es nada, vine para comprobar si aquí también había humedades. —Emily alza ambas manos en el aire y las agita como si hiciera el aplauso en lengua de signos—. Todo libre, querido. Habéis tenido suerte.

Maeve y yo nos quedamos quietos mientras cierra la puerta de mi habitación y camina con calma hacia nosotros. Cuando se planta a un metro de los dos, ambos nos tensamos como una cuerda.

—Coged lo que necesitéis, no hay prisa. Ya sabéis, esta es vuestra casa. —Los martillazos se reanudan—. Estaré pendiente de las reparaciones. Os avisaré cuando acaben. Uno o dos días a lo sumo, ya os digo.

—¿Nos avisará? —pregunta Maeve en tono escéptico—. ¿Seguro?

—Sí, por supuesto. —Emily se lleva una mano al crucifijo de oro—. Os lo juro. Soy la primera interesada en que esto se resuelva cuanto antes. Mientras, ¿dónde os vais a quedar? —Le lanza una mirada a Maeve y baja la voz—. Mi sobrina no es una opción, vive en un ridículo apartamento con su padrastro. Ya te lo habrá dicho.

—Lo sé —dice Maeve—. Nos quedaremos en casa de alguna otra amiga.

—Oh, ¿como las que os visitaron anoche?

No respondo. Maeve tampoco. Con disimulo, la miro de reojo. Sospecho por su expresión hermética que ella también se ha dado cuenta. En teoría, Emily pensaba que estábamos fuera por vacaciones y, sin embargo, sabe que ayer hubo gente en casa.

—Sí —digo—. Puede que nos quedemos con esas amigas.

Le cojo la mano a Maeve y la conduzco hacia mi habitación.

—Vamos a recoger unas cuantas pertenencias antes de marcharnos —informo al aire mientras caminamos—. Gracias, Emily.

—¡Un placer!

Tras cerrar a mi espalda, me vuelvo hacia Maeve. Ayer estaba furiosa conmigo en ese mismo punto de esta misma habitación. Que esta vez no sea yo el motivo de su enfado no reduce ni un ápice mi ansiedad.

—¿Estás bien?

—¡No! —exclama—. Áine tiene razón. Esa mujer está loca. Y es una mentirosa. Sabía que estábamos en Dublín, se ha colado aquí para tener la oportunidad de husmear a sus anchas. ¿De qué cojones va?

—Lo de la gotera no se lo ha inventado —le digo en voz baja—. Y, sinceramente, no creo que lo haya provocado.

—Pero ha sido la excusa que necesitaba para venir y tocarnos las narices, ¿te das cuenta? —Se lleva un pulgar a la boca. En cuanto empieza a morderse la uña, pone mala cara y aparta la mano—. Qué asco. Qué asco da todo esto.

—Maeve...

—No te acerques.

Me detengo a un paso de ella. Bajo los brazos a ambos lados del cuerpo y los dejo ahí, laxos y ridículos.

—Maeve, sé que no estamos en la situación ideal, pero tengo que enseñarte una serie de cosas... de pruebas, quiero decir, para...

—No, no estamos en la situación ideal para nada —gruñe—.

Voy a coger unas cuantas cosas y me voy a largar de aquí. Tengo donde quedarme.

—¿Qué? ¿Dónde? —Hago una pausa—. ¿Con Charlotte?

—Sí. O con alguien de clase. No sé. Sería raro que nadie tuviese algún sofá libre que prestarme, ¿no? —Se oye otro martillazo—. ¿Tú tienes donde dormir?

No lo sé. Hasta hoy, no sabía si podía considerar a Niall y Katja como algo más que compañeros de trabajo. Creía que les caía mal y, sin embargo, han sido muy amables conmigo. Imagino que podría pedirles ayuda. En cualquier caso, puedo pagarme un hotel para no molestarlos.

—Sí —respondo quedo.

—Genial.

—Pero antes quería hablar contigo. —Echo mano a mi cartera y, nervioso, al abrirla no atino a encontrar el papel que siempre llevo—. Verás, quería que me concedieras un momento para... ¿Puedes sentarte? Quiero enseñarte que...

—No.

Alzo la vista. Maeve se ha cruzado de brazos.

—¿No?

—No vamos a hablar de nada que no sea relativo al alquiler. Te lo dije anoche. Ahora nos comportaremos como compañeros de piso. Nada más.

—Si me dejaras explicarte...

—No. No es el día. En el trabajo... —Cabecea—. No quiero hablar con nadie, y menos contigo. Digas lo que digas no va a cambiar nada.

La garganta se me cierra, solo puedo asentir. Empieza a costarme respirar, así que me apoyo en la pared y me froto el pecho con una mano.

—¿Estás bien? —me pregunta. El tono es seco, aunque noto una punzada de preocupación oculta bajo su máscara educada. Obligo a mi cuerpo a asentir de nuevo—. Vale. Voy a ir a recoger mis cosas. Luego me iré. Si te escribe Emily, dímelo. Nos vemos en un par de días.

Intento llamarla para que no se vaya. Lo intento, y no puedo.

Solo soy capaz de observar cómo se mueve, igual que si fuera el espectador de una escena a cámara lenta.

Mi cuerpo no responde como quisiera. Si hiciera lo que deseo, alargaría el brazo, tomaría el suyo y le pediría que se quedara conmigo. Que no se marchase. Mi boca le confesaría cuánto la necesita. Que lo siente. Que necesita que se quede para explicarle por qué tiene que creerme. Convencerla de que puedo cambiar las cosas si me da la oportunidad de hacerlo.

Maeve camina hasta la puerta, la abre, recorre el pasillo. Cinco minutos después, oigo un portazo desde el vestíbulo. Y cinco minutos después, es Emily quien se asoma por el umbral de mi puerta.

—¿Querido? ¿Has recogido todo lo que necesitas?

De lejos, observo mi escritorio. Encima de él están alineadas todas mis pertenencias. Mi agenda personal, mi cuaderno de laboratorio, mi ordenador, el libro que me regaló Maeve.

Niego con la cabeza.

—Uy, pues cógelo, tu chica ya se ha ido. ¡Date prisa! —Cuando la miro, frunce el ceño—. ¿A qué estás esperando?

MAEVE

Son las once de la noche, ¿a qué estoy esperando para echar a este hombre?

Pero no puedo echar a Declan el Príncipe. Lo conozco desde que tengo memoria. Creo que mi abuelo inauguró el pub y al servir la primera pinta, puff, apareció aquí cual genio al frotar la lámpara.

—Príncipe, es tarde —le recuerdo.

—No me espera nadie en casa —dice, y se ríe como una hiena, aunque no sea gracioso—. ¿A ti sí?

No respondo. No quiero confirmarle que estoy tan sola como él. Además, verbalizarlo en voz alta sería reconocer que he acabado en el mismo punto que este viejo embaucador. Paso. Lo único que conseguiría sería echarme a llorar (y de eso ya he tenido bastante en mi viaje interminable en autobús hasta aquí).

Mi abuelo siempre decía que Declan el Príncipe nos sobreviviría a todos. Yo nunca le creí. Dado que ha superado en edad y tiempo a Cillian, quizá tuviera razón. Quizá un día también me sobrepase a mí.

Cojo otra jarra de cristal de la barra y la seco con el paño. Aunque no es necesario que lo haga, me relaja. En casa, Rubén tiene la manía de secar los vasos y platos que salen todavía húmedos del lavavajillas y me he acostumbrado a hacerlo con él mientras le ametrallo contándole estupideces.

Mierda. Otra vez. Hasta haciendo una tarea insustancial Rubén me ocupa todo el procesamiento mental. ¿No me canso de autoflagelarme? Ni siquiera el recuerdo es tan especial. Seguro que en España también seca las cucharas con su Rebeca (la novia que puede o no existir). Ahora, en Dublín, las estará secando solo.

Ay. El colmo de la degradación: tengo celos de unas cucharas.

—Te has puesto muy guapa —dice de pronto Declan devolviéndome a la (cruda) realidad—. ¿Cuántos años decías que tenías?

—Demasiados para usted.

—¿Demasiados?

—Demasiado pocos.

Se ríe entre dientes. Es un baboso, pero un baboso inofensivo. No es que eso le excuse, solo que cuando una ha trabajado como camarera desde la adolescencia, acaba dándose cuenta de que esa distinción es importante (sí, también da pena).

—¿Dónde has estado estos meses, pequeña Maeve?

—En Dublín. ¿No se lo han dicho mis padres?

—Saoirse es una *desaboría*. —Farfulla algo antes de dar otro trago a su cerveza—. Peter nació sin lengua.

Efectivamente, la descripción cuadra con la de mis progenitores.

—Pues sí, estos últimos meses he estado en Dublín —le explico—. He estado estudiando.

—No te cansas, ¿eh? Te va a explotar la cabeza. El Rey Pescador lo decía. —Esboza una sonrisa—. «Debería haberla bautizado Brigid, igual que la diosa. Esa niña es tan lista y viva como el fuego».

—¿Eso decía mi abuelo?

—Tu abuelo decía muchas cosas —mascula, aunque percibo la nota de cariño en su voz—. Habló en tierra lo que se había callado en el mar.

—¿Trabajaron juntos?

—A veces. —Se encoge de hombros—. Solo quería a los mejores.

—¿Eso en qué le convierte a usted?

—Perdí este dedo con él. —Me señala el muñón que un día fue un meñique derecho—. ¿Tú qué crees?

—Vaya. —Niego con la cabeza—. Y yo que pensaba que era cierto lo de que se lo había arrancado una selkie enfadada.

—Ese fue el otro —me señala el índice perdido de la mano izquierda— y no fue una selkie. Fue mi exmujer. —Se detiene y sonríe sin dientes—. Y fue un mordisco bien merecido.

No creo que eso sea verdad, aunque quiero creer que sí. Cuando contaba la historia, en esas noches eternas en que jugaba aquí al póquer con mi abuelo y su panda, le gustaba entrar en detalles escabrosos, como que Dolores lo hizo para tragarse la alianza y poder llevársela encima antes de abandonarle en Kilkegan.

Echo un vistazo al pub vacío tras la espalda de Declan. Es cierto que es un día entre semana, pero en tiempos de Cillian habría estado lleno. Claro que, en teoría, está cerrado. Mis padres siguen en Estados Unidos. Ignoro cómo este hombre ha adivinado que hoy habría alguien aquí (puede que esté conectado con el local, igual que una criatura mágica, y haya percibido cómo introducía la llave en la cerradura).

—Buena tormenta.

—¿Qué?

—Que buena tormenta —repite señalando a través de la puerta el exterior oscuro y la cortina de agua impenetrable que se ve desde la ventana—. La primera gran tormenta del año.

—Tenga cuidado al volver a casa —le pido—. ¿Necesita que le acompañe?

—¿Es una insinuación?

—Príncipe, váyase a casa.

—¿Y qué harás tú? ¿Quedarte aquí sola? —Niega y se termina de un trago la pinta que le he servido—. Ni hablar. El espíritu de Cillian sería el que me acompañara hasta casa para atormentarme.

Esbozo una sonrisa reservada. Me dispongo a decirle que no se preocupe, que precisamente he huido de Dublín para refugiarme aquí porque eso es lo que deseaba, estar sola, cuando la puerta del pub se abre de par en par. Tanto Declan como yo pegamos un bote. Él, en su taburete alto. Yo, de pie tras la barra.

Un brazo fuerte envuelto en un chubasquero negro mantiene la puerta de madera abierta. El cuerpo unido a él es una silueta grande y empapada inclinada hacia delante. La capucha le tapa la cara.

—¿Quién es el forastero? —pregunta Declan—. ¡Pase, hombre, que se nos cuelan el frío y el agua!

La figura se incorpora. Mis dedos se aflojan. La jarra que seco se cae al suelo y se rompe en mil pedazos.

—¡Pequeña Maeve! —El Príncipe se gira hacia mí—. ¿Qué mosca te ha picado? ¡No has tirado nada en veinte años! —Coge su propia jarra vacía y le da dos vueltas, una al derecho y otra al revés—. Mal fario.

No puedo apartar los ojos del hombre que, por fin, suelta la puerta y entra en el pub. Cuando el portón se cierra a su espalda, el sonido de la tormenta vuelve a desaparecer. Lo sustituye una quietud fantasmagórica que se cuela en el local junto al recién llegado.

Noto en los huesos el silencio tirante y cargado que le acompaña. Ese que, desde que le conozco, se materializa sin excepción en el instante en que, como ahora, nuestros ojos se cruzan.

Quizá este silencio es especial porque, en realidad, no existe como tal. El aire entre los dos siempre se llena de palabras que no pronunciamos, pero que solo nosotros somos capaces de escuchar.

Yo le pregunto: «¿Qué haces aquí?».

Y él responde...

—He venido a por ti.

Declan le observa en silencio durante tres segundos.

—Maeve, ¿quién es este?

¿Quién es? No tengo ni idea. ¿Es mi compañero de piso? Sí, supongo que eso puedo afirmarlo sin problema. ¿Es mi mejor amigo? No sé si puedo seguir considerándolo así, pero mi boca me ruega que lo haga. ¿Es mi novio? Nunca lo fue, aunque soñé tantas veces que lo era que mi cerebro se resiste a negarlo. ¿Es la persona de la que estoy enamorada?

Si me rompió el corazón, ¿sigue siendo justo darle ese privilegio?

—Un cliente —respondo—. ¿Qué quieres, una cerveza?

Rubén no se inmuta ante mi tono sin emoción. Gira la cabeza y le echa un vistazo al pub. A las mesas encajadas en la pared derecha, con sus bancos tapizados de tela verde bosque; a las lámparas de forja negra y cristales de colores; a los carteles antiguos y a las fotos enmarcadas que cubren todas las paredes de madera oscura y pulida. Tras un minuto, se decide a caminar, despacio, hasta uno de los reservados. Se sienta sin siquiera quitarse el chubasquero.

—Oiga, joven, la señorita le ha hecho una pregunta —le recuerda Declan.

—Y yo la he respondido —masculla—. He venido a por ella.

El Príncipe se vuelve hacia mí. Tiene una expresión cómica. Aunque las cejas despeinadas, de tres tonos de gris, descienden con enfado sobre sus ojos pardos, la boca se estira hacia arriba en una mueca mordaz.

—Creo que ya va siendo hora de que me marche.

—Príncipe, no. —El anciano deja una moneda sobre la barra y se baja del taburete—. Príncipe, ¡no, no, no! No se vaya todavía. ¿Qué diría el espíritu de Cillian si me dejara aquí sola?

—No te dejo sola. Y creo que me recordaría que su nieta es lo bastante espabilada para mandar con viento fresco a quien quiera, incluido a ese. —Señala con un pulgar hacia Rubén—. Además, sé reconocer la voz de un hombre decidido. Esos muerden, pero luego no sueltan. Y prefiero conservar los dedos que me quedan.

Se pone el gorro impermeable y me hace un gesto con la cabeza mientras se dirige a la puerta. Cierra tras de sí. El sonido reverbera en el pub como si fuera un punto y aparte.

Con tantas ganas como miedo, me vuelvo hacia Rubén.

Sigue sentado sin mover un músculo. La espalda recta; los brazos extendidos sobre la superficie de la mesa, mojada por culpa del chubasquero; los ojos fijos en un punto lejano. Parece una estatua hiperrealista de la que no puedes desviar la atención.

Cojo una profunda bocanada de aire. Después, dos vasos labrados y una botella de whiskey. Rodeo la barra y me dirijo a la mesa. El corazón se adelanta a mis pasos, como si me metiera prisa. «¡Más rápido, más rápido!». Me obligo a mí misma a ralentizar todavía más mis movimientos, a modo de lección. «La última vez que te hicimos caso, le devolvimos el beso bajo las sábanas y nos partió en dos». Esta vez tengo que pensar con calma lo que voy a hacer y decir.

Dejo todo sobre la mesa, me deslizo en el banco frente a Rubén y me siento justo delante de él. Tiene el pelo negro mojado, igual que las gafas. Los cristales están llenos de gotitas. No se las quita para limpiárselas con cuidado, como es habitual.

De repente, los ojos tras ellas me miran con fijeza. Hay tanto fuego en sus pupilas negras que podrían evaporar el agua que le cubre.

—Te he estado buscando.

El corazón me da un vuelco. Hay tanto anhelo en su voz que me cuesta no derretirme ahí mismo.

—¿Ah, sí?

—Quería asegurarme de que estabas bien. Tu teléfono estaba apagado. Llamé a tus amigas. Nadie sabía nada de ti. Fui a tu trabajo. Tu encargado me dijo que te habías despedido.

Trago saliva. Destapo la botella de whiskey y lleno las dos copas. Mientras lo hago, contesto:

—No aguantaba más ese sitio, ya lo sabes. Y durante mi turno pasó algo. Fue una sola gota, pero bastó para derramar el vaso. Ya buscaré otra cosa. Y, si no, bueno, pues volveré a Kilkegan y renunciaré al máster.

—No.

Dejo la botella en la mesa con más fuerza de la que pretendía. Él ni se inmuta.

—¿Qué más te da, Rubén? —Suelto un resoplido—. Vas a volver a España. Vas a volver, con tu novia o sin ella, me da lo mismo, y allí seguirás con tu vida. Terminarás la tesis, te convertirás en doctor, seguirás trabajando en tus células y todo volverá a su sitio, como a ti te gusta. ¿Qué más te da lo que me pase? Seré un capitulito en tu vida. Uno divertido, quizá. Nada más.

—No eres solo un capítulo en mi vida. —Hace una pausa—. Ni siquiera había empezado a leer el libro hasta conocerte.

La tentación de volver a mirarle a los ojos es demasiado poderosa. Aun así, me contengo. Canalizo mis ganas en el vaso de whiskey frente a mí. Mareo el líquido hasta que me decido a probarlo.

El alcohol me quema la garganta, pero no tanto como las palabras de Rubén. ¿Desde cuándo es capaz de lanzar esas frases tan devastadoras que van directas a mi corazón?

Y no solo eso. Está aquí. Ha venido a buscarme al culo del mundo. Me pregunto si recuerda que ese era el inicio de nuestra relación falsa o, al menos, eso es lo que les dijo a mis compañeros de clase sobre cómo nos conocimos. En ese momento, me pareció que Rubén jamás haría nada parecido. Ahora no me parece tan fuera del personaje.

No creo que pudiera inventarme un protagonista como él. Las lectoras creerían que exagero.

—Vale, has venido a ver si estaba bien —consigo pronunciar—. Pues ya me has visto.

—No he venido solo por eso.

Su tono sigue siendo serio, grave, impecablemente neutro. Cualquiera diría que se ha recorrido media Irlanda y ha soportado una tormenta monumental para venir a buscarme.

—Entonces ¿por qué estás aquí?

—Te guste o no, he venido a exponerte la verdad.

Alzo la cabeza de golpe. Sigue sin haberse movido un ápice.

—En Dublín no quisiste oírme —continúa—. Verás, no necesito que digas o hagas nada, solo que me escuches. Voy a demostrarte que lo que te dije sobre mi situación sentimental es verdad. Lo que decidas después, es decir, perdonarme o no por mentirte sobre ella, será cosa tuya.

Soy incapaz de hablar, así que me limito a asentir con la cabeza.

—Bien.

Rubén se desabrocha el chubasquero. Debajo lleva el jersey rojo y verde que nos regaló Rebeca en Navidad. Es cierto que le quedan muy bien esos colores. ¿Qué no le queda bien a este cabrón tan guapo y atractivo como un maldito superhéroe de película? Lo peor es que ni siquiera se da cuenta.

Introduce la mano en el interior del abrigo y bucea por los bolsillos interiores. Uno a uno, va sacando una serie de objetos y depositándolos sobre la mesa con ademanes lentos y seguros. Su móvil, su agenda, su cuaderno gris, su cartera.

Primero desbloquea el móvil y busca algo. Al terminar, con dos dedos, desliza el teléfono hacia mí con la pantalla bocarriba.

—Primera prueba. He guardado capturas de pantalla de varias conversaciones mantenidas desde hace años con mi hermana y otros miembros de mi familia, así como con amigos españoles. Tienes la traducción sobre cada mensaje. En el caso de que no creas que he traducido de forma correcta algún texto, puedes usar tu propio móvil para leerlos en inglés uno a uno. No tengo prisa. De todas formas, he generado los archivos de las conversaciones, las he comprimido y enviado a tu correo, por si quieres echarles un vistazo con más detenimiento otro día. Todas prueban que ni ahora ni nunca he tenido pareja de ningún tipo.

No he mirado bien ni la primera imagen (una conversación con Rebeca en la que esta se burla de su obsesión con «la novia más real que has tenido jamás», es decir, conmigo), cuando Rubén coloca su agenda abierta delante de mí.

—Segunda prueba. Como sabes, recopilo todo lo que me pasa diariamente en esta libreta. No es algo que haya generado a raíz de ti o para convencerte de nada. —Me enseña la primera página—. Como puedes comprobar por la fecha, la agenda se retrotrae al 1 de enero del año pasado, exactamente nueve meses antes de conocerte. —Vuelve las páginas hasta septiembre—. Aquí tienes los extractos del día en que te conocí. Puedes usar también un traductor por ti misma, pero me he permitido hacerlo para ahorrar tiempo. —Saca unas hojas sueltas del final y las coloca con cuidado sobre cada página—. «5 de septiembre. Hoy he mentido dos veces. Una, a la casera, que ha creído que la chica que visitaba su piso y yo éramos novios. Otra, a esa chica, llamada Maeve. Le dije que tenía pareja y, obviamente, no es así. Eso hace que me replantee la autopercepción que poseía sobre mi propia moralidad. La primera mentira tiene justificación (si es que alguna la tiene). La segunda es fruto del daño a mi ego. Si nunca me ha importado no estar comprometido con nadie, ¿por qué me ha importado lo que esa desconocida creyera?».

Al terminar de leer, me deja la agenda en las manos.

—También te he marcado el extracto del día en que te dije que mi supuesta novia se llamaba Rebeca. No estoy acostumbrado a mentir, así que ni siquiera había contemplado cuál sería su nombre hipotético. La frase a la que hice referencia durante nuestra cena era algo que suele decir mi hermana. Mi hermana *Rebeca*. Puedes comprobar en mi agenda telefónica que no existe ningún otro contacto con dicho nombre.

Después, me acerca su cuaderno de laboratorio.

—Tercera prueba. Como también sabes, aquí apunto todo lo relacionado con mi trabajo diario, donde se incluyen los mensajes y llamadas que interrumpen mi jornada laboral en el laboratorio. Puedes comprobar que solo aparecéis tú; Rebeca; Niall; Katja; el doctor Carlsen; mi directora de tesis, la doctora Blasco; mis padres y Emily. Si tuviera pareja, ¿no habría algún registro? Está terminantemente prohibido modificar un cuaderno de laboratorio, así que es imposible que haya eliminado nada, por si eso ha cruzado tu mente.

En mi mente ahora mismo no hay nada, excepto tres enormes puntos suspensivos.

—Cuarta prueba. —Señala su teléfono—. En el móvil, también puedes abrir mi galería de fotos y comprobar todas las que he guardado desde que lo compré. Es decir, desde hace dos años. Sé que es fácil de manipular, pero puedes cotejar las fotos que tengo y las fotos que he enviado durante todo este tiempo y llegar a la conclusión de que no hay rastro de imágenes de ninguna mujer, excepto de aquellas a las que me une un lazo de sangre, de Katja o de ti. —Hace una pausa—. Sobre todo de ti.

Mientras sigo procesando toda la marabunta de palabras, Rubén abre su cartera. Le he visto hacer ese gesto decenas de veces antes, solo que, en esta ocasión, el corazón empieza a latirme frenético por la anticipación. Intuyo qué va a hacer antes de que lo haga.

Saca ese papel doblado en tantas ocasiones que las líneas que lo dividen en cuatro son profundas y oscuras. Rubén observa la página, asiente para sí mismo y luego le da la vuelta. La deposita sobre la mesa con cuidado. Yo dejo el móvil a un lado, aparto su agenda y cuaderno. Cojo el papel igual que si fuera el mapa de un tesoro.

Aunque siento que eso es lo que es, en realidad solo son frases emborronadas en bolígrafo y lápiz, algunas tachadas y antiguas, pero todas muy rectas. Reconozco mi nombre en muchas de ellas.

—¿Qué es esto? —pregunto en voz baja.

—Es la quinta prueba —responde al mismo volumen.

—¿De qué?

—De que solo existe una mujer de la que me haya enamorado.

Alzo la vista. Él sigue con la misma expresión decidida, aunque atisbo cierto temor en sus ojos.

—No entiendo nada —me atrevo a balbucear—. ¿Qué es lo que pone?

Rubén coge aire y lo suelta. Después, saca otro papel pequeño, nuevo, del interior del abrigo. Alarga el brazo y lo coloca por encima del otro.

Todo está escrito en inglés con la misma letra. Incluso las tachaduras son idénticas.

Maeve ~~(¿apellido? Mirar en contrato de alquiler)~~ Sheehan
*Estatus: compañera de piso / falsa novia / **mejor amiga***
Objetivo: ~~acostumbrarme a ella / que se acostumbre a mí~~ / conocerla
*mejor / **recuperarla***
A tener en cuenta: ella cree que tengo novia (y se llama Rebeca, como mi
hermana Rebeca) / la casera cree que es mi novia
Lo que sé de ella: 24 años, natural de Kilkegan (Irlanda), estudiante de
escritura, escribe ~~cuentos~~ relatos. Se muerde ~~las uñas~~ los carrillos cuando está
nerviosa. Le gustan los muebles antiguos y coloridos, el mar, los mercados de
flores y los muffins de arándanos, aunque sus favoritos son los de chocolate.
Su jefe es un memo. Le pone triste pensar en su pueblo. Prefiere librarse de
cocinar y que yo cocine para ella. Espera a otoño para leer novelas de miedo
y a primavera para leer románticas. Tiene una colección enorme de rocas
y minerales, aunque no conoce los nombres (ni la diferencia entre roca y
mineral). Le gusta guardar cada pequeña cosa, por muy absurda que sea
(tíquets de restaurantes, notas que le pasan en clase, vasos de cartón de
cafeterías, pases de museos, flores secas que recoge en nuestros paseos, etc.).
Le gusta el whiskey, aunque no aguanta bien el alcohol. Sus libros favoritos
son, por orden, Hasta despegar (de Sally Rhodes), Un mundo feliz, El amor
ha muerto, Carta de una desconocida y Emma.

¡! *Su abuelo Cillian murió en el mar hace tres años: tratar con cuidado este tema*

Aspecto: *rubia, pelo largo y ondulado, ~~1,75 aproximadamente~~, 1,78 exactamente, delgada, ~~viste sin tener en cuenta el tiempo exterior ni la funcionalidad de la ropa,~~ viste ropa de segunda mano según su estado de ánimo (y, si está en casa, se pone la mía).*

Es la mujer más preciosa que conozco

Propuesta de acercamiento:

◊ ~~confirmar si realmente está bien en la habitación más pequeña~~

◊ ~~preguntar por su familia (nombró a un abuelo)~~ *preguntarle sobre su abuelo Cillian <u>solo</u> si ella lo nombra*

◊ ~~hacer cosas con ella~~

✓ *ayudarla si me necesita*

◊ ~~encontrar una pieza única para el cuarto de Maeve~~

✓ *conseguir que sobrevivan sus plantas*

✓ *cocinar para ella*

✓ *acceder siempre a sus planes de domingo*

◊ ~~no dejarla sola en diciembre~~

◊ ~~encontrar el regalo perfecto para Maeve~~

◊ ~~averiguar por qué ese poema de Paula Meehan es su favorito~~

◊ *decirle la verdad a Maeve*

◊ *encontrarla*

◊ *recuperar su confianza*

◊ *hacerla feliz*

Cuando alzo la vista, él carraspea.

—Siento haberte mentido —dice ronco—. Fue estúpido por mi parte. Podría habernos ahorrado mucho tiempo y… dolor. Me rompe haberte decepcionado. En especial me mata que, sabiendo lo que significas para mí, te hayas sentido sola, aunque haya sido un solo instante.

Rubén cierra los ojos por un segundo. Cuando vuelve a abrirlos, sé que me miran a mí. Solo a mí. Como siempre quise que hicieran.

—Maeve, sé que has tenido mucha paciencia en lo que respecta a mi forma de ser y también a la hora de tratar de entenderme.

Te pido que hagas un último esfuerzo. Nunca he querido hacerte daño y nunca quise llevar esta mentira tan lejos. Mi problema es que no sé cómo comportarme con los demás, pero sobre todo no sé cómo comportarme contigo. Nunca he sentido... —La mano izquierda se dirige temblorosa a su pecho—. Esto. Estoy aprendiendo a gestionar algunas cosas. Si me perdonases, te prometo que sería sincero en todo, para todo. Contigo, siempre. No te prometo no equivocarme. Me angustiará la sola posibilidad de hacerlo, pero he comprendido que, sí o sí, va a pasar. Contra eso no puedo hacer nada. Voy a fallar y a equivocarme. Pero sí te prometo que te compensaré por cada uno de mis tropiezos. Y, respecto a este, solo espero que no sea tan grande como para alejarte de mí. —Hace una pausa larga y medida—. Me quedan demasiadas cosas que hacer por ti.

El momento se alarga. Nuestra mirada lo sostiene. Nuestras respiraciones se aceleran. Yo contengo a mi corazón para que no se escape por mi garganta junto al aire que empieza a faltarme.

Mis manos, temblorosas y frías, acaban por moverse. Por su cuenta, doblan los dos papeles, los dejan con cuidado a un lado. Lo hacen sin que desvíe la mirada sobre Rubén, manteniendo esa conexión irrompible entre los dos, así que noto que sus dedos extendidos sobre la mesa se aprietan y cierran hasta convertirse en puños.

Cuando me desplazo por el banco hasta ponerme en pie, advierto que Rubén traga saliva. Su cuello expuesto delata también el pulso rápido que late debajo.

Estiro una mano, le acaricio la mandíbula suavemente con el pulgar. La piel se eriza al contacto con mis dedos.

—¿Qué cosas querrías hacer por mí?

—Cualquier cosa —responde rápido.

—¿No vas a volver a mentirme?

—No.

—¿Aunque sea algo tan tonto como esto?

—No te mentiré jamás.

—Te pondré a prueba —murmuro—. ¿Cómo puedo creerte? ¿Cómo es posible que alguien como tú nunca haya salido con nadie?

Esboza una sonrisa radiante. Los músculos de sus mejillas se tensan bajo mis yemas. El escalofrío me hace temblar de pies a cabeza.

—Pregunta fácil. Estaba esperándote a ti.

Me río.

—Pareces el personaje de una novela romántica.

—¿Eso es bueno o malo?

—Soy escritora. ¿Tú qué crees?

Él vuelve a sonreír. Alarga una mano hacia mí, pero acaba deteniéndose y devolviéndola a la mesa.

—¿Puedo…?

—¿Sí?

—Quiero besarte.

Despacio, me siento junto a él en el banco. Noto la humedad que ha empapado la tela del asiento y que ahora moja mi falda de cuadros. Un trueno suena a lo lejos. Demasiado lejos de nosotros.

—¿Y a qué estás esperando, grandullón?

MAEVE

No espera un segundo más. Hunde la mano en mi pelo, me acerca hacia él para acortar la distancia que nos separa y me besa. Yo le envuelvo el cuello con los brazos para pegarme todavía más a él. Noto la lana de mi jersey adherirse a su ropa y a su piel mojada, y deseo que me empape entera. La tormenta ya no está fuera, se ha colado en el local. Entre nosotros.

Rubén me agarra de la cintura y me alza lo justo para sentarme sobre su regazo. Me besa frenético y apurado, y yo trato de contrarrestar su urgencia con caricias lentas.

En el fondo, quiero arrancarle la ropa, explorar todo lo que he visto y no he visto de él, averiguar de qué manera se moverá en la cama. Sobre y bajo mi cuerpo. Pero no tengo prisa. No existe el concepto de tiempo en este momento. Y si lo hay, desde que entró en el pub se ha detenido para ambos.

Rubén parece empezar a pensar lo mismo. Sus besos se tornan más largos y profundos. A pesar de su cambio de ritmo, noto bajo mis muslos lo excitado que está. Un pensamiento intrusivo se cuela por encima del deseo y corto el beso para susurrarle:

—La puerta sigue abierta.

Él asiente entre jadeos. No parece afectarle lo que le he dicho o no lo ha entendido del todo. Vuelve a tirar de mi nuca hacia él, buscando mi boca. Me echo hacia atrás para impedírselo y Rubén masculla algo en español que suena a palabrota.

—Grandullón, tengo que cerrar antes de que sigamos.

—¿Qué? ¿Por qué? Es tarde. Llueve. ¿Quién va a entrar?

—Oh, no conoces a la gente de Kilkegan. Todos nacimos con el don de la oportunidad. —Acerco la boca a su oreja—. No quiero estar pendiente de quién pueda o no interrumpirnos. Quiero estar pendiente de otro tipo de cosas. Como de esto. —Presiono mis labios contra su garganta—. O esto. —Paso la lengua por la piel bajo su lóbulo—. O esto.

Deposito un beso suave en su comisura derecha. Es apenas un roce, pero basta para que Rubén se mueva con rapidez. Se desliza por el banco conmigo todavía encima y me levanta con él.

Ahogo un grito y me aferro con fuerza a sus hombros para no caerme. Aunque él me sujete por la cintura, tal como tiembla, no me fío de que mantenga el equilibrio mientras sostiene mi cuerpo.

—Las llaves.

—¿Qué?

—Para cerrar —contesta rápido—. La puerta. Las llaves.

Se me escapa una carcajada. Él frunce el ceño con enfado y yo vuelvo a reír. Soy incapaz de hablar, así que señalo la barra con un movimiento de cabeza. Rubén me coge en brazos y me lleva hasta allí sin perder un segundo. No me suelta ni siquiera cuando alargo una mano para coger con dificultad el llavero del gancho junto a la caja.

Después me conduce solícito hasta la puerta sin que mis pies toquen el suelo. Solo se detiene para auparme mejor y permitirme a la vez cerrar el pub. Una vuelta, dos.

—La casa de mis padres está arriba —le explico—. También podemos acceder desde aquí. Al fondo del pub hay una puerta con unas escaleras que conducen al piso superior.

—¿Quieres subir conmigo?

Sé lo que implica en realidad la pregunta y no tardo en responder:

—Joder, claro que sí.

Asiente con una seriedad tan intensa que me deshace por dentro. Menos mal que está llevándome en brazos cual princesa de cuento, porque mis piernas habrían decidido dejar de funcionar para dejarme caer al suelo.

Tras señalarle con el índice el fondo del local, Rubén nos guía hasta entrar en la sala en la que pone «Privado». Hay dos puertas y solo una tiene cerradura. Le pido que me deje de pie junto a ella.

Aunque la idea de que Rubén suba los escalones conmigo en brazos es tentadora, la subida es demasiado estrecha. Además, sé que necesita tomarse uno de los caramelos de violetas que lleva en el bolsillo antes de pisar el primer escalón o le dará un síncope, y lo necesito en perfectas condiciones (¿me mueve el egoísmo o el deseo más intenso que he sentido nunca?).

Mientras subimos, noto la presencia de Rubén a mi espalda. La tensión que nos rodea podría cortarse con un cuchillo. Uno muy afilado. Los dos sabemos qué nos espera, eso que lleva rondándonos la cabeza desde que nos besamos por primera vez, aunque fuese apenas un roce. Un maravilloso accidente.

Después de ver sus pruebas (Dios mío, todavía no he pensado lo suficiente en todo lo que implican), ahora lo sé con total seguridad. No estaba sola en este deseo. Nunca he estado sola.

Respecto a él, jamás.

Al llegar arriba, me doy la vuelta para explicarle dónde está cada cosa, incluido el baño, pero él tiene otros planes. Me empuja contra la pared y me corta con un beso antes de que pueda pronunciar la primera palabra.

Sus manos vuelan a mi falda en busca de los botones. Los encuentra en mi baja espalda. Sin dejar de besarme, se da prisa en desabrocharlos uno a uno.

Así que esas tenemos. Desde luego, no voy a ser la única que se quede desnuda en mitad del pasillo. Me muevo ágil para deslizar las manos bajo su chubasquero. Luego cuelo los dedos bajo el jersey de lana y se lo quito a tirones. Prácticamente le arranco la camiseta antes de pelearme con la hebilla de su cinturón y con la cremallera de sus pantalones.

Nos quitamos la ropa tan rápido que apenas siento el frío que nos envuelve. No me ha dado tiempo a encender la calefacción al llegar. Intento decírselo, excusarme, pero Rubén no me deja hablar. Solo renuncia a mis labios para agacharse y deshacerme el nudo de los cordones de las botas. Como no lo consigue, empieza a tirar de ellas con frustración. Tengo que agarrarme a sus fuertes hombros para mantener el equilibrio. Verle completamente desnudo y arrodillado frente a mí es una imagen gloriosa.

No sé a qué deidad (celta, cristiana o cósmica) tengo que agradecerle este momento, pero g-r-a-c-i-a-s. Maeve Sheehan promete honrarla hasta el fin de los tiempos.

Mis pies desnudos tocan por fin el suelo. La mano de Rubén rodea todavía uno de mis tobillos. De repente, está muy quieto. Pasan los segundos y sigue sin mover un músculo.

—¿Rubén?

Le oigo jadear con fuerza. Alza la cabeza y me atrapa con esos ojos que llamean tras sus gafas incluso en medio de esta oscuridad.

—Me gusta mi nombre solo cuando tú lo pronuncias.

No me da tiempo a decirle que tanto él como yo sabemos que no lo digo correctamente, porque se pone en pie y me rodea las mejillas con ambas manos. Está sonriendo. Ha vuelto a hacerlo como el día en que subimos el escritorio e, igual que entonces, me ha dejado sin palabras. Ya van cuatro veces en una sola noche (y todo el mundo sabe lo difícil que es mantenerme callada).

—Quiero acostarme contigo.

Parpadeo como primera respuesta. Como segunda, balbuceo:

—Ah. Genial.

¿Genial? ¿Qué pasa, que mis dos únicas neuronas se han ido de vacaciones?

—No aquí —dice, de pronto, serio—. No en el pasillo.

—Ya, sí. No sería muy cómodo, la verdad.

—Además, no llevo condones encima —continúa como si tal cosa—. No predecía tanto éxito.

—¿En serio? ¿Tú te has visto?

—En casa estabas muy enfadada conmigo.

—Eres más guapo que todo eso. Y la vida es demasiado corta como para estar enfadada. —Él asiente con la misma seriedad, como si acabara de soltar un axioma matemático con el que está evidentemente de acuerdo—. Yo tengo. En mi habitación.

—Llévanos.

Me coge de la mano. Yo bajo la vista enseguida para observar con ilusión de tonta enamorada nuestros dedos entrelazados y (ay, madre) me fijo por primera vez en su cuerpo al completo.

Podría describir lo buenísimo que está, pero mi pareja de neuronas se ha dado definitivamente de baja y solo puedo encadenar una exclamación inconexa tras otra.

Para ser un hombre con tanto pudor, parece que de repente se le ha ido todo rastro de un plumazo. Estamos plantados en medio del pasillo, desnudos por entero, y no parece importarle ni un poco.

Cada uno de sus músculos es precioso y definido. Su cuerpo es demasiado perfecto y la reacción que despierta en mí es tan potente que arde. Hay tanto que ver, asimilar y explorar que ni siquiera sé en qué querré centrarme primero (o en si me veré capaz de hacerlo).

Rubén carraspea y tira de mis dedos, su educada manera de recordarme que está ahí (y de meterme prisa), y yo hago lo mismo mientras le guío por el corredor hasta mi antiguo cuarto.

Ya no lo siento como tal. No tiene mis libros. Un lugar sin ellos nunca podrá considerarse «mío». Pero por suerte recuerdo dónde está cada cosa, aunque la luz que entre por la ventana sea tan escasa. Mi cama, a un lado (donde siento a Rubén). La mesilla, a la izquierda (con su único cajón lleno de clips, pañuelos, preservativos y bolígrafos). La manta de invierno con la que me arropo, a los pies del colchón.

Tras echármela sobre los hombros, me acerco a Rubén que, después de quitarse las gafas y dejarlas en la mesilla, se ha sentado con paciencia en el borde de la cama.

Mis ojos empiezan a acostumbrarse a la oscuridad. La luz de la luna logra atravesar la cortina de agua. Permite que vea con más claridad las sombras sobre el torso desnudo de Rubén. Sus hombros anchos. La curva de su cuello. La tensión de su mirada. La rigidez de su mandíbula cuando coloco una mano sobre su pectoral izquierdo. Bajo mi palma, su corazón.

Ahora es mío. Quiero tratarlo bien.

—¿Has hecho esto alguna vez? —pregunto en voz baja.

—Sí.

—Yo también. Con una persona.

—Vale.

—No le deseaba tanto como a ti.

Rubén suelta todo el aire por la nariz.

—Sí, para mí… también fue así.

Alarga las manos y envuelve con ellas mi cintura. Parece diminuta en comparación con sus largos dedos.

Rubén suelta algo en español, apenas es un susurro. Se inclina hacia delante y deposita un beso sobre mi ombligo. Enseguida siento debajo el tirón de mi estómago, el calor que se concentra entre mis piernas y me arranca un jadeo nervioso. No hemos hecho nada todavía y ya estoy empapada. Lista. Solo para él.

Me acerca despacio hasta encajarme en el hueco entre sus muslos. Después, me sale natural inclinarme hacia él y besarle. Es un contacto distinto al de antes. Más profundo y sentido. Queremos decirnos demasiado como para poder expresarlo en un idioma que ambos entendamos.

Me arrastra hasta la cama y nos tumbamos el uno junto al otro, de costado. Igual que aquella noche en que me cuidó, me pego a él hasta encajar a la perfección.

Ya no tengo el mismo frío que entonces. De hecho, ardemos juntos al explorarnos sin prisa. La única música que nos envuelve son las gotas impactando sin piedad contra el cristal de la ventana, un trueno grave y distante, los gemidos que se escapan de nuestros labios al separarse unos segundos entre beso y beso.

Mis manos vuelan de un lado a otro de su cuerpo, aunque acaban por descender y explorar la cresta de su cadera. Rubén se para en seco y me agarra de la muñeca antes de que pueda llegar adonde realmente deseo.

—Espera —susurra contra mi boca.

—¿El qué?

—Prueba, ensayo y error.

Abro los ojos y me aparto lo suficiente para fijarlos en los suyos.

—¿Qué significa eso?

—Quiero aprender primero —murmura con seriedad—. Lo que te gusta. Enséñamelo.

Parpadeo sin comprender. Rubén coge aire y guía la mano que sigue teniendo atrapada hasta el hueco entre mis piernas.

—¿En serio? —balbuceo.

—Así será más fácil. Tú hazlo, yo tomo nota.

—Estás fatal —me río nerviosa—. ¿Y tú vas a quedarte ahí mirando?

Asiente una sola vez. Su mirada oscura no deja lugar a dudas: desea que lo haga, y a estas alturas con eso es suficiente. No pienso negarle nada a este Superman de carne y hueso.

Aun así, los nervios me vuelven torpe. Nunca me he tocado delante de otra persona. Lo de Josh era más bien un «aquí te pillo, aquí te mato». No dejaba de tener su parte excitante, pero no era... esto.

Siento el corazón martilleándome mientras Rubén me observa con atención, expectante. No se centra en mis ojos, sino en mis dedos, que empiezan a moverse. Primero con timidez; después con decisión.

Me muerdo los labios, pero él no desvía su atención de mi cuerpo. Parece querer registrar cada detalle del modo en que me muevo, balanceo las caderas y busco mi propio placer. Normalmente tardo en relajarme lo suficiente, en dejarme ir. Ahora tengo que contenerme para alargar el momento. Aunque Rubén ni siquiera me ha rozado, sentirle tan cerca de mí, observándome de esta manera, solo consigue que me excite todavía más. Me pregunto si sospechará cuántas noches he hecho esto mismo en la soledad de mi cama, soñando con una escena como esta en la que fuéramos solos él y yo.

Miento. Mi imaginación no había alcanzado tanta perfección. Lo que siento es tan poderoso y auténtico que me resulta imposible encajarlo.

Llevo otra mano a mi sexo e introduzco un dedo sin dejar de tocarme en círculos cada vez más rápidos. Rubén suelta un gruñido. Su mirada asciende por mi cuerpo, recreándose, hasta anclarla en la mía. Sus pupilas están dilatadas, tiene el pelo revuelto, respira de forma tan irregular como yo.

—Bésame —le pido.

No tarda en buscar mi boca. Me lame los labios, atrapa mis gemidos y me acaricia la lengua hasta que estoy a punto de explotar.

Es el tipo de beso que va de cero a cien. Nuestras bocas se unen sin parar, ansiosas, arrebatándose el aliento la una a la otra. Me retuerzo contra el colchón y siento que Rubén me ha convertido en una contradicción: mi pecho pesa tanto que me cuesta respirar y, sin embargo, jamás me había sentido tan ligera como en este momento.

Besar a Rubén es como zambullirse en el mar desde las rocas. El vértigo antes de saltar, la euforia del salto, el choque que te hace temblar. La necesidad de volver a hacerlo sin parar para atrapar ese instante de placer salvaje.

Me pregunto si él siente lo mismo que yo cuando me sorprende soltando un gemido gutural. Hace que mi piel vibre con un cosquilleo, que me mueva más rápido, más profundo, más brusco.

Rozo el orgasmo con los dedos y Rubén parece adivinarlo. Se da prisa al crear un reguero de besos hasta mi garganta al mismo tiempo que una mano posesiva me explora el pecho. Me estremezco cuando noto un pulgar áspero sobre el pezón. De repente, Rubén me muerde el cuello y, por fin, me dejo ir. El fogonazo es tan intenso que me nubla los sentidos. Sin control sobre mí misma, arqueo la espalda, me rindo a mi propio placer sin preocuparme del modo frenético en que me retuerzo contra su cuerpo.

Joder. Ha sido increíble y tan solo acabamos de empezar.

Pasan los segundos. Cojo aire a bocanadas todavía con los párpados cerrados. El pulso desatado bajo mi piel ardiente no se calma. Es pleno invierno y hace un calor sofocante. En mí, entre nosotros.

Al apartarme por fin de su torso y abrir los ojos, lo contemplo con una punzada de vergüenza. Rubén, sin embargo, está entusiasmado. Sus labios se curvan en una sonrisa distinta a todas las que he visto hasta ahora. Un «eureka» mudo. Un campanazo de victoria.

—¿Contento? —jadeo.

Su sonrisa tiene un punto jactancioso que sirve como respuesta, pero aun así asiente.

—Mucho.

—¿Y ahora?

—Primero prueba —murmura grave—. Después ensayo.

No me da tiempo a reaccionar. Rubén me obliga a darme la vuelta para colocarme de espaldas a él. Pega mis omóplatos a su pecho y me besa en la sien con delicadeza.

—¿Dónde…?

—En el cajón de la mesilla —boqueo nerviosa.

Ni sé cómo he adivinado lo que quería. A veces podría jurar que le oigo pensar, los engranajes girando a toda velocidad para soltar una obviedad o, al contrario, una frase lapidaria que me sorprende hasta dejarme sin palabras.

Advierto que Rubén se pone el preservativo a mi espalda. La piel de sus piernas y brazos al rozar la mía provoca que me revuelva inquieta. No tengo ni idea de qué va a hacer a continuación y me muero por descubrirlo. ¿Será autoritario o me dejará llevar las riendas? Cualquiera de las opciones es excitante a su manera y se me escapa una risita de anticipación.

Se me corta en cuanto noto la palma extendida de Rubén posarse por encima de mi rodilla. Desliza la mano por el interior de mi muslo y sube con una retorcida calma hasta rozarme la ingle.

—Despacio al principio —susurra junto a mi oído—. Rápido después.

—¿Qué son, instrucciones?

—Es una repetición de lo observado —responde. Puedo notar que sonríe al añadir—: Tendremos que ensayar más. Para que se consideren válidos, los experimentos siempre se repiten tres veces.

—¡¿Tres veces?!

Le oigo reírse en voz baja. ¿Desde cuándo Rubén es capaz de tomarme el pelo?

En cualquier caso, no bromea cuando sus dedos se dirigen hacia mi vientre. Sus yemas hacen círculos tortuosamente lentos alrededor de mi ombligo. Es una repetición de lo que he hecho hace solo un instante, pero no donde debe. Desde luego, no donde lo quiero.

Contengo la respiración. Está jugando conmigo. Sabe qué es lo que quiero y no me lo da. Quiere que se lo pida, igual que antes.

—Tócame.

Solo entonces obedece. Cuando empieza a acariciarme entre las piernas, me doy cuenta de que intenta imitarme. El modo en que me toca es tímido al principio, más firme después. Yo gimo ante la presión creciente y balanceo las caderas. Al echarme hacia atrás, noto su erección contra mi trasero y cómo Rubén se tensa.

—Todavía no.

Quiero suplicarle que sí, pero soy incapaz de hablar. Rubén me aparta el pelo con la otra mano, hunde su boca en mi cuello. No sé cómo ha adivinado que ese es mi punto más sensible. Mi punto débil, después de esta noche, está claro que es él.

Gimo más alto al sentir que me arde la piel en contacto con sus labios. Su lengua. Sus dientes.

—Ahora.

No sé si lo ha dicho él, yo o ambos. Tan solo que la petición consigue que, lentamente, Rubén empiece a introducirse en mí. Unos pocos centímetros. Después se detiene. Me quedo tan quieta como él. Anhelante. Quiero más, lo quiero todo. Y Rubén, de golpe, me lo da con un solo movimiento, hundiéndose del todo hasta llegar al fondo.

Estamos unidos por completo. Joder, la sensación es indescriptible. Mi pecho se llena satisfecho. Me hormiguea todo el cuerpo. El pulso se acelera aún más bajo mis costillas. Las mejillas me tiran hasta doler. ¿Cuánto tiempo llevo sonriendo?

Rubén empieza a moverse. Lo hace tan despacio que resulta una tortura. No puedo verle la cara ni tampoco oírle. No dice una palabra. Solo puedo adivinar que su excitación es pareja a la mía al oír su respiración, cada vez más agitada. Su mano sigue perdida entre mis piernas y, de pronto, vuelve a despertar. Mueve los dedos como antes, en círculos acelerados e irregulares, mientras entra y sale de mí cada vez con más fuerza.

Mi control desaparece. Me pierdo. Se me escapa un quejido. El colchón rechina mientras nos acoplamos. Rubén está atento a mi balanceo. Tenaz, se adapta a mis movimientos. No pierde oportunidad de buscar mi garganta para lamerme justo donde late mi pulso.

Advierto cómo el orgasmo se avecina, igual que una ola enorme que romperá seguro contra las rocas. Rápida, giro la cabeza sobre el hombro para observarle. Sus ojos oscuros atrapan los míos y sonrío al percibir en ellos un reflejo de lo que palpita frenético en mi interior.

Le pido en un susurro acelerado que me bese. Antes de que me obedezca, sé que su roce marcará el punto y final. El agua impacta contra el acantilado, la espuma se arremolina entre los huecos, yo grito. Rubén me agarra con firmeza de las caderas, se hunde en mí sin control para rendirse pocos segundos después.

Recuperamos el aliento sin mover un músculo. Siento un escalofrío cuando sus manos me aprietan la cintura en un ademán cariñoso.

—¿Estás bien?

—No, sí, mejor que nunca. —Suelto un resoplido divertido—. En serio, ¿tres veces?

—Bueno —murmura—, no he dicho que fueran seguidas.

—Menos mal, o vas a tener que llevarme al hospital.

Por encima del hombro veo que se pone colorado. Aunque abre la boca para decir algo, al final no se atreve. Es adorable y yo me río. El movimiento hace que me dé cuenta de que seguimos muy unidos. Intento apartarme de él, pero Rubén me sujeta por las caderas para impedírmelo.

—Quédate así —me pide—. Solo un momento.

—Oh. Vale.

—¿Puedo...? —Obnubilado, me mira el pelo rubio despeinado entre nuestros cuerpos y sobre la almohada—. Quiero decir, no ahora. Tienes que ir al baño. Es vital para que las mujeres no contraigan...

—Suéltalo, grandullón.

—Tus trenzas. —Las señala con el mentón—. Quiero terminarlas.

Abro la boca. La cierro.

—No me lo puedo creer. Tienes las fantasías sexuales más raras.

—Mi fantasía sexual eres tú —suelta. Pero ¿este hombre de dónde ha salido?—. Es solo que me apetece hacerlo.

—Bueno, vale.

—Desde hace tiempo.

Esbozo una sonrisa torcida.

—¿Y qué más cosas te apetece hacer desde hace tiempo?

No me responde en ese momento. Lo hace después, al terminar de trenzarme el pelo con ternura. Deja todo cuidado y sutileza a un lado al deslizar la última tras mi oreja.

Porque no hay nada delicado en el modo en que me coloca de espaldas contra el colchón para aprisionarme contra él. Tampoco en la manera que tiene de sujetarme las muñecas por encima de la cabeza. De pedirme sin ambages que le rodee la espalda con las piernas. Que le muerda la boca. Que le diga al oído todo lo que me gusta. Todo lo que quiero que me haga en la cama.

Flexiono las piernas alrededor de sus caderas e intento tirar de él para que entre por fin en mí. Aunque es evidente que quiere hacerlo, me contempla desde arriba, con las cejas arqueadas y una expresión de contención que, lo admito, me pone a mil.

—Tienes que decirlo —me recuerda.

—Te necesito —suplico en un jadeo—. Por favor.

Se me corta la respiración con la primera embestida. Rubén empuja hasta el fondo, con fuerza, llenándome como no creí que pudiera hacerlo. Pero es la mirada feroz que me atraviesa después la que consigue que pierda la razón.

Es nuestra primera noche y a pesar de ello siento que tenerle así es como volver a casa.

—Te he echado de menos —gimo.

Su boca encuentra mi cuello. Sus caderas empujan sin piedad contra mí hasta dar con un punto que me arranca un gemido brutal.

—Y yo a ti —escucho junto a mi oído—. No vuelvas a irte.

Luego pronuncia algo en voz muy baja. Lo dice en español. No lo entiendo, no tengo ni idea de qué puede ser, pero bastan apenas esas dos palabras para que me derrita de ganas.

—Bésame —vuelvo a pedirle como cada vez.

Y él me ruega con esa mirada implacable que, en sus brazos, haga lo que mejor se me da. Rendirme, sudar, deshacerme. Perder el control.

Rubén también parece a punto de hacerlo. Sus facciones están en tensión, los dientes se hunden en su labio inferior, jadea palabras roncas que no entiendo. Se esfuerza en mantener el mismo ritmo vertiginoso, en seguir entrando y saliendo de mí incansablemente para que yo llegue primero.

El orgasmo crece en mi interior hasta hacer añicos la poca entereza que me queda. Rubén me suelta las muñecas, yo me agarro a su espalda ancha y lo sostengo. Lo hago, aturdida y todavía temblorosa, mientras él se clava en mí todavía más, desbocado, hasta que echa la cabeza hacia atrás y también se libera.

Se tumba sobre mí y yo suspiro aliviada. Estoy demasiado destrozada como para hacer otra cosa que no sea abrazarle y hundir los dedos en su pelo, pero Rubén enseguida se incorpora.

—No me pesas —le digo en voz baja.

—Sí lo hago. —Mira el hueco que hay a ambos lados de mi cuerpo y pone una mueca—. Esta cama es muy pequeña.

—Claro, está pensada solo para uno, no para una irlandesa alta y su grandullón —replico pasando los dedos por la línea de su mandíbula—. Oye, antes ¿qué has dicho? En español. Lo que has soltado mientras lo hacíamos.

Aunque está demasiado oscuro, sé que se sonroja.

—No suena tan bien en tu idioma —murmura al final y, como lo conozco, sé lo que eso significa.

—Seguro que no. —Sonrío—. Si no me lo vas a decir. ¿Podrías al menos repetírmelo?

Rubén se inclina hacia mí. Yo también me alzo, lo justo para salvar la distancia que nos separa. Nuestras narices se rozan un instante y después nuestros labios. El contacto es tierno, breve, y Rubén solo lo rompe para pronunciar en su idioma esa frase contra mi boca.

Creo que sé lo que quiere decir. O quizá solo es lo que deseo que signifique.

Vuelve a besarme. Prueba, ensayo y error. En la siguiente hora, nos saltamos el último paso.

La tormenta tras la ventana nos imita. Tan cabezota como nosotros, decide que todavía no es hora de detenerse.

RUBÉN

Mi sueño se detiene con el sonido de una bocina desde la calle. Abro los ojos de sopetón y tardo unos segundos en ubicarme. El techo que observo es de color azul claro. La almohada me resulta dura. El colchón bajo mi espalda, blando. Igual que las curvas de la persona aferrada a mí bajo las mantas.

He dormido bocarriba, recto como una estatua, como siempre, pero mi mano derecha se ha escapado de mi costado y está envolviendo con firmeza su cintura. Maeve, sin embargo, está de lado, pegada a mi cuerpo como si acabara de amenazar con marcharme.

Sus extremidades están retorcidas, cada una en una posición. Sus dos piernas atrapan con firmeza la mía, sus brazos me rodean el torso con posesividad. Su pelo largo desplegado por todas partes me hace cosquillas bajo la nariz y en el abdomen.

Una sensación cálida me llena el pecho. Odio dormir acompañado. Llevo años sin hacerlo. Conozco a Maeve desde septiembre y esta es la tercera ocasión en que duermo a su lado. En lugar de importarme, fantaseo con la posibilidad de hacerlo cada noche solo para poder despertarme cada mañana con la suavidad de su piel en contacto con la mía.

Disfruto del silencio de la mañana, de la calidez de su cuerpo contra el mío. Vuelvo a excitarme, igual que anoche, pero me contengo para no despertarla. Prefiero que descanse un poco más. La luz es clara y fría, imagino que no han pasado muchas horas desde que caímos rendidos.

Pasan los minutos. Empiezo a percibir con más claridad los sonidos de la calle. Las olas al romper contra las rocas junto a la playa, a solo unas decenas de metros de nosotros. El motor de los coches al pasar por la carretera de dos direcciones, reduciendo la velocidad en su entrada al pueblo. Los saludos cortos y cariñosos que se dedican los habitantes más ancianos al cruzarse por la acera.

Solo he visto Kilkegan de noche, pero es tal y como imaginaba. Un pequeño pueblo costero, hogareño y cerrado en sí mismo. Antes de llegar, los bosques no abandonan al viajero, aunque poco a poco los sustituyen la hierba baja, los acantilados escarpados y las casas blancas desperdigadas a un lado y a otro de la carretera, cada una con una personalidad distinta y particular, a juego con la pintura descascarillada por la sal.

Excepto por las vistas, el recorrido desde Dublín hasta aquí fue un auténtico infierno. No solo no estaba acostumbrado al coche (alquilado), sino que era la primera vez que conducía por la izquierda. Lo único que me mantuvo centrado fue la intuición de que encontraría a Maeve al final del camino. Si no hubiera sido así, me habría vuelto loco.

Maeve, en ese instante, parece adivinar que pienso en ella. Ya despierta, gruñe y se estira sin pudor. Luego alza la cabeza contra mi hombro. Al cruzarse nuestras miradas, sus labios se curvan en una sonrisa lenta.

Es preciosa. Y, lo más sorprendente de todo, me corresponde. Aunque no me lo ha dicho con palabras, he recopilado bastantes pruebas de que así es. Con eso basta. Tampoco necesito confesiones a la luz de la luna. Me dio muchas pistas entre las sábanas.

Me estremezco al recordar la cantidad de veces que anoche me rogó que la besara.

En este preciso momento, abre la boca, ignoro si para repetir la orden. Aun así, me adelanto y me agacho para unir sus labios con los míos.

Cuando nos separamos, su sonrisa es incluso más amplia que antes.

—Iba a decir que buenos días —murmura con la voz tomada—. ¿Has dormido bien?

—Sí. —Luego añado—: Poco.

—¿Y de quién es la culpa, eh?

—Creo que podemos compartir la responsabilidad entre los dos —respondo—. Teniendo en cuenta cómo nos comportamos ambos anoche, es lo más justo.

Se sonroja. El rosado de sus mejillas se extiende hasta su cuello y su pecho desnudo, y yo le acaricio las pequeñas manchas rojas que han aparecido sobre las clavículas. Aunque la noche es más íntima, de día puedo contemplarla mejor. Incluidas todas esas pecas que recorrí en la oscuridad con la lengua.

—Grandullón, ¿qué vamos a hacer ahora?

—No lo sé —contesto con sinceridad—. Si tienes hambre, desayunar. Antes, vestirnos. Luego, lo que quieras. Deberíamos volver a Dublín, pero solo cuando así lo decidas. Tengo el coche de alquiler aparcado fuera.

—No me refería a eso.

Lo dice tan bajo que tengo que pedirle que me lo repita.

—¿Y a qué te refieres?

—Quiero decir, qué vamos a hacer con *nosotros*.

Su palma extendida asciende desde los abdominales hasta el hueco entre mis pectorales. Me pregunto si ha notado el escalofrío que ha provocado a su paso.

—Éramos novios para todo el mundo —expongo después de calmarme—. Así que técnicamente el *statu quo* para nuestros conocidos no ha cambiado. Excepto para Rebeca. —Chisto—. Voy a tener que darle la razón. Y lo detesto. Se pondrá insoportable. *Todavía* más.

Maeve se ríe entre dientes.

—Ya. Sí. Eso sí. Para el resto, todo seguirá igual. Qué anticlimático, ¿verdad? —Cabecea, rozándome el hombro con su pelo, y continúa acelerada—: Así que, ¿se puede decir que nada ha cambiado? ¿Seguimos igual? ¿Quitamos el «falso» de nuestra relación y listo?

—Todo ha cambiado. Si por seguir igual te refieres a que lo de anoche no se repita, ni de broma. Y sí, le quitamos el falso a todo lo que tenga que ver con nosotros. ¿Alguna otra pregunta, escritora? —La risa se le atasca en la garganta cuando le aprieto la cintura con firmeza—. Quiero hacer esto contigo más veces. Y, a la vez, seguir siendo tu amigo. Escucharte, cocinar para ti, leerte. Eso es una relación, ¿no? ¿Tú quieres lo mismo?

Maeve parece desear decir algo más, pero se limita a asentir.

—¿Te preocupa alguna cosa en concreto? —pregunto con cuidado.

Ella se encoge de hombros. Tímida de pronto, agacha la cabeza y desvía la atención hacia mi vientre. Empieza a trazar círculos perezosos alrededor de mi ombligo, tal y como hice con ella anoche. Me pongo rígido y rezo por que no se dé cuenta de la erección que acaba de provocarme con ese roce tan simple.

—¿Qué pasará cuando todo acabe?

—¿Qué acabará?

—El alquiler. Tu año de doctorado fuera. Mi máster. Nosotros…

—Pues está claro —le digo—. ¿Qué te preocupa? Cuando todo acabe, se acabará. Lo hablaremos y ya veremos. No voy a…

El «dejarte sola» muere en mi garganta. Porque la puerta del dormitorio se abre de golpe y una mujer mayor con delantal y vestido de flores hace su aparición en el umbral.

Maeve y ella gritan al mismo tiempo. Su voz se parece, aunque la de la mujer suena mucho más aguda.

Apenas me da tiempo a moverme, Maeve lo hace por mí al saltar prácticamente de la cama y envolverse con una de las mantas. Tengo que atrapar otra al límite antes de que también la arrastre con ella para colocarla sobre mis caderas y taparme lo justo. La otra opción es que la desconocida me vea completamente desnudo.

A pesar de mi patético intento, la mirada encendida de esa mujer sigue fija en mi torso sin camiseta. Tarda en apartarla y desviarla hacia Maeve, tanto que me da tiempo a ponerme las gafas y ver con detalle a la recién llegada.

—¡Tía Aisling! —El tono de Maeve vira entre la sorpresa, la vergüenza y el enfado—. ¡¿Qué haces aquí?!

—Tu… tus padres… —La mujer pone los brazos en jarras—. ¡¿Qué haces *tú* aquí, niña?!

—¡Es mi casa! ¡Es mi cuarto!

—¡Pero si estabas en Dublín! —La señala con un índice agitado. Tiene un acento tan cerrado y particular que debo hacer un esfuerzo brutal para entender cada palabra—. ¡Te parecerá bonito! ¡Vienes y ni te dignas a visitar a tu tía, pero bien que te pones aquí con este hombretón a…! Oh, ¡no puedo ni decirlo! ¡Qué vergüenza!

—Vine anoche, no me dio tiempo a nada —masculla Maeve—. ¡Y no tendría que excusarme! Responde, ¿qué mierdas haces tú en casa de mis padres?

—¡No digas tacos, niña! Que sepas que he venido a regarle las plantas a tu madre —responde airada. A pesar de que se nota que quiere dejarlo ahí, tras observar el rostro crispado de Maeve, añade—: No me lo ha pedido tu madre porque Saoirse se mordería la lengua antes de pedir nada, pero sé que quiere que lo haga. Y ya que vengo, pues de paso barro un poco, limpio el polvo, le saco brillo a la plata… Esta casa se hundiría si no fuera porque la cuido a escondidas, niña. Desde que murió tu abuelo, en fin, ¡todo ha ido cuesta abajo! ¡Tus padres son unos desconsiderados incapaces de entender…!

—Así que no saben que vienes por aquí cuando ellos no están —murmura Maeve con un velado tono de amenaza—. Bien. Si te portas bien, no tienen por qué saberlo. Por mí, al menos.

La tía Aisling frunce el ceño. Luego, poco a poco, destensa la frente. Asiente al entenderlo y luego suelta una risita muy similar a la que suele usar Emily. Si no fuera porque esta mujer es considerablemente más alta y delgada, podrían pasar por hermanas perdidas.

—Bien, bien. Por mí tampoco tienen por qué saber que usas su casa como picadero.

—¡Yo no uso…!

—¿Vas a presentarme a tu chico o no? —Vuelve a mirarme y yo me encojo bajo su implacable mirada de jueza—. A menos que sea uno de esos, ya sabes, como los llaméis ahora. Esos líos de usar y tirar.

—No es un lío de usar y tirar. Se llama… Rowan. Quiero decir, Rubén.

Casi lo dice bien. Maeve se vuelve después hacia mí y, al verme todavía tumbado con la manta arremolinada entre las caderas, se esfuerza en no sonreír. Lo noto por cómo se muerde los carrillos.

—Rubén, esta es mi tía Aisling.

Sintiéndome la persona más estúpida del mundo, levanto una mano.

—Encantado.

—Uy, igualmente. —La tía Aisling se adelanta, como si pretendiera darme un apretón de manos o un abrazo, pero se detiene en mitad del camino. Suelta otra risilla y se lleva los dedos a las mejillas coloradas—. Bueno, bueno, bueno, os dejaré vestiros. Me ha parecido ver ropa tirada por ahí en el pasillo. ¿Os la traigo…?

—¡No! —Maeve se recompone. Se acerca a su tía y le da un apretón cariñoso en el brazo—. No es necesario, gracias. ¿Por qué no vas a la cocina y preparas café? Iremos enseguida.

La mujer asiente, de repente muy solícita. Antes de marcharse, me mira por encima del hombro y me dedica una sonrisa espléndida. Parece la marca de la casa en la familia Sheehan.

Una vez que la puerta se cierra, el silencio de la habitación se amplifica. Resulta casi inquietante. Maeve lo rompe de golpe al dejarse caer contra la cama y soltar al mismo tiempo una carcajada.

—¿Te hace gracia?

—A ver, entre reír o llorar, prefiero lo primero —dice mientras se seca una lágrima—. Ya te dije que los que nacimos en este pueblo tenemos el don de la oportunidad.

—Desde luego, tenías razón. En todo. También se parece a Emily. —Maeve se gira sobre la cama hasta quedar de costado, de cara a mí—. Y a tu personaje. El del relato. Es clavada. Me la imaginaba así mientras la leía. Tienes talento para calar y describir a las personas, incluso en los detalles que pasarían desapercibidos para los demás.

La chica de la que estoy enamorado (tanto que, lo confieso, suena ridículo hasta en mi cabeza) acerca su rostro al mío. A medio centímetro de mi boca, se detiene. Nuestros alientos se entremezclan. Alarga el momento hasta que me lamo los labios con la lengua, rozándola sin querer con el movimiento. Solo entonces acorta el espacio y me regala un beso largo y profundo.

Al romper el contacto, abro los ojos para encontrarme con los suyos. Sus pupilas están tan dilatadas que el iris azul claro es apenas un círculo estrecho a su alrededor.

Suelto el aire de golpe por la nariz. Es una pena que haya otra persona en casa, porque, si por mí fuera, no abandonaríamos la cama hasta dentro de al menos una hora.

—Gracias —susurra Maeve—. Por venir a buscarme.

—Gracias por perdonarme. —Luego añado—: Y por creerme.

—Sí, bueno. Me costó, porque, ¿sabes?, hace tiempo, un chico con el que estaba me mintió de esa manera. —Traga saliva—. Tenía novia y fingía que no. Aunque tú no seas él ni de lejos, yo... no quería que volviera a pasarme lo mismo.

Se me encoge el pecho. Una sensación oscura y retorcida se instala en el hueco de siempre. Me hace querer abrazarla con la misma intensidad con la que deseo pegarle un puñetazo en la cara a un completo desconocido.

—¿Quién...?

—Te lo contaré en el coche mientras volvemos a nuestro piso. —Mi estómago da un vuelco al oír pronunciar esas palabras. *Nuestro piso*—. Es mejor que nos vistamos y vayamos a desayunar, o la tía Aisling volverá a aparecer por aquí.

—¿En serio entraría de nuevo sin llamar?

—Oh, sí. Confiará en poder pillarte antes de que te subas la cremallera de los pantalones. —No sé qué cara pongo, solo que la hace reír—. ¿Qué? No culpes a la pobre viuda, tampoco es de piedra. La culpa es tuya por estar tan bueno.

—Me siento cosificado —gruño.

—Tranquilo, grandullón, no dejaré que lo haga. —Me deja otro beso en los labios, en esta ocasión más suave y rápido—. Ni ella ni nadie.

Sonrío, más todavía al verla levantarse de la cama y dejar caer la manta al suelo. Se dirige a la puerta, yo la sigo con una mirada embobada hasta que la abre. No parece importarle estar desnuda frente a mí. Yo le doy las gracias en silencio mientras recorro sus largas piernas expuestas a la luz de la mañana.

—¿Maeve?

Se vuelve al instante.

—¿Sí?

—Tú puedes cosificarme todo lo que quieras.

Puedo escuchar su risa mientras se aleja desnuda por el pasillo.

MAEVE

A medida que nos alejamos de Kilkegan, empiezo a contarle lo que me pasó con IGI (el Innombrable Gilipollas Infiel), *aka* Josh.

El coche es automático y Rubén entrelaza los dedos de la mano izquierda con la mía desde que arrancamos. Por el modo en que me aprieta con fuerza los nudillos, puedo notar cómo le crispa la historia.

—¿Y te dejó así? —pregunta al final con un siseo airado—. Cuando descubriste que tenía novia, ¿te dio la razón y se largó?

—Le llamé por teléfono al día siguiente de hablar con esa chica —le explico en voz baja—. Al principio lo negó. Incluso me hizo luz de gas, como si me lo hubiera inventado todo y solo quisiera añadir drama a lo nuestro. Luego pareció aceptar que estaba atrapado y me culpó por su engaño. Me dijo que yo en el fondo ya lo sabía, que me había metido entre su novia y él aposta. Que fui a buscarle a su pueblo sabiendo de antemano lo que provocaría. —Suelto un suspiro apagado—. Fue muy desagradable.

—Fue un cabrón. —Me vuelvo de golpe hacia Rubén. Tiene la mirada clavada en la carretera que serpentea ante nosotros. Sigue hablando con el mismo tono seco y práctico—. Al final saliste ganando. Ese tío no valía ni un segundo de ti.

—Gracias, Rubén, de verdad. —Esbozo en su dirección una sonrisa amable, aunque no la vea—. En el fondo, lo siento sobre todo por ella. Fue sin querer, pero por mi culpa hice sentir mal a otra mujer. Yo... fui el motivo por el que él la engañó.

—Aquella chica decidió seguir con ese tío, ¿no? —Asiento. Eso fue lo que me dijeron algunos clientes del pub de mi abuelo que visitaban a menudo el otro pueblo—. No pienses más en ella. En ninguno de los dos. No merecen ese tiempo.

Me aprieta de nuevo la mano y yo me derrito. Teniendo en cuenta que mis huesos llevan desde anoche siendo más gelatina que otra cosa, no entiendo cómo no me desparramo por el asiento.

—Tienes razón, ese es un problema del pasado y ahí debería quedarse —reconozco—. Es más útil que me centre en cómo solucionar los actuales.

—¿Que son...?

—No tengo trabajo. —Me paso la mano libre por la cara—. ¡Maldito Charles Malone! ¿Cómo se me ocurrió salir del baño y despedirme en un arrebato?

—Quizá porque al salir te dijo que si seguías así empezaría a descontarte el tiempo que pasabas en el servicio y tú le dijiste que...

—Que lo sentía, pero que me estaba cagando en sus muertos. —Rubén trata de no reírse. Le sale mejor que a Alex Smith, mi compañero de turno, que casi se ahoga a carcajadas—. Fui una estúpida. Tendría que haber esperado a tener otro puesto asegurado en algún sitio. Puede que tarde mucho en encontrar uno que pueda compatibilizar con el máster. —De reojo, advierto que Rubén se dispone a interrumpirme—. Y antes de que lo ofrezcas: no, no pienso dejar que te encargues del alquiler tú solo. Puedo permitirme pagarlo un par de meses aunque me haya quedado sin curro, así que tengo margen.

—No iba a ofrecerte nada parecido.

Ladea la cabeza lo justo para echarme un vistazo rápido. Después su atención retorna a la carretera. Nunca había visto a un conductor tan tenso como él. Tampoco a una copilota que lo iguale en incomodidad.

Mi mente rebelde (a pesar de las instrucciones precisas que le he dado) me devuelve a esta mañana. Al momento en que Rubén y yo, en la cama, comenzamos a hablar del futuro.

«Cuando todo acabe, se acabará. Lo hablaremos y ya veremos. No voy a...».

Por culpa de mi (entrometida y oportunista) tía Aisling, Rubén no llegó a terminar la frase. ¿Qué no iba a hacer? ¿Seguir conmigo? Ahora tengo vergüenza por volver a sacar el tema. No quiero precipitarme y parecerle una loca obsesionada por él. A pesar de lo que todo el mundo piense, en realidad acabamos de empezar a... ¿salir? Tampoco estoy segura de cómo llamar a nuestra relación ni de si Rubén se sentirá cómodo con la etiqueta que sea, ya que nunca antes ha tenido pareja. No quiero ponerme pesada en nuestro primer día juntos sobre lo que vaya a suceder dentro de seis meses. Es un sinsentido.

Quizá él quiera seguir como estamos a pesar de la distancia (dudo que funcionase), quizá quiera quedarse en Dublín conmigo (improbable, jamás renunciaría a su tesis por mí) o quizá quiera que le acompañe a España (¿quiero yo hacerlo?).

O puede que para entonces desee poner punto y final a lo que haya entre nosotros. No nos hemos hecho promesas de ningún tipo. No sería justo culparlo si lo decide así.

Nuestro contrato de alquiler es temporal. Solo cubre un año. Cuando finalice, es posible que lo que haya entre los dos, por muy bonito que sea, también lo haga.

Empiezo a hiperventilar. La lógica me dicta que me calme, que me enfoque en la felicidad que supone lo que descubrí anoche (que le gusto, me desea, quiere estar conmigo) en lugar de en lo que todavía desconozco (¿le seguiré gustando, me seguirá deseando, querrá seguir conmigo después del verano, cuando nuestros caminos se separen?).

—¿Maeve?

Trago con fuerza para obligar al nudo de mi garganta a descender. Por desgracia, se queda en forma de piedra en la boca de mi estómago.

—¿Sí?

—¿Qué te parece lo que he dicho?

—¿El qué exactamente?

—Lo de la entrevista de trabajo.

—Perdona, no te he oído —acabo reconociendo. Enseguida frunzo el ceño—. Espera, ¿qué entrevista?

Rubén lo repite con una paciencia infinita:

—Buscan camarera en la cafetería de mi centro. En el comedor, más bien. Han contratado a estudiantes otras veces, así que estoy seguro de que podréis llegar a un acuerdo en cuanto al horario. También está cerca de tu facultad, en bici llegarías enseguida. Si te pilla el turno entre clases, te daría tiempo a ir y volver. —Pone el intermitente e (ignoro cómo) adelanta a un coche sin pasarse de la velocidad permitida—. He llamado esta mañana por teléfono. Les he hablado de tu experiencia y de entrada les has gustado. Si te interesa, puedes hacer la entrevista en cuanto lleguemos. —Solo sus ojos se desvían hacia la izquierda. Hacia mí—. Si tú quieres. No les he asegurado que fuera así. Me conocen, no hay problema si no te parece buena idea.

Esta vez, la respiración se me acelera por un motivo distinto.

—Sí, quiero. —Cuando él se tensa, me corrijo—: Es decir, ¡gracias, sí! ¡Quiero hacerla!

—Muy bien. —Con la barbilla, me señala su teléfono anclado al salpicadero—. Llama al último número marcado y confirma la cita. —Asiento acelerada, dispuesta a obedecer de inmediato—. Luego ponte en contacto con tus amigas. Sobre todo con Charlotte. Durante el desayuno con tu tía le mandé un mensaje para avisarla de que estabas sana y salva, pero deberías escribirle tú. Estaba muy preocupada por ti.

—Con las prisas por perder de vista a Emily, olvidé el cargador en casa y mi móvil se quedó sin batería —me excuso mordiéndome el labio. Aun así, el ceño fruncido de Rubén no se borra—. Siento haberte preocupado. En serio. Te juro que no era mi intención.

—Entiendo que quisieras estar sola. Si te pasa otra vez, solo dime dónde estás, ¿vale? —Hace una pausa antes de añadir—: Me volví loco buscándote. Pensé que te había perdido para siempre.

Mi corazón se lanza al vacío. Al menos antes me deja murmurar:

—Lo siento muchísimo.

—Te fías demasiado de la gente —farfulla—. Pensé que te habías ido con quien no debías, haciendo autostop o alguna locura similar. Hasta consideré ir a la policía y denunciar tu desaparición.

—¡¿Qué dices?!

—Por si te habían secuestrado.

A pesar de la sorpresa, me echo a reír.

—Creo que valdrías como escritor, Rubén. En tu cabeza hay demasiada imaginación desperdiciada.

—No es imaginación, es una simple hipótesis basada en lo atractiva que eres. —Yo ahogo una exclamación y él continúa como si nada—. Es solo un hecho objetivo. Si yo fuera un criminal, te secuestraría nada más verte.

Al volverse hacia mí, me recorre con la mirada con una intensidad que me estremece. Su atención se pasea desde mi rostro hasta mis piernas, demorándose unos segundos de más en el escote bajo de mi jersey.

Después de tragar saliva, me obligo a bufar en tono burlón.

—No sé cómo lo has hecho, pero has conseguido sonar *creepy* y sexy al mismo tiempo.

De vuelta a la conducción, se encoge de hombros.

—Tan solo he dicho lo que pienso.

Sí, eso lo descubrí anoche. No solo Rubén es sexy, sus pensamientos lo son. Al parecer, su modo de pensar, directo y cuadriculado, me pone a mil. Y acabamos de empezar a estar *realmente* juntos. ¿Cuántos otros descubrimientos haré sobre él y lo que provoca en mí?

A decir verdad, no sé si lo que me hace temblar son las ganas o bien el miedo a la respuesta.

RUBÉN

Tengo que pensar dos veces la respuesta. No estoy seguro de cuánto quiero que sepan. Por otro lado, los dos me han ayudado. E imagino que ya puedo llamarlos amigos sin sentir que miento. Se merecen saber la verdad.

—Funcionó —les confirmo—. Me ha perdonado.

Niall levanta el puño izquierdo en el aire en un claro gesto de victoria. Katja aplaude sin apenas hacer ruido con su expresión relajada de siempre.

—¿Sirvieron todas las pruebas?

—¿Le enseñaste también nuestros audios? —pregunta Niall. Niego con la cabeza y él suelta un bufido—. Una pena. Eran la hostia.

—Eran casi un podcast —le recuerdo—. Y no eran objetivos. Podrías estar mintiendo para cubrir a un amigo.

—A ver, por un amigo haría cualquier cosa, pero no algo tan chungo como favorecer unos cuernos...; no soy tan cretino —bufa. Katja le observa de reojo con una extraña intensidad—. Me alegro por ti, tío. Lo digo en serio.

—Gracias.

—¿Y qué? —Muerde el palo de su piruleta y empieza a subir y bajar las cejas—. ¿Hubo polvo de reconciliación?

—Los caballeros no hablan de eso —contesta Katja por mí—. Y Rowan es un caballero.

—Rowan es un hombre. Y ha aparecido aquí con la misma ropa que ayer y cara de bobo. —Me cruzo de brazos—. Vale, vale, no nos lo digas si no quieres. No hace falta. El tufillo a felicidad que desprendes es inconfundible.

—Quizá es porque ella está todavía aquí.

Katja tiene razón. De hecho, si he vuelto hoy al laboratorio, ha sido solo por Maeve. Le pedí al doctor Carlsen un par de días libres para ir a buscarla, así que no tendría por qué haberme presentado en el centro.

En ese momento, Maeve, sentada a unas mesas de nosotros, asiente a Kitty, la encargada del comedor. Su sonrisa es tan espléndida que casi brilla. Kitty se ríe de algo que acaba de decir y responde gesticulando de forma exagerada. Sospecho que la entrevista va tan estupendamente como había previsto. Las dos se parecen y sé que la encargada tiene debilidad por contratar a estudiantes con problemas económicos. Al menos eso me contaron Niall y Katja.

Me pregunto cómo averiguan tantos detalles sobre todo el mundo. Son tan cotillas el uno como el otro. A pesar de sus obvias diferencias, cada vez me resultan más parecidos.

—Oh, oh. —Me vuelvo y contemplo la expresión de horror de Niall—. Mirad la puerta disimuladamente. ¡Joder, he dicho disimuladamente!

—El jefe —murmura Katja. Su voz templada se quiebra un poco—. ¿El doctor Carlsen no estaba en Estados Unidos como invitado en unas conferencias sobre neuroplasticidad?

—Echará de menos criticar nuestros resultados —rumia Niall—. ¿Qué dardo nos soltará hoy?

—Que qué hacemos aquí perdiendo el tiempo —propone ella—. «Vamos, jóvenes, que la ciencia…».

—«… no espera» —completamos Niall y yo, aunque con tonos opuestos de entusiasmo.

—Un día voy a decirle que se meta la ciencia donde… ¡Buenas tardes, doctor Carlsen! —Niall fuerza una sonrisa dentada que me recuerda a la de un tiburón—. ¿Quiere sentarse con nosotros? Íbamos a subir en un momento. No hemos parado en todo el día y estábamos tomándonos un café rapidito.

—Hay cafetera arriba —dice el recién llegado estrechándole la mano.

Es un hombre moreno de unos cuarenta y tantos. Siempre lleva traje y corbata, incluso cuando supervisa nuestros experimentos, lo cual confieso que me pone de un humor de perros. Katja dice que se parece a un tal Derek Sheperd, sea quien sea esa persona.

—¿Y tú? —me pregunta al estrechar mi mano—. ¿No me habías pedido un par de días libres? Confieso que me sorprendió. Eres el único que no los ha solicitado desde que empezó aquí.

De reojo, advierto que Katja alarga la mano y aprieta la de Niall. La verdad es que nuestro compañero parecía a punto de partir en dos la piruleta con los dientes.

—Sí, los había pedido. Todavía los estoy disfrutando. Solo he venido a saludar —miento. Enseguida me siento mal por hacerlo, así que señalo la mesa de Maeve con una mano—. Y a traer a alguien.

El doctor Carlsen mira en su dirección y se queda callado. Sus labios se curvan en una sonrisa torcida que me pone los pelos de punta.

—Vaya. Es una chica un poco... —Se detiene y añade deprisa—: Bueno, es rara, pero las rubias son mi debilidad. ¿Es una amiga tuya?

No se ha sentado con nosotros, así que agacha la cabeza para mirarme desde arriba. Yo aprieto la mandíbula. Me enfado pocas veces, así que me cuesta mantener la frialdad cuando eso pasa. De todas formas, es mi jefe. No quiero ser desagradable (aunque me gustaría).

—Es mi novia —contesto con sequedad.

Niall y Katja ahogan una exclamación de sorpresa. El doctor Carlsen asiente con la cabeza. No parece muy afectado por la noticia.

—Ya veo. Ánimo. Resulta muy difícil mantener una relación cuando se es doctorando. Si superáis eso, lo superaréis todo. —Se apoya en el respaldo de una silla vacía, pero no se sienta—. ¿Es irlandesa?

—Sí.

—Otro escollo en el camino. —Ignoro por qué, sonríe—. Sé que eres muy competente, Rowan, y tienes mucho potencial. En mi viaje estuve hablando con unos compañeros del Salk sobre tus últimos resultados. Las variaciones en los receptores TrkB que detectaste. —Asiento—. Me preguntaron si ya sabías dónde estarías el año que viene. Sabes lo que eso implica, ¿no?

—Sí.

—Tu proyecto es muy prometedor. No bajes el ritmo.

—Claro que no.

—Por nadie.

Les echa un vistazo rápido a Niall y Katja, luego a Maeve. Después nos anuncia que estará en su despacho, para cuando decidan subir los que «tienen que seguir trabajando».

En cuanto se marcha, Niall agacha la cabeza. En ese momento, contempla la mano de Katja sobre la suya como si fuera la primera vez. Esta la aparta de inmediato.

—No le hagáis caso —les digo en voz baja—. Tuve un profesor así en la universidad. Cree que glorificando a alguien en detrimento de los demás los espoleará más. —Me encojo de hombros—. Eso me explicaron mis compañeros. No suele funcionar, excepto para empeorar la labor del equipo.

—Funciona la mar de bien para cabrearnos —bufa Niall—. Pero no lo va a conseguir. Y menos va a jodernos el ambiente de trabajo. Los doctorandos por encima de los doctores ¿o qué? —Se gira hacia Katja—. ¿Tú qué opinas?

Ella, seria, asiente despacio.

—Los doctorandos por encima de los doctores —repite—. Aunque tú serás doctor el año que viene, ¿te unirás al enemigo entonces?

—Me estoy planteando alargar la tesis un año. —Niall se reclina sobre el asiento—. Al fin y al cabo, ¿qué prisa tengo? Tú te vas a quedar aquí otro más, ¿no, *mo stór*?

Ella sonríe.

—Sí, *dragă*.

No entiendo bien qué pasa, pero esas simples dos palabras hacen que Niall se quede callado. Acabo de descubrir que Katja tiene un poder que desconocía (y que envidio). Lo malo es que los efectos no duran mucho. Tras un minuto incómodo, Niall se vuelve hacia mí con su expresión mordaz de siempre.

—Así que Maeve ya no es solo tu compañera de piso, ahora es *tu novia* —lo dice con un retintín que me repatea las tripas. Suelto un gruñido, lo que le hace mucha gracia—. Oh, vamos. Ha sido increíble. Has puesto al jefazo en su sitio. ¿Lo has soltado por eso o porque Maeve es tu chica de verdad?

No sé qué responder. Lo cierto es que ha sido un poco las dos cosas. Imaginar un escenario en el que el doctor Carlsen intentase ligar con Maeve provocó que colapsara.

Además, ignoro cuál es el procedimiento para empezar a llamar así a alguien. ¿Tengo que hacerle a ella la pregunta oficialmente? Esta mañana en la cama hablamos del tema y creo que quedó claro. Somos amigos y nos hemos acostado, con previsión de que vuelva a ocurrir. Eso es lo que yo interpreto que es una relación.

Tendré que investigar un poco más. Probablemente lo más rápido sea preguntarle a Rebeca. Es posible que haya protocolos que desconozco, como los que implican regalos de cumpleaños, aniversarios u obligaciones morales como acompañar a la otra persona a bodas y otros compromisos sociales mortificantes.

—¿Y bien? —insiste mi compañero—. ¿Es tu novia o te estabas tirando un farol?

—Sí, Maeve es mi novia —mascullo—. ¿A qué viene tanta insistencia, tú también quieres salir con ella o qué?

Niall alza las cejas y, tras sacarse la piruleta de la boca, señala a mi espalda con el corazón rojo de caramelo. Antes de darme la vuelta, le maldigo en silencio.

Como sospechaba, cuando me giro, Maeve está a solo medio metro de nosotros. Me observa con la boca entreabierta por la sorpresa y las cejas arqueadas.

Me parece escuchar unas risitas a mi espalda.

—¿Has terminado? —le pregunto en tono grave.

—Sí, sí.

—Pues nos vamos.

—¡Espera, tío, no te enfades...!

Sin volverme, les hago un gesto de despedida con la mano y me pongo en pie para acercarme a Maeve. La tomo del brazo y la arrastro fuera del comedor. Ella se despide en voz alta de mis compañeros (que, a mi pesar, siguen riéndose a mi costa).

—¿Qué tal ha ido la entrevista? —pregunto mientras la guío fuera del edificio.

—¡Genial! ¡Me han cogido! Empiezo a trabajar pasado mañana. Kitty es maravillosa y racional. Nada que ver con Charles Malone y su encefalograma plano.

—Me alegro mucho.

Sigo andando sin mirar atrás. Justo cuando empujo la puerta principal y salimos al exterior, Maeve tira de mi brazo. Solo entonces me detengo.

—Oye, gracias —dice con suavidad frente a mí—. Si no llega a ser por ti, seguiría sin trabajo.

—Habrías conseguido algo —le aseguro—. Pero me alegra haber ayudado.

—¿Y tú qué tal? He visto que se os acercaba un hombre con traje.

—Es nuestro jefe de laboratorio. El doctor Carlsen. —Asiente con comprensión. Ya le he hablado de él en otras ocasiones—. Me ha dicho que mi proyecto es prometedor. Hay un instituto de ciencias biológicas en Estados Unidos muy importante, el instituto Salk. —Ahora asiente con menos seguridad—. Al parecer les ha interesado mi trabajo.

—¡Pero eso es fantástico!

—No es la primera vez que… —Me detengo—. En el pasado, me han propuesto trabajar en otros centros parecidos.

—¿Fuera de Europa?

—Sí.

—¡Es genial, *Rooben*! —Maeve me agarra de los antebrazos y los aprieta con cariño—. Ahora que has roto el cascarón y has estado un año fuera, ¿no te gustaría dar un salto todavía más grande?

—No lo sé —me sincero—. Puede. Venir a vivir aquí me ha dado muchas cosas buenas. Quizá en el futuro me esperen otras también. A lo mejor debería plantearme de forma seria buscar algo en San Diego para el año que viene.

Aunque Maeve sonríe, no parece un gesto natural. La alegría

no le llega a los ojos. Me pregunto qué he dicho que pueda resultarle malo u ofensivo, pero habla antes de que me dé tiempo a teorizar sobre ello.

—Oye, me gustaría... —Se detiene. Tras un segundo, noto que se muerde los carrillos—. Quiero darte un abrazo, ¿puedo?

El corazón empieza a martillearme bajo las costillas.

—¿Desde cuándo tienes que preguntármelo?

Ya me ha abrazado mil veces, así que me sale natural agacharme un poco y envolver su cintura al mismo tiempo que ella me rodea el cuello y hunde la nariz en la curva de mi hombro.

La diferencia radica en que ahora sé cómo es su cuerpo bajo toda esta ropa que nos separa. Lo visualizo y todos mis músculos se tensan. Intuyo que Maeve percibe lo rígido que estoy, porque la oigo coger aire y no soltarlo.

El abrazo se alarga. El silencio entre nosotros se vuelve espeso y tirante.

—¿Nos vamos a casa? —me susurra al oído.

La conozco. Tanto que adivino la pregunta que oculta debajo. Puede que esa sea la razón por la que contesto que sí tan rápido.

Tras devolver el coche de alquiler, llegamos rápido a casa. Subo las escaleras a su espalda procurando no alzar la vista de los escalones para evitar posar mi atención donde no debo.

Estoy tan excitado que ni siquiera puedo pensar con claridad. Es absurdo. He estado muchos meses sin acostarme con nadie, sé que puedo aguantar sin perder la compostura. Sin embargo, Maeve trastoca mi fortaleza habitual. En mi cabeza se suceden los recuerdos de anoche y eso solo aviva mi deseo por que se repitan.

Intento calmarme, respirar hondo, regular mi frecuencia cardiaca. Al llegar arriba, Maeve se encarga de abrir la puerta. Se asoma y pregunta en voz alta si hay alguien. Aunque Emily (tal como prometió) nos ha avisado con un mensaje de que estaba todo arreglado, no se fía.

No puedo culparla. Yo tampoco confío en su promesa. Por eso

nos hemos planteado instalar un pestillo en la puerta principal. Al menos así no entrará mientras estemos dentro.

Maeve camina despacio por el pasillo hasta su habitación. Dice algo en voz alta sobre dejar su mochila; la verdad es que no le presto demasiada atención. Mis neuronas están ocupadas en recordar los quince subtipos de receptores de serotonina que existen para mantener la cabeza fría y no saltar como un animal encima de ella.

Por eso no caigo antes en que Maeve va a pisar su cuarto por primera vez desde que se marchó.

—¡Mi escritorio! —Lo señala con una mano temblorosa que vuela después hasta su boca entreabierta—. ¡Lo has arreglado!

—No sabía si, mientras te buscaba, volverías a casa —le explico—. Decidí hacer algo por ti que vieras al llegar. Por si acaso.

Después me aproximo en dos zancadas hasta la mesa y arrugo la nota que hay sobre ella. A Maeve no le pasa desapercibido el gesto y corre hasta mí para tratar de que la suelte.

—¡Vamos, *Reuven*, déjame verla! ¡Merezco saber! ¿Qué pusiste?

—Nada. Solo que quería hablar contigo. Te indicaba dónde estaba buscándote y cómo encontrarme.

Le da igual lo que acabo de decirle, ella sigue tratando de que abra el puño. Resulta adorable lo mucho que lo intenta, a pesar de no estar moviendo mis dedos ni un milímetro.

Creo que no puedo decirle que está preciosa cuando se enfada. Me da la sensación de que se alteraría todavía más.

Bueno, pensándolo mejor, quizá un día lo haga.

—¡Suelta el papel, grandullón!

—Mira que eres cabezota. —Lo libero por fin y ella lo coge acelerada—. ¿Ves? No dice nada que no supieras.

Maeve lo estira y lo lee. Son solo dos frases, así que debe repasarlas como siete veces, porque tarda en dejar la nota de nuevo sobre la mesa y mirarme.

—¿Eso es lo que creías?

—¿El qué?

—Que no iba a perdonarte.

—Era una posibilidad. La frase es un condicional. «Incluso si no me perdonas nunca, necesito saber que estás bien» —recito—. Y lo mantengo. Eso era lo prioritario.

—Eres…

Se detiene. Interpreto por su labio inferior tembloroso y las manos, que mueve con torpeza en el aire, que está frustrada por no encontrar las palabras. Empatizo. Por eso, al final intento echarle una mano.

—¿Soy un buen carpintero? —Le señalo el escritorio—. ¿Buen pintor? —Acaricio la superficie con varias capas ya secas de pintura verde manzana—. ¿El mejor diseñador?

Abro y cierro uno de los cajones, que ahora tienen tiradores nuevos. Dos son metálicos, de formas geométricas. Los otros dos son… Bueno, tan coloridos y excéntricos que, al verlos en la tienda de Murphy, solo pude pensar en ella.

—No iba a decir eso —murmura—, aunque todo sea verdad.

—¿Entonces?

—Quizá ese sea el problema: soy incapaz de describirte. —Una de sus comisuras se alza hacia arriba—. Has dejado de nuevo a una escritora sin palabras, ¿estás contento?

La agarro de la cintura con ambas manos para aproximarla a mí. Al mover los pulgares, rozo el hueco de piel libre entre su falda de talle alto y su jersey corto. Está fría. Me recuerda al hielo, porque siento que, solo con rozarla, me quema.

—Sí, estoy contento.

Maeve se muerde el labio inferior. Mi mirada se clava en la lengua que asoma después para lamerse, y no puedo evitar un jadeo.

Al segundo siguiente, nuestras bocas se juntan de golpe en un beso agresivo. Mientras Maeve enreda una mano en mi pelo y se pega a mi cuerpo, me doy cuenta de que su quietud era un espejismo. El agua hervía bajo la capa de hielo. Estaba tan ansiosa de mí como yo de ella. Que nuestras necesidades coincidan solo aviva aún más mi deseo.

Tiro de su jersey hacia arriba y ella intenta hacer lo propio con el mío. Se quita las medias, yo la ayudo con las botas. La risa que suelta ante la torpeza por nuestras ganas desaparece cuando la alzo para sentarla sobre el escritorio. Separo sus piernas, me cuelo entre ellas.

Al beberme su sonrisa, la obligo a transformar la carcajada en súplica. Me encanta que me dé órdenes, que me diga exactamente qué quiere de mí. Cuándo. Dónde. Por eso espero a que me pida entre beso y beso que le suba la falda, que la toque como me ha enseñado, que me arrodille.

No me pide que sea cuidadoso, así que no lo soy. Aparto sus bragas a un lado y gruño al verla tan húmeda y lista para mí. Me bebo su deseo y ella grita. El escritorio cruje cuando Maeve se agita, así que la sujeto por la cadera con una mano para que no se mueva. Con la otra le hago un dedo y ella suelta al instante un fuerte gemido. Estamos tan conectados que siento que vibra por todo su cuerpo hasta llegar al mío.

—¿Te gusta así?

Me contesta con un sonido parecido a un sollozo. Alzo la cabeza y la veo desnuda de cintura para arriba. Tiene la falda arremolinada bajo el pecho desnudo, la piel colorada y sudada y el pelo rubio y despeinado echado hacia atrás. Se ha mordido la muñeca para acallarse a sí misma.

Dios, nunca la he visto tan preciosa. Sonrío sin querer contra su piel húmeda, así que siento a la perfección cómo se estremece.

—Si no contestas, no sigo.

Coge aire antes de mascullar:

—Y yo que pensaba que eras un buen chico.

—Ah, ¿no lo soy?

Vuelvo a deslizar mi lengua entre sus piernas. Esta vez no se contiene al gritar.

Ella sí que es una buena chica.

Estoy seguro de que podría estar así toda la tarde. Maeve es maravillosa. Sabe tan bien como huele y no hay nada que me guste más que darle lo que necesita. Además, estoy cumpliendo el último punto de esa lista que le enseñé.

Quiero hacerla feliz. Quiero que no piense en nada más que en su propio placer. Que no piense en los problemas que la atormentan, en sus conflictos como escritora, en su familia. En el futuro. Quiero que solo se centre en este momento, en mí, en mi boca entre sus piernas. Arrodillado frente a ella como un creyente, me esfuerzo en darle todo lo que desea hasta que me avisa entre gimoteos de que va a correrse.

Pocas veces me he sentido más satisfecho de mí mismo como en este preciso instante. Puede que no consiga nada más importante en la vida que esto: conseguir que Maeve se pierda a sí misma.

Y, la verdad, no me importa. La tesis puede consolarse con el segundo puesto.

—Ven aquí, grandullón —me ordena después entre jadeos.

Cómo no, obedezco. En cuanto me incorporo, Maeve me rodea las caderas con las piernas y me abraza con fuerza. Su rostro se refugia en mi pecho. Su aliento cálido y entrecortado me hace cosquillas contra la piel desnuda.

—No quiero romperlo.

—¿Qué? ¿El qué?

—El escritorio —dice sin aliento. Luego mueve la cabeza para apoyar la barbilla entre mis pectorales y contemplarme con esos ojos enormes y azules que me hacen temblar—. Llévame a la cama.

—¿Cuál?

—La tuya.

Sus deseos son órdenes para mí, así que me doy prisa.

La llevo por el pasillo en volandas. Sin las botas, apenas me pesa. La dejo sobre el colchón y, todavía de pie, empiezo a deshacerme de lo que me queda de ropa. Ella no se molesta en quitarse la falda. Se limita a quedarse tumbada, observándome con esa sonrisa espléndida tan suya. No puedo dejar de mirarla, así que los pantalones se me enredan en los zapatos antes de que logre quitármelo todo.

Aunque se ría de mí, no me importa. Sé que dejará de hacerlo cuando nuestros cuerpos vuelvan a encontrarse. Y, de todas formas, debe de ser interesante sentir su risa estando dentro de ella. Quizá en algún momento tenga que hacer la prueba.

Me quito las gafas y me pongo el condón lo más rápido que puedo para unirme a ella en la cama sin perder un segundo. No quiero esperar más y ella me pide que no lo haga.

—Rubén —gime—, hazlo ya.

357

Pronuncia mejor mi nombre así, contra mi boca. Todavía no he averiguado el porqué, solo sé que me gusta.

Me sumerjo en ella de un movimiento, casi con desesperación. Me obligo a parar, a concentrarme, a manejar el torbellino de ganas que tengo dentro, para poder centrarme en ella. Si no lo hiciera, terminaría antes de lo que quiero.

Y no quiero terminar. No ahora, no luego. Con Maeve, nunca nada parece suficiente.

La empujo a gemir mi nombre con cada embestida y pronto se convierte en un mantra entre sus labios. Una palabra sin sentido, repetida una y otra vez hasta que carece de significado.

Me hundo en ella con tanta fuerza que la cama se queja a cada golpe. Maeve se eleva sobre el colchón para buscar mi boca, y yo le doy lo que me pide sin palabras. Nos conocemos tan bien que adivino lo que necesita solo con observar cómo balancea las caderas, cierra los ojos o los abre de golpe para clavarlos en los míos.

La conexión entre nosotros es tan fuerte que nos movemos en sincronía. Pienso asombrado en que, para mí, esta sensación de unidad sería inconcebible con otra persona. Maeve no invade mi espacio, sencillamente porque ya no es solo mío. Todo lo que tengo y lo que siento lleva grabada su huella hasta lo más hondo.

Al final me rindo a mi propio placer como ella al suyo: clamando el nombre del otro.

Mientras sigo temblando por el orgasmo, su mano recorre mi espalda con dulzura, arriba y abajo. Aunque no se queje, sé que tumbado sobre ella debo de resultarle un peso muerto. No quiero aplastarla, así que, tras recuperar el aliento, me aparto de un movimiento y me coloco bocarriba a su lado. Después de que me haya quitado el preservativo, Maeve no tarda en colocarse de costado y aferrarse a mí.

Cuando se acurruca contra mi cuerpo y apoya el rostro en mi pecho, siento que, si estuviera atenta, podría traducir lo que dice mi corazón.

Le resultaría muy fácil. En su idioma, son tres palabras. En el mío, solo dos.

—¿Estás bien, grandullón?

—Sí, ¿y tú? —Tras su asentimiento, añado—: Necesito descansar un poco.

—Puedes descansar todo lo que quieras, no tenemos nada que hacer el resto del día.

—Yo quiero hacer más cosas el resto del día. —Ante su silencio, aclaro—: Contigo.

Se echa a reír.

—No me quejaré. —Noto el roce delicado de sus yemas contra mi abdomen—. Oye, mientras descansas, ¿puedo preguntarte algo?

—Siempre.

—¿Qué harás cuando termines este curso? ¿Lo de San Diego que me has dicho antes… va en serio?

—En realidad, no lo sé —me sincero—. Fue una posibilidad soltada al aire. Ni siquiera he hablado lo suficiente con el doctor Carlsen sobre ese tema. De todas formas, sea allí o en España, tengo que terminar la tesis. Ya me he metido demasiado en la investigación como para no terminarla. —Me quedo callado un segundo—. En general, soy incapaz de dejar las cosas sin terminar. Me volvería loco si lo hiciera.

Maeve asiente lentamente con la cabeza.

—¿Y tú? —le pregunto.

—¿Yo qué?

—Cuando termines el máster.

Pasan unos segundos hasta que contesta:

—Todo seguirá igual. Seguiré siendo un fracaso para mis padres, seguiré trabajando para tener qué comer y seguiré buscando mi voz para escribir en los escasos ratos libres que me queden.

—No eres un fracaso —replico rápido—. Todos tenemos que trabajar para comer. Y buscar tu propia voz es algo que como escritora harás toda la vida, ¿no? A medida que crezcas, escribirás mejor.

—Más me vale —dice. De alguna forma, su risa suena apagada—. Es igual, ahora mismo no quiero pensar en eso.

—¿En qué?

—En el futuro. —Hace una pausa y pregunta en voz baja y temerosa—: ¿Tú sí?

—Rebeca suele decirme: «Si el futuro te da ansiedad, no pienses en él. Por ahora, no existe, así que no merece la pena».

Maeve suelta un ruido raro. No sé si interpretarlo como una de sus risas burlonas o como un bufido cansado.

—Puede que tu hermana tenga razón. Nuestro futuro no existe.

Se queda callada, dejando que esas cuatro palabras resuenen en el aire. Después de aclararse la garganta, se la percibe más alegre al añadir:

—Ahora te toca a ti. Pregúntame cualquier cosa que quieras saber.

—Tengo muchas cosas que quiero saber de ti, no sabría por cuál empezar. —De repente, caigo en una—. Espera. Sí sé.

—Dispara, grandullón.

—¿Cuál es el criterio que usas para organizar los libros de tu estantería? Te juro que, cuando empezamos a vivir juntos, me volvía loco el solo hecho de mirarla.

Maeve se ríe de nuevo. En esta ocasión, su carcajada suena auténtica y yo me relajo.

Por lo que ha dicho antes, es evidente que su carrera como escritora a largo plazo le da ansiedad, y lo último que quiero es que se preocupe. Tendré que apuntar en mi papel algo para recordarlo. Yo estoy seguro de que le irá bien y no me importa recordárselo cada día, pero puede que tenga que ir con cuidado sobre ese tema y, en especial, hacerle caso. Acaba de decirme que no quiere pensar sobre el futuro.

Vale, tomo nota. Si no quiere pensar sobre ello, nada más fácil: no sacaré el tema. Tampoco supone un problema. Puedo distraerla con otras cosas. Además, pase lo que pase, estaré a su lado. Aunque no quiera que interceda, puedo acompañarla mientras resuelve sus problemas por sí misma. Si me necesita, ahí estaré. Creo que ayer se lo dejé muy claro.

—¿Y qué? —pregunta sacándome de mis pensamientos—. ¿Al final desististe o es que dedujiste cuál era el orden?

—Decidí dejar de mirar la estantería. —Se ríe contra mi esternón—. Sobre todo porque el orden no era inmutable. De vez en cuando reorganizabas las baldas, pero no por completo. Tampoco había aleatoriedad, porque algunos tomos seguían en su sitio. Sí intuí que el último estante lo ocupan novelas que todavía no has leído.

—Exacto: mi vergonzosa y enorme pila de libros por leer. En eso acertarse de pleno.

—¿Y el resto?

Se desliza a un lado hasta colocarse sobre mí. Luego apoya ambas palmas sobre mis pectorales y descansa la barbilla sobre ellas para poder mirarme a los ojos.

—Como con todo, los ordeno por emoción. Son los libros que más me han llegado al corazón, del primero al último. A veces los releo y mi percepción cambia, así que los reordeno.

Yo asiento. Esa pieza sobre Maeve que estaba suelta en mi cabeza conecta con las demás y me siento muy satisfecho, como si hubiera resuelto un rompecabezas.

—Reconozco que al principio del máster hice varios cambios de los que me arrepentí —continúa diciendo—. Me dejé llevar por lo que algunos de mis compañeros... bueno, por lo que Áine —se corrige— consideraba «literatura de calidad» y «literatura que no es de verdad». Sin embargo, tras mi desastrosa nota en la asignatura de Relato Corto...

—No te pusieron nota —le recuerdo. Pero me ignora y sigue.

—Tras ese día, me di cuenta de que esos conceptos eran absurdos. Y despectivos. Y totalmente opuestos a mis principios. Para mí, todo radica en la emoción que despierta una historia. Puede ser negativa o positiva. Puede ser excitante, terrorífica, reflexiva o graciosa. Pero no tiene nada que ver con esa pretendida calidad, con el peso de un tema o su ligereza. —Se encoge de hombros. Su pelo se cae hacia un lado, haciéndome cosquillas en el brazo—. Perdona. Ya empiezo a divagar.

Le paso el pelo tras un hombro y empiezo a acariciarlo en un ademán lento. Parece oro entre mis nudillos.

—Me gusta que divagues.

—Pues estás de suerte —resopla—. Ya sabes que no tengo filtro.

—Me gusta que no tengas filtros. —Sigo peinándole la melena con los dedos—. Me gusta tu acento cuando hablas rápido.

—¡¿En serio?!

—Me gusta que me cuentes todas esas cosas sobre los libros.

—Vale, ahora *fijo* que estás mintiendo.

—Y me gusta que me llames «grandullón».

Esboza una sonrisa traviesa.

—¿Ah, sí? ¿Por qué?

—No sé. —Al final, le paso un mechón detrás de la oreja. Me demoro al acariciarle la silueta hasta llegar al lóbulo—. ¿Por qué te gusta a ti llamarme así?

No responde de inmediato. Se echa hacia atrás para incorporarse y pasar las piernas a ambos lados de mis caderas. Cuando se alza, su melena larguísima y despeinada la envuelve. El pelo es tan rubio y fino que puedo ver trazos de su piel blanca aquí y allá.

—Porque en cuanto te vi, en el fondo sabía que lo serías. —Entrecierra los ojos y yo me quedo sin aliento—. Tan grande como difícil de ignorar.

Se inclina hacia delante y me lame los labios. Yo me quedo rígido al instante.

—¿Ya has descansado? —me pregunta junto al oído. Yo asiento como hipnotizado—. Entonces acompáñame.

—¿Adónde?

En lugar de contestar, se baja de la cama, deja caer al suelo su falda arrugada y me hace un gesto. Luego espera a que me levante apoyada en el marco de la puerta. Esboza la misma sonrisa torcida que puso en septiembre, en ese mismo lugar, después de que subiéramos mi escritorio.

La escena se repite, aunque, por suerte, haya algunos cambios. Maeve está desnuda, y yo con ella. Cuando se aleja por el pasillo, la sigo en lugar de quedarme paralizado en mi cuarto. Y en esta ocasión, bajo la ducha, no está sola. Como en el fondo siempre quise, la acompaño hasta quedar empapado.

Pega su espalda a mi pecho y alza la cabeza hasta apoyarla en mi hombro. No me dice nada y no es necesario que lo haga. Me inclino para besarla y bebo de su boca hasta que noto sus manos agarrando las mías.

Las guía en silencio hacia sus pechos. Los rodeo y acaricio hasta que empieza a retorcerse contra mí. Echa las caderas hacia atrás y, al notar lo rígido que estoy, suelta un gemido febril.

—¿Basta con que me toques así para que…?

—Basta con que te toque.

Mi voz suena extraña en este baño lleno de vapor. Gutural, brusca, con demasiado eco. Puede que esa sea la razón por la que Maeve se estremece y me pide en una súplica vacilante que siga hablando.

Lo hago mientras la beso y le aprieto los pechos. Deslizo después una mano sobre su cuerpo mojado para recorrerle el vientre y llegar hasta sus piernas. Le agarro el muslo y lo hago a un lado, dejándola abierta para mí, y así poder deslizar con facilidad un dedo dentro de ella.

—Te vas a correr para mí.

—¿Es una orden?

—Es una predicción.

Y sé que se cumplirá. Jadea, anhelante, y farfulla algo. Ni siquiera estoy seguro de si habla en inglés mientras se frota contra mis nudillos, desbocada, hasta correrse sobre mi mano.

Intento echarme hacia atrás para apartarme, pero Maeve suelta un quejido. No me deja alejarme ni un centímetro. Me quedo quieto mientras espero a que se recupere, y aún un poco más cuando se da la vuelta y me agarra de la nuca para empujarme hacia abajo.

Atrapa mi boca en un ademán posesivo. Está todavía demasiado hambrienta como para que le baste un simple beso.

No me doy cuenta de que Maeve me está empujando hacia la pared hasta que noto el frío de las baldosas contra mis omóplatos.

Su boca se aleja de la mía para aproximarse a mi oído.

—Aunque no me lo hayas pedido todavía, quiero intentar algo —dice en voz baja—. Prueba, ensayo y error, ¿era así?

Esa promesa seductora es lo último que suelta antes de agacharse lentamente hasta ponerse de rodillas. Lo hace con cuidado, sin llegar a tocarme.

El pelo mojado le cae sobre un hombro mientras me mira desde abajo. Es la imagen más tentadora que he contemplado nunca. Trago saliva. Me siento torpe de nuevo, igual que el día en que la conocí. No soy capaz de pronunciar palabra, tan solo puedo mirarla.

Me basta con mirarla.

Sus labios se abren, la lengua asoma para darme un lametón rápido en la punta. Yo gimo justo antes de que se incline y me envuelva del todo con su boca. Poco a poco, se las apaña para llegar hasta la mitad. Cuando me agarra de la base para sacársela, me da un lametazo suave al mismo tiempo que alza los ojos hacia mi rostro. Su sonrisa es tan perfecta como lo es ella.

—¿Sigo o ha pasado de prueba a error?

Me agacho y le froto la mejilla con el dedo pulgar. Luego le agarro la parte posterior de la cabeza y la empujo para que se acerque más.

Maeve se ríe. Luego me atormenta con movimientos perezosos y lentos, con lametones breves, mientras no deja de soltar pequeños gemidos de excitación que me vuelven loco.

Poco a poco, muevo las caderas. Me dejo llevar hasta que, enterrado en su garganta, me libero sin tener siquiera tiempo de advertirle.

Mi cerebro deja de funcionar durante unos segundos. Cuando las sinapsis se reanudan, Maeve, todavía de rodillas, se roza los labios con la mano.

—¿El primer ensayo ha estado bien?

No contesto. La ayudo a levantarse y la abrazo en cuanto se pone en pie. Tiembla, mojada y más fría, así que nos muevo hasta colocarnos bajo la ducha. Trato de calentarla con mi cuerpo y con el agua que no deja de caer.

Al cabo de un rato, siento la suave caricia de sus manos en mi espalda. Me estrechan contra sí con mucha fuerza, como si no le bastase lo próximos que estamos.

La entiendo. Yo también la necesito todavía más cerca. Me pueden las ganas de vivir los próximos meses así, siendo solo tres: este piso, ella y yo.

MAEVE

Lo que hemos vivido Rubén y yo los últimos meses podría calificarse como luna de miel.

Excepto que el azúcar tiene un toque final amargo de cojones.

El problema es mío y solo mío. No soy capaz de disfrutar al cien por cien. Tengo la horrible sensación de que hay un reloj en cuenta atrás sobre nuestras cabezas. Enero, febrero, marzo... Joder, ¡¿marzo ya?! La fecha del fin de mi máster y del fin de la estancia de doctorado en Dublín de Rubén se aproxima inexorablemente.

Y no tengo ni idea de qué va a pasar después.

Venga, Maeve, respira. Todavía queda tiempo para eso. Hoy es el mejor día del año. No, no es porque sea el cumpleaños de Lucille (ella cree que sí), sino porque es, tatatachán, ¡San Patricio!

Sigo con la angustia por mi futuro (el mío, el de Rubén, el nuestro) arañándome el corazón, pero intento dejar esa sensación desgastante a un lado y concentrarme en los preparativos de la fiesta.

Recorro el pasillo y me asomo a la habitación de Rubén (aunque, en realidad, ocupe su cama el mismo tiempo que él). Solo al carraspear para llamar su atención, se gira desde el escritorio.

Tras un segundo de silencio, se limita a alzar ambas cejas.

—¿Esa es tu reacción? —pregunto con dolor—. ¿No te gusta?

—Llevas... tréboles en el pelo.

—Claro. Es San Patricio.

—Pero son... tréboles de verdad.

—Claro. Es San Patricio.

Luego atravieso del todo la puerta y doy una vuelta sobre mí misma en mitad de la habitación.

—¿Qué tal?

—Estás preciosa, como siempre. Pareces un duende del bosque.

—Creo que ese no es el piropo que crees que es...

—No sabía que tenías medias verdes —dice ignorándome. Sus ojos se clavan con interés en mis piernas. Las recorren hasta llegar a mis pies—. Ni zapatos.

—Porque no los tengo, me los han prestado —contesto muy orgullosa de haber podido combinar este outfit—. ¿Tú te vas a poner lo tuyo?

—No pienso hacerlo.

—¡Venga, grandullón...!

—Ya he accedido a salir esta noche, ¿no te basta?

—Si hoy no vas por la calle con algo cantoso y verde, llamarás aún más la atención —le recuerdo—. Además, Niall estará en el pub, ¡e irá peor que cualquiera de nosotros! Y por encima de todo, tu abuela nos ha enviado los jerséis a juego, ¿es que no quieres honrar su trabajo?

Rubén suspira. Ja, le convencí. Era fácil. Tiene debilidad por esa buena mujer que sigue enviándole montañas de caramelos de violetas (y a mí, unos de miel pegajosísimos).

Al final, mi novio (real, aunque todavía me parezca mentira) deja el portátil a un lado y accede a ponerse el suéter lleno de líneas verdes, ovejas blancas y una única oveja negra con una pajarita esmeralda.

—El mío es más chulo. —Le señalo mi rebaño de ovejas negras con una única blanca—. ¿Crees que nos representan a ti y a mí?

Él se encoge de hombros. Para ser científico, a veces tiene una falta de curiosidad que da lástima.

—Siento haberte interrumpido, por cierto —le digo—. ¿Estabas leyendo algo para tu tesis?

—No, tranquila, esta vez no. El doctor Kennedy, el del instituto Salk, me ha enviado unos cuantos estudios relacionados con un nuevo proyecto que van a iniciar allí el curso que viene. —Mira al horizonte y sé que, pum, ya está lejos de aquí. Estará navegando en algún rincón de su mente llena de reacciones bioquímicas—. Lo que están haciendo es impresionante, ¿sabes? Me encantaría verlo en directo.

Ay. De nuevo, ha vuelto: esa maldita sensación de que le pierdo.

Aunque no tiene sentido. Es Rubén. Es cuadriculado y directo. Si se planteara irse el año que viene, me lo diría. Si hubiera tomado la decisión, me lo soltaría. Si quisiera que lo acompañase, me lo propondría.

¿No es así?

—¿Nos vamos ya?

Le miro. Me mira. Detrás de las gafas, sus ojos reflejan la misma templanza de siempre.

Me fuerzo a sonreír.

—Sí, nos vamos.

—¡Vamos! ¿Es tu primer San Patricio, Rowan?

—En Dublín, sí.

Lucille le señala con un dedo acusador.

—Entonces *es* tu primer San Patricio. ¡Bebe, hombre! ¡A este paso se te va a calentar la cerveza, y eso es sacrilegio!

Aunque pone mala cara, obedece. Yo me inclino hacia él y le recuerdo que no tiene que hacer caso a todo lo que le digan mis amigos.

—Recuerda que solo tienes órdenes de obedecerme a mí donde y cuando tú sabes.

A pesar de que lo digo en un susurro, Rubén se remueve en el taburete y mira al resto del grupo como si hubieran podido oírlo.

—Oye, Lucille —la llama Sean—, ya que es tu cumpleaños, ¿vas a decirnos de una vez de qué va tu proyecto? Has soltado tantas ideas y posibilidades desde que empezamos el curso que no me imagino por dónde has tirado al final.

—Yo me muero por saber en qué libro se habrá «inspirado» —comenta Áine justo antes de darle un trago a su pinta.

—¿Queréis saberlo, ¿eh, chismosos? —Lucille se ríe, y me lanza una mirada cómplice—. Pues tenía mis dudas, pero estuve dándole vueltas con Mae al asunto y al final va a ser un *retelling*. Se parece a una novela ya escrita, sí, pero tiene mi toque personal.

—Dios mío —Áine deja la jarra sobre la mesa con un golpe dramático—, ¿qué libro has plagiado?

—No es plagio —intervengo antes de que haya heridos—. He empezado a leerlo y es muy interesante. Es un *El señor de las moscas* en el que en lugar de niños perdidos en una isla...

—¡Son escritores! —completa Lucille—. Hay de todo: trifulcas, peleas, romances, la lucha por el control sobre los recursos de la isla y reflexiones sobre el mundillo de la escritura. ¡Hasta un asesinato! Me lo estoy pasando en grande escribiendo. ¡Ya huelo el éxito!

Todos celebran que (por fin) se haya decantado por un proyecto. Áine, sin embargo, se inclina hacia mí desde el otro lado de la mesa y hace pantalla con la mano para que no la vean.

—¿Tú se lo sugeriste?

—Qué va, fue ella solita —contesto en un murmullo—. ¿Por qué? ¿No te gusta?

—Da igual que me guste o no —susurra—. No lo pienso leer.

—¿Y por qué no?

No contesta. Vuelve a su cerveza y a la conversación grupal como si nada hubiera pasado, dejándome una sensación amarga en la garganta. ¿No quiere leer a Lucille porque considera que su idea es mala? ¿No quiere leerla porque considera que su forma de escribir es basura?

Lo cierto es que a mí tampoco me lee. No desde que modifiqué el relato de aquella asignatura. Imagino que considerará eso mi escritura: una pérdida de tiempo.

De repente, noto la mano de Rubén sobre mi cintura. Está ocupado hablando con Niall sobre temas del laboratorio, pero sé que es su manera de recordarme que está ahí.

Quizá tenga superpoderes de verdad, como Superman, y haya captado lo que sentía.

Aunque, si fuera así, ¿no aliviaría la parte de mi angustia que tiene que ver con él? ¿No diría las palabras mágicas («Maeve, ven conmigo hasta el Ártico, seguiremos juntos *forever and always*») cual estúpida balada romántica?

Antes de que pueda abrir la boca, Rubén, con la mano libre, coge una servilleta de la mesa. Luego agarra el bolígrafo medio roto que le ofrece Niall y se pone a garabatear flechas y letras en el papel, dibujando un ciclo caótico.

Sus dedos siguen anclados en mi cintura. Me centro en su calor y su fuerza para no sentir cómo me abandona la mía.

Rubén me desea. Le gusto. Es mi amigo. Pero hay todavía muchos aspectos de su vida que no entiendo ni llegaré a compartir con él. Puede que el futuro sea uno de ellos.

La música irlandesa en directo arranca en el pub y medio bar se pone a cantar. Solo tres personas se mantienen ajenas al ruido. Rubén y Niall discuten sobre esas letras que se amontonan en el papel. Yo las miro y pienso en las mías.

Tengo que seguir escribiendo. Pase lo que pase, mis historias nunca me abandonarán.

Pero lo hacen.

Mis historias me abandonan.

Me quedan tres para terminar el proyecto y no logro dar con la tecla correcta.

Y Emily, con el mensaje que acaba de mandarnos con el recordatorio del cese de nuestro alquiler en solo tres meses, no ha ayudado a calmar mi ansiedad.

Es como si hubiera adivinado que hoy, 7 de junio, es mi cumpleaños, y que sería el regalo perfecto. «Hola, Maeve, guapa: mira, sé que tienes un novio estupendo, unas amigas de máster maravillosas, una jefa de trabajo enrollada y una vida sexual plena. Solo te recuerdo que aproveches ahora que puedes, porque después del verano volverás a estar más sola que la una».

Gracias, Emily, eres un encanto de casera.

Lo peor es que toda esta incertidumbre no solo afecta a mi día a día con Rubén (al menos él no se entera de mis miniataques de pánico cada vez que habla de su tesis a largo plazo), sino a mi vocación.

Tengo un bloqueo de escritora del tamaño de Europa. He conseguido sacar adelante los trabajos creativos del segundo semestre a base de sudor y lágrimas (y el ánimo de santa Charlotte durante nuestras quedadas escritoriles conjuntas), pero estoy atascada con el proyecto final.

Estamos a sábado. El próximo viernes es la fecha límite. A mi antología le faltan tres relatos para estar completa. Y son algunos de los más importantes. El final de un libro es clave para dejar buen sabor de boca al lector y, además, en este caso tienen que estar conectados con los del principio.

Me queda una semana para entregar el primer borrador y de esos relatos que me faltan llevo...

Llevo una mierda, ese es el resumen (qué bien hablas, querida).

—¿No vas a abrirlo?

Vuelvo a la realidad. Lo cierto es que no tardo en hacerlo, porque por mucho que me queje es una realidad maravillosa.

Rubén y yo estamos sentados en el sofá del salón. Acabo de soplar las velas que mi novio ha colocado sobre mi tarta de queso favorita (una pista: he dejado de resultarle atractiva a Leonardo DiCaprio). Esta noche salimos a mi pub favorito, The Glimmer Man, con mis compañeros de máster y los de laboratorio de Rubén.

Si le hubiera dicho a la Maeve de septiembre (que todavía dormía en un sofá ajeno de dos plazas) que acabaría así, se habría reído en mi cara hasta sufrir un atragantamiento mortal.

—Sí, lo abro. —Me inclino hacia Rubén y le doy un beso rápido—. Eres el mejor.

—Pero si todavía no lo has abierto.

—¿Y eso qué tiene que ver? —Agito el paquete. El sonido del líquido me resulta inconfundible—. ¡¿Me has regalado alcohol?!

—Abre el regalo ya, Maeve.

—No, en serio, ¡dímelo! ¿Por qué?

—Me fijé en que tienes una botella de Jameson de dieciocho años en tu mesilla —contesta al final—. La colocaste ahí desde nuestro primer día en el piso. Está llena de flores secas. Las cambias cada mes. Sigues muchas rutinas y supersticiones raras, así que pensé que era importante para ti.

Ante mi silencio, se frota las palmas en los muslos. Está sentado en el borde del sofá, como si estuviera a punto de saltar.

—¿Qué ocurre, Maeve?

Cabeceo, acercando el paquete hacia mi pecho. Me muerdo los labios para no ponerme a llorar y al final consigo pronunciar:

—Nada.

—Entonces ábrelo ya o el regalo será perder a tu novio en tu veinticinco cumpleaños.

Me río y desgarro el envoltorio a tirones frenéticos como si fuera una lunática (lo que, en realidad, soy).

—¡Whiskey! ¡Y es uno puro irlandés!

—En cuanto vi el nombre pensé que sería perfecto para ti.

Al girar la caja, sobre un millar de letras y una gota dorada, leo el nombre mecanografiado en azul oscuro.

—¿Writer's tears? Muy gracioso. —A pesar del tono sarcástico, mis labios se curvan en una sonrisa—. ¿Desde cuándo eres capaz de hacer bromas?

Él frunce el ceño.

—Desde siempre.

—Rubén, por favor.

—Eres tú —replica con suavidad—. Eres muy fácil.

—Pero bueno, ¿estás llamando fácil a tu novia?

Ladea la cabeza en un gesto seductor.

—Puede.

Aunque hago amago de golpearle con la botella, no se aparta. Al final le ordeno que traiga dos copas de la cocina. A Rubén no le gusta mucho el alcohol, pero no pienso brindar sola, y menos en mi cumpleaños.

—Por mis lágrimas de escritora —propongo al alzar el vaso.

—Por ti.

Los cristales chocan. Al probar el whiskey, lo noto dulce en la lengua. Es ligero y tiene un suave regusto a canela. Es fácil de beber, ideal para los menos acostumbrados a su sabor contundente.

Aun así, Rubén tose con fuerza después del primer trago.

—Venga, grandullón, ánimo. —Le palmeo la espalda con sorna—. Ya estás más cerca de obtener la nacionalidad irlandesa.

—Si hay que beber más de esto, prefiero no tenerla.

Está adorable. No puedo evitar inclinarme y robarle un beso.

Lo que no esperaba es que el contacto que pretendía inocente se tornara intenso así de rápido. En un minuto, los vasos han desaparecido de nuestras manos y mis dedos se han hundido en los mechones oscuros de Rubén.

Me coloco a horcajadas sobre él y sonrío contra su boca cuando le oigo gruñir.

—Vamos a la cama —propongo.

Aunque no lo he formulado como una pregunta, Rubén dice que sí. Siempre me dice que sí a todo, es el novio perfecto.

Mientras me lleva en volandas por el pasillo, se las apaña para volver a besarme.

—Tus primeros besos —me dice después al oído— también sabían a whiskey.

—¿Qué esperabas? Yo sí soy irlandesa.

Me tumba sobre la cama. Empieza a desvestirme con los ojos en llamas y yo me dejo hacer.

Me arranca la ropa igual que yo hice antes con el envoltorio de whiskey, como si mi cuerpo fuera el verdadero regalo. Intento concentrarme solo en él, en sus músculos delineados y en el placer que me proporciona, pero a la chispa de angustia instalada como un polizón en mi cerebro no le da la gana largarse y dejarnos a solas.

Rubén y yo no hemos vuelto a hablar de nuestro futuro desde… Bueno, nunca hemos hablado de nuestro futuro, punto final. No tengo ni idea de qué va a ser de nosotros después del verano y de que abandonemos este piso. Ni siquiera me atrevo a preguntarlo directamente por temor a su respuesta.

A ver, tampoco soy tan cobarde; he intentado sacar el tema a relucir de forma sutil decenas de veces, solo que el resultado siempre ha sido demoledor. Rubén me ha dejado claro que no va a dejar su doctorado (decisión que, por supuesto, valido) y ya ha tenido varias reuniones con su jefe de laboratorio y su directora de tesis sobre la posibilidad de continuarlo en San Diego.

Cada vez que ha hablado de ello conmigo, no me ha incluido en ese hipotético escenario. ¿Y qué voy a hacer yo si al final se marcha y me deja en la estacada? (Aparte de llorar como una desgraciada, se entiende).

Mi vida a partir de septiembre es una página en blanco y tengo un bloqueo de escritora que me impide escribir una raquítica frase sobre ella.

Y ahora, cuando Rubén me besa, mi mente pasa a transformarse en esa hoja vacía.

Vale, a estas alturas tengo que darles la razón a mis padres: tiendo a soñar despierta y a lo grande, a romantizarlo todo, así que ¿cómo estar segura de que no he romantizado esto también? Lo que tenemos. Nosotros.

Si lo pienso con lógica, no tiene sentido que sueñe con un amor que dure para siempre. Primero, porque, excepto en las novelas, nunca he vivido ninguno de cerca. Y segundo, ¿por qué Rubén iba a quedarse a mi lado? No tengo nada que ofrecerle. Lo único que nos une es la casualidad: este tiempo robado, este piso, esta ciudad. Cuando todo eso acabe, ¿qué hará un neurobiólogo con potencial junto a una escritora en pañales?

Debería tragarme todas estas fantasías idealistas y poner los pies en la tierra. Seguir el mantra de Rebeca: no existe el futuro, solo el ahora.

Y ese «ahora» es Rubén sobre mí, arrebatándome el aliento, con los ojos oscuros tras las gafas buscando con insistencia los míos.

—Mírame.

La Maeve racional no perdona que la inconsciente la ignore. Señala el tictac del reloj mientras yo giro la cabeza a otro lado. Obedezco a Rubén, le devuelvo el beso, me trago los miedos a bocanadas. Intento convencerme a mí misma de que podemos quedarnos aquí, atrapados en este momento.

Aunque, por desgracia, eso sea imposible. «El tiempo no tiene clemencia por nadie, y menos por aquellos que ya han vivido la implacable soledad de su paso».

Cillian tenía razón. Lo que me recuerda que ya perdí al hombre que una vez me prometió que no se iría.

Rubén ni siquiera me ha hecho esa promesa.

MAEVE

A pesar de mis miedos por el futuro, la noche promete.

Hemos estado agobiados con los últimos exámenes y entregas, y se nota que mis amigos están deseando respirar un poco. Mientras conversamos y reímos, la ilusión forma pompas que explotan en el aire sin control.

Al llegar Niall y Katja, ella nos cuelga del cuello serpentinas brillantes y él reparte piruletas (la única de corazón es para mí). Después de la primera hora, Sean vuelve de la barra con vasos de chupitos para todos y propone un brindis. Lo que no tenemos claro es por qué brindar.

Rubén insiste en que brindemos por mí (si esta noche tiene que haber una protagonista, asegura, esa debo ser yo). Lucille, por su recién estrenada soltería (acaba de cortar con su tercer ingeniero porque, sí, hemos descubierto que sus promesas románticas no valen tanto como sus zapatos). Charlotte quiere brindar por su próximo viaje a España (tuve que aguantar sus chillidos y los de Rebeca en estéreo, una en directo y otra por videollamada). Áine, con cara de no aguantar nuestras gilipolleces (la habitual), dice que bebamos por el máster, ya que está a punto de acabar.

—Entonces ¿entregáis ese borrador y ya está? —pregunta desconcertado Niall.

—Claro que no está, por algo se llama «borrador» —replica Áine a su lado—. Si los profesores dan el visto bueno, completamos el libro, lo pulimos y lo entregamos en septiembre.

—Parece muy poco tiempo —comenta Katja—. Pensé que se tardaba más en escribir una novela.

—Es poco tiempo, sí, pero todo depende del tipo de obra y, por supuesto, del escritor —explica Lottie con dulzura—. Aunque yo escriba muy rápido, por ejemplo, otros tardan años en completar una novela corta.

—No suele ser bueno escribir tan rápido —interviene Áine—. Las historias necesitan reposo.

—Ha dicho que escribe rápido, no que no las deje reposar —intercedo—. La velocidad de creación de una obra no determina su calidad.

Todos me dan la razón, excepto (por supuesto) Áine.

Siempre tiene ganas de batallar. Aunque a menudo me dé dolor de cabeza, admiro lo sólidos que son sus principios. El problema es que son tan inamovibles que nunca se amoldan a nadie. Ni siquiera hace amago de ceder después de una discusión de tres horas. Lo sé porque las hemos mantenido a menudo durante dos semestres. Al final, nadie es tan rígido como ella, así que da la sensación de que siempre gana.

¿Me repatea? Sí. No. En parte. A mí me da igual, pero no me gusta la forma en que los hombros de Charlotte se hunden después de esos debates maratonianos.

—Yo creo que deberíamos brindar por el tiempo —se pronuncia alegre Sean. La punzada de tensión en mi estómago se acrecienta cuando continúa—: El tiempo que hemos pasado juntos ha sido increíble. La última vez que nos juntamos aquí, fue por el cumpleaños de Lucille, en San Patricio, y fue la noche más épica de la historia. —Esta se inclina como una actriz de teatro—. Y en Año Nuevo, donde hubo intercambio de parejas...

—¡Lucille y Zack, Charlotte y Rebeca, y Áine y tú! —exclamo señalando a los presentes—. ¡Al final lo adiviné!

—Tardaste mil años —masculla Áine.

—A lo que iba —vuelve a hablar Sean—: pasar este tiempo con vosotros ha sido una pasada. No solo somos mejores escritores, ahora nos lo creemos un poquito más. Y, en parte, ha sido gracias a ti. —Me mira y yo esbozo una sonrisa agradecida—. Cada vez que dudábamos de nosotros mismos, tú nos recordabas por qué queríamos ser escritores. Siempre has estado ahí, apoyándonos y animándonos a seguir, aunque la vida nos dé de hostias.

—¡Esa boca! —le amonesta Lucille.

Cuando Sean alza el vaso de chupito hacia mí, todos en la mesa le imitan, y yo me muerdo el labio para no lagrimear como una ñoña.

—Por ti, Maeve —dice—, y por el tiempo que nos has regalado a todos.

El grupo repite la frase y brinda. Yo tardo un poco más en unirme a ellos y beberme de un trago el tequila. Con el trozo de limón entre los labios, el regusto ácido me llena la boca. Va a juego con la sensación que me llena el pecho. Todos mis amigos tienen sus más y sus menos, pero indudablemente los quiero.

Sean ha dejado que su encaprichamiento por mí se convierta en una de las amistades más bonitas que mantengo. He sido la lectora beta de su proyecto de terror, y la verdad es que es muy bueno. Nadie adivinaría que una persona tan risueña y enérgica es capaz de escribir esas escenas de infarto.

Lucille se pega a él y le susurra algo al oído. Es una descerebrada, pero es *nuestra* descerebrada. Tan estridente como generosa. Es de esas personas que, sin que sepas cómo, acaban teniendo éxito. Creo que ni ella sabe del todo por qué.

Charlotte, sentada al lado de Rubén, está ocupada explicándole con un entusiasmo adorable de qué va su proyecto. Al final ha escrito el *romantasy* que llevaba fraguando años. Me ha dejado leer algunas escenas y, aunque necesitan trabajo, son muy adictivas. Por encima de todo, se nota la pasión en cada frase y el corazón que se deja en las páginas. No hay nada frío en Charlotte y tampoco en sus historias. La admiro muchísimo por eso.

Voy a echar muchísimo de menos a esta gente.

Rubén se gira hacia mí como si hubiera sentido el ramalazo de tristeza que acaba de inundar mi cuerpo. Me pasa un brazo por la espalda y me aprieta con cariño el hombro para que le preste atención.

—¿Tú ya lo tienes todo listo para la entrega del lunes? Últimamente no me has comentado nada sobre la antología.

Me estremezco. No solo porque lo tenga tan cerca (cada vez que le miro a la cara, me maravillo con la suerte que me ha tocado), sino porque me recuerda que, al lado de mis compañeros, soy un fracaso.

—No es el lunes, grandullón —le corrijo—. Hay que entregarlo el viernes.

—Ah, no, no, tu chico lo ha dicho bien —le defiende Charlotte—. La entrega es el lunes.

Me quedo blanca. No puede ser. Lottie frunce el ceño y parece confusa al volver a hablar.

—¿No lo sabías? Lo comentaron en la última tutoría.

—No pude ir —le recuerdo—. Tuve que echar una mano extra en el comedor. Se leyeron varias tesis ese día y necesitaban apoyo en el catering.

—Pero te lo dijo Áine, ¿verdad? —Charlotte se dirige a ella—. Compartís grupo en Publicación y Marketing.

Me vuelvo como un resorte hacia ella. Está sentada frente a Rubén y yo, como suele hacer en las escasas ocasiones en que salimos los dos juntos. Alza las cejas teñidas de negro con la misma expresión de cansancio.

—Se lo dije. —Luego me mira—. Te lo dije.

—No lo recuerdo...

—No me extraña. Últimamente estás en Babia. —Se lleva el tercio de cerveza a los labios. La pausa se extiende entre nosotras como un cable de alta tensión, enviando una electricidad extraña por mi cuerpo—. Déjame adivinar: no has terminado todavía el proyecto, ¿verdad? —No contesto—. Has estado muy distraída, es normal.

El movimiento de sus ojos es rápido, pero logro captarlo. Le ha echado un vistazo a Rubén antes de volver su atención a mí.

Es un reproche en toda regla, y como tal me sienta como una patada en los ovarios. Puede que enfoque en quien no debo mi enfado y frustración por todo lo que ahora bulle en mi cabeza (la fecha de entrega adelantada, mi antología sin revisar ni terminar a falta de tres relatos clave, mi tiempo de descuento con Rubén, mi futuro en general), pero no puedo evitarlo.

Áine ni siquiera parece afectada porque acabe de darme una de las peores noticias que podía recibir. No puedo ni mirarla a la cara.

Echo el taburete hacia atrás y me pongo en pie. Rubén me sigue como si fuera mi reflejo.

—¿Estás bien? ¿Adónde vas?

—Sí, estoy bien —miento en voz baja—. Voy al baño.

—Te acompaño.

—Puedo ir sola. —Alargo una mano y le acaricio la mejilla con suavidad—. Quédate, grandullón. No tardaré.

Me mira a los ojos con fijeza. Sé que intenta bucear en ellos hasta descubrir la verdad detrás de mi apariencia tranquila. No parece satisfecho por lo que encuentra, pero acaba por claudicar. Asiente y recorre la línea de mi mandíbula con un dedo hasta la oreja. Me aparta un mechón de pelo con delicadeza. Mis nervios se agitan ante ese simple contacto.

Le quiero tanto que me cuesta respirar. La angustia se acrecienta cuando, de pronto, soy consciente de que voy a perderlo todo. A él, el curso, mi futuro.

Mi corazón.

—Te espero aquí —me anuncia con la misma seriedad de los presentadores de telediario—. Si me necesitas, avísame.

—Sé cómo usar el baño, tranquilo. —Me fuerzo a sonreír—. Aprendí solita a los dos años.

La sonrisa se esfuma en cuanto me alejo y esquivo a la gente hasta llegar a los servicios. Dentro no hay cola, solo un trío de chicas que se hacen fotos en el espejo. Las tres parecen muy amigas y hablan exaltadas en español; escucharlas solo hace que el terror que se ha instalado en mi pecho dé palmas, tan entusiasmado como ellas.

Cuando salgo del cubículo del baño, ya se han marchado. Solo hay una persona frente a mí, apoyada en los lavabos. Enfoco antes mi cara de sorpresa en el reflejo del espejo a su espalda que en la suya.

—Oye, sí que te lo dije —me suelta Áine sin vaselina—. ¿Acaso crees que te lo ocultaría aposta?

379

—No es eso —respondo, aunque lo cierto es que no recuerdo que me haya dicho nada semejante y creo que, aun estando tan despistada estas últimas semanas, a eso sí le habría prestado atención—. Es solo que me ha pillado por sorpresa.

—No has acabado el borrador —sentencia. Aunque me cuesta, asiento despacio con la cabeza—. Bueno, pues lárgate a casa. Escribe desde ya. Igual llegas a tiempo.

—Ni siquiera sé si serviría. Quiero hacerlo bien —le digo mortificada. Me apoyo en el marco de la puerta del servicio y suspiro—. No sé qué me pasa. Es que... me cuesta.

—Ya. Te cuesta porque cuando termines, sabes que también terminarán otras cosas. —Alzo la cabeza de golpe—. Rubén y tú. Lo vuestro se va a acabar cuando ya no os haga falta el alquiler de mi tía, ¿a que sí?

Está seria. Yo también. Más que en toda mi vida.

—¿Qué quieres decir?

—Sabes qué quiero decir —suelta con crudeza—. Puede que hayas engañado a todos los de clase, pero a mí no.

—¿Qué...?

—Eres una falsa. —Contengo el aliento. Ella parece igual de tranquila al soltar esa acusación como al continuar—: Vas de guay y de aliada de todos, pero es una puta fachada. En el fondo piensas igual que yo, y es que la mayoría de nuestros compañeros no valen una mierda. Lo que escriben ni siquiera se podría considerar literatura. Yo al menos lo digo y voy de frente. Tú te escudas y los apoyas porque, en realidad, solo buscas que ese ánimo retorne hacia ti porque eres una insegura.

—No sé a qué viene todo esto, pero te equivocas de punta a punta —consigo decir—. Vale, no voy a decir que me apasione todo lo que escriben nuestros amigos, pero sí que creo en su talento. Cada uno escribe lo que quiere a su manera. Cada uno tiene su voz. ¿No fue eso lo que vinimos a buscar? ¿Lo que nos dijeron el primer día de clase? Es lo que nos hace a cada cual un escritor valioso y único. Es lo que los lectores buscan.

—La mayoría de los lectores no tienen ni puta idea de lo que buscan ni de lo que es bueno de verdad —dice categórica—. Solo hay que ver las listas de best sellers. Sally Rhodes está de acuerdo conmigo.

Una punzada de angustia me deja de nuevo sin respiración.

—¿Rhodes...?

—Le pasé antes mi libro para que le echara un vistazo —contesta. Noto una pizca de orgullo escondido en su voz—. Me dijo que le gustaba mucho.

—Pero si tú no soportas sus novelas.

—Yo nunca he dicho eso —me corrige—. No la soportaba a ella. Y reconozco que estaba equivocada. ¿Sabes qué me dijo? Que, aunque tenía talento, me resultaría muy difícil hacerme un hueco como escritora profesional. Sé lo que quería decir: el panorama literario es una charca de tiburones y las editoriales solo quieren lo que más vende. Esas mierdas románticas que hace Charlotte o los Stephen King marca blanca de Sean. Productos de usar y tirar. —Entrecierra los ojos—. No me digas que no piensas lo mismo. Eres lista. Te he leído. Eres mucho mejor que la mentira que te has construido.

Trago saliva. Joder, ni siquiera sé cómo encuentro la voz para hablar. De hecho, cuando sale de mi garganta, ni siquiera suena mía.

—Áine, quiero pensar que estás borracha...

—No lo estoy.

—... y que no sabes lo que estás diciendo —completo—. No he mentido. Quiero a nuestros amigos y confío en sus historias. Y lo mío con Rubén...

—Puedes decir lo que quieras, la verdad es que no puedo demostrar una mierda —me corta—. No tengo pruebas. Y, aunque no soporte a mi tía, creo que esa mujer se merece la verdad. Ya ha tenido antes inquilinos que se han aprovechado de ella.

—No nos hemos aprovechado de ella.

—Entonces ¿sois novios de verdad? —Esboza una sonrisa mordaz—. En serio, ¿le quieres?

No dudo al responder:

—Más que a nada.

Áine parece perder su compostura por primera vez. Es cierto

que no dura más que un segundo, pero me da tiempo a ver las grietas enormes que recorren su coraza. Como me dijo Charlotte en una ocasión, bajo el acero sus inseguridades brillan tanto como el sol. Estoy segura porque son un espejo de las mías propias.

Me da lástima. Debe de ser duro esforzarse tanto para sentirse tan sola. Sin embargo, esa compasión se esfuma en cuanto vuelve a hablar.

—Pues os deseo un futuro larguísimo juntos —masculla en voz baja. La crueldad de su tono se clava como espinas envenenadas en mi piel—. Ahora deberías irte. Mañana tienes que madrugar y terminar el proyecto.

Suelto un resoplido.

—¿Por qué ahora haces como que te importa lo que me pase?

—Porque eres la única a la que merece la pena ganar.

Después despega el culo del borde del lavabo y se marcha.

Tardo un par de minutos en moverme, acercarme al grifo y enfriarme las mejillas con agua. El reflejo del espejo me devuelve la imagen de una chica aterrorizada.

Aunque la trenza que me ha hecho Rubén y el maquillaje de Lucille siguen intactos, estoy tan pálida como mi blusa blanca. Deshago su nudo en la cintura, lo rehago para tener algo que hacer con las manos. Mis dedos helados se mueven torpes. Más vale que se acostumbren, mañana no van a parar de teclear.

En cuanto salgo del baño, veo a Rubén. Está apoyado en la *jukebox* de la pared junto a los servicios, esperándome con la paciencia y serenidad que le caracterizan.

Le abrazo en un abrir y cerrar de ojos. Su mano grande envuelve mi nuca al instante. Hace que mi piel se encienda con un cosquilleo. Mis extremidades se vuelven gelatina ante su contacto y Rubén se apresura a sostenerme contra él. Me envuelve en una manta de calor de la que no puedo salir. No quiero salir. Nunca.

—No vuelvas a responderme que estás bien si no lo estás —me dice contra la sien—. Ya sabes que detesto que finjas que estás bien cuando no es así.

—Lo sé.

—¿Quieres irte a casa?

—Sí.

—¿Quieres despedirte de los demás?

—No.

—Vale. Volveré y diré que te encuentras mal y que estás enferma. —Yo muevo la cabeza para poder mirarle a la cara—. Ya, a mí tampoco me gusta mentir, pero es lo más cómodo.

—Gracias.

Le doy un beso suave, solo que a él no le basta. Su lengua se arrastra sobre mi labio inferior antes de entrar con avidez en mi boca. Su necesidad de mí es muda, pero no por ello menos tangible. Al corresponderle, siento tanto su deseo como mi dolor. Uno y otro se enredan como lo hacemos nosotros contra la pared.

Quiero reír y quiero gritar. Lo que late en mí es tan contradictorio que duele hasta desgarrarme el corazón. Me recuerda lo que deseo ignorar: mis sentimientos son opuestos, como lo somos él y yo.

—No tardaré —susurra contra mi boca cuando nos separamos—. Espérame fuera.

Obedezco como un autómata. En la calle, apoyada junto a la puerta, me abrazo a mí misma mientras está dentro. Aparece tan solo unos minutos después y lo primero que hace es ponerme el abrigo que ha ido a buscar. Sigo tiritando, así que me rodea la cintura, me aproxima a él y me cubre con el suyo hasta que dejo de temblar de frío.

—Me han dicho que te diga que te recuperes pronto.

—Genial —gimo.

—Y Niall, que quizá lo que necesitas es un tratamiento casero a base de p... —Se para—. Ya sabes.

—Ya sé.

—Y tus amigos, que te darán su regalo la próxima vez que te vean en la facultad.

—¿Qué es? Venga, dímelo —le pido con un gimoteo—. Me animaría un poco.

Rubén titubea. Pocas veces puede contenerse para no soltarme la verdad. Creo que por eso le cae tan bien a la cotilla de Charlotte.

—Una estilográfica azul. —Hace una pausa y añade—: Es muy bonita. Tú hazte la sorprendida, ¿vale?

Cuando nos ponemos a caminar rumbo a casa, la mano de Rubén busca la mía. Nuestros dedos se enredan sin esfuerzo, aunque yo no siento lo que debería. En mi interior no hay calidez, solo la frustración helada que sigue haciéndome tiritar sin control.

—Rubén.

—¿Sí?

—Mañana me gustaría que habláramos. —Trago saliva—. Es importante.

Noto su intensa mirada sobre mi rostro.

—Vale —accede con rotundidad—. Podemos hablar de lo que quieras. Siempre.

Ojalá esa palabra no resonara en mi cabeza como una enorme mentira.

RUBÉN

Los golpes en la entrada resuenan en mi cabeza como un martilleo.

Con los ojos todavía cerrados, extiendo el brazo y busco a tientas a Maeve. Suelto un gruñido de frustración. Ya no está tumbada junto a mí. Anoche en la cama me pidió que la abrazara hasta romperle las costillas (sus palabras, no las mías) y yo obedecí (con menos fuerza) encantado por poder sentir su cuerpo tan cerca del mío.

Aunque le insistí en que me contase su conversación con Áine en el baño, se negó. Dijo que me lo explicaría todo hoy. Cuando hablaba, lo hacía tan bajo, arrastrando las palabras, que me costaba entenderla.

Su cuerpo temblaba tanto como su voz. La sentí tan frágil y vulnerable entre mis brazos que tardé una eternidad en dormirme. La frustración por no poder ayudarla está la primera en mi ranking de emociones que detesto con todas mis fuerzas.

El timbre sustituye a los golpes en la puerta principal. Sea quien sea la persona que llama a nuestro piso, tiene prisa, y no parece que vaya a cansarse.

Me pongo las gafas y salgo de la cama. Todavía somnoliento, camino hasta el vestíbulo. En el pasillo, me asomo al cuarto de Maeve (que ahora le sirve más bien de espacio de trabajo). Está sentada en su escritorio, ajena al mundo. Teclea como una loca con los cascos puestos. Debe de tener la música a máximo volumen, porque puedo oír con claridad el eco de unas guitarras. Tengo que recordar darle una charla sobre los problemas auditivos que padecerá en el futuro si sigue así.

Después del timbre insistente, vuelven los golpes.

La puerta. Se me había olvidado por completo. Me arrastro hasta el vestíbulo frotándome los párpados y descorro el pestillo sin echar un vistazo antes por la mirilla.

Craso error.

—Buenos días, Emily.

—¿Buenos...? —Va a decir algo, pero sus ojos descienden desde mi rostro hasta mi torso—. ¡Ay, por favor! ¡¿No puedes ponerte algo encima?! ¡Qué vergüenza!

Mierda. No llevo camiseta. Es junio y en Dublín hace más calor del que esperaba. Además, Maeve me esconde las partes de arriba de los pijamas. Antes era peor. Cuando empezamos a salir, los hacía desaparecer por completo. Hicimos un trato y ahora al menos me deja dormir con pantalones.

—Yo... Eh... —Intento serenarme para dejar de tartamudear—. Lo siento. Voy a ponerme algo...

—Es igual —masculla la mujer—. Tampoco es necesario que finjas decencia para lo que vengo a deciros.

Suena enfadada. Su expresión concuerda con su tono. El acento que usa es más cerrado de lo normal y, aunque he mejorado mi inglés, sigue costándome un poco seguirla.

—¿Qué quiere decirnos?

—Os quiero fuera de mi piso —contesta categórica—. Cuanto antes.

Tardo en asimilar lo que dice. Al principio, no creo haberlo entendido bien, por eso pregunto:

—¿Irnos? ¿Ha habido algún otro problema de humedades? No hemos notado nada raro.

—No hay ningún problema. Bueno, sí lo hay. Mi problema sois vosotros. —Entrecierra los ojos y las arrugas le endurecen el rostro—. ¿Os creíais que por ser una mujer mayor era fácil de engañar?

—¿Qué? Claro que no.

—¿Que no me iba a enterar? —Bufa—. Os dejé claro desde el

principio que para mí lo más importante era la sinceridad. Y he sido generosa. Os he dejado pasar muchas, como lo de invitar aquí a quedarse a gente que llega a las tantas. Pero era Nochevieja y lo dejé pasar. O lo de montar fiestas de bienvenida. Bueno, yo también fui joven una vez, ¿lo sabías? —Ni siquiera puedo abrir la boca—. Pero la razón por la que confié en vosotros y os dejé quedaros en mi piso fue porque erais una pareja adorable que me recordaba a... —Se detiene—. Y no lo sois.

—¿De qué está hablando?

Me vuelvo. Maeve está a un par de metros a mi espalda. Lleva mi camiseta desteñida, unos pantalones cortos, los cascos en el cuello, el moño en lo alto hecho con un lápiz. No puedo decirle que está tan guapa que duele porque 1) hasta yo sé que la situación no es apropiada y 2) un terror arrollador le cubre el rostro.

—Le estoy diciendo a tu... lo que sea —sigue Emily— que os vais a ir de mi piso. Ya.

—¿Qué? ¿Por qué?

—¡Porque me mentisteis! —Luego suelta un «ja» desgastado—. ¡¿En qué más lo habréis hecho?! La pena ha sido no enterarme antes. Es igual, ¡mejor tarde que nunca! Id haciendo las maletas. Considerad esto un aviso formal. El alquiler se ha terminado.

Maeve ahoga un gemido angustiado. Al escucharla, mi mente aturdida por el sueño y la confusión despierta de golpe.

—No tan rápido —digo en voz baja—. Tenemos un contrato. No puede echarnos sin un motivo de peso, y esto no lo es. Hemos pagado religiosamente, hemos cuidado su piso mejor que nadie y hemos seguido sus normas. No le hemos dado ningún problema.

—Puedo echaros si yo misma o un familiar necesita el piso y carece de otro lugar donde vivir —me rebate al mismo volumen—. Así que no te hagas el listillo conmigo. Es cierto que podéis ganar algo de tiempo, pero no os lo pondré fácil. Y, al final, tendréis que iros igualmente. Vosotros veréis.

Su amenaza no cala en mí. Me da igual lo que suelte. En una batalla, llevamos las de ganar. Ella es una persona y nosotros dos. Aunque no soy un experto en leyes irlandesas de protección al inquilino, seguro que habrá alguna a la que podamos aferrarnos.

—¿Es Áine?

Tanto Emily como yo volvemos nuestra atención a Maeve.

—La familiar que necesita la casa —aclara con la voz rota—. ¿Es ella?

—A esa chica maleducada no le daría ni la hora —replica Emily—. No sabéis la que montó cuando tuve la mala fortuna de prestarle el piso. ¡Por eso no me fío de ningún joven sinvergüenza como vosotros!

—Oiga, debería parar y escucharse —la interrumpo—. No sé de dónde ha sacado lo de que le hemos mentido, pero no es así. Maeve y yo estamos juntos.

—¿Ah, sí? —Emily bufa. Pone los brazos en jarras. La primavera sustituyó el chubasquero rojo de invierno por una bata estampada sin mangas—. ¿Así que no me mentisteis cuando os enseñé el piso? ¿Siempre habéis sido novios?

Me quedo callado. Solo tengo que contestar que sí. ¿Qué más da? Lo somos ahora y eso es lo que cuenta. Nada me gustaría más que callarle la boca a esta mujer y perderla de vista. A estas alturas solo me importa Maeve y, aunque odie mentir, su rostro compungido por el dolor no me deja otra opción. Su felicidad va antes que cualquier otra cosa.

—Sí, siempre lo hemos sido.

Emily frunce el ceño. Aunque es evidente que no se lo cree, se nota que he plantado una pequeña semilla de duda en su interior.

—Eso no es lo que he oído —sisea.

—¿Quién se lo ha dicho? —gime Maeve.

Sigue en la misma posición que al principio. Solo sus dedos se han movido para cerrarse. Los nudillos apretados y blancos le tiemblan a ambos costados.

—Mi sobrina, claro está. Solo que esa pequeña desvergonzada cuenta por fin con un buen testimonio. El de la pelirroja gordita que en Año Nuevo hizo tanto ruido con la morena por las escaleras. Es amiga vuestra, así que imagino que por eso sabe la verdad. —Emily agita un teléfono antiquísimo que acaba de sacar del bolsillo de la bata—. ¿Qué? ¿Vais a negarlo de nuevo o tendréis al menos el coraje de ser sinceros por una vez?

Voy a contestarle que se deje de dramatismos estúpidos, que abandone nuestra puerta y que no vuelva a molestarnos más. Hasta me planteo la descabellada opción de demostrarle con claridad que Maeve y yo estamos juntos, pero dudo que mi novia me dejara besarla como un animal en estas circunstancias.

Menos todavía cuando abre la boca para decir:

—Tiene razón. Le mentimos.

Emily suelta una estridente risa de victoria. Por suerte, se le corta en cuanto le lanzo una mirada asesina.

—Lárguese de aquí —gruño.

—Rubén, no —me frena Maeve—. Tiene razón. La hemos engañado. La engañamos desde el principio.

En esta ocasión, soy yo quien se queda paralizado. Ella camina despacio hasta colocarse junto a mí. Distraída, roza el pomo plateado de nuestra puerta con un dedo.

—No éramos novios. Ahora no sé lo que somos, pero eso no borra que le mentimos. —Mi pecho se encoge ante sus palabras. ¿Qué es eso de que no sabe lo que somos?—. No fue culpa de Rubén, fue mía. Yo insistí en que era lo que había que hacer para conseguir la casa.

—¡Lo sabía...!

—Deje que él se quede —murmura Maeve interrumpiéndola—. A Rubén tampoco le queda mucho tiempo en Dublín. Y, al fin y al cabo, al irme yo antes tan solo estaríamos acortando lo inevitable.

—Maeve —la llamo en un quejido. Ella ni siquiera parpadea—, ¿qué estás diciendo?

—Recogeré mis cosas —dice, pero no a mí. Mantiene la vista clavada en una Emily de pronto enmudecida—. No se preocupe. No tengo muchas.

Después de esa última mentira, tira del pomo y la puerta se cierra de un golpe.

Pasan los segundos y yo sigo congelado en el sitio. Al final, Maeve es la primera en moverse. Me ignora sin aspavientos para dirigirse con paso firme a su habitación. Cuando oigo un fuerte golpe provenir de allí, despierto y corro hasta su cuarto.

Una de las enormes maletas de lo alto del armario se ha caído al suelo. Se me encoge el alma cuando la abre, pero respiro de alivio cuando saca de ahí una mochila y vuelve a cerrarla. A continuación, se dirige a su escritorio, mete dentro de la bolsa el ordenador, su cargador y una maraña de papeles y bolis. La cierra y agarra los primeros zapatos que encuentra. No pierde un segundo. Ni siquiera se pone calcetines.

—Maeve, me estás asustando. ¿Qué haces?

—Tengo que escribir —dice. Su voz suena impasible. Tan helada como ajena a la calidez que la caracteriza—. Recogeré mis cosas mañana.

—Maeve, por Dios, espera, ¡para! —No me hace caso. Cierra en dos tirones la cremallera de la mochila y se la echa al hombro—. Dime que no te has creído lo que ha dicho esa mujer. Está fatal de la cabeza. No puede echarnos, lo sabe tan bien como nosotros. Y dudo bastante que Charlotte le haya dicho nada a Áine sobre lo nuestro. Además, ni siquiera lo sabe.

—Quizá lo haya adivinado —comenta impertérrita mientras se dirige a la entrada—. Quizá a tu hermana se le haya escapado...

—Rebeca jamás nos haría eso, y lo sabes —la corto. Alargo el brazo y trato de detenerla antes de que abra la puerta—. Maeve, por favor. Mírame.

Sus ojos se enfocan en mis pies descalzos.

—Ayer te dije que quería hablar contigo de algo importante —murmura sin emoción—. Bueno, Emily se ha adelantado. Eso quizá haga las cosas más fáciles.

Mientras espero a que hable, el silencio corta mi alma en dos como un cuchillo.

—Es evidente que ya has planeado tu futuro fuera de aquí, lejos de mí, y lo entiendo. Yo no tengo. No tengo planes ni red de seguridad. Y, tras oír a Emily, está claro que tampoco amigas en las que pueda confiar. —Le da un tirón a su brazo y yo, débil, la dejo ir—. Esto... nosotros... —Por primera vez, se traba—. Ha sido maravilloso, pero, como todo, tenía que terminar.

Mi corazón cae a plomo en mi estómago. Sigue ahí, exánime, cuando Maeve se marcha sin mirar atrás.

Cierro los ojos y cuento. Hasta cien. Luego, solo con números primos. Como no funciona, repaso los aminoácidos hasta mi favorito, el ácido glutámico, y me obligo a recordar su densidad, masa molar y punto de fusión. En grados Fahrenheit y en centígrados.

Abro los ojos y sigo igual. De roto y de solo. Pero, por encima de todo, de cabreado. Más de lo que lo he estado en toda mi vida.

RUBÉN

Cuando salgo del piso, sigo igual de enfadado, pero al menos lo hago completamente vestido y con un plan en mente. Espero que nadie se interponga en mi camino o me comportaré como el hombre que nunca me he permitido ser.

La primera parada no está lejos. Golpeo con fuerza la puerta de la casa de enfrente con la misma rudeza con la que me despertó su dueña.

Me abre, aunque solo a medias. Asoma medio rostro bajo la cadena dorada del pestillo que mantiene puesto.

—No prometo ser breve —empiezo a decir— ni tampoco evitar los errores al hablar en su idioma. Me da igual. Espero que me entienda, porque lo que le voy a decir es muy sencillo: quiero a Maeve. No era mi novia cuando nos conoció, pero lo es ahora y haré todo lo que esté en mi mano para que tenga la casa que se merece. A falta de otra, por ahora tendrá que ser la suya, le guste o no. —Emily parpadea, ignoro si confusa u ofendida—. No sé qué le hizo su sobrina para que no confíe en nadie, y no pretendo entenderlo. Al fin y al cabo, tampoco comprendo del todo por qué por culpa de un imbécil infiel y una familia cruel mi novia sigue sin confiar en mí. Lo importante es que nosotros no somos Áine ni nadie que quiera aprovecharse de su piso. Queremos vivir en él, punto y final, y eso debería bastarle. Ya se ha metido bastante en nuestra vida y no pienso permitir que acabe con lo que más me importa en ella, ¿le queda claro?

Emily cierra de un golpe la puerta. Me quedo como un pasmarote frente a la madera blanca hasta que la abre de nuevo. Esta vez, sin cadena.

—La quieres.

No es una pregunta, pero contesto igualmente:

—Sí.

—Yo creía… —Se calla—. Lo vi. Cuando os conocí…

—No entonces —la corto—. Eso es verdad. Pero sí la quiero ahora. La quiero y por su culpa se ha ido.

Emily pone una expresión de desesperación tan caricaturesca que, en otras circunstancias, me habría parecido graciosa.

—Mi sobrina… Ella me dijo… —Frunce el ceño y se cuadra al decir—: Me dijo la verdad.

—No se lo estoy negando —le aclaro—. Solo le cuento lo que hay. No suelo meterme en conflictos porque no suelo meterme en nada. Me importan muy pocas personas, me molestan bastantes y me es indiferente la mayoría, así que tengo mis prioridades muy claras. En mi ranking general, la primera es Maeve. Dejo a su imaginación qué haré si no deja que viva con ella en paz hasta que finalice con normalidad nuestro contrato. —Me permito una pequeña pausa antes de añadir—: Buenos días.

La siguiente parada no es tan buena. Resulta un fracaso. Son las tres de la tarde y he recorrido cada rincón de la facultad de Maeve. No hay nadie. Es igual, solo retrasa un poco mi búsqueda. Me dirijo después a la cafetería de la que siempre me habla, Hope & Co. En sus días libres, es donde suele quedar con sus amigas (¿puedo seguir llamándolas así?) para escribir durante tardes enteras.

Al entrar, la suerte en la que no creo me sonríe. Oigo la risa de Charlotte y subo las escaleras hasta el primer piso. Todo está decorado como si fuera un salón del siglo XIX y en el fondo hay dos chicas con portátiles ocupando unos sillones tapizados.

No me esperan. No he contactado con las compañeras de Maeve porque no quería que huyeran. Quiero enfrentarme a ellas cara a cara. Por teléfono no conseguiría lo que pretendo (y estaba el peligro de que me colgasen y adiós muy buenas).

Me obligo a respirar hondo y mantener la compostura antes de atravesar la sala hasta ellas.

—¡Anda, qué sorpresa, Rowan! —saluda Charlotte—. ¿Qué haces por aquí? —Sigue sonriendo al inclinarse a un lado para ver detrás de mí—. ¿No te acompaña Maeve?

—No. —Me vuelvo hacia Áine. Ella sí parece asustada por mi aparición, pero enseguida vuelve a su semblante inexpresivo—. ¿Estás contenta?

Aprieta la mandíbula.

—No sé de qué me hablas.

—Y yo no voy a jugar al sí-no —la corto—. Maeve no va a recriminaros nada porque sois sus amigas. Bueno, en mi caso, no lo sois, así que me da igual cómo os siente lo que voy a deciros.

Charlotte se queda blanca. Tartamudea algo, pero yo la ignoro y sigo:

—Le habéis dicho a nuestra casera que no éramos pareja cuando firmamos el contrato del piso. Bien, es verdad. No lo éramos. Ahora sí. No sé cuál era vuestra intención al jodernos de esta manera, pero quiero que sepáis que no ha servido para nada más que para perder vuestra amistad con Maeve. —Cojo aire—. Nadie ha ganado aquí.

Con una lentitud exasperante, Charlotte se vuelve hacia Áine. La otra no la mira. Se empeña en fijar la atención en las estanterías llenas de libros al fondo del salón.

—¿Qué cojones, Áine?

—Qué cojones qué.

—Tía, te lo dije en confidencia —gime—. Yo... Si hubiera sabido...

Se para y, roja como un tomate, se pone en pie y tira de la manga de mi camiseta para que la mire. Tiene los ojos azules, pero no como Maeve. Aunque sí que hay algo en lo que se parece, y es en el dolor profundo que intuyo debajo.

—Lo siento mucho.

Doy un paso atrás por la sorpresa. ¿Acaba de decirlo en español? Aunque Áine farfulla algo sobre su mala educación, Charlotte no aparta su atención de mí.

—Tengo familia en Barcelona. Sé hablar tu idioma, pero me expreso mejor en inglés, así que casi nunca lo practico —sigue diciendo en español. Aunque se nota claramente que no es nativa, se la entiende bastante bien—. Además, quería sorprender a tu hermana hablándolo en algún momento romántico, ¿sabes? Solo que después de lo que pasó, no quería que ninguno de los dos supierais… Es decir, ¿recuerdas la cena en vuestro piso, antes de nuestra partida de Trivial? —Asiento—. Os escuché hablar a tu hermana y a ti de que Maeve y tú no erais novios. De que vuestra relación era una farsa para conseguir el piso. Me quedé en shock. Aunque pensé en sacar el tema, decidí no decir nada. Maeve es reservada en lo que respecta a ti y no quería cagarla. Créeme, nunca he guardado con tantas fuerzas y durante tanto tiempo un secreto. En serio. Pero lo hice por Maeve. La quiero. De verdad. Solo deseo que esté bien. —Aunque espera a que diga algo o reaccione, yo me limito a devolverle la mirada—. Ayer por la noche bebí bastante. Vosotros os fuisteis y Áine volvió del baño con una cara horrible. —La aludida se remueve al escuchar su nombre—. Al final me acabó confesando que había discutido con Maeve. Yo traté de convencerla de que fuera más dulce con ella, de que tuviera algo de compasión, porque nuestra amiga estaba enamorada de ti y en realidad nunca habíais estado juntos.

Suelto de golpe todo el aire por la nariz.

—Te juro que solo le conté lo de vuestra mentira porque creía que así Áine entendería… porque confiaba… —Charlotte se muerde el labio—. Lo siento. De verdad. No tuve mala intención. Si hubiera sabido que iba a contárselo a su tía o que vuestra relación ya era real…, no habría dicho una sola palabra.

Nos quedamos callados durante un buen rato.

—Te creo —le digo en inglés. Aunque mis palabras no borran el dolor en su expresión, sus hombros se destensan—. Pero eso no quita lo que ha pasado.

—Lo sé —gime—. Lo siento muchísimo. ¿Dónde está Maeve? ¿Está… ella está bien?

—No sé dónde está. —Luego añado—: Siendo más preciso, tengo una ligera idea de dónde se encuentra, pero tengo que ir a buscarla.

—¿Qué os ha dicho mi tía? —dice Áine en voz baja desde el sillón.

Le lanzo una mirada helada que hace que se encoja en el sitio.

—Ignoro qué razones hay detrás de lo que has hecho. En cualquier caso, el resultado no ha sido el que esperabas. Nos quedaremos en el piso cueste lo que cueste, y tu tía sigue sin fiarse de ti.

Ella se cruza de brazos. Aunque espero una réplica, no dice una palabra.

—¿Y por qué lo has hecho? —insisto con dureza—. Esto. Ponerle palos en las ruedas a Maeve, una persona que, en teoría, te importaba.

—Porque odio la falsedad y la gente que se cree superior por salirse con la suya.

Tiene sentido. Ella se cree así. Y es evidente que se odia a sí misma.

—No vengas con frases que pretenden ser profundas, lo que has hecho es una auténtica guarrada —le suelta Charlotte—. ¡¿Cómo se te ocurre?! ¡Podrías ser una tía estupenda y siempre decides esforzarte en ser una cabrona! Maeve y yo te acogimos, aguantamos todas tus cosas, pero… me he cansado. Lucille tenía razón. Eres una… —Se calla. Luego coge con furia el portátil sobre la mesa y la chaqueta del sillón, y se vuelve hacia mí decidida—. ¿Puedo acompañarte a buscar a Maeve?

—No —contesto rápido—. Tengo que ir solo. Pero necesito que me ayudes con otra cosa.

—Lo que sea —farfulla en español. Luego me sigue a pasos cortos y rápidos hacia las escaleras—. ¿Qué puedo hacer?

—Conseguirme más tiempo.

Llego a tiempo. Aunque solo queda una hora para que cierren Books Upstairs.

Entro y saludo a la librera al otro lado del mostrador, de madera azul y blanca. Esquivo a dos clientes que hojean libros clásicos en una mesa junto a las escaleras. Subo por ellas despacio, haciendo rechinar cada escalón. Cuando llego arriba, me doy cuenta de que no me he tomado un caramelo de violetas. Ni ahora ni cuando fui a por Áine y Charlotte.

Sin embargo, la razón por la que el corazón me late así de frenético no es la ansiedad por ese olvido, sino la figura que, inclinada sobre un portátil, no deja de teclear.

Sabía que estaría aquí. Yo tengo mis manías; Maeve, las suyas. Confiaba en que elegiría su librería favorita para esconderse. Al fin y al cabo, su abuelo Cillian la trajo aquí la primera vez que le enseñó Dublín.

Y fue también la primera que, en nuestro primer paseo por la ciudad, me enseñó a mí.

(Además, su bicicleta azul estaba aparcada en la puerta).

Me aproximo a su mesa. Es redonda y está junto al ventanal. La parte de arriba me recuerda al de nuestra casa, con una cenefa de cristales de colores. Rojo, azul, amarillo y violeta formando un corazón invertido. En el techo hay lámparas redondas hechas de papel fino. La luz cálida ilumina a Maeve y hace que su pelo suelto parezca espolvoreado con oro.

Echo la silla hacia atrás y me siento a su lado. Ella se sobresalta y abre la boca al instante, imagino que para advertir de que la mesa está ocupada.

Cuando me enfoca, las pupilas se empequeñecen hasta volverse un punto diminuto y aterrorizado.

—Como vuelvas a huir así de mí, voy a instalarte un GPS —le advierto—. ¿Y bien? ¿Ya has terminado?

MAEVE

¿Que si he terminado? Dios, no. Para nada. Pero mi proyecto acaba de pasar a un segundo plano. Rubén ocupa todo mi espacio. Visual, mental y emocional.

¡¿Cómo diablos me ha encontrado?! ¿Qué es, el puñetero Aragorn?

Ni siquiera puedo contestarle. Me quedo muda y embobada mirándolo. La expresión de su cara podría parecerle neutra e impávida a alguien que no le conociese. Yo llevo casi diez meses viviendo con él y puedo apreciar la tensión de su mandíbula y el fuego que destilan sus ojos. No es un fuego de los que claman «Voy a desnudarte y a empotrarte contra esta mesa», sino más bien de los que mascullan entre dientes: «Te mataría si no te apreciara tanto».

Las dos opciones tienen el mismo resultado: que me eche a temblar.

—Yo... no... —Trago saliva—. ¿Qué haces aquí?

—He venido a por ti. —Frunce el ceño—. Vaya. Acabo de tener un *déjà vu*.

—Esta vez no he huido de ti —me apresuro a decir—. Después de lo de Emily, ¿cómo querías que me quedara? Para poder escribir, necesitaba respirar y no podía... No podía seguir en esa casa.

—Por supuesto que has huido de mí —me corta con crudeza—. ¿Qué fue todo eso, Maeve? Todo lo que dijiste de que no sabías lo que éramos y de que había terminado.

No puedo respirar. Me reclino sobre la silla, me quito los cascos del cuello y los dejo sobre la mesa. Tampoco sirven de nada, hace media hora que se quedaron sin batería.

—En algún momento tenía que pasar —murmuro apagada.

—No —me interrumpe—. Insisto, ¿qué es eso de que no sabes lo que somos? ¿Qué es eso de que tengo mi futuro planeado y no he contado contigo?

Aunque me cuesta un mundo (y unas cuantas respiraciones entrecortadas), acabo por devolverle la mirada.

—¿Acaso no es así?

Coge una gran bocanada de aire y luego la suelta despacio en un gesto de infinita paciencia.

—Tú eres mi futuro, Maeve —dice con contundencia—. Me da igual dónde terminar mi doctorado mientras sea contigo.

Tardo unos segundos en poder abrir la boca de nuevo.

—Pero... ¿y San Diego?

—Me dio la impresión de que te parecía un buen plan. —Parece más tranquilo al añadir—: En cualquier caso, tampoco es nada seguro. Solo he estado calibrando las posibilidades. Hay miles de opciones y no iba a decidirme por ninguna sin contar contigo. Además, tú dijiste que no querías hablar del futuro y estaba respetando tu espacio hasta que quisieras hablarlo.

Aprieto los puños.

—¡Yo siempre he querido hablarlo!

—Y, si es así, ¿por qué no me lo has dicho?

Parpadeo. ¡No puedo creérmelo!

—Rubén, saqué el tema a colación. Varias veces.

—Las sutilezas no funcionan conmigo, Maeve —me dice con la misma serenidad—. Si me dices, como me dijiste cuando empezamos a salir, que no quieres pensar en el futuro, no toco el tema hasta que reciba de ti una instrucción diferente. Yo soy así.

Mierda. Tiene razón. Sí, él es así. Cuadriculado y atento y un raro de cojones.

Pero le quiero porque es cuadriculado y atento y un raro de cojones. Le quiero porque es él. No podría cambiarle ni una coma.

—Tienes que ser directa o me pierdo en lo que tratas de decir

—continúa con más suavidad—. Por ejemplo, si me hubieras preguntado si estamos juntos, yo te habría respondido que, joder, claro que sí. Si hubieras querido saber si los planes que voy a tener en el futuro te incluyen, yo te habría dicho que por supuesto. Eres mi plan número uno. ¿Acaso te he dado a entender otra cosa?

Me encojo en el sitio.

—Tú tampoco has sido claro conmigo —me atrevo a decir—. Y nunca antes has salido con alguien. Pensé…

Me detengo al sentir su mano agarrando la mía.

—Sé que tienes un miedo atroz a quedarte sola. A veces parece que crees que todo el mundo va a abandonarte. —La seguridad de su voz me provoca un escalofrío—. Yo no lo voy a hacer. Lo siento si no era lo que esperabas, pero me quedo contigo.

Ya está. Las finas barreras que había levantado para no derrumbarme se rompen de golpe. Esa sensación de soledad, de no poder contar con nadie, estallan tras la promesa de Rubén y me dejan bajo la piel una sensación vacía y melancólica.

No estoy sola. No voy a estar sola. Alguien quiere escribir su futuro conmigo.

Empiezo a llorar y no paro. Me deshago en un llanto patético e histérico. Ni siquiera me importan los clientes de las otras mesas, que se giran hacia nosotros con mala cara.

A Rubén tampoco. Tira de mí y me sienta en su regazo. Yo le rodeo el cuello con los brazos y hundo el rostro en su garganta, en ese refugio tan nuestro, para seguir llorando sin sentir ningún juicio sobre mí.

Parezco una niña con un berrinche, aunque a medida que el dolor se libera, mis gemidos pasan a ser sollozos más bajos. Rubén apacigua mis temblores pasando una mano cálida por mi espalda. Noto sus pulgares hacer círculos suaves sobre la tela de mi camiseta hasta que la llorera se convierte en una secuencia de hipidos tristes.

¿Que por qué lloro? Por todo lo que no he llorado antes. Por la traición de mis amigas, por quedarme sin casa, por ser un desastre de escritora que ha esperado hasta el final para desbloquearse.

Y porque me da la puta gana.

En cualquier caso, tras unos minutos, la presa rota por fin se ha quedado sin agua.

Mantengo los ojos bien cerrados cuando distingo unos pasos acercándose.

—Disculpen, señores, pero es domingo y cerramos en quince minutos.

—Gracias. —Ese es Rubén—. Nos iremos enseguida.

Me encojo en su regazo y él me aprieta contra su cuerpo un poco más. Solo al oír que los pasos se alejan me permito apartarme de él para mirarle a la cara.

Su sonrisa me desconcierta.

—¿Qué pasa?

—Tienes un moco colgando. —Se señala un orificio de la nariz—. Justo aquí.

Le doy un manotazo en el hombro, pero eso no consigue borrar su mueca de diversión. Alarga el brazo para coger una servilleta de la mesa y me obliga a sonarme con ella.

—¿Has terminado de escribir?

—No. Y creo que no voy a llegar a tiempo. —Se me escapa otro hipido—. Voy a entregar un churro. Tengo que enviar el borrador mañana.

—Ya no.

Frunzo el ceño.

—¿Cómo que ya no?

—Charlotte ha movilizado a toda la clase. Han hecho un escrito a los profesores para pedir una prórroga. Excepto Áine, todos han afirmado que no entregarían el borrador a tiempo, así que os han dado dos días más. Más bien, *te* han dado dos días más. Casi todos tenían el manuscrito ya preparado.

Boqueo asombrada. Vuelvo a golpearle en el hombro y, esta vez sí, la sonrisa desaparece de su rostro.

—Estás de coña.

—¿Yo? ¿Desde cuándo?

—¿Cómo iba a hacer eso Lottie? ¡Me odia! Ella... le dijo a Áine...

—No te odia. Te adora. Igual que tú a ella. —Hace una pausa—. Aunque menos que yo a ti. Seguro.

—¿Y tú cómo sabes eso?

Rubén me lo cuenta. Todo. Lo que escuchó Charlotte hace meses, lo que pasó anoche, lo de esta mañana. Yo le atiendo atenta sin poder evitar acabar con una sonrisa de boba.

—Puedes no perdonarla, pero es evidente que no lo hizo con mala intención —termina diciendo—. Creo que se arrepiente más que nadie de haber confiado en Áine.

—¡Ya somos dos! —mascullo—. Aunque esté aliviada por lo de Lottie, todavía me duele lo de Áine. Pensé que, a pesar de sus borderías, nos apreciaba. Pero en el fondo siempre me frustró su actitud. Es como si no le gustase nada en el mundo y, por mucho que me esfuerce, tampoco yo.

—Como dice mi hermana: no eres una croqueta, Maeve. No puedes gustarle a todo el mundo.

Parpadeo confusa.

—¿Qué es una croqueta?

—Es un plato español. Está muy rico. Tranquila, un día te las hago.

—Vale. —Sin querer, se me escapa otro hipido—. ¿Sabes? No soy idiota. Ya sé que no puedo gustarle a todo el mundo. Pero, aun así, duele.

—Lo sé. Tendrás que acostumbrarte. No a todo el mundo le gustarás tú y no a todo el mundo le gustarán tus historias. —Se encoge de hombros—. Asume que hay gente con mal gusto.

Suelto una risilla. De repente, las luces sobre nuestra cabeza se apagan y yo doy un respingo sobre Rubén.

—¿Estás mejor, escritora?

—Estoy mejor, grandullón.

—Por fin, esta vez no has mentido. Ahora deberíamos irnos.

—Lo sé. —El aire pasa tembloroso entre mis dientes—. Pero no quiero volver a casa.

—Emily no nos molestará. Te lo prometo. Y, si lo hace, llamo a la policía. —Se me escapa una carcajada—. Lo digo en serio.

—Ya sé que hablas en serio.

Le acaricio la mejilla y Rubén se tensa al instante. Con todo lo que ha pasado, no le ha dado tiempo a afeitarse esta mañana y la sombra de su barba me hace cosquillas en las yemas de los dedos.

—¿Tienes que continuar escribiendo? —pregunta en un susurro ronco.

—Debería —respondo con arrepentimiento—. Sigo teniendo poco tiempo.

—Conozco un sitio donde estarás tranquila. —Se levanta y me deja de pie en el suelo, con delicadeza—. ¿Vamos?

Recojo mis cosas, aunque Rubén me arrebata la mochila sin preguntar. Luego me tiende la mano. En lugar de cogérsela, me alzo lo justo para dejarle un beso en los labios.

—Contigo, a donde quieras.

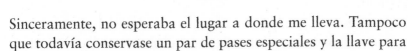

Sinceramente, no esperaba el lugar a donde me lleva. Tampoco que todavía conservase un par de pases especiales y la llave para entrar incluso en domingo.

—Dan, el conserje, olvidó pedírmela.

—¿Y no deberías habérsela devuelto tú?

—Si me la pide, no tendré ningún problema en hacerlo —me explica mientras subimos las escaleras del centro de investigación.

Yo me río entre dientes.

—¿Siempre has sido así de sinvergüenza o es que Dublín te ha pervertido?

—¿Qué problema hay? —Se encoge de hombros—. No soy el único doctorando sin vida que viene aquí a trabajar los festivos...

—Pero sí el que más lo hace, y el conserje estará harto de que le pidieras día sí y día no la llave, así que hace la vista gorda contigo.

Gira la cabeza sobre el hombro para mirarme y alza ambas cejas.

—Puede ser.

Como me prometió, el edificio está muy tranquilo. Tan solo nos hemos cruzado con otro investigador y fue en la planta de abajo. Dentro del laboratorio de Rubén no hay más ruido que la estática de los flexos recién encendidos, de una nevera enorme y de otras máquinas blancas y grises que no reconozco. Hay una campana extractora, armarios de cristal repletos de cajas y botellas, y varias bancadas de trabajo llenas de instrumental bien ordenado.

—Este es mi puesto.

En una esquina, Rubén me señala una mesa sencilla con un ordenador. Es, de lejos, la superficie más ordenada y limpia de todo el laboratorio. Tiene un archivador, un par de libros sobre biomedicina, tres bolígrafos iguales alineados y...

—¿Eso es un peluche de un ciervo?

Rubén lo coge, abre un cajón, lo mete dentro y cierra al segundo.

—Tonterías de Niall. —Luego aparta la silla—. Puedes trabajar aquí.

—¿Y tú?

—Yo haré otras cosas. —Parece dudar, pero al final se inclina y me deja un beso en la mejilla—. No te preocupes por mí, escritora. Te estaré esperando cuando termines.

Se va dejándome hecha un flan. Dios, parezco una adolescente cada vez que me toca. Además, tengo las emociones a flor de piel desde esta mañana, ni que decir desde mi llorera en la librería. Hay un huracán de sentimientos pugnando por hacerse con el control de mi corazón.

Por suerte, dominan los buenos. Y Rubén. Y todo lo que tenga que ver con él y yo juntos en...

Ejem. *Eso* puede ir después. Ahora tengo que concentrarme. Si hoy avanzo lo suficiente en el proyecto, podré terminar y revisarlo hasta dejarlo perfecto en el tiempo extra que me han concedido Charlotte y el resto de la clase (nominados al Nobel de la Paz por una servidora).

Solo que antes de ponerme en modo escritura extrema he de arrancar un hilo suelto.

Enciendo el móvil. Tengo miles de mensajes. Llenos de ánimo, de perdón y de emojis sin contexto.

Escribo a la única persona que no me ha dedicado una sola palabra de su tiempo.

Áine, sé que esta mañana Rubén y Charlotte han hablado contigo sobre tu chivatazo a Emily, así que no me extenderé en el tema. Pero creo que mereces que te conteste a todo lo que me dijiste ayer en el bar

Más bien, lo merece la amistad que creía tener contigo

Puedo ser contradictoria y seguir descubriéndome a mí misma, pero eso no me convierte en una falsa. No pienso como tú. Llevamos discutiendo sobre literatura desde el principio de curso. En el fondo, y a pesar de que seas un auténtico grano en el culo, admito que me gustaba. Solo porque eso me permitía ponerme a prueba, porque en realidad nuestros debates carecen de sentido. No importa quién de las dos tenga razón sobre lo que es literatura y lo que no. Lo único que importa es amar lo que uno crea y respetar lo que otros crean con amor

Tú no lo haces. Nunca lo has hecho. Y no voy a perder el tiempo con alguien que no respeta lo que hago. No eres mi amiga, porque ni siquiera eres amiga de ti misma

Quizá Sally Rhodes se equivoque y te hagas un hueco en la charca de tiburones (tienes la mentalidad y la ambición, te lo concedo), pero, créeme, eso no llenará el vacío que tienes dentro. No hasta que dejes de ver a todos a tu alrededor como enemigos o soberanos idiotas

Buah, ¿me he pasado de intensa?

Nah, que le jodan, lo mínimo que se merecía eran unos cuantos insultos; en todo caso, he sido demasiado educada.

Una vez que lo envío, cierto peso en mi corazón se eleva hacia el cielo como un globo de helio. Qué bien sienta dejar las cosas cerradas. Pim, pam, pum, adiós, Áine. Es cierto que le deseo suerte. Ya es difícil intentar dedicarse a esto de escribir como para encima hacerlo sola.

Respiro hondo. Yo no lo estoy. Y esta vez no hablo de Rubén. Ni de Charlotte, Lucille, Sean, Rebeca o mis compañeros. Hablo de esto que me late dentro y que tengo que sacar escribiendo una página tras otra.

Lo único que me ha acompañado hasta llegar a Dublín ha sido el recuerdo de mi abuelo. Y, junto a él, las historias que, propias y ajenas, llenaban mi cabeza. Pase lo que pase, acabe donde acabe, seguirán estando conmigo.

Nunca estaré sola.

Abro el portátil y mi documento del proyecto. Leo el último párrafo. Me gusta. Me encanta. Lo que he escrito y escribir.

Sonrío. Tecleo. Paro. Releo. Luego tecleo un poco más.

Las luces de la calle empiezan a encenderse, apenas se escucha un sonido del exterior. Siento que esta hermosa ciudad me da tregua. Me entrega todo el tiempo del mundo para que pueda malgastarlo como yo quiera hasta el final.

MAEVE

Punto y final.

Mis dedos se elevan durante unos segundos sobre el teclado. Los noto temblar. Trago saliva cuando, despacio, los muevo a voluntad para guardar y cerrar el documento. Bajo la pantalla del portátil y contemplo mis manos extendidas.

Parecen desnudas sin ningún anillo. Olvidé ponérmelos esta mañana, incluso el de la piedra azul que era de Maeve, la abuela que nunca conocí, y que me regaló Cillian. No necesito llevarlo para acordarme de él, y menos en este preciso instante.

«Nunca dejes de ser generosa con tu buen humor. Tu abuela lo era, y eso fue lo más importante que me enseñó: la alegría se expande solo cuando la compartes».

No creo que pueda ser más feliz, pero sí quiero compartirla con Rubén. Me pongo en pie y le busco por el laboratorio. Le encuentro rápido, a tres bancadas de distancia, inclinado sobre un microscopio enorme. Tiene un aparatito en la mano con una pequeña palanca que, concentradísimo, va pulsando casi a cada segundo.

Jesúsmaríayjosé. La verdad es que nunca pensé que me iría eso de los uniformes, pero eso era antes de ver a Rubén llevando una bata blanca.

Carraspeo y él se incorpora al segundo. Cuando me mira, le dedico mi sonrisa más grande y genuina.

—Terminé.

Él me devuelve la sonrisa. Aunque la suya es mucho menos amplia, me resulta más bonita.

—¿De verdad?

—Mañana lo reviso y pasado le doy otra vuelta. Pero sí, en esencia el trabajo está hecho. —Suelto un gritito—. ¡Dios, Rubén, lo he hecho!

—Y son solo —mira su reloj de muñeca— las tres y media de la madrugada.

—¡¿Qué dices?! ¿En serio?

Me chista para que baje la voz y enseguida me llevo las manos a la boca. Luego me hace un gesto para que me acerque. Extiende los brazos cuando llego hasta él y yo acepto su oferta rodeándole con la misma intensidad que si quisiera romperle las costillas.

—Estoy muy orgulloso de ti.

Le abrazo más fuerte. Ay. Mi novio es tan guapo e inteligente, tan bueno, que todavía no tengo ni idea de qué he hecho para merecerlo.

Eso no significa que vaya a renunciar a él. Me aprovecharé todo lo que pueda hasta que el mismo Rubén se dé cuenta o hasta que, con ciento dos años, nos muramos rodeados de libros y gatos.

Como puede comprobarse, tras mi epifanía de llantos y mocos, he mandado a la Maeve insegura de sus sentimientos a pastar (ya era hora). La nueva Maeve es más insoportable, pero también será más feliz (la denomino «la Maeve Moñas»).

—Y yo de ti —le aseguro—. Eres un campeón. Te has pasado horas aquí esperando a que terminase y no te has quejado ni hecho un mísero ruido.

—Me paso horas aquí sin hacer apenas ruido, no es una novedad. Además, Niall tiene comida escondida por todo el laboratorio, tampoco he pasado hambre —explica sin emoción—. Lo que me recuerda que, si quieres, tenemos bebida para brindar por el final de tu historia.

Me aparto de Rubén con la alegría (duplicada) inundándome toda la cara.

—Dios, adoro a Niall.

—Mejor no se lo digas.

—¿Porque te pondrías celoso?

—Porque es idiota.

Mientras me río, hace amago de quitar la placa de su microscopio, pero le agarro de la muñeca y se lo impido.

—Quiero verlas. —Frunce el ceño—. Tus células.

—¿Te interesan?

—Pues claro. Me han robado mucho tiempo de ti durante los fines de semana. —Entrecierro los ojos—. Quiero conocer de una vez a esas hijas de puta.

Se ríe en voz baja. Luego me enseña cómo usar el microscopio.

Subo y bajo la platina, y luego giro la rueda para ajustar el enfoque. Tardo un poco, pero al final lo consigo.

La imagen es menos colorida de lo que esperaba. Parece una telaraña rosa pálido llena de redondeles de diferentes tamaños.

—Las estaba contando con la cámara de Neubauer —me explica—. Tiene que haber un determinado número antes de que pueda experimentar con ellas.

—¿Son neuronas?

—Así es.

—Guau. —Sonrío todavía con el ojo en el ocular—. ¿Cuántas habrá?

—Depende de su maduración, pero de este tipo en cada pocillo habrá unas decenas de miles.

—¿Tantas? Las mías deben de sentirse terriblemente solas. Solo tengo dos.

—Imposible. Tendrás algo menos de cien mil millones de ellas. —Hace una pausa—. Es la mitad de las estrellas que hay en la Vía Láctea. Es como si cada persona guardase una pequeña galaxia única dentro de la cabeza.

Me aparto del microscopio y alzo ambas cejas.

—¿Acabas de decirme eso porque sabes que me parecería romántico?

—Sí. ¿Te lo ha parecido?

—Sí.

Nos reímos a la vez. Después Rubén recoge la placa y la lleva a esa nevera gigante con una delicadeza mayúscula.

Me encanta verle hacer cosas mundanas, como cortar cebollas o alinear objetos que haya por casa. Es increíble la paciencia y la atención que dedica a cualquier movimiento, por muy prosaico que sea el objetivo.

Cuando vuelve a cerrar el frigorífico, tiene una botella con un precioso líquido ocre en la mano. Con la otra coge dos vasos de precipitados de un estante y echa ese alcohol misterioso hasta llegar a la primera línea.

—Siento que no sea whiskey. Niall ahora prefiere el *divin*, un brandy moldavo.

—Me pregunto por qué será —me río.

—Yo también —murmura Rubén, aunque sé que, al contrario que yo, él lo dice en serio—. ¿Brindamos?

—Vale. —Alzo el vaso—. Brindemos por ti.

—¿Por qué?

—Porque te quiero.

Rubén se queda congelado en el sitio. Sigue sin moverse incluso después de que me beba todo el brandy. Aunque nada sigue sin superar al mejor whiskey irlandés, sabe mejor de lo que esperaba.

Como pasan los segundos y mi novio sigue asimilando (inmóvil y en silencio) mi ridícula confesión, coloco dos dedos bajo el vaso de Rubén, suspendido en el aire como su brazo, y lo empujo en dirección a su boca.

—Bébetelo. Da mala suerte si no lo haces. —Encojo un hombro—. Ya sabes que soy supersticiosa. Y que, cuando nos conocimos, te mentí miserablemente: creo en el horóscopo, el poder de los minerales, las energías, los chacras y el destino. Ese al que doy gracias porque te pusiera en mi camino.

Rubén frunce el ceño. Después, rápido, se bebe el brandy de un trago. Pone la misma mala cara de siempre, aunque esta vez se recompone en menos tiempo.

Deja el vaso en la bancada con cuidado y me atrae hacia él con las manos rodeando mi cintura. Al inclinarse hacia mí, su aliento cálido me acaricia la piel de la mejilla.

—Y, aunque creas en todas esas mentiras —murmura—, yo también te quiero.

El beso es lento, tan intenso que me provoca un vergonzoso

tembleque en las rodillas. Me agarro a sus hombros para no caer y, en respuesta, Rubén me aprieta con fuerza contra él.

Sus labios son cálidos y suaves, y tienen el regusto dulce del alcohol. Me rindo a ellos, deseando deslizar la mano por todo su cuerpo, tocarlo hasta que pierda ese control que tanto se esfuerza en mantener.

Estoy tan necesitada de Rubén después de este día repleto de sensaciones que incluso el roce accidental de su mano contra mi pecho me hace gemir. Detiene con brusquedad el beso al oírlo. Despacio, su mano vuelve a mi pecho. Empieza a rozar de forma tortuosa mis pezones con los nudillos hasta que se me notan a través de la ropa.

Cuando se separa de mí para mirarme a los ojos, un brillo orgulloso los ilumina.

—¿Quieres que te bese aquí?

—¿En tu laboratorio? Claro. —Hace amago de apartar la palma y yo gruño mientras me apresuro a agarrarle de la muñeca para retenerlo—. Sí, vale, quiero que me beses *aquí*.

Sin perder un segundo, me levanta la camiseta y el sujetador, y su boca me acaricia justo donde le he pedido.

La fuerte succión provoca que me arquee sin control. Cada vez que me lame, lo siento en todas partes. Mis caderas se elevan tratando de aliviar el deseo que se concentra en ellas.

—¿Podemos... hacer esto...? —jadeo—. Quiero decir, es tu trabajo...

Rubén levanta la cabeza. Tiene el pelo despeinado y las gafas torcidas. Se las quita y las guarda en un bolsillo de su bata para después empezar a desabrochársela botón a botón.

—No sería la primera vez que este laboratorio se usa para eso.

—¡¿Qué dices?!

—Tranquila, no por mí. Y si lo que te preocupa es que haya cámaras, no las hay. Todo es culpa de Niall.

—Dios, esa historia cada vez pinta mejor.

—Ya te lo explicaré. —Se abre la bata blanca—. Luego.

Al hacer el amago de quitársela, yo ahogo una exclamación de horror. No tardo en sujetarle de las solapas y atraerle hacia mí.

—¿Qué haces?

—Déjatela puesta. —Hago un mohín con los labios—. ¿Por favor?

Puedo ver sus brazos en tensión mientras el deseo lucha a muerte contra su autocontrol. Tengo claro quién quiero que gane la batalla.

Cuando me agarra de las caderas y me sube a pulso hasta la encimera, me alegra haber sido yo.

Con una mirada hambrienta, aparta mi ropa hasta deslizar dos dedos dentro de mí. Mi cuerpo se mueve a su merced, en un balanceo desesperado, y no tardo en pedirle con un ruego ronco lo que deseo que me dé.

Le ayudo a desabrocharse el cinturón, la cremallera, a ponerse el preservativo a toda velocidad.

Se me corta la respiración con la primera embestida. Me agarro a sus hombros después, cuando su boca encuentra el camino hasta ese punto del cuello tan sensible que solo conoce él.

Sus besos me recuerdan a cada segundo lo que antes murmuró su boca. Incansable, se sumerge en mí una y otra vez, como si le resultara imposible dejarme un segundo sola, alejada de él. Apenas hay aire entre los cuerpos, lo agotamos a bocanadas rápidas y nerviosas.

—Te necesitaba —gime al clavarse en mí con más fuerza que antes—. Te necesito.

No le digo que yo también porque he olvidado cómo hablar. Los cien millones de neuronas dentro de mi cerebro están demasiado ocupadas gritando «aleluya» todas al mismo tiempo.

El placer se me acumula hasta que explota dejándome aturdida. Hace añicos mi entereza y convierte mi cuerpo en un amasijo de músculos y huesos temblorosos que se aprietan contra Rubén hasta que él también se libera. Gime dentro de mi boca, me sujeta con fuerza de las caderas mientras termina de moverse.

A la estática de las máquinas, se unen nuestros jadeos entrecortados. Con ademanes lentos, acabamos separándonos. Nos sonreímos a la vez, con esa alegría plácida que da el cansancio.

Aunque no se lo haya dicho con la misma claridad, ojalá

Rubén sepa que yo también le necesito. Lo mucho que le deseo, lo agradecida que estoy de que sea mi mejor amigo, lo bien que se siente tenerle dentro. No solo en este preciso instante o de esta forma, sino siempre, formando parte de mis recuerdos y cincelando a diario miles nuevos.

Dios, estoy deseando escribir miles de historias con él.

—¿Estás bien?

—Mejor que nunca —digo en un susurro—. ¿Y tú?

—La verdad es que estaba mejor hace un momento.

Me río de su sinceridad. Rubén no se inmuta. Siempre atento, me agarra de las caderas y me ayuda a bajar para después comenzar a colocarme la ropa con cuidado. A continuación, la suya. Yo me limito a observarle, inmóvil como una estatua, hasta que termina. Solo entonces acorto la distancia entre ambos (esa distancia que, aunque corta, me quema) y le abrazo para acurrucarme contra él.

—Oye, Rubén.

—¿Sí?

—Ya que hemos terminado de celebrar el fin de mi historia, ¿me contarías esa otra del laboratorio ahora?

—¿En serio, Maeve? —El tono es receloso—. ¿*Ahora*?

Ladeo la cabeza. Contra mi oído, compruebo que su corazón todavía no se ha recuperado. Bajo esa impresionante jaula de músculos y huesos, suena igual de acelerado que el mío.

—¿Por qué no? Ya sabes que me encanta oírte hablar —le recuerdo—. Además, no tenemos prisa. Mira ahí fuera, ¿la ves? Dublín sigue dormida.

MAEVE

—Con la llorera que te has echado, seguro que te quedas dormida en cuanto subas al avión.

Ante mis palabras, Lottie se ríe, aunque sus mejillas sigan algo húmedas.

—Te aviso al llegar, ¿vale?

—Rebeca también ha quedado en hacerlo —le informo—. Y, a pesar de eso, no confío en que ninguna de las dos os acordéis.

—¿Qué? ¿Y eso por qué?

—Porque estaréis demasiado ocupadas besuqueándoos como adolescentes como para acordaros de mí. O de nadie.

Charlotte me pellizca la nariz, pero no lo niega. Luego, igual que si lo hubiéramos ensayado, nos damos un último abrazo.

—Te quiero, Mae.

—Yo también, Lottie.

Unos minutos más tarde, dejo de distinguir su melena pelirroja en la fila del control de seguridad. Aun así, me quedo un rato más antes de dar media vuelta.

Al salir de la terminal, se me escapa un suspiro de alivio.

Odio los aeropuertos. Nunca he viajado en avión. Le tengo pavor. Y la perspectiva de tener que hacerlo dentro de poco solo aviva mi aprensión.

Falta una semana para que Rubén y yo vayamos a visitar a sus padres. Confieso que, aunque tiemblo por el vuelo, lo hago todavía más al imaginar que no les caigo nada bien.

Sería lo esperable. Nunca se me han dado bien los padres. Quizá porque los únicos que conozco con algo de profundidad son los míos propios y a ellos nunca les he importado una mierda.

Sin embargo, eso ya no me preocupa (tanto). Ahora tengo mi propia familia disfuncional. Es rara de cojones, está formada por miembros tan maniáticos como Rubén y tan exagerados como Lucille, pero es una familia al fin y al cabo.

Ahora me doy cuenta de que Áine nunca llegó a ese punto. Siempre mantuvo esa distancia que me resultaba tan familiar (valga la redundancia), porque la había sufrido en Kilkegan toda mi vida y, aun así, tardé en reconocerla. Han pasado semanas y nadie de clase ha sabido nada de ella. En el fondo, no le deseo ningún mal. ¿Para qué? No se les desea a quienes tienen encerrados en sí mismos a su peor enemigo.

El autobús que tengo que coger llega en apenas unos minutos, pero me subo la última. Me quedo de pie tras cederles el asiento a decenas de turistas que señalan carreteras aburridas con un entusiasmo contagioso. La mayoría se bajan en el centro. Yo continúo hasta el edificio de congresos donde Rubén estará sufriendo treinta ataques de euforia, uno detrás de otro.

Nunca le había visto tan nervioso como esta mañana. Se ha puesto los zapatos al revés, los calcetines desparejados y se ha abrochado mal la camisa.

Ha sido una pena que llevase tanta prisa, le habría arrancado la ropa a tirones para comérmelo antes de que se vistiera de nuevo y saliera corriendo sin llaves ni cartera.

Mientras camino hacia el centro donde se celebra el Congreso Internacional de Bioquímica y Biomedicina, no dejo de cruzarme con gente trajeada. La mayoría llevan gafas, maletín y tienen pinta de estar muy perdidos.

Vale, no todos cumplen con el estereotipo de científico, pero me divierte pensar que sí. Además, algunos sí que parecen personajes andantes. Son mis favoritos. Me hacen reír sus mochilas llenas de chapas con frases como «*A moment of science, please*», «*Like magic but real*» o «*Have a bio day*».

Al entrar en el edificio, la cantidad de gente que va de acá para allá me aturde un poco. Busco a Rubén con la mirada (antes de acabar desistiendo y llamándole al móvil), cuando la suerte vuelve a sonreírme.

Distingo su (increíble) rostro entre la multitud. Está a una decena de metros, en un círculo de hombres y mujeres algo mayores que él.

Todos están en silencio, escuchándole con atención. Sigo el movimiento de sus labios y me doy cuenta de que está hablando en inglés. Muy rápido. Sin trabarse, dudar o corregirse. Su mirada al recorrer el rostro de sus oyentes es segura. Los movimientos de sus manos, firmes.

Estoy orgullosa. Y cachonda (sí, vale, eso también), pero por encima de todo, orgullosa.

El Rubén de hace un año no habría hecho nada parecido. Me explota el corazón al ser testigo de lo mucho que ha cambiado. Quiero creer que he tenido algo que ver porque, seamos sinceros, soy su novia. Primero falsa y luego real, pero casi un año de relación con una nativa parloteadora tiene que influir en algo, ¿no?

Los del círculo se ríen de la última frase que ha dicho Rubén y yo boqueo por la sorpresa (provocando que una mujer a mi lado me mire con cara rara). ¡¿Mi chico ha soltado un chiste de científicos?! Qué sinvergüenza. Seguro que cuando se los pido hace como que no sabe porque se los guarda todos para ocasiones como esta.

Después de un rato, Rubén se despide del grupo y, al girarse para dirigirse a la salida, nuestros ojos se cruzan. Alzo una mano, aunque en realidad ya me haya visto, y le dedico una sonrisa que espero que le diga todo lo que pienso (que está buenísimo, que le quiero, que estoy orgullosa de él y que tengo hambre: de su comida, de él, de que me cuente su día).

Rubén enseguida acorta la distancia que nos separa y, en cuanto está frente a mí, me rodea la cintura con las manos. Luego se inclina directo a mis labios.

Rodeados de tanta gente, en un ambiente así, no creo que vaya a atreverse a… Oh, vaya, pues sí.

Me besa, y no es un beso cualquiera. Con él, Rubén parece querer decirme todo lo que piensa (que estoy buenísima, que me quiere, que está orgulloso de mí y que tiene sed: de mi cuerpo, de mí, de que le cuente mi día).

Le rodeo el cuello con los brazos, le insto a hundir la lengua en mi boca, a volver todavía más profundo este beso en público que no me da ni una pizca de vergüenza, sino que me regala un placer indescriptible.

A Rubén sí que le entra la timidez cuando, tras separarse, mira en derredor. Parece caer en la cuenta de dónde está por vez primera desde que me ha visto. Aunque se aparta un poco, no me suelta la cintura. De hecho, sus dedos se cierran más aún alrededor de mi cuerpo, como si temiera que me fuera a escapar y dejarle ahí solo, evidentemente excitado (y avergonzado).

Yo me río y le subo con el índice las gafas negras que, tras el beso, le han resbalado hasta la punta de la nariz.

—¿Qué tal el primer día de congreso, grandullón? Pareces contento.

—Lo estoy, ¡ha sido increíble! —resume con el mismo entusiasmo enternecedor de un niño tras bajar de una montaña rusa—. ¿Y Lottie?

—No tan increíble. Ha llorado, he llorado. Somos unas sensibleras, ya sabes.

—Pero está contenta, ¿no? Va a hacer el Camino de Santiago con mi hermana y a perderse por España un mes entero.

—Sí, aunque, al contrario que yo, ella deja en Irlanda a una familia numerosa que la adora —suspiro—. Pero sí, todo bien. Ha cogido el avión sin problemas. —Miro a nuestro alrededor. Sigue habiendo bastante gente para ser ya las siete de la tarde—. ¿Seguro que has terminado? ¿No te quedará alguna charla sobre biomoléculas raras o ciclos biológicos apoteósicos que nadie excepto tú entiende?

—He terminado por hoy —contesta, extrañamente alegre, y me coge de la mano—. Tengo ganas de volver a casa.

Me derrito, como siempre que dice esa palabra, casa, con tanta ternura que sé que la asocia a mí. A nosotros.

No se trata del piso de Emily, podría ser cualquier otro lugar. Si estamos juntos, lo será. Seguro.

Mientras nos dirigimos hacia nuestro barrio, me obligo a hacer lo que he hecho hasta ahora: morderme la lengua. No le he contado a Rubén lo del email que he recibido. Quiero hacerlo en un momento especial. Porque el mensaje lo es.

Nunca me había animado tanto abrir un simple correo.

—Oye, Maeve.

Me giro hacia él. Han sido solo dos palabras, pero le conozco tanto que noto cuándo suena raro (es decir, más de lo que suele sonar).

Rubén esquiva mi mirada. Tiene la vista fija en el suelo, las gafas se le han vuelto a bajar. Su expresión es contenida e inquieta, como si estuviera mordiéndose los carrillos, tal y como hago yo al ponerme nerviosa.

—¿Sí?

—He recibido un correo esta mañana —suelta de corrido.

—¿En serio? ¡Yo también! —exclamo olvidándome, cómo no, de que hacía un minuto me había prometido no contárselo aún—. Lo mío son buenas noticias. ¿Lo tuyo también?

—En realidad, no lo sé.

Frunzo los labios, confundida, en un gesto que me ha contagiado él.

—¿Cómo no vas a saber si son o no buenas noticias?

—Como siempre, depende de ti —dice él—. Tú eres mi futuro, Maeve. Tú decides dónde lo vivimos.

De: Sally Rhodes <s.rhodes@iamu.edu.com>
Para: Maeve S. <msheehan63@iamu.edu.com>
Fecha: 20 julio 2024, 10:57
Asunto: Proyecto final de máster

Estimada Maeve:

He leído el borrador que nos has enviado. La nota definitiva del tribunal ya la conocerás en septiembre, cuando nos llegue tu manuscrito final tras nuestras directrices, pero me he tomado la libertad de mandarte un mensaje en mi propio nombre. Quería dejarte mis impresiones. Como profesora, he podido seguir tu evolución durante el curso y puedo confesarte ahora que lo hice atenta a lo que nos entregases este mes. Al contrario que con tus compañeros, no sabía qué esperar de ti.

Dejando a un lado las cuestiones más técnicas, tu historia me ha fascinado. Los personajes viven y su emoción exhala a través de tu estilo sin florituras. Como sabes, no es fácil hacer llorar, ni mucho menos reír, con una novela, y conmigo has conseguido ambas cosas. Mi personaje favorito es el Rey Pescador. Su figura jamás aparece y aun así sientes que le conoces tanto como a los demás.

Pase lo que pase, aunque sea para ti misma, nunca dejes de escribir así, sintiéndolo a cada página. Aunque publicar no sea lo esencial, estoy segura de que acabarás encontrando la manera. Si necesitas ayuda, tengo conocidos en el sector que podrían echarte una mano.

Espero con impaciencia tu próxima historia. Siempre que te parezca bien, en un futuro puedes remitírmela al correo personal que te dejo aquí abajo. Me encantará poder ayudarte dentro de lo posible.

Atentamente,

Sally

De: Levi Kennedy <leviknndy.82@salk.edu>
Para: Ruben Losada <rubenlosadaneurobio@gmail.com>
CC: Nicola Allen <nicola.allen@salk.edu>
Fecha: 20 julio 2024 11:22
Asunto: Nuevo proyecto e incorporación

Estimado Sr. Losada:

Tras nuestra videollamada del otro día, le reitero lo impresionado que quedé por lo prometedor de su trabajo, tanto en el laboratorio de la Dra. Blasco en Madrid, como en el del Dr. Carlsen en Dublín. Como ya le trasmití en la reunión, y previamente a su tutor, el Dr. Carlsen, sería un placer contar con usted en el equipo del Salk de cara al próximo curso. Aun así, le animaría a trasladarse aquí cuanto antes para que podamos trabajar de lleno en un nuevo proyecto, parejo al de su tesis, en relación con los receptores TAM. Entraría a formar parte del equipo del laboratorio de neurobiología molecular, a cargo de la Dra. Nicola Allen, a la que pongo en copia. Por favor, le ruego nos confirme si su interés sigue en pie para presentarle una oferta formal y que se incorpore, si es posible, este mismo septiembre.
Si tiene alguna pregunta, no dude en remitírmela a este correo.
Atentamente,

Dr. Levi Kennedy

Epílogo

RUBÉN

Dos meses después

Pareja busca piso.

Nunca pensé que responderían tan rápido al anuncio. Ni que, un mes después, estaríamos a dos días de conocer en persona nuestra nueva casa.

Cierro mi maleta. Estoy seguro de que no me olvido nada. Tengo más cosas que hace un año (por las que, además, siento un mayor aprecio), pero ni siquiera así he tenido que cambiar de equipaje.

Lo de Maeve es más... complicado. Llevamos varios días etiquetando cajas y todavía siguen apareciendo libros por los rincones más absurdos de la casa.

Recorro el pasillo hasta su cuarto, aunque en realidad lleva meses sin dormir ahí. Ahora es el dormitorio de Rebeca cuando viene a visitarnos y de cualquiera de nuestros amigos cuando deciden trasnochar en el piso. Pero la mayoría del tiempo es su espacio privado para escribir.

Cuando me asomo por el umbral, compruebo que ha desatornillado ya los tiradores de su escritorio. No podemos llevar ningún mueble a Estados Unidos, pero he convencido a Maeve de que allí también habrá algún tesoro tirado en la basura que tenga su propia historia. Uno que la inspire para seguir escribiendo las suyas.

«La ventaja de ser autora es que puedes seguir creciendo en

cualquier parte», me dijo con una sonrisa cuando le propuse esta locura.

Desde entonces intenta buscar una manera de llevarse un pedazo de Dublín con nosotros. Por eso se ha empeñado en guardar los tiradores que nos compramos. Dice que saltaría por la ventana antes de dejarlos atrás.

Ahora no parece dispuesta ni a eso ni a moverse. La veo de pie en mitad de su cuarto, muy quieta, observando la ventana de espaldas a mí. Contemplo su pelo largo y despeinado con trenzas aquí y allá, que continúan sin terminar del todo.

Creo que sigue haciéndoselas solo para sacarme de quicio o bien porque busca que sea yo quien les dé un fin.

Cuando se lo contamos, a mi madre le hizo mucha gracia que fuera capaz de alterarme tanto. Mi padre hizo un chiste malísimo al respecto y ahora adora a Maeve porque se rio de él tan fuerte como lo hizo mi madre.

Tras nuestras vacaciones en España, en el aeropuerto se despidieron con más tristeza de ella que de mí. Aunque no necesitaba la aprobación de mi familia respecto a nuestra relación, tenerla siempre hace las cosas más fáciles.

De repente, Maeve despierta y deja escapar un suspiro dramático. Luego se mueve ligera para subirse al escritorio. Una vez de rodillas sobre él, se incorpora del todo para ponerse en pie.

El mueble se queja con un crujido que me pone alerta. Me abalanzo hacia ella para sujetarla de las caderas y la atrapo a tiempo. Al notar mis manos sobre su cuerpo, Maeve da un respingo, así que tengo que agarrarla el doble de fuerte para que no se tambalee más.

—¿Estás loca? ¡Podrías haberte caído!

—Solo será un momento —me dice con calma—. Anda, sé bueno y sujétame mientras quito estas guirnaldas.

—Bájate. Lo haré yo.

—Tú romperías el escritorio en dos. Y después de haberte negado a que lo hiciéramos encima de él docenas de veces, sería muy triste terminar destrozándolo por una cosa así.

Gruño, pero no digo nada más. Aunque no puedo verla, estoy

seguro de que esboza una sonrisa de victoria. Quizá porque a continuación se pone a tararear esa melodía que solo entona cuando está especialmente alegre.

Alzo la cabeza y observo cómo retira con un cuidado especial las cuerdas de caracolas que, en nuestro primer día aquí, colocó sobre la ventana. Están asociadas a un recuerdo de su abuelo, como muchas de las pertenencias que trata con más cariño.

Poco a poco, ha ido contándome más cosas sobre Cillian, el Rey Pescador. A estas alturas, tengo la extraña sensación de haberle conocido.

Cuando termina de quitar las guirnaldas, se da la vuelta con ellas rodeándole el cuello. Después se agacha para apoyar las palmas en mis hombros, salta y la cojo al vuelo.

Ni siquiera lo pienso. Un segundo después, mi boca está sobre la suya.

No me avergüenzo de lo desesperado que parezco. Con los preparativos de la mudanza, apenas hemos tenido un momento de descanso y me resulta inevitable besarla cuando está tan cerca.

Maeve suelta un gemido de placer y hunde los dedos en mi pelo para empujarme a que la bese más profundo. Parece tan necesitada de contacto como yo. Recorro su cuerpo con las manos hasta colar una entre los dos, ansioso por acariciarla bajo la ropa.

Estoy cerca de alcanzar su pecho cuando una vibración en el bolsillo de su falda nos hace saltar.

—Mierda —masculla—, debe de ser Lottie. Le prometí que la avisaría cuando saliéramos de casa. —Asiento y vuelvo a buscar sus labios, pero Maeve se echa hacia atrás—. Espera, espera, ¿a qué hora hemos quedado con ellos?

—A las siete —murmuro—. Tenemos tiempo.

Maeve se echa a reír. Me estremece sentir las sacudidas de su cuerpo contra el mío.

—¿Tenemos tiempo para qué, grandullón?

El timbre contesta por mí. Suelto un bufido y ni me molesto en tratar de convencer a Maeve de que lo ignore. Se ha puesto alerta, tensa como una cuerda, y no confío en que mis torpes intentos de seducción le hagan olvidar quién está frente a la puerta.

Después de miles de mensajes y seis bizcochos caseros, sí, perdonamos a Emily. Aunque bajó su ritmo de interrupciones, sigue siendo la reina de la oportunidad; me pregunto si será una pariente lejana de la tía Aisling.

—¡Hola, Emily! —la saluda Maeve en cuanto abre.

Nuestra casera sonríe de oreja a oreja y nos tiende una bolsa de plástico.

—¡Os traigo huevos! Os gustaron mucho los últimos y Kate y las chicas se han vuelto locas este fin de semana.

Sí, todas sus gallinas tienen nombre propio. La más grande y fiera se llama Rowan, ignoro por qué.

—Genial, nos vienen muy bien —miente Maeve—. Mi chico hará una tortilla gigante antes de irnos a Estados Unidos.

—Ay, mis niños. —La mujer suelta un gemido lastimero—. Voy a echaros tanto de menos... Aunque no os voy a mentir, la nueva parejita me da muy buena sensación. —Suelta una risita maligna—. Aunque él es un pillo y ella es demasiado fría, juntos son adorables.

—Pero sabe que Niall y Katja no son novios, ¿verdad? —me atrevo a decir.

—Oh, sí, sí, lo sé. No lo son. —Emily entrecierra los ojos—. Todavía.

Maeve se echa a reír.

—¿*Todavía*?

—Este piso tiene una magia especial, ¿no creéis? Al fin y al cabo, mi marido y yo nos comprometimos aquí. —Me mira tan fijamente que un escalofrío me recorre la columna—. Siempre me has recordado a mi Kevin. Tan alto y serio, con esas gafas y esos...

—Uy, uy, uy, echa el freno, Emily. —Maeve me agarra del brazo y tira de mí hasta apoyar la cabeza en mi hombro—. Este grandullón ya está pillado.

A la mujer se le escapa una de sus risas estridentes.

—Oh, no voy a robártelo, querida. Nunca se me ocurriría separar a una pareja tan bonita.

Me abstengo de decir que a punto estuvo de hacerlo. En su defensa, también fue quien nos unió, así que no digo nada.

Como es habitual, Maeve se pronuncia por mí.

—Gracias por todo, Emily.

Nuestra casera asiente sin más. Después de unos minutos (y muchas preguntas entrometidas), se marcha. Deja atrás un silencio que, en cierto modo, resulta tan liberador como melancólico.

—No envidio a Niall y Katja —murmura Maeve.

—Yo tampoco.

—¿Crees que los huevos estarán envenenados?

—Es una posibilidad.

—No para matarnos. Solo para que tengamos una gastroenteritis de caballo que nos impida coger el avión.

—Exacto —asiento despacio—. No esperaría menos de un genio del mal como ella.

Maeve se ríe y se dirige a la cocina. Como siempre, la sigo como un perrito.

Mientras espero a que meta la comida en la nevera, me fijo en la vidriera del salón. La luz del final del verano atraviesa los cristales de colores y deja su impronta sobre el suelo de madera, revelando a su paso el polvo suspendido en el aire.

No creo en la magia. Pero, si la hubiera, está claro que viviría entre estas paredes.

—Eh, Rubén —me llama Maeve. Su pronunciación de mi nombre es perfecta—. ¿Dónde estábamos antes de que nos interrumpiera nuestra adorable casera?

Me vuelvo para mirarla. Es entonces cuando cambio de idea.

Si no fuera un ferviente defensor de la ciencia, determinaría que la magia sigue a Maeve. La seguiría a todas partes, de la misma forma en que lo hago yo.

—Estábamos considerando si teníamos tiempo —digo en voz baja.

—¿Y lo tenemos?

Sonríe cuando la abrazo.

—Todo el que queramos.

Agradecimientos

Os confieso que cuando empecé a escribir *Una mentira compartida*, no me sentía bien. Ni conmigo misma ni como profesora de biología ni a nivel literario.

Me explico: la oportunidad de escribir esta historia se vio empañada por la sensación de que, a pesar de mi esfuerzo, no había conseguido lograr nada de lo que me había propuesto en 2023. Aprobé mi oposición, pero no saqué plaza. Publiqué una novela con una gran editorial, pero cuatro se quedaron en un cajón. Tenía un verano prometedor por delante de mí, pero también una fecha de entrega al final de él. Una para un libro que suponía un reto, dadas las circunstancias.

Por eso, el apoyo de ciertas personas fue lo que consiguió que fuera capaz no solo de empezar esta historia, sino de acabarla en solo tres meses.

En primer lugar, y como siempre, el ánimo constante de mi familia ha sido un regalo. Gracias a mi padre, por sus consejos; a mi madre, por sus ánimos, y a mi hermano, por sus llamadas. Y en especial, a mi hermana, la lectora cero que nunca me falla. Esta novela se ambienta en Dublín precisamente por ella. Te echo de menos, Andrea, cada día un poco más (si eso es posible), y entre todas las pequeñas y grandes cosas que nos unen, las letras son una de ellas. Este libro, igual que todos los que escriba, es para ti y tiene tu marca.

Mi mejor compañero de piso e inspiración para esta *rom-com* es Pablo. Aguantaste mi desesperación y mis lloreras y las aplacaste con noches de pizza y series, paseos y café, chistes malos y cervezas de miércoles. Gracias por no cansarte y seguir diciéndome lo orgulloso que estás de mí.

Aunque mis lectores betas siempre son clave a la hora de escribir, esta vez me salvaron literalmente de abandonar este proyecto. Patricia (@laatrapasuenos), gracias por tus audios de fangirleo, tu corazón y tus stickers adorando a Rubén. Mikey (@mikeydfez), gracias por tu cariño y por ayudarme a pulir ese final.

Y, por último, gracias a mi última beta: mi querida Violeta Reed. Has aguantado mis podcasts (los tuyos y los míos juntos serían un bonito programa de tres temporadas en Spotify), has sido fuente de inspiración y una gran compañera. Siempre estaré muy agradecida de haberte conocido. Gracias también por regalarme tus palabras para ese *blurb* maravilloso.

Gracias a Myriam y Marina por estar a mi lado, pase lo que pase. A Cristina Prieto, por ser una amiga genial y recordarme que tengo que «chapotear en el éxito».

Gracias también a mi agente, Isabel, que me tranquilizó tanto y me recordó que íbamos por el buen camino.

Gracias a mi editora, María, por confiar en mí una vez más y leerme incluso estando de vacaciones en la otra punta del mundo.

Al equipo de Grijalbo: correctores, maquetadores y gente que ha trabajado para que este libro esté en tus manos, incluso aunque no conozca sus nombres.

Gracias a Ana Hard, por esa cubierta maravillosa. Os confieso que cuando me la enseñaron, pensé que era perfecta. Es un reflejo de Rubén y de Maeve, sí, y también de las dos partes que hay en mí. Una caótica y creativa. Otra, obsesiva y racional. Tiene sentido que yo me quiera un poco más tras haber hecho que esos dos opuestos se enamoren.

Gracias a mis amigas de Cifuentes, Lugo y Guadalajara, por ser el mejor apoyo.

A mis alumnas y alumnos (los que se entusiasman con mis clases y los que fingen que lo hacen).

A mis compañeros de carrera, de máster y de laboratorio, que inspiran la camaradería «biológica» de Niall, Katja y Rubén. A mis compañeros escritores, que inspiran a los amigos de Maeve.

Gracias a mis lectoras y lectores, porque sin ellos mis historias carecen de vida.

Gracias también a las autoras que escriben esas novelas que muchos no consideran «de verdad», pero que a mí me han acompañado durante mis peores momentos, transformándolos en los mejores. Os he dedicado este libro porque sin vuestras historias no habría creado la mía.

He empezado estos agradecimientos hablando de lo mal que me sentía al comenzar este proyecto, por eso quiero terminarlos hablando de lo bien que me sentí al ponerle punto y final.

Tras escribir *Una mentira compartida*, me siento más capaz. No de tener éxito, no de alcanzar nada. Me siento más capaz de intentarlo. Las veces que sean. Porque dar respuestas a las preguntas que me hago, como Rubén, es lo que me anima a seguir. Porque escribir, como le pasa a Maeve, es lo que más me gusta en el mundo.

Si tú (sí, tú) escribes, no lo dejes. Hazlo por y para ti. La publicación, el reconocimiento, las ventas, todo eso es secundario. Escribe porque *necesitas* contar algo. Aunque lo hayan hecho otros mil veces antes, posees algo único: una voz propia.

¡Y me callo ya! Espero que nos veamos muy pronto, lector. No dejaré de esforzarme porque así sea.